山海经图赞译注

【晋】郭璞 原著
王招明 王暄 译注

CNS 岳麓書社

图书在版编目(CIP)数据

山海经图赞译注/(晋)郭璞著;王招明,王暄译注.—长沙:岳麓书社,2016.4(2022.10重印)

ISBN 978-7-5538-0522-1

Ⅰ.①山… Ⅱ.①郭…②王…③王… Ⅲ.①古典诗歌—诗集—中国—晋代②《山海经图赞》—译文③《山海经图赞》—注释 Ⅳ.①I222

中国版本图书馆CIP数据核字(2016)第010812号

SHANHAIJING TUZAN YIZHU

山海经图赞译注

作　　者:(晋)郭璞

译　　注:王招明　王　暄

责任编辑:曾德明　吴　茵

责任校对:舒　舍

封面设计:廖　铁

版式设计:匡太平

岳麓书社出版发行

地址:湖南省长沙市爱民路47号

直销电话:0731-88804152　0731-88885616

邮编:410006

版次:2016年4月第1版

印次:2022年10月第3次印刷

开本:710mm×1000mm　1/16

印张:24.25

字数:326千字

印数:6 001—9 000

ISBN 978-7-5538-0522-1

定价:66.80元

承印:廊坊市博林印务有限公司

目　录

前　言

《山海经图赞》二卷，晋朝郭璞撰。郭璞，字景纯，河东闻喜（今山西闻喜县）人，生于西晋武帝咸宁二年（276），卒于东晋明帝太宁二年（324）。郭璞是两晋之际的著名文学家、训诂学家。《晋书·郭璞传》称："璞好经术，博学有高才，而讷于言论，词赋为中兴之冠。好古文奇字，妙于阴阳算历。"郭璞三十岁时离家南下，避难宣城，后由宣城东行依归丹阳太守王导。公元311年匈奴刘曜攻陷洛阳，次年攻克长安，俘晋怀帝、晋愍帝，西晋灭亡。郭璞对中原落入异族之手痛心疾首，悲愤万分。公元317年，司马睿称帝建康。此时郭璞对东晋新王朝收复失地、振兴晋室充满了期待。他写下了描绘长江浩大声势的《江赋》，"其辞甚伟，为世所称"；又作《南郊赋》，盛赞东晋王朝的开国大典。晋元帝"见而嘉之"，任命郭璞为著作佐郎，复迁尚书郎，后因母忧去职。明帝时，任征南大将军王敦记室参军。敦欲谋反，命璞卜筮，郭璞答曰"无成"，又曾暗示温峤、庾亮讨逆之举将获胜利，结果惨遭王敦杀害，终年四十九岁。郭璞博识多知，学富五车，但因庶族寒士出身，不可能获高位施展自己的政治抱负，就像《图赞》所咏的"被褐怀祸"的狪狪，"以货贾害"的珠鳖鱼，终成为司马氏政权与豪门王氏内斗的牺牲品。

郭璞的《山海经图赞》原本是"山海经图"与赞体文学的结合。天下奇书《山海经》的成书经历了由图画到文字，再由文字到图画的漫长过程。最古的《山海图》早已亡佚。晋代诗人陶渊明有"流观山海图"的诗句。他看到的应是后人根据《山海经》的经文重新绘制的《山海经图》。郭璞的《山海经图赞》也是据《山海经图》而创作的赞诗，是“用简洁的语言对图画内容加以评述的一种文体”。刘勰《文心雕龙》中有关于“颂赞”的文体论。他认为“赞”是“颂”这种文体的一个细小分支（“颂家之细条”）。他特别指出：“及景纯注雅，动植必赞，义兼美恶，亦犹颂之变耳。然本其为义，事生奖叹，所以古来篇体，促而不广，必结言于四字之句，盘桓乎数韵之辞，约举以尽情，昭灼以送文，此其体也。”郭璞曾给《尔雅》和《山海经》作注，又分别创作了《尔雅图赞》和《山海经图赞》。在这两部《图赞》里，赞美述恶，兼而有之，从体制上说是“促而不广”，每则为六句四言韵诗，这简约、明晰的语言文字并不妨碍作者意思的尽情表达。刘勰还指出：“赞者，明也，助也。”郭璞的“赞”是题写在《山海经图》上的说明文字，今天《图赞》作为一部赞诗，也将给《山海经》的热心读者提供帮助。

郭璞是《山海经》的校勘和编订者，是注释《山海经》的第一人，而《山海经图赞》是他深入研究《山海经》基础上进行再创作的一个文学成果，是《山海经》诠释体系的一部分。《山海经图赞》有着和《山海经》相同的整体结构，遵从十八卷的编写体例，分为“山经”和“海经”两大部分。

在《山海经图赞》的“山经”部分，那些咏叹灵禽异兽、奇蛇怪鱼的赞辞给人留下深刻印象。有人称《山海经》是“语怪之祖”，《山海经图赞》则是我国古代描写神怪最多的一部诗集。这里有“厥状如蛇，脚二翼四”的酸与，有“鹿状四角，马足人手”的玃如，“厥状如牛，鸟翼蛇尾”的鯥鱼，还有“一头两身”的肥遗蛇，真是光怪陆离，无奇不有。变形、幻化是原始人类对远方异物的接纳和传达方式。郭璞还咏赞这些奇形怪状的动物消厄除疾、预卜吉凶的神奇功能。天狗“禳灾除害”，穷奇“驰逐妖邪”，这是因为奇特动物具有攻击鬼魅邪祟的超自然力量。根据顺势巫术的相似律原理，“赤鷩辟火”，是因其羽毛赤色，“同类相治”；驳兽“辟兵”，是因有“吞虎”气势，“果必似因”。服食、服佩更接近染触巫术，“肥遗似鹑，其肉已疫”，“鸪鹨之鸟，食之不瞧”；还可治疗心理病症，“窃窕是佩，不知妒忌”（类），“若欲不恐，厥皮可佩”（猼訑）。原始人类借助交感巫术来实现“控制自然以切实用”的目的。郭璞《图赞》里的奇异动物是吉凶征兆的物象。“当康如豚，见则岁穰”，“矫矫白狼，有道则游”；而颙鸟“旱征”，长右“水祥”，预兆天灾；朱厌“有兵”，猾裹“兴役”，征验人祸。原始初民在求生存的艰难境遇中，“察知善恶”，预知吉凶，进入川泽山林时，“不逢不若”①，尽知神奸。这种被称为“物占”的预兆方式，尽管虚妄荒诞，但满足了原始人禳凶化吉的心理需要而富有生存斗争的价值。郭璞精于“人为”卜筮，在他《图赞》里咏赞的却是中国最古老的占卜形式。

郭璞《图赞》的“海经”部分是一个神奇开放的世界，这里有他写下的咏颂海外远国异人的多首赞辞。“鸟喙长颊，羽生则卵”的羽民国，“修脚自负，捕鱼海滨”的长臂人，还有“寿靡之人，靡景靡响”、“柔利之人，曲脚反肘”。这些海外奇闻、异域风情，让人感到新奇，人们在惊叹之余，却不要疏忽了《海外南经》前有一段被人称为海经“短序”的文字，其中写道：“神灵所生，其物异形，或夭或寿，唯圣人能通其道。”主要意思是：“神灵”化生的每样生物，都是“一种生命的庄严表现”；“能以宽广的耳目去观察世界，能以开放的心灵去接纳异域，这才是圣人通达的见识”。（李丰楙语）郭璞深得其中精义，在“唯圣人能通其道”下作注云：“言自非穷理尽性者，则不能原极其情变。”② 他题为“贯匈交胫支

① 不若：犹言不祥或不祥之物，指传说中的魑魅魍魉等害人之物，见本书 103 页注释④。

② 穷理尽性，见《易·说卦》：“和顺于道德而理于义，穷理尽性以至于命。”孔颖达疏：“穷极万物深妙之理，穷尽生灵所禀之性。”原极：深探，穷究。情变：指情理的变化。

舌国”、“三身国一臂国”的两首赞诗，专讲相关的道理，“造物无私，各任所禀”，“厥变难原，请寻其本”，是对“短序”的呼应和补充。因此，在郭璞远方异国的赞辞里没有佻薄的态度、猎奇的心理，更无民族歧视的偏见，有的是对“或贵穴倮，或尊裳衣”不同习俗的尊重，对丈夫国、司幽国“感而遂通”现象的解释，为一目国、柔利国写下“此一不少”、“所贵者神”的辩辞；还有对奇肱国“妙哉工巧”、君子国“东方气仁”的赞美，对载国“自然衣食”、轩辕国“承天之祜”的企慕向往，并期盼华夏大地上出现“穿胸长脚，同会异族”的盛况。

《山海经》是中国神话的渊薮，《山海经图赞》里出现最多的是对神祇鬼怪、奇草异木、灵山圣水、仙乡乐园的咏赞，每一首赞诗就是一个瑰丽奇异的神话故事。但也有多首赞辞相互关联而构成神话系列的：《西山经图赞》的昆仑丘“惟帝下都”，百神所在，神陆吾、土蝼、钦原、鹑鸟，还有昆仑诸山的西王母、神英招、神长乘；《海内西经图赞》的昆仑虚玉树琼枝，神木丰茂，有嘉谷木禾、文玉玗琪、不死之树、圣木曼兑、服常琅玕，还有甘水醴泉；《大荒西经图赞》的昆仑之丘外围弱水之渊“莫测其深”、炎火之山“焚之无尽”……在郭璞笔下，昆仑山就是这样一座宏大、雍穆而神秘的圣山。《中山经图赞》有以青要之山美神武罗为中心的五首赞辞，“泰逢虎尾，武罗人面。熏池之神，厥状不见”，加上“鴢鸟”、“荀草”，都宜用整体的眼光去阅读鉴赏。“海外四经图赞”有以四方神为题材创作的“组诗”：《南方祝融》、《西方蓐收》、《北方禺彊》和《东方句芒》。经文对四方神的叙述过于疏略，如南方祝融“兽身人面，乘两龙”。郭璞《图赞》称“祝融火神”，这是方位神和五行相配；又说“气御朱明，正阳是含”，方位和时令结合，时空混合是原始人的宇宙观；“作配炎帝”，又多出了五方神配五方帝之说。西方蓐收是司秋之神，秋风肃杀，就有了“立号西阿，恭行天讨”的刑神形象；东方句芒是春神，春天万物复苏，又成了“衔帝之命，锡龄秦穆”的司命之神。郭璞《图赞》赋予了原始神话更为丰富的内涵和意象。

《山海经图赞》还有一些是现实存在的自然物的赞辞。郭璞描绘人们熟知的动物的形状特征和习性，犀牛“角则并三，分身互出”，大象“望头如尾，动若丘徙”，蜼兽“雨则自悬，塞鼻以尾”，这些动物虽说珍奇，却不怪异。人们常见的草本木本植物主要写医药或巫术的功能，“文茎愈聋”，“杜衡走马”，“牛伤镇气”，“天楄弭噎”，若华是“疗痁之草”，桂树为百药之王。《图赞》所咏矿物突出它们奇特的效用，“礜石杀鼠，蚕食而肥”，“磁石吸铁”，赤铜“切玉如泥”，瑾瑜玉“君子是佩，象德闲邪”。《山海经》所述山川河流实在太多，郭璞写赞有他自己的考量和选择，会稽山突出文化价值，太华山显现神奇险峻，泰室嵩山地位显要：“嵬然中立，众山之英。”地理现象《图赞》也有叙述：“两山之间，丘号曰平”；“天限内外，分以流沙”；“南极之山，越处东海”。郭璞还咏赞了长江流域的庞大水系。《图赞》对自然物的咏赞往往和巫术、神话结合。如狌狌，“蜚廉迅足，岂食斯肉”；枫木，“盗械为枫，香液流连”；水玉，“赤松是服，灵蜕乘烟”；太华山，“爰有神女，是挹玉浆”。在《山海经图赞》里，这些动物植物、山川矿产又和前面所述的奇禽怪兽、远国异人、神话传说搅混在一起，真是虚中有实，实中有虚，虚多实少，扑朔迷离。神话和史实融为一体，巫术和科学混杂交织，证明了《山海经》是“浑沌状态的综合体”（袁珂语）。

在《山海经图赞》里，郭璞运用道家的老庄思想糅合儒家经义对《山海经》中众多怪异事物进行描述或阐释（有别于引申傅会、借题发挥的赞辞表现出来的儒家、道家思想），给他的《山海经》诠释体系打上了浓厚的玄理思辩的底色。陈连山在《〈山海经〉学术史考论》一书中指出：“郭璞在《山海经注》里基本限于文字说明和引证同类事物，很少从理论上阐述其存在的理由，而在《图赞》中，郭璞对于各种奇怪事物往往有较为深入而系统的解说。”而这些“解说”已经成为人们研究郭璞道家思想的重要依据。（见连镇标《郭璞研究》）郭璞的玄学自然观继承了汉代以董仲舒为代表的天人合一思想，明确提出了“物以感应”的理念。在郭璞《图赞》里，当康鲔鱼“同出殊应”、熊穴石鼓“象殊应一”，丈夫国民“感灵所通”，羿射十日“天人悬符”。郭璞还以为“磁石吸铁，琥珀取芥”是不同物质的相互感应，并揭示了其中的奥妙：“气有潜通，数亦冥会。”但郭璞有时也对“天人感应”说表示怀疑。他对“洨洨之来，乃致狡宾”提出疑问：“归之冥应，谁见其津？”在《东山经图赞·朱獳》中写道：“通感靡诚，维数所在。”认为交互感应是不真实的，因自然之理数才是实实在在的存在。郭璞《图赞》里说了许多“苟以数通”、“有理悬运”、“得一自全”、“所正者神”之类的话，其中的“数”、“理”、“一”、“正”是相同的概念，都指自然之理、自然之数，也就是“老子之道”。“道”是老子哲学的一个中心命题。郭璞在诠释或描述《山海经》所载的千奇百怪的事物时，把宇宙万物的发生发展变化都归之于自然规律的“道”，还阐发了道即精气为宇宙本原的思想。在《中山经图赞》里，他认为青耕、跂踵两鸟的形状和功用迥异，是各自禀受了不同自然之气的缘故（“物之相反，各以气来”）；撞击鸣石之所以发声，是因为它和金属相类同，若用“数”的道理来解释，都是自然之气运动的结果（“苟以数通，气无不运”）。“气”的观念在中国有其悠久的历史，最初来自原始先民的思想。梁钊韬先生指出：“原始巫术是把‘气’（马那）当作是物质的。”（《中国古代巫术》）从这个意义上来说，老子的自然之道就是“世界的物质基础‘气’及其变化的自然法则的统一”。郭璞在《山海经注》里提出了“物禀异气，出于自然”的观点，在《图赞》里则表述为“禀气自然”、“受气自然”而被人们说成是“朴素的唯物主义宇宙观”。

《山海经图赞》作为诠释性的颂赞文字，有其独特的行文结构和相对固定的叙述方式（名称、特征、功用、发微）。郭璞为了扩展咏赞范围、拓宽想象空间、完成时空穿越，把据典用事融入铺叙之中。诗歌用典，到南朝宋颜延之时才形成风气，创造性地运用典故是郭璞《图赞》的突出特点。“王阳逡巡，王尊逞节”（《崃山》）是事典，“轮运于毂，至用在无”（《当扈》）为语典。《图赞》中引言征事数量较多（近70处），用法灵活多变。“南风是思”（《苍梧之野》），追怀舜帝作“养民之诗”属“正引”；“被褐怀祸”（《狪狪》）为“被褐怀玉”之倒用。“庄生是感，挥竿傲贵”（《蠵龟》），用典明显；“死则复苏，厥身为鳞”（《氐人》），用典隐晦。或借而喻：“倕衔其指”（《般为弓矢》）；或兴而起：“麟斗日薄”（《九钟》）。《图赞》使事用典，可谓是辞约义丰，耐人寻味；点石成金，蔚为观止。《图赞》为了说明奇异事物存在的合理性，多有玄学思辨色彩的议论。“至理之尽，出乎自然”（《患》），用作结句；“视之则奇，推之无怪”（《猼訑》），用于中腹；“物以感应，亦不数动”（《鳋鱼》），用作起句。真是颠倒顺逆，莫测其妙。而议论中常出现“厥理至微”、“厥数为玄”、“理无不共”、“厥数难明”等辞句，就像鳛鳛鱼生在羽毛顶端上的闪亮鳞片（“鳞在羽端”），给人以玄奥神秘的感受。朱庭珍在《筱园诗话》中指出：“名家制胜，正在使事与议论耳。”郭璞善用使事与议论，达到挥洒自如的境地，使得说明性的短小赞诗充满了才情与睿智，也是他出奇制胜之处。郭璞的《山海经图赞》无论在思想内容还是艺术创新上，都是我国古代文苑里一朵独放异彩的奇葩。

郭璞《山海经图赞》清时有三个辑本，一为大学士卢文弨抱经堂本，一为户部主事郝懿行《山海经笺疏》附录本，一为辑佚大家严可均观古堂汇刻本。三书同祖明《道藏》本而稍有出入。长沙叶德辉认为严氏汇稿本最为“精善”。本书以严可均校辑《全上古三代秦汉三国六朝文·全晋文》卷一百二十二郭璞《山海经图赞》为底本，比照明张溥《郭弘农集》卷二《赞》和《补遗》、清郝懿行

《山海经笺疏》中的《图赞》、《百子全书》中的《山海经图赞》和《补遗》，核对同异，勘定正误。严可均《山海经图赞》按语云："隋唐《志》：'《山海经图赞》二卷，郭璞撰。'《玉海》引《中兴书目》云：'山海经十八卷，郭璞传，凡二十三篇，每篇有赞。'近代惟明《道藏》本有赞，起卷一止卷十三，而卷十四《大荒经》以下赞阙。其见存者次第与经文不尽合。"又云："今从各书写出六十七篇，益以《藏》本，共得二百六十六篇，依经文先后编次之。"严可均在《铁桥漫稿》卷五《山海经图赞叙》中指出："摭罗残剩"，从《北堂书钞》、《初学记》、《御览》、《艺文类聚》各书中仅得《东海外大壑》、《竫人》、《弱水》、《炎火山》、《若木》、《都广之野》、《封豕》七首而已，"余当有八九十首，莫可考见"。本书根据今人张宗祥校录《足本山海经图赞》（古典文学出版社，1958年版），增补《大荒四经》、《海内经》图赞42首。《足本》系元曹仲良写本《山海经》所附的"全赞"。本书译注者又增补《西山经注》之《铭·穷奇》（严叙云："盖铭即赞。"）、《足本山海经图赞》中山经图赞之《栃木》《豪鱼天婴飞鱼朏朏》《麈兽犀渠獭兽》《阳虚山》《䲹鸟鸰䴘》、《百子全书》西山经图赞之《飞蛇》、聂恩彦《郭弘农集校注》补遗之《猩猩》（聂注定为山海经图赞）共8首。《藏》本《东山经图赞·蜚》《中山经图赞·跂踵》与《注》中《铭》"绝异"，在严可均辑本中均为一题两赞，故本书共收《图赞》316题318首，比《足本山海经图赞》303首多出15首，是目前所见之《山海经图赞》各种辑本中的最全本。

本书是郭璞《山海经图赞》的普及读物，对每则赞诗分别作了今译、注释和说明，有的还插了古图。译文，以直译为主，辅以意译，力争做到通畅、明白。注释，解释难懂的字、句和典故，适当引用书证，力求准确、简明。说明，逐录有关经文和郭璞的注释，它们是《图赞》创作的重要依据，再对《图赞》的思想内容和艺术特色加以考证、阐释和提示。在说明和注释过程中，参考和吸收了古代学者的传统看法，更多的是当代中外学者的研究成果。本书的插图不是郭璞所见的《山海经图》，而是精选自明、清两朝至民国初年附图的多种《山海经》刻本。其中采用最多的是刻有郭璞赞辞的古图，这得益于钟叔河先生的宝贵建议，并得到马昌仪先生的大力支持和热情帮助。本书是目前所见第一部《山海经图赞》的新注全译插图本。编译者对赞诗篇目在顺序上作了调整，“依经文先后编次之”，多物混合咏叹的图赞排序定位在所咏最后那个事物上。本书是对《山海经图赞》译注的一个尝试，其中也有译注者的个人见解，由于译注者才疏学浅，不妥之处在所难免，敬请专家学者和广大读者不吝教正。

王招明

2014 年 8 月 6 日于长沙西西弗堂

南山经图赞

桂

【原文】桂生南裔[①]，
拔萃岑岭[②]；
广莫熙葩[③]，
凌霜津颖[④]；
气王百药[⑤]，
森然云挺[⑥]。

【译文】桂树生南方边地，
山岭上拔萃出群；
朔风下花开盛美，
抗霜寒叶儿滋润；
含精气为百药王，
树满山耸立如云。

【注释】

① 裔：边远的地方。《玉篇·衣部》：“裔，边地也。”

② 拔萃：犹出众，语出《孟子·公孙丑上》：“出于其类，拔乎其萃。” 岑（cén）：小而高的山。

③ 广莫：即广莫风。晋木华《海赋》：“飚凯风而南逝，广莫至而北征。”广莫风，八风之一，即北风。 熙葩（pā）：言桂花熙茂盛美。熙，盛也；葩，花。

④ 凌霜：抵抗霜寒。 津颖：言桂树树叶润泽。津，润泽，不干枯；颖，嫩芽，芽尖。

⑤ 气：精气，古谓天地间万物皆秉之以生的阴阳精灵之气。

⑥ 森然：耸立貌。 云挺：像云一样直立。

【说明】

桂，在古人心目中是一种珍贵的树木，《山海经》开篇第一树就是桂。《南山经》说：“《南山经》之首曰䧿山。其首曰招摇之山，临于西海之上，多桂。”郭璞在《山海经图》上看到的也是满山遍野郁郁苍苍、挺拔入云的桂树。在他的想象之中，朔风下桂花香气馥郁，严霜下桂叶繁茂润泽。桂树蕴含天地间阴阳精灵之气，桂花、桂枝皆可入药，郭璞赞颂桂是“百药之王”。

迷　榖[①]

【原文】爰有奇树[②]，
产自招摇；
厥华流光[③]，
上映垂霄[④]；
佩之不惑，
潜有灵标[⑤]。

【译文】有这样一种奇树，
出产自招摇之山；
它光华闪烁流动，
直映射如盖云霄；
佩戴迷榖人不惑，
它潜藏灵性智慧。

【注释】

① 迷榖（gǔ）：袁珂《山海经全译》注曰：“经文如榖与下文其名曰迷榖之榖（gǔ），宋本均作榖，是也。”故本首图赞除所引经文外均从之作“榖”。

② 爰：助词，无义。

③ 厥：代词，其。　华：光华。　流光：流动、闪烁的光彩。

④ 垂霄：如盖的云霄。垂，覆盖，笼罩。

⑤ 灵标：灵性，智慧。

【说明】

迷榖，是古老传说中的一种奇树。《南山经》说：“招摇之山有木焉，其状如榖而黑理，其华四照，其名曰迷榖，佩之不迷。”榖，也叫“构”或“楮”，是一种落叶乔木，开淡绿色花，结红色果。迷榖形状像“榖”却“其华四照”，不是普通的榖树。郭璞赞辞“厥华流光，上映垂霄”，更加突出了它的神异。在古人心目中迷榖作为神树，是具有特殊的灵异效应的，佩戴它枝叶的人会变得机敏聪慧而绝不迷惑。

狌　狌

【原文】狌狌似猴①，
走立行伏。
櫰木挺力②，
少辛明目③。
蜚廉迅足④，
岂食斯肉⑤。

【译文】狌狌外形像猕猴，
行走直立或匍伏。
吃了櫰果有力气，
少食辛辣眼睛明。
纣臣蜚廉奔跑快，
莫非吃了这兽肉。

【注释】

① 狌狌（xīng · xing）：即猩猩。《广韵 · 平庚》：“猩，猩猩，能言，似猿，声如小儿也。狌，同‘猩’。”

② 櫰（guī）木：传说中的树名。《山海经·西次四经》："中曲之山……有木焉，其状如棠，而员叶赤实，实大如木瓜，名曰櫰木，食之多力。"《百子全书·山海经图赞》、《郭弘农集》作"杈木"；郝懿行《山海经笺疏》作"櫰木"，是也。 挺力：犹言出力、用力。

③ 辛：五味之一，辣味；也借指葱蒜等含有辛辣味的菜蔬。《文选·嵇康〈养生论〉》："薰辛害目，豚鱼不养，常世所识也。"李善注："《养生要》曰：'大蒜勿食，荤辛害目。'……薰与荤同。"

④ 蜚（fēi）廉：人名，纣王之臣。蜚，一作"飞"。《史记·秦本纪》："蜚廉生恶来。恶来有力，蜚廉善走，父子俱以材力事殷纣。"

⑤ 岂：副词，表揣测，莫非。

【说明】

狌狌，被古人看成是一种灵兽。《南山经》说："招摇之山，有兽焉，其状如禺而白耳，伏行人走，其名曰狌狌，食之善走。"狌狌像人一样直立行走，又能四肢着地如野兽般奔跑。人吃了櫰木果实会"有力"，吃了狌狌的肉能"善走"。郭璞认为纣王之臣蜚廉行走如飞，是吃了狌狌肉产生的效验。弗雷泽曾指出，"野蛮人常常为了获得某些他所希望的素质，而去吃那些他相信具有这些素质的动物或植物"，这是一种积极的"巫术交感"观念。（《金枝》）《山海经》中的许多动物、植物就是这样被当成了灵验的食物或药物。

白 猿

【原文】 白猿肆巧①，
由基抚弓②；
应眄而号③，
神有先中④。
数如循环⑤，
其妙无穷。

【译文】 长臂白猿显机巧，
由基调弓箭未发；
一眼瞥见惊呼叫，
预先知道被射中。
人猿定数如循环，
其中奥妙无穷尽。

【注释】

① 肆：显明，显示。

② 由基：即善射者养由基，是春秋时楚国大夫。《吕氏春秋·博志》："养由基、尹儒，皆文艺之人也，荆廷尝有神白猿，荆之善射者莫之能中，荆王请养由基射之。养由基矫弓操矢而往，未之射而括中之矣，发之则猿应矢而下，则养由基有先中中之者矣。" 抚弓：有调弓矫矢之意。

③ 应（yīng）：副词，表示动作、行为立即进行的，相当于"很快"、"立即"。 眄（miǎn）：斜视，不用正眼看。

④ 神：神悟，敏捷的理解。

⑤ 数（shù）：定数、命运。 循环：往复回旋。指事物周而复始地运动或变化。

【说明】

白猿是一种白眉长臂猿。《南山经》说："堂庭之山，多白猿。"郭璞注曰："今猿似猕猴，而大臂脚长，便捷，色有黑有黄。鸣，其声哀。"白猿的长臂使人联想到养由基的猿臂善射。养由基是春秋时楚国大夫，具有射中目标之前能从意念上射中的神妙技法。而白猿只要看到养由基调弓矫矢，就会惊呼号泣，也能领悟养由基在意念上把目标射中的本领。郭璞认为，人或如猿，猿或变人，都有一定的气数，其循环往复之理，真奥妙无穷（聂恩彦语）。

水 玉

【原文】水玉沐浴[①]，
潜映洞渊[②]。
赤松是服[③]，
灵蜕乘烟[④]；
吐纳六气[⑤]，
升降九天[⑥]。

【译文】晶莹水玉受润泽，
深藏洞渊光映壁。
雨师赤松吃了它，
灵魂解脱乘云烟；
吐浊纳清六种气，
上下九天成神仙。

【注释】

① 沐浴：蒙受水的润泽。严可均校辑《全上古三代秦汉三国六朝文》

作“冰鳞”。根据《郭弘农集》改为“沐浴”。

② 洞渊：洞穴里的深潭。

③ 赤松：传说中的仙人。《列仙传》卷上：“赤松子者，神农时雨师也，服水玉以教神农，能入火自烧。往往至昆仑山上，常止西王母石室中。随风雨上下。炎帝少女追之，亦得仙俱去。”

④ 蜕：解脱。 乘：升，登上。

⑤ 吐纳：中国古代的一种养生方法，即把肺中浊气尽量从口中呼出，再由鼻孔缓慢吸进清新的空气，使之充满肺部，古人叫做“吐故纳新”。 六气：谓朝旦之气（朝霞）、日正之气（正阳）、日没之气（飞泉）、夜半之气（沆瀣）、天之气、地之气。

⑥ 九天：谓天空最高处。

【说明】

水玉，即今天的水晶（纯粹的石英）。《南山经》说：“堂庭之山，多水玉。”郭璞注云：“水玉，今水精也。赤松子所服，见《列仙传》。”本则《图赞》写神农时雨师赤松子服水玉而得仙的故事。古人把水晶当作了玉的一种，而玉是阳精之纯、神的享物，人吃到足够的玉之后可以升天成仙。在郭璞的笔下，赤松子服水玉而登仙的过程极富神异色彩。

鹿 蜀

【原文】
鹿蜀之兽，
马质虎文①；
骧首吟鸣②，
矫足腾群③。
佩其皮毛，
子孙如云。

【译文】
鹿蜀这样一种兽，
马皮底子虎斑纹；
昂着头大声吟啸，
足迅捷成群奔腾。
人们佩戴它皮毛，
子孙繁衍多如云。

【注释】

① 质：底子。

② 骧（xiāng）首：马头或俯或仰。《说文》：“骧，马之低仰也。”《百

子全书·山海经图赞》、《郭弘农集》作“攘此”。郝懿行《山海经笺疏》作“驤首”，是也。

③ 矫（jiǎo）：灵活，迅捷。

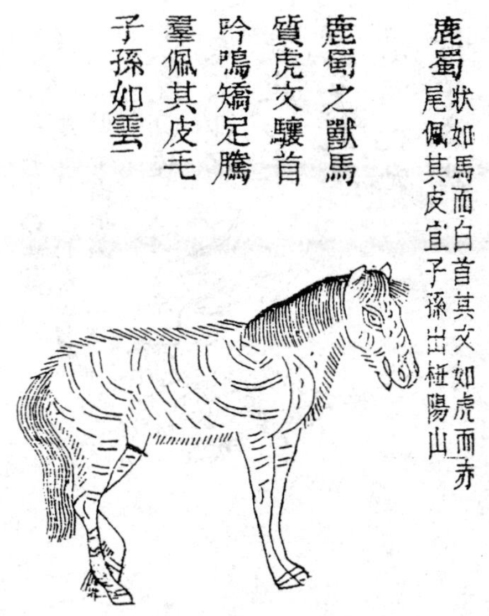

【说明】

鹿蜀是一种样子像马的神兽。《南山经》说：“杻阳之山，有兽焉，其状如马而白首，其文如虎而赤尾，其音如谣，其名曰鹿蜀，佩之宜子孙。”郭璞写鹿蜀昂首吟啸、举足腾跃诸状，应是从《山海经图》中所看到的形象。为什么佩戴鹿蜀毛尾就“宜子孙”呢？有学者认为，鹿蜀是驴的神化，“驴之阳具硕大有力”，于是古人产生了“佩其皮毛，子孙如云”的巫术联想。

鯥

【原文】鱼号曰鯥[1]，
处不在水[2]；
厥状如牛[3]，

【译文】有一种鱼名叫鯥，
居留之处不在水；
它的形状像留牛，

鸟翼蛇尾；	鸟的翅膀蛇的尾；
随时隐见④，	随时令隐藏现身，
倚乎生死⑤。	凭习性冬蛰夏生。

【注释】

① 鯥（lù）：郭璞注经曰：“音六。”

② 处：居处。

③ 如牛：谓其状如留牛。郭璞注经曰：“《庄子》曰‘执犁之狗’，谓此牛也。《穆天子传》曰：‘天子之狗执虎豹。’”袁珂注经曰：“留牛未详；《东山经》首说鳙鳙之鱼‘其状如犁牛’，郭璞云：‘牛似虎文者。’或即此；留、犁音相近。”留牛，可能是背上有巨大瘤状物的“印度瘤牛”。

④ 时：季节。 见：同“现”，出现。

⑤ 倚：凭靠。

【说明】

鯥，古代传说中一种怪鱼，集鸟、兽、鱼、蛇四牲于一身。《南山经》说：“柢山，有鱼焉，其状如牛，陵居，蛇尾有翼，其羽在魼（亦作“胁”）下，其音如留牛，其名曰鯥，冬死而夏生，食之无肿疾。”鯥除了形象十分怪异外，它还具有“冬死而夏生”的习性。郭璞注曰：“此亦蛰类也。谓之死者，言其蛰无所知，如死耳。”赞辞也强调它是一种冬眠的动物。

类

【原文】类之为兽，
一体兼二。
近取诸身①，
用不假器②；
窈窕是佩③，
不知妒忌。

【译文】类作为一种怪兽，
体内兼有雌和雄。
走近它身取毛发，
不必借用别器官；
美女将毛佩身上，
彼此不会生妒忌。

【注释】

① 诸。兼词，“之于”。从类身上取下的应是“髦”。髦，通“毛”，毛发。
② 假：借。 器：器官。范缜《神灭论》：“此心器之殊也。”
③ 窈窕（yǎo tiǎo）：形容女子文静而美好。这里指美女。

【说明】

类，是一种雌雄共体的怪兽。《南山经》说：“亶爰之山，有兽焉，其状如狸而有髦，其名曰类，自为牝牡，食者不妒。”类，自为阴阳，雌雄相类，故命名为“类”。类自孕而生，单性生殖，若有第三者介入也不会妒火中烧。美女将其毛发佩戴身上，不懂嫉恨的心理便传输到美女那里，她们不再受“妒忌”的烦扰。这也是一种交感巫术，“事物一旦互相接触过，它们之间将一直保留着某种联系”（弗雷泽《金枝》）。上文的迷榖、鹿蜀，下文的猼訑、灌灌等灵物的效验都属于“接触巫术”。

猼 訑

【原文】猼訑似羊①，
眼乃在背②；

【译文】猼訑的样子像羊，
眼睛竟长背脊上；

视之则奇，
推之无怪；
若欲不恐，
厥皮可佩。

看它觉得很怪异，
推度起来不奇怪；
若要胆大无畏惧，
取其皮毛佩身上。

猼訑
狀如羊九尾四耳
其目在背出基山

猼訑似羊眼反
在背視之則
奇推之無
怪若欲不恐
厥皮可佩

【注释】

① 猼訑（bó yí）：郭璞注经云："博施二音。施（訑）一作陁。"

② 眼乃：聂恩彦《郭弘农集校注》作"眼反"。乃，副词，竟，竟然。

【说明】

猼訑，传说中的怪兽。《南山经》说："基山，有兽焉，其状如羊，九尾四耳，其目在背，其名曰猼訑，佩之不畏。"郝懿行注曰："此亦羊属，唯目在背上为异耳。"我国古代有"城郭市里，高悬羊皮以惊牛马"的习俗。士兵们在兵器"殳"上挂上羊角或羊皮，说是可以"避恶鬼虎狼，止惊悸"。猼訑为"羊属"，佩戴它的皮毛也有避邪壮胆的作用。

祝荼草旋龟鹇鸺鸟

【原文】祝荼嘉草①，
食之不饥。
鸟首蚖尾②，
其名旋龟。
鹇鸺六足③，
三翅并翚④。

【译文】祝荼是种嘉吉草，
人们吃它不饥饿。
鸟儿的头蛇的尾，
它的名字叫旋龟。
鹇鸺生有六只脚，
三翼翅一齐扇动。

【注释】

① 祝荼（tú）：《山海经》作“祝馀”。

② 蚖（wán）：毒蛇。《广韵·桓韵》：“蚖，毒蛇。”

③ 鹇鸺（chǎng fū）：传说中的鸟名。郭璞注经云：“鹇鸺急性。”郝懿行《山海经笺疏》作“鷩鸺”（biē fū）。

④ 翚（huī）：通“挥”，挥动，扇动。

【说明】

这是一首把数物放在一起加以吟咏的赞辞。三种动植物经过人的食用或服佩，都能产生治疗疾病、超越自身功能的灵异效应。祝茶生在招摇之山上，“其状如韭而青华”，人吃了它后不再感觉饥饿。旋龟出现在杻阳之山的怪水中，“其状如龟而鸟首虺尾”，“其音如判木，佩之不聋，可以为底”，在治疗耳疾和足茧方面有特效。基山上的鹋鸺，“其状如鸡而三首六目，六足三翼”，“食之无卧”。它三首六目轮换使用，六足三翼永不疲倦、歇息。人吃了鹋鸺的肉就会精神亢奋，用不着睡觉了。郭璞称祝茶为美好吉祥的灵草，实际上也包含对旋龟、鹋鸺的赞颂。

灌灌鸟赤鱬

【原文】厥声如诃[①]，
厥形如鸠[②]；
佩之辨惑[③]，
出自青丘。
赤鱬之状[④]，
鱼身人头。

【译文】它叫声如人吆喝，
它的形态像斑鸠；
佩其羽毛辨疑惑，
出自青丘山林中。
赤鱬是副这模样，
鱼的身子人的头。

【注释】

① 诃：同“呵”（hē），吆喝。
② 鸠：是斑鸠一类的鸟。
③ 辨惑：辨别疑惑，解除疑惑。
④ 鱬（rú）：袁珂注经云：“鱬音儒。” 状：《百子全书·山海经图赞》、张溥《郭弘农集》均作“物”。

【说明】

灌灌鸟是一种奇鸟。《南山经》说：“青丘之山，有鸟焉，其状如鸠，其音若呵，名曰灌灌，佩之不惑。”陶渊明《读山海经》诗曰：“本为迷者生，不以喻君子。”佩戴灌灌鸟的羽毛可以使迷者不惑。赤鱬是一种人鱼。“青丘之山，英水出焉，南流注于即翼之泽。其中多赤鱬，其状如鱼而人面，其音如鸳鸯，食之不疥。”赤鱬这种半鱼半人的混合形象，比起以后出现在神话传说中的鲛人、美人鱼来更显古老、拙朴。

鴸 鸟

【原文】 彗星横天，
鲸鱼死浪①。
鴸鸣于邑②，
贤士见放③。
厥理至微④，
言之无况⑤。

【译文】 彗星横着飞过天，
鲸鱼死在大浪中。
村落城镇鴸鸟叫，
贤士被废遭放逐。
其中道理极微妙，
言语无法说清楚。

慧星横天鯨
魚死浪鴸鳴
于邑賢士見
放厥理至微
言之無況

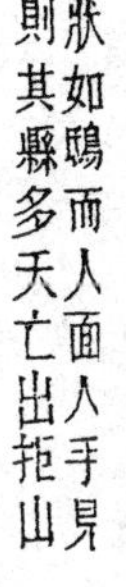

【注释】

① “彗星”两句：彗星，是绕太阳运行的一种天体。我国古代叫“妖星”，也叫“扫帚星”，古人认为彗星出现是灾祸的预兆。《淮南

子·天文训》："麒麟斗而日月食，鲸鱼死而彗星出。"郭璞以"彗星横天，鲸鱼死浪"两句起兴，引出"鴸鸣于邑，贤士见放"，说明"天象"对人事的感应。

② 邑（yì）：旧时县的别称。大曰都，小曰邑，亦泛指村落、城镇。

③ 见：被、受。　放：驱逐，流放。

④ 至微：极微妙（的事理）。

⑤ 况：比拟、比方，引申为推及、推测。

【说明】

鴸是一种不祥之鸟。《南次二经》说："柜山，有鸟焉，其状如鸱而人手，其音如痺（雌鹌鹑），其名曰鴸，其名自号也，见则其县多放士。"经专家研究，鴸鸟是丹朱神话之异闻。尧帝之子丹朱不肖，被尧放逐到丹水，后丹朱勾结三苗反尧，失败后自投南海而死。鴸即丹朱魂魄所化，故其出现则贤士要被放逐。郭璞对"鴸鸟见，多放士"的说法感到茫然，弄不清这两者之间的必然联系，故说这个道理最微妙，无法用言语说清楚，这里带有明显的玄学思辨色彩。

猾　褢

【原文】猾褢之兽[①]，
见则兴役；
膺政而出[②]，
匪乱不适[③]；
天下有道，
幽形匿迹。

【译文】猾褢这样一种兽，
现身天下兴徭役；
配合苛政它外出，
地方不乱不高兴；
社会安定有秩序，
隐形潜踪没消息。

【注释】

① 猾褢（huá huái）：郭璞注经云："滑，怀两音。"

② 膺（yīng）：接应，配合。　政：政治的好坏。这里指苛政、虐政。

③ 适：往，至。又可作痛快、高兴讲。

【说明】

猾褢是一种样子像人、全身猪毛的怪兽。《南次二经》说：“尧光之山，有兽焉，其状如人而彘鬣，穴居而冬蛰，其名曰猾褢，其音如斫木，见则县有大繇。”郭璞在“大繇”下注云：“谓作役也，或曰其县是乱。”猾褢现身就会招来徭役之灾，被人们看成是“劳役之神”，表现了古代人民对于无休止的劳役的恐惧和厌恨。郭璞还认为繁重的徭役将会引发地方上的动乱，猾褢配合统治者的苛政而外出肆虐，天下太平时倒销声匿迹。在郭璞《图赞》里猾褢的出现又是社会动乱的不吉之兆。

长右彘

【原文】长右四耳，
厥状如猴；
实为水祥[1]，
见则横流。
彘虎其身，
厥尾如牛。

【译文】长右生有四只耳，
它的样子像猴子；
实是水灾的凶兆，
出现遍地水横流。
彘的身子像老虎，
身后长的如牛尾。

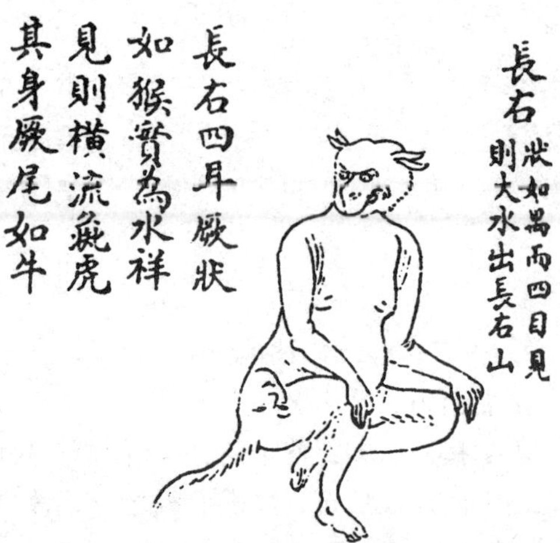

【注释】

① 水祥：即水灾的凶兆。祥，吉凶的预兆。杜预云："祥，吉凶之先见者。"

【说明】

这是一首吟咏长右和彘的合赞。《南次二经》说："长右之山，有兽焉，其状如禺而四耳，其名长右，其音如吟，见则郡县大水。"长右这种怪兽出现会引发大水，郭璞的《图赞》指出它就是水灾的凶兆。在《山海经》中有许多物怪人神、鸟兽虫鱼具有巫术性效应，它们出现将产生或吉（丰穰安康）或凶（水旱兵役）的神奇后果。这些"物占"或"预兆"是中国最古老的占卜方式。《西次二经》又云："浮玉之山，有兽焉，其状如虎而牛尾，其音如吠犬，其名曰彘，是食人。"彘是一种凶狠的食人兽，郭璞把它和长右合赞，可能也是水灾的不吉之兆。

会稽山

【原文】	【译文】
禹徂会稽[①]，	大禹东巡到会稽，
爰朝群臣[②]；	招集诸侯来朝会；
不虔是讨[③]，	不虔敬者受讨伐，
乃戮长人[④]。	杀了长人防风氏。
玉匮表夏[⑤]，	玉匣秘籍显夏功，
玄石勒秦[⑥]。	黑石刻碑颂秦德。

【注释】

① 徂（cú）：至，到。　会稽（kuài jī）：山名，在浙江省绍兴县东南，一名防山，又名苗山、茅山。

② 爰：助词，表承接。　朝：使来朝会。《国语·鲁语下》："昔禹致群神于会稽之山，防风氏后至，禹杀而戮之，其骨节专车。"

③ 虔（qián）：恭敬而有诚意。　讨：讨伐，诛杀。

④ 长人：即防风氏。防风氏是我国古代神话中的巨人族。

⑤ 匮（guì）：匣也。玉匮，玉制的箱子，古代天子用以秘藏玉册。玉册，用玉简制成，为珍藏的秘籍。绍兴有大禹在石匣山（即宛委山）觅得黄帝治水之法的玉简，治水告成后复将玉简还归石匣山的传说。鲁迅《会稽郡故书杂集》辑《贺循会稽记》云："石匮其形似匮，在宛委山上。《吴越春秋》云：'在于九山东南，曰天柱山，号曰宛委。其岩之巅，承以文玉，覆以磐石。其书金简青玉为字，编以白银，皆篆其文。禹乃东巡……因梦见赤绣文衣男子，自称玄夷仓水使者，谓禹曰："欲得我简书，知导水之方者，斋于黄帝之岳。"禹乃斋三月，登石匮山，果得其文。乃知四渎之脉，百川之理，凿龙门，通伊阙，遂周行天下，到名山大泽，召其神问之。使伯益疏而记之，名曰《山海经》。'"　表：表彰、显扬。

⑥ 玄石：黑石。　勒：镌刻，刊刻。《史记·秦始皇本纪》："三十七年十月癸丑，始皇出游……上会稽，祭大禹，望于南海，而立石刻颂秦德。"

【说明】

《西次二经》说："会稽之山，四方，其上多金、玉，其下多砆石。"郭璞注曰："今在会稽郡山阴县南，上有禹冢及井。"说明会稽山和大禹传说有关。相传大禹受命治水，东巡苗山，在这里大会诸侯，计功封爵。为纪念这次会计，人们把苗山改称为会稽山（"计"与"稽"同音）。聚会诸侯时，悍蛮的防风氏故意抗命迟到，大禹将这位身长三丈的巨人诛戮示众。禹在会稽宛委山得到黄帝秘籍，终于取得治水成功。后来大禹病逝，就葬在会稽山下。公元前210年，秦始皇巡游江南，东下会稽，祭大禹陵。为了宣扬统一大业，命左丞相李斯书写铭文，刻石记功，将此石立于会稽鹅鼻山顶。在郭璞笔下，会稽山是一座有着深厚历史文化积淀的名山。

患①

【原文】 有兽无口，
其名曰患；
害气不入，

【译文】 有种怪兽没有口，
它的名字叫做䍺；
有害气体不可入，

厥体无间[2]。　　它的身子无缝隙。
至理之尽[3]，　　最佳道理说到底，
出乎自然。　　出于自然禀精气。

䍺狀如羊而無口出洵山
有獸無口其名
曰患害氣不入
厥體無間至理
之盡出乎自然

【注释】

① 患：当作“䍺”（huàn）。《玉篇·羊部》：“旬山有兽，名之曰䍺，其状如羊，禀气自然，不可杀之。”

② 间（jiàn）：空隙，缝隙。

③ 至理：最正确的道理。

【说明】

䍺是一种没有口的怪兽。《南次二经》说：“洵山，有兽焉，其状如羊而无口，不可杀也，其名曰䍺。”郭璞注云：“禀气自然。”䍺没有口，“害气不入”，但不能吃东西了，却不死亡，这是因为怪兽䍺源于自然，禀受了天地间的精气。郭璞继承了老子的玄学思想，阐发的是道即精气为宇宙本原的观点。

犀

【原文】犀头似猪[1]，　　【译文】犀牛之头像猪猡，
形兼牛质[2]；　　个头超过牛躯体；

角则并三，	头上共有三只角，
分身互出[③]；	一在顶上两额鼻；
鼓鼻生风，	吹动鼻孔喷粗气，
壮气隘溢[④]。	凶猛之气威逼人。

【注释】

① 似：一作“如”。

② 兼：两倍，超过。 质：躯体。

③ 分身互出：是写犀牛的三角生在头上的不同部位。郭璞注经曰：“犀……三角：一在顶上，一在额上，一在鼻上。” 互：并、齐。

④ 壮：威猛。 隘：通“溢”，充盈、堆积。 溢：水满而流出。

【说明】

犀是一种凶猛的野兽。《南次三经》云：“祷过之山，其上多金、玉，其下多犀。”郭璞笔下的犀，首似猪头，形体胜牛，头有三角，分身而立，鼓鼻生风，粗壮有力，凶猛之气，咄咄逼人。郭氏赞文是依古本《山海经图》而作，可见图中犀牛凶悍形象是多么生动而逼真。

兕

【原文】	【译文】
兕惟壮兽[①]，	兕算是强壮猛兽，
似牛青黑。	形体像牛青又黑。
力无不倾[②]，	力气巨大无不摧，
自焚以革[③]。	死了剥皮用做革。
皮充武备[④]，	皮革加工甲和胄，
角助文德[⑤]。	兕角当觥助礼乐。

【注释】

① 兕（sì）：古代兽名，似犀牛，一说雌犀。

② 倾：倒塌。

③ 焚（fèn）：通“偾”，倒毙。
④ 武备：军备。指武装力量，军事装备。
⑤ 文德：指礼乐教化，与“武功”相对。

【说明】

兕是犀牛一类的凶猛动物。《南次三经》云：“祷过之山，其下多兕。”兕皮坚厚，可以制甲，是进行战争的必备物资。兕和犀不同，头上仅一角。兕角坚致，且有解毒泻火、安神定惊的功效，适于制作酒杯。兕觥呈兽角状，稍弯曲，口上有盖，为古人祭祀宴饮的酒具，故赞辞说兕角能助礼乐教化。

象

【原文】象实魁梧，
体巨貌诡[①]；
肉兼十牛，
目不逾豕[②]；
望头如尾，
动若丘徙[③]。

【译文】象委实强壮魁伟，
形体巨大貌奇特；
一头象肉倍十牛，
眼睛大不过猪目；
远看头部如后尾，
行动好像小山移。

【注释】

① 诡：怪异，奇特。
② 逾（yú）：超过。
③ 徙（xǐ）：迁移。

【说明】

象是兽类中的庞然大物。《南次三经》曰：“祷过之山，其下多象。”郭璞的赞辞，如实描状大象：体形硕大，相貌诡异，眼睛与猪目大小相同，远看象鼻像尾巴，行动如小山丘迁移。象温顺易驯，是人类的朋友，作者对它们观察细致，这篇赞辞对大象的描画生动风趣。

纂雕瞿如鸟虎蛟

【原文】纂雕有角①，
声若儿号。
瞿如三手②，
厥状似鵁③。
鱼身蛇尾，
是谓虎蛟④。

【译文】蛊雕头上长有角，
声音好像婴儿号。
瞿如鸟有三只足，
它的形状就像鵁。
鱼的身子蛇的尾，
它的名字叫虎蛟。

【注释】

① 纂（zuǎn）雕：又作“蛊雕”。郭璞注经曰：“蛊，或作‘纂’。雕似鹰，而大尾长翅。”

② 三手：经文为“三足”。

③ 鵁（jiāo）：郭璞注经曰：“鵁似凫而小，脚近尾。音‘鵁箭’之骹。”聂恩彦《郭弘农集校注》为“蛟”。

④ 蛟：郭璞注经曰：“蛟似蛇，四足，龙属。”

【说明】

这是一首关于怪兽、怪鸟、怪蛟的合赞。纂雕又称蛊雕，是一种似鸟非鸟的食人兽。《南次二经》说，鹿吴之山泽更之水“有兽焉，名曰蛊雕，其状如雕而有角，其音如婴儿之音，是食人”。瞿如是一种人面三足鸟。《南次三经》说，祷过之山“有鸟焉，其状如鵁，而白首、三足、人面，其名曰瞿如，其鸣自号也”。还有从祷过之山流出的浪水中的虎蛟，“其状鱼身而蛇尾，其音如鸳鸯，食者不肿，可以已痔”。郭璞的赞辞集中突出写它们怪异的形象。

凤 皇

【原文】凤皇灵鸟①，

【译文】凤皇是种灵异鸟，

实冠羽群②。	委实为百鸟之王。
八象其体③，	八种形象结合体，
五德其文④。	羽纹表现五德行。
拊翼来仪⑤，	拍翅舞容仪非凡，
应我圣君⑥。	应我圣王祥瑞兆。

【注释】

① 凤皇：神鸟名。皇，今作凰。灵鸟：凤为“四灵”之一。《礼记·礼运》：“麟、凤、龟、龙谓之四灵。”

② 冠：超出众人，位居第一。《白虎通》：“凤凰者，禽之长也。” 羽群：犹羽族。汉马融《广成颂》：“散毛族，梏羽群。”这里指群鸟。

③ “八象”句：历代传说不同。《说文》曰：“天老曰：凤之象也，鸿前鹿后，蛇颈鱼尾，鹳颡鸳思，龙文虎背，燕颔鸡喙，五色备举。出于东方君子之国，翱翔四海之外，过昆仑，饮砥柱，濯羽弱水，莫宿风穴，见则天下大安宁。”

④ 文：纹理，花纹。

⑤ 拊（fǔ）：拍，击。拊翼，晋成公绥《啸赋》：“百兽率儛而抃足，凤皇来仪而拊翼。”《郭弘农集》作“羽翼”。 来仪：谓凤凰飞来翩翩起舞，仪态优美，古代传说以为祥瑞之征。仪，容仪。

⑥ 应：应验。

【说明】

凤凰是一种吉祥的神鸟。它一出现，意味着天下和平安定。《南次三经》说：“丹穴之山，有鸟焉，其状如鸡，五采而文，名曰凤皇，首文曰德，翼文曰义，背文曰礼，膺文曰仁，腹文曰信。是鸟也，饮食自然，自歌自舞，见则天下安定。”凤凰羽毛的五彩花纹，能表现出人类所规范的五种品德，也反映了春秋战国时的五常思想，估计是那个时代经学家的注释文字而被后人误植入《山海经》的正文。郭璞的赞辞还说凤凰是八种动物局部特征的综合体，无非是“鸿前麟后，蛇颈鱼尾，龙文龟身，燕颔鸡喙”之类，但凤凰终归还是古人以鸡、鹤、锦鸡、山鸡、孔雀等禽类为原型，经过想象加工的神物。凤凰是一种瑞应鸟，凤凰来舞，仪态优美，“天下安宁”。郭璞把它看作“圣君”出现的祥瑞之兆，表明他对当朝皇帝晋元帝抱有极大的期待。可惜晋元帝不是圣哲明王，他终将发出孔子式的哀叹：“凤鸟不至，河不出图，吾已矣夫!”

育隧谷

【原文】育隧之谷，
爰含凯风①。
青阳既谢②，
气应祝融③。
炎氛是扇④，
以散郁隆⑤。

【译文】旄山之尾育隧谷，
穴道幽深蕴南风。
清朗春天已逝去，
夏随祝融又到来。
南风把炎热煽起，
来散布熏蒸暑气。

【注释】

① 凯风：南风。《尔雅·释天》：“南风谓之凯风。”

② 青阳：春天。《尔雅·释天》：“春为青阳。”郭璞注云：“气清而温阳。”

③ 气：节气。这里指立夏和夏至。 应：随，随着。 祝融：神名，炎帝裔。传说帝喾时火官，后人尊为火神。又是夏神，《礼记·月令》：“［孟夏之月］其神祝融。”

④ 炎氛：热气、暑气。

⑤ 散：散布。唐太宗《春日望海》诗：“和风散八荒。” 郁隆：谓郁蒸隆盛的暑气。

【说明】

育隧谷是神秘的风谷，从穴道里吹出的是南风。《南次三经》云：“旄山之尾，其南有谷，曰育遗，多怪鸟，凯风自是出。”郭璞注曰：“遗或作隧。”在《南次三经》中，还有令丘之山的中谷吹出的是“条风”（东北风）。在古人心目中，风产生的方位、风吹的方向和节气是相匹配的。赞辞里的“凯风”和夏季相对应，散布隆盛的暑气是它突出的特点。先民对风象进行观测研究，为的是掌握季节，不误农时。风调雨顺了，才能国泰民安。

鲄鱼颙鸟

【原文】颙鸟栖林[1]，
鲄鱼处川[2]。
俱为旱征，
灾延普天。
测之无象，
厥数为玄[3]。

【译文】颙鸟在林中栖息，
鲄鱼在河中游动。
都是旱象的征兆，
现身天下灾漫延。
推测原由无迹象，
其中道理就是“玄”。

【注释】

① 颙（yú）：传说中的鸟名。颙，又作鵙、鷵、䳑。
② 鲄（tuán）鱼：传说中的鱼名。
③ 数：必然的道理。 为：聂恩彦《郭弘农集校注》作“推”。 玄：

道家术语，指幽深难测的“道”。

【说明】

颙鸟鯥鱼都是大旱的征兆。《南次三经》说，鸡山黑水“其中有鯥鱼，其状如鲋而彘毛，其音如豚，见则天下大旱”；令丘之山“有鸟焉，其状如枭，人面四目而有耳，其名曰颙，其音自号也，见则天下大旱”。颙鸟和鯥鱼样子怪异，还发出异常的声音，使人恐怖。为什么它们出现就会给人类带来毁灭性的灾害呢？郭璞无法回答这个问题，于是用了一个神秘性的概念来解释，那就是“玄”，认为“玄”这种幽深微妙、高远莫测的道是颙和鯥产生凶兆的原因。

白　蓉

【原文】白蓉睾苏[1]，
其汁如饴[2]；
食之辟谷[3]，
味有余滋[4]；
逍遥忘劳[5]，
穷生尽期[6]。

【译文】白蓉一名叫睾苏，
它的汁液似糖膏；
吃它可不食五谷，
齿颊生香有余味；
优游自得忘忧愁，
终其一生直到老。

【注释】

① 白蓉（gāo）：郭璞注经云：“白蓉，见《广雅》，音羔。”
② 饴（yí）：用米、麦芽熬成的糖浆。
③ 辟谷：谓不食五谷，道教的一种修炼术。亦泛指不吃饭。
④ 余滋：留下香气、味道。滋，滋味、美味。
⑤ 劳：忧。郝懿行《山海经笺疏》云：“高诱注《淮南子·精神训》云：劳，忧也。”
⑥ 穷生：谓尽其生平，终生。　尽期：终止的期限。

【说明】

白蓉是传说中的一种忘忧树。《南次三经》说：“仑者之山，有木焉，其状如榖而赤理，其汗（汁）如漆，其味如饴，食者不饥，可以释劳，其名曰白䓘，可以血玉。”郭璞注曰：“或作‘睾苏’，睾苏一名白䓘，见《广雅》。”又在“血玉”下作注云：“血谓可以染玉作光彩。”白䓘在郭璞赞辞中更显神奇：汁液浓得像糖浆，人吃了不再感到饥饿并留下香甜；还能使人进入迷幻状态，逍遥尽性、忘却忧愁而乐享天年。

西山经图赞

羬　羊[1]

【原文】月氏之羊[2]，
其类在野[3]。
厥高六尺，
尾亦如马。
何以审之[4]，
事见《尔雅》[5]。

【译文】大月氏放养的羊，
成群结队在山野。
大羊身高有六尺，
尾巴粗大如马尾。
凭什么知道这些？
事由可在《尔雅》见。

【注释】

① 羬（qián）羊：六尺高的羊。
② 月氏（zhī）：亦作“月支”。古族名，曾于西域建月氏国。其族先居敦煌、祁连间。汉文帝时遭匈奴攻击，西迁塞种故地，称大月氏；少数人入祁连山区，称小月氏。
③ 类：众多（的羊）。《淮南子·要略》：“浸想宵类。”高诱注：“类，众也。”
④ 审：详知。
⑤ 《尔雅》：我国最早解释词义的专书。由汉初学者缀辑周汉诸书旧文，递相增益而成。郭璞曾为《尔雅》作注释。事见《尔雅》，郭璞注经云：“今大月氏国有大羊如驴而马尾，《尔雅》云：‘羊六尺为羬。’谓此羊也。”

【说明】

羬羊，古代西域出产的一种绵羊，俗称大尾羊。《西山经》说：“钱来之山，有兽焉，其状如羊而马尾，名曰羬羊，其脂可以已腊。”郭璞注云：“治体皴。腊音昔。”羬羊的油脂可以用来治疗受冻而开坼的皮肤。古书对大尾羊多有记载。这种羊有一条肥硕的尾巴，重有十斤，“尾大而不能走”，“车推乃行”。这肥嫩丰腴的脂肪尾，是十足的美味，而且割食后能重生再取，就像“食之无尽，寻复更生如故”的视肉。（见219页《海外南经图赞·视肉》说明）郭璞最早指认羬羊就是大月氏国的大尾羊，在《海内东经》一条注释中说：“月支国多好马、美果，有大尾羊如驴尾，即羬羊也。”并在我国第一部按义类编排的综合性辞书《尔雅》里找到了根据（见注释⑤）。

华　山[①]

【原文】	【译文】
华岳灵峻[②]，	华山神奇而险峻，
削成四方[③]。	峰像斧削成四方。
爰有神女[④]，	明星玉女现身影，
是挹玉浆[⑤]。	舀起那琼玉之浆。
其谁游之？	谁在华山巅遨游？
龙驾云裳[⑥]。	神仙驾龙飘云裳。

【注释】

① 华山：又称西岳，在陕西省华阴市南。主峰为落雁（南峰）、朝阳（东峰）、莲花（西峰）三峰，还有玉女（中峰）、五云、云台（北峰）等，诸峰环拱莲花峰，“远而望之若花状”（《水经注》），故名华山（华，同“花”）。

② 灵峻：神奇高峻。

③ “削成”句：郭璞注经曰：“今山形上大下小，峭峻也。”

④ 神女：指华山名峰明星玉女。郭璞注经云：“上有明星玉女，持玉浆，得上服之，即成仙。”

⑤ 挹（yì）：舀，把液体盛出来。　玉浆：神话传说中的仙人饮料。

⑥ 云裳：仙人的衣服。仙人以云为衣，故称。

【说明】

华山，又称太华山，是五岳之一，而在五岳中，它的海拔最高。《西山经》云：“太华之山，削成而四方，其高五千仞，其广十里，鸟兽莫居。”郭璞的赞辞不仅写了华山的峭峻，还让玉女峰化成了楚楚动人的明星玉女，她舀起的是可以使人成仙的玉浆。美丽的传说赋予了华山生命和灵性。华山的奇拔峻秀，还吸引了天神驾着苍龙飞来游乐，衣裳是一片祥云，给华山增添了神奇的色彩和全新的意蕴。

肥遗[1]蛇

【原文】肥遗为物，
与灾合契[2]；
鼓翼阳山，
以表亢厉[3]。
桑林既祷[4]，
倏忽潜逝[5]。

【译文】肥𧎸蛇作为怪物，
与灾异相随相伴；
在阳山鼓动翅膀，
以表示旱情严重。
商汤在桑林祈雨，
它急忙偷偷溜走。

肥𧎸
蛇形六足四翼見
則大見出太華山

肥遺爲物與災合契鼓翼陽山以表亢厲桑林既禱倏忽潛逝

【注释】

① 肥遗：经文为“肥𧔥”。

② 合契：相符合，相一致。

③ 亢厉：旱灾。

④ 桑林既祷：即“桑林祷”，谓祈雨。《三国志 · 蜀志 · 郤正传》：“桑林祷而甘泽滋。”《艺文类聚》八十二卷引《尸子》云：“汤之救旱也，乘素白马，着布衣，身婴白茅，以身为牲，祷于桑林之野。”

⑤ 倏（shū）忽：很快地，忽然。

【说明】

肥𧔥是一种带翼的蛇形怪物。《西山经》说：“太华之山，有蛇焉，名曰肥𧔥，六足四翼，见则天下大旱。”郭璞注曰：“汤时此蛇见于阳山下。复有肥遗蛇，疑是同名。”肥遗蛇又见于《北山经》浑夕山嚣水，“一首两身”，“见则其国大旱”。实际上，肥𧔥和肥遗都是旱象之征，是同一种旱魃。传说商汤时此蛇出现在阳山下，商朝干旱了七年。本则赞辞写商汤在桑林祈雨，结果天降甘霖，肥𧔥见势不妙，很快逃之夭夭，表现了人们驱除旱鬼、弭息灾祸的愿望。

䳋渠赤鷩鸟文茎木䳇鸟

【原文】	【译文】
䳋渠已殃[①]，	䳋渠能消除灾祸，
赤鷩辟火[②]。	赤鷩可用来避火。
文茎愈聋，	文茎果治愈耳聋，
是则嘉果。	这是一种好鲜果。
䳇亦卫灾[③]，	䳇鸟也能防火灾，
厥形惟么[④]。	只是形体太细小。

【注释】

① 䳋（tóng）渠：《广韵 · 冬韵》：“䳋，鸟名。䳋渠，状如山鸡，黑

身，赤足，出《山海经》也。” 已，治愈。 殃，灾祸，这里指皮肤皱起之疾。

② 赤鷩（bì）：雉的一种，又名赤雉，鵕鸃，即锦鸡。《本草纲目·禽部·鷩雉》：“鷩，性急耿介，故名。”《尔雅·释鸟》：“鷩雉。”郭璞注：“似山鸡而小冠，背毛黄，腹下赤，项绿色鲜明。” 辟：通“避”，躲避，退避。

③ 鴖（mín）：同“鶻”。《玉篇·鸟部》：“鴖，鸟名。”郝懿行笺疏：“鴖当为鶻。” 卫：守御防护。

④ 惟：只是，则。 么（yāo）：同“幺”，细小。

【说明】

这首赞辞吟咏的四种动植物，螐渠和文茎木能治疗疾疫，赤鷩和鴖鸟可以用来避火。它们都出自《西山经》。松果之山的螐渠，“其状如山鸡，黑身赤足，可以已㬥”。治疗皮肤皱起有特效。符禺之山的文茎木，“其实如枣，可以已聋”。小华之山“鸟多赤鷩，可以御火”。符禺之山的鴖鸟，“其状如翠而赤喙，可以御火”。郭璞注曰：“畜之辟火灾也。”饲鸟御火，“其防御的原理，是依据颜色的交感巫术，产生灵威之力”，赤鷩腹下是赤羽，细小如翠的鴖是赤喙，都是“以赤御火”，为“同类相治”。（参见李丰楙《神话的故乡——山海经》）

流　赭

【原文】沙则潜流，
亦有运赭①。
于以求铁②，
趋在其下③。
蠲牛之疠④，
作采于社⑤。

【译文】沙在水里暗自流，
也运来红色泥土。
根据赤土找铁矿，
再向土层下面采。
牛角涂红除瘟疫，
给社庙装饰彩色。

【注释】

① 赭（zhě）：郭璞注经曰：“赭，赤土。”可作颜料，引申为红褐色。

② 于：根据，按照。

③ 趋：向也；趋向，投向。

④ 蠲（juān）：免除。 疠：瘟疫。

⑤ 采：通“彩”，彩色。 社：社神，土地神。这里指祀社神之所。

【说明】

流赭，是随河水流来的红色土。《西山经》说：“石脆之山，灌水出焉，而北流注于禺水。其中有流赭，以涂牛马无病。”郭璞注云：“今人亦以朱涂牛角，云以辟恶。马或作‘角’。”赭，含氧化铁、氧化锰等矿物质的黏土，一般呈红褐色。《管子》曰：“上有赭者下有铁。”古人在找矿、采矿的实践中，已发现了矿苗和矿物的共生关系，铁矿表层高价氧化物呈赭色，成为铁矿苗的露头。故郭璞赞辞中有“于以求铁，趋在其下”的说法。流赭可以涂红牛角，起到给家畜防病的作用；还可以用作建筑涂料，给土地庙装饰成土黄色或红褐色。

豪彘

【原文】刚鬣之族①，
号曰豪彘②。
毛如攒锥③，
中有激矢④。
厥体兼资⑤，
自为牝牡⑥。

【译文】属于豕类的动物，
它的名字叫豪彘。
豪毛尖锐像钻锥，
射中目标如飞矢。
它体内兼有阴阳，
天生是雌雄共体。

【注释】

① 刚鬣（liè）：即猪。《仪礼·士虞礼》：“敢用洁牲刚鬣。”郑玄注：“豕曰刚鬣”。 族：类。

② 豪彘（zhì）：即豪猪。一作“豪豨”。

③ 攒（zuān）：通“钻”，穿孔。

④ 激矢：疾飞的箭。激，急疾，猛烈。

⑤ 兼：同时具有几种事物。 资：资质，这里指雌雄两性生殖器的阴阳。

⑥ 自：自然。 牝牡（pìn mǔ）：鸟兽的雌性和雄性。也指阴阳。范望为扬雄《太玄·玄摛》“牝牡群贞，以摛吉凶”作注曰：“阴为牝，阳为牡。阴阳牝牡，万物化生，各得其正。”

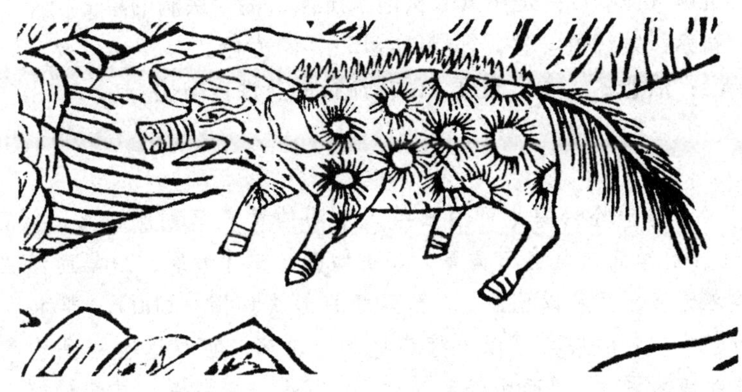

【说明】

豪彘，又称豪豨或箭猪，即今之豪猪。《西山经》说：“竹山，有兽焉，其状如豚而白毛，大如笄而黑端，名曰豪彘。”经文说豪彘样子像小猪，白色豪毛粗如簪子，尖端是黑色。郭璞注曰，豪彘“有粗豪长数尺，能以脊上豪射物，亦自为牝牡”。所以《图赞》说豪彘豪毛如钻锥一样尖锐，惊恐时鼓气一抖，脊上的粗豪如飞驶的箭向猎食者射去。这是传说中的豪彘，也是诗人的想象和夸张。而动物学上的豪猪“性怯懦”，“遇敌时藏头于前肢，体蜷曲”，最多不过是“竖立硬毛以御之”而已。郭璞赞辞还认为豪彘体兼阴阳，自为牝牡，更为这属于豕类的动物蒙上了一层神秘的色彩。

黄雚[1]草肥遗鸟嚣兽

【原文】浴疾之草，
厥子赭赤[2]。
肥遗似鹑，

【译文】药浴疗病黄雚草，
它的果实紫红色。
鸟类肥遗像鹌鹑，

其肉已疫[③]。	它的肉治传染病。
嚣兽长臂，	嚣兽像猴有长臂，
为物好掷。	作为动物好投掷。

【注释】

① 黄雚（huán）：是用其果实泡水洗澡，治疗疾病的草。

② 赭赤：紫红色。赭，郭璞注经曰："紫赤色。"

③ 已：治愈。 疫：瘟疫，泛指流行的急性传染病。

【说明】

本则《图赞》吟咏的是可用来给人治病的黄雚草和肥遗鸟。《西山经》说："竹山，有草焉，其名曰黄雚，其状如樗，其叶如麻，白华而赤实，其状如赭，浴之已疥，又可以已胕。"黄雚草的形状如樗（chū），即木质粗劣的臭椿，但它紫赤色的果实可以治疗疥疮和浮肿病。可见远古初民已掌握用药浴治疗皮肤病的方法。《西山经》又说："英山，有鸟焉，其状如鹑，黄身而赤喙，其名曰肥遗，食之已疠，可以杀虫。"郭璞注云："疠，疫病也，或曰恶创。"和太华山上的旱怪肥蟣蛇不同，这鸟虽也叫"肥遗"，但人吃了它的肉可以治愈麻风病、杀死寄生虫。赞辞还写了羭次之山长臂善投的嚣兽，好像是给黄雚草、肥遗鸟的赞颂作陪衬，是一种旁枝逸出的写法。

橐　𩇯[①]

【原文】	【译文】
有鸟人面，	有鸟像人的面孔，
一脚孤立。	一只脚孑然站立。
性与时反，	习性与时令相反，
冬出夏蛰[②]。	冬天出没夏蛰伏。
带其羽毛，	人们佩戴它羽毛，
迅雷不入[③]。	迅雷也不入他耳。

【注释】

① 橐𩇯（tuó féi）：郭璞注经云："音肥。"

② 蛰（zhé）：蛰伏，动物冬眠，潜伏起来不食不动。

③ 迅雷：猛而疾的雷声。

【说明】

橐𩇯是一种人面一足的怪鸟。《西山经》说："羭次之山，有鸟焉，其状如枭，人面而一足，曰橐𩇯，冬见夏蛰，服之不畏雷。"这里的"服"字可作"食用"讲，也可作"佩戴"讲。有专家认为，橐𩇯样子像枭，古人视鸱鸮为雷神鸟，人吃了这种鸟肉，就不会畏惧打雷。郭璞注经云："着其毛羽，令人不畏天雷也。"这大概和橐𩇯"冬出夏蛰"的习性有关。它冬天出现夏天潜伏，处在一种不食不动的状态，春天的蛰雷、夏天的霹雷都不能把它惊醒。根据交感巫术的接触原则，橐𩇯听不到雷声的属性通过羽毛传输过来，服佩橐𩇯羽毛的人自然不会畏惧迅雷了。

桃 枝

【原文】嶓冢美竹[①]，

【译文】嶓冢之山生美竹，

厥号桃枝。	它的名字叫桃枝。
丛薄幽蔼[②]，	竹林深邃而繁茂，
从容郁猗[③]。	悠闲静谧多幽美。
簟以安寝[④]，	竹席使人能安睡，
杖以扶危[⑤]。	拐杖扶助危难人。

【注释】

① 嶓冢（bō zhǒng）：古山名。在甘肃省天水市和礼县之间。此句一作“竹类产巴”。

② 丛薄：丛生的草木。　幽蔼（ǎi）：亦作“幽靄”，幽深繁盛貌。严可均校辑《全上古三代秦汉三国六朝文》作“幽荟”。

③ 从容：悠闲舒服，不慌不忙。　郁猗（yī）：美盛貌。《全上古三代秦汉三国六朝文》作“从风蔚猗”。均据《郭弘农集校注》改为“幽靄”、“从容”和“郁猗”。

④ 簟（diàn）：竹席。

⑤ 扶危：对处境危急的人给以救济帮助。

【说明】

桃枝是一种竹节之间相距四寸的竹子。《西山经》说，嶓冢之山“其上多桃枝、钩端”。《尔雅·释草》云：“桃枝，四寸有节。”郭璞的赞辞先写竹林葱茏繁茂的风采，次写竹子闲静幽美的情态，再写竹材牺牲自己、方便别人的品德。这是在写竹，又像是写人。桃枝竹使人想起那扶危济困、高风亮节的君子。

萺容草溪边兽栎鸟

【原文】	有华无实，	【译文】	只开花来不结果，
	萺容之树[①]。		正是萺蓉这种草。
	溪边类狗[②]，		溪边兽样子像狗，
	皮厌妖蛊[③]。		皮厌胜热毒妖气。

黑文赤翁[④]，	黑色斑纹红颈毛，
鸟愈隐痔[⑤]。	栎鸟治愈隐疾痔。

【注释】

① 菅（gū）容：《玉篇·艸部》："菅，不实草。"《山海经》经文作"菅蓉"。 树：经文作"草"。

② 溪边：《郭弘农集》作"边溪"。

③ 厌（yā）：迷信指以诅咒镇住、制服他人或邪恶。又称"厌胜"。蛊（gǔ）：伤害人的热毒恶气。《史记·秦本纪》："［德公］二年，初伏，以狗御蛊。"张守节正义："蛊者，热毒恶气为伤害人，故磔狗以御之。"

④ 翁：《说文》："翁，颈毛也。"

⑤ 隐：隐疾，指不便告人的疾病。

【说明】

本则《图赞》咏赞可以用来避妊、防病、治病的三种动植物。嶓冢之山的菅蓉草，"其叶如蕙，其本如桔梗"，因"黑华而不实"，"食之使人无子"。菅容草是一种"不实草"，古人认为吃了这种草也能达到避孕而不育子女的效果。菅容草可说是一种巫术药物。天帝之山的溪边兽，"其状如狗"，"席其皮者不蛊"。《史记·秦本纪》云："以狗御蛊"，溪边是狗属动物，它的皮具有厌胜蛊毒的功能。天帝之山的栎（lì）鸟，"其状如鹑，黑文而赤翁"，"食之已痔"。郭璞把痔病称为不便告人的"隐疾"，吃了栎鸟的肉能够把这种病治好，这对患有痔病的人来说是一个利好的消息。

杜 衡

【原文】	【译文】
狌狌犇人[①]，	猩猩能使人"善走"，
杜衡走马[②]。	杜衡能使马快跑。
理固须因[③]，	道理本应有原因，
体亦有假[④]。	事体也要有凭借。

足骏在感[⑤]，　　马快跑在于感应，
安事御者[⑥]。　　还用马夫做什么！

【注释】

① 狌狌：兽名，即猩猩。《南山经》："招摇之山，有兽焉，其状如禺而白耳，伏行人走，其名曰狌狌，食之善走。"　犇（bēn）：同"奔"，奔跑。

② 走马：使马健走。

③ 固：副词，固然。　须：应；必。

④ 体：事物的本体，事体。　假：凭借。

⑤ 骏：迅疾。

⑥ 事：用，任用。

【说明】

杜衡，是一种叶似葵形的香草。《西山经》说："天帝之山，有草焉，其状如葵，其臭如蘼芜，名曰杜衡，可以走马，食之已瘿。"郭璞在"可以走马"下作注云："带之令人便马，或曰马得之而健走。"佩戴杜衡的人便于骑马，马得到杜衡善于奔跑，这中间的道理，应该是有原因的。人和马都凭借杜衡之力迅足健跑，乃是交相感应发挥了作用。杜衡，俗称"马蹄香"，其葵形叶子更像马蹄，使人联想到了骏马的脚力，也因此成了驯马必需的巫用植物。杜衡可使马善于奔跑，还用御者做什么呢？到了晋朝，郭璞对这种驯马巫术产生了怀疑。

礜　石

【原文】禀气方殊[①]，　　【译文】天赋气性正不同，
舛错理微[②]。　　乖舛交错理微妙。
礜石杀鼠[③]，　　礜石毒杀大老鼠，
蚕食而肥[④]。　　蚕吃礜石体壮实。
物性虽反，　　万物本性虽相异，

齐之一归[5]。　　　　归根结底是齐一。

【注释】

① 禀气：天赋的气性。　殊：不同。

② 舛（chuǎn）：错乱，差错。　错：交错。　理：事理，道理，这里指自然之理。

③ 礜（yù）石：即硫砒铁矿，有毒。《淮南子·说林训》："人食礜石而死。"

④ 肥：壮实，茁壮。

⑤ 齐之一：即"齐一"。齐一，统一，一致。

【说明】

礜石，是一种有毒的矿石。《西山经》说："皋涂之山，有白石焉，其名曰礜，可以毒鼠。"郭璞注曰："今礜石杀鼠，音豫，蚕食之而肥。"在这首赞辞中作者是用庄子的齐物论的观点来解释这种复杂的现象。礜石之毒在鼠、蚕身上产生了完全不同的效应，正说明由于天赋的气性不同而使世间万物千差万别，而且这种差别都在向其对立的一面不断转化，因而对立的双方也就没有了区别，万物成为了一体。既然万物是齐一的，那么人的认识也是齐一的，是与非、正与误不复存在，正所谓"舛错理微"。郭璞落入了庄子不可知论的陷阱。

玃　如

【原文】玃如之兽[1]，
鹿状四角；
马足人手[2]，
其尾则白；
貌兼三形[3]，
攀木缘石。

【译文】玃如这样一种兽，
样子像鹿生四角；
后腿马蹄前人手，
它的尾巴是白色；
状貌兼有鹿马人，
攀缘树木和石崖。

【注释】

① 玃（yīng）如：传说中的异兽名。王念孙、郝懿行认为“玃如”当作“玃（jué）如”。

② 人手：郭璞注经曰：“前两脚似人手。”

③ 形：郝懿行《山海经笺疏》作“形”。聂恩彦《郭弘农集校注》作“彰”。

【说明】

玃如，是传说中的集鹿、马、人形于一身的四角异兽。《西山经》说：“皋涂之山，有兽焉，其状如鹿而白尾，马脚人手而四角，名曰玃如。”郭璞的赞辞描述的是玃如怪异的形象。在《山海经》中，像玃如这样的动物还有很多。有研究者对《山海经》怪兽的描述方法作了归纳：类推的变化、增数的变化、减数的变化、混合的变化、易位的变化、神异的变化。玃如用的是混合之法，既像鹿又像马，而有人的手。对描述六法台湾学者李丰楙评论说：“这些参杂组合的叙述方法，不仅是中原人士对远方异物的接纳方式，也是古代之人对于一些远方事物的传达方式，经由时间、空间的间隔，而幻化、变形。”

鹦鹉

【原文】鹦鹉慧鸟①，
栖林啄蕊②。
四指中分③，
行则以觜④。
自贻伊笼⑤，
见幽坐伎⑥。

【译文】鹦鹉是种聪慧鸟，
栖息林中啄花蕊。
四只脚趾中分开，
行动起来要用喙。
假如送进鸟笼里，
被囚禁只演口技。

【注释】

① 鹦鹉（wǔ）：也作“鹦鹉”。鹉，同“鹉”。

② “栖林”句：《郭弘农集》作“青羽赤喙”。

③ 四指中分：鹦鹉脚有四趾，行动时二趾在前，二趾在后，以攀缘树枝，外趾可向前移动。

④ 觜（zuǐ）：同“嘴”，鸟喙。

⑤ 自：如果，假如。 贻（yí）：送。 伊：代词，表示近指，相当于“这”、“此”。

⑥ “见幽”句：《郭弘农集》作“见幽坐趾”。 见：表被动。 幽：囚禁，关闭。 坐：徒然；仅仅，只是。 伎：同“技”，指百戏杂技。

【说明】

鹦鹉即鹦鹉，是一种会说人话的灵鸟。《西山经》说“黄山，有鸟焉，其状如鸮，青羽赤喙，人舌能言，名曰鹦鹉”。郭璞注曰：“鹦鹉，舌似小儿舌，脚指（趾）前后各两。扶南徼外出五色者，其亦有纯赤白者，大如雁也。”近乎动物学的解说。而这则赞辞仿佛是一首关于鹦鹉的寓言诗。在密林中，鹦鹉栖息树上，啄食花蕊，攀缘树枝，趾喙并用，有自己一套行动方式。树林才是属于鹦鹉的世界。一旦被关进鸟笼里，就完全失去了自我，只能鹦鹉学舌来自娱自乐或取悦于人了。

数斯鸟犛兽鸓鸟

【原文】数斯人脚，
厥状似鸱[①]。
犛兽大眼[②]。
有鸟名鸓[③]，
两头四足，
翔若合飞。

【译文】数斯鸟生有人脚，
它的形状像鸱鸮。
犛兽长有大眼睛。
翠山有鸟名叫鸓，
两个头来四只脚，
翱翔像双鸟齐飞。

【注释】

① 鸱（chī）：鸱鸮，猫头鹰。
② 犛（mǐn）：传说中一种似牛的野兽，苍黑色，大眼睛。郭璞注经曰："音敏。"
③ 鸓（lěi）：传说中形状似鹊的怪鸟。

【说明】

这首赞辞吟咏传说中的三种怪鸟、怪兽。《西山经》说，皋涂之山"有鸟焉，其状如鸱而人足，名曰数斯，食之已瘿"；黄山"有兽焉，其状如牛，而苍黑大目，其名曰犛"；翠山"其鸟多鸓，其状如鹊，赤黑而两首四足，可以御火"。赞辞描述的是它们怪异的特点。数斯鸟生有人脚，这是鸟和人混合的描述方法。鸓鸟两首四足，这是增加普通禽类的器官数目的描述方法。图赞是写在画面上的赞美诗。在《山海经图》上，犛兽正瞪着它那双大眼睛，翱翔的鸓鸟就像两只鸟并排飞过。

鸾　鸟

【原文】鸾翔女床，

【译文】鸾鸟翱翔女床山，

凤出丹穴[①]。	凤凰飞出丹穴山。
拊翼相和[②]，	鸾歌凤舞相应和，
以应圣哲[③]。	来瑞应圣哲明王。
击石靡咏[④]，	击韶石鸾不歌唱，
韶音其绝[⑤]。	奏韶音终成绝响。

【注释】

① 丹穴：传说中的地名。《南次三经》："丹穴之山，有鸟焉，其状如鸡，五采而文，名曰凤皇，见则天下安宁。"

② 拊（fǔ）：拍，击。 和（hè）：以歌唱等相应和。

③ 圣哲：指超人的道德才智，亦指具有这种道德才智的人，并亦以称帝王。这里指舜帝。

④ 石：即韶石。《太平御览》卷一七二引《郡国志》："韶州科斗劳水间有韶石二，状若双阙。昔舜游登此石，奏韶乐，因以名之。" 靡（mǐ）：止，停止。 咏：歌唱，曼声长吟；也指鸟鸣。

⑤ 韶音：韶乐，虞舜时乐名。《书·益稷》："箫韶九成，凤皇来仪。"孔传："韶，舜乐名。"

【说明】

鸾鸟是凤凰类的神鸟。《西次二经》说："女床之山，有鸟焉，其状如翟而五采文，名曰鸾鸟，见则天下安宁。"郭璞注云："旧说鸾似鸡，瑞鸟也。周成王时西戎献之。"鸾鸟出现象征天下太平。在赞辞中，鸾和凤同时出现，它们拊翼歌舞，相互应和，成为世有圣哲明王的瑞应。郭璞生活的时代，中原沦陷，天下大乱，司马睿自立为晋王，却无力收复失地振兴晋室。郭璞只能借鸾鸟停止歌唱、韶乐终成绝响来抒发悲愤之情。

凫徯鸟朱厌兽

【原文】凫徯朱厌[①]，	【译文】凫徯鸟和朱厌兽，
见则有兵。	出现就会有刀兵。

类异感同，
理不虚行[②]。
推之自然，
厥数难明[③]。

种类不同感应同，
这个道理不虚妄。
推而广之到自然，
其中规律难说明。

【注释】

① 凫徯（fú xī）：鸟名。　朱厌：兽名。
② 虚：虚假，不真实。　行（xíng）：规律，道理。
③ 数（shù）：规律，必然性。

【说明】

凫徯鸟、朱厌兽都是兵燹的象征。《西次二经》说，鹿台之山“有鸟焉，其状如雄鸡而人面，名曰凫徯，其鸣自叫也，见则有兵”；小次之山“有兽焉，其状如猿，而白首赤足，名曰朱厌，见则大兵”。而这则赞辞说的是对“天人感应”说的困惑。凫徯鸟朱厌兽出现天下会有兵灾，种类不同而感应相同，权且当作一种趣谈和传说，还不算太虚妄，但把天象与人事产生感应看成是自然界的规律，郭璞认为这个道理很难说清楚。东汉学者王充在《论衡·自然篇》中提出了“天地合气，万物自然”的观点，认为自然的变化不是上天的意识。郭璞在很多时候承袭了董仲舒的阴阳灾异说，但间或也对“天人感应”表示怀疑，很难说他没有受到王充自然观的影响。

蛮 蛮

【原文】比翼之鸟[1]，
似凫青赤[2]；
虽云一形，
气同体隔；
延颈离鸟，
翻飞合翮[3]。

【译文】蛮蛮是对比翼鸟，
样子像凫羽青赤；
虽说雌雄一个样，
气质相同身相隔；
伸长颈项两只鸟，
合翅并飞成一只。

蠻蠻狀如鳧而一翼一目相得乃飛見則大水山崇吾山

比翼之鳥似鳧青赤雖云一形氣同體隔延頸離鳥翻飛合翮

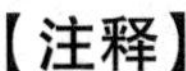
【注释】

① 比翼：翅膀挨着翅膀（飞翔）。
② 凫（fú）：水鸟，俗称“野鸭”。
③ 翻飞：飞舞。 翮（hé）：指鸟的翅膀。

【说明】

蛮蛮是传说中雌雄比翼双飞的鸟。《西次三经》说："崇吾之山，有鸟焉，其状如凫，而一翼一目，相得乃飞，名曰蛮蛮，见则天下大水。"郭璞注曰："比翼鸟出，色青赤，不比不能飞。《尔雅》作鹣鹣鸟也。"在经文里，蛮蛮是"天下大水"的征兆。许多古书中比翼鸟却是瑞鸟，是吉祥与夫妻恩爱的象征。而在这则赞辞中郭璞赞赏的是蛮蛮那种不即不离、离合有常的生存状态。崇吾之山的这种鸟，只有一只脚一个翅膀和一只眼睛，必须两只鸟合并在一起才能高飞。

丹木玉膏

【原文】丹木炜烨①，
沸沸玉膏②；
黄轩是服③，
遂攀龙豪④；
眇然升遐⑤，
群下乌号⑥。

【译文】丹木鲜妍而炽盛，
丹水腾涌出玉膏；
轩辕黄帝服用它，
拽住龙须飞上天；
越飞越远望不见，
群臣百姓抱弓号。

【注释】

① 炜烨（wěi yè）：美盛貌。

② 沸沸：水腾涌貌。郭璞注经曰："玉膏涌出之貌也。" 玉膏：玉的脂膏，古代传说中的仙药。郭璞注引《河图玉版》："少室山，其上有白玉膏，一服即仙矣。"

③ 黄轩：黄帝号轩辕氏，故称黄轩。

④ 攀：用手拉，抓住。 豪：豪猪等身上的刺，又指长毛。这里指龙的须髯。

⑤ 眇（miǎo）然：微小貌。 遐（xiá）：辽远，高远。

⑥ 乌号：古良弓名。典出《史记·封禅书》："黄帝采首山铜，铸鼎于荆山下。鼎既成，有龙垂胡髯下迎黄帝。黄帝上骑，群臣后宫从上

者七十余人，龙乃上去。余小臣不得上，乃悉持龙髯，龙髯拔，堕，堕黄帝之弓。百姓仰望黄帝既上天，乃抱其弓与胡髯号，故后世因名其处曰鼎湖，其弓曰乌号。”

【说明】

丹木是灿烂的神木，玉膏是神灵的享物。《西次三经》说：“峚山，其上多丹木，员叶而赤茎，黄华而赤实，其味如饴，食之不饥。丹水出焉，西流注于稷泽。其中多白玉，是有玉膏。其源沸沸汤汤，黄帝是食是飨。是生玄玉。玉膏所出，以灌丹木。”经文里的玉膏是供黄帝享用的神物，《图赞》写的是黄帝服用玉膏后飞升成仙的故事。作者借用了《史记·封禅书》黄帝荆山铸鼎成功登龙飞天的传说。和黄帝一起升天的有大臣和宫女，众小臣因龙须被拔断和黄帝的弓一起坠落地面。百姓眼看着黄帝飞天而去，只得抱着那弓和龙须号叫。后人把落下的弓叫“乌号”。

瑾瑜玉

【原文】钟山之宝，
爰有玉华①；
光彩流映②，
气如虹霞③；
君子是佩，
象德闲邪④。

【译文】瑾瑜玉钟山珍宝，
采种峚山玉精华；
光泽色彩相辉映，
玉质如虹像云霞；
君子把它佩身上，
象征五德防邪恶。

【注释】

① 玉华：玉的精华。
② 光彩：光泽和色彩。
③ 气：指人或物的某种物质或属性。
④ 闲邪：防止邪恶。《易·乾》：“闲邪存其诚。”李鼎祚集解引宋衷曰：“闲，防也。”

【说明】

瑾瑜玉是一种美玉。《西次三经》说："瑾瑜之玉为良，坚栗精密，浊泽而有光，五色发作，以和柔刚。天地鬼神，是食是飨；君子服之，以御不祥。"这里还有"种玉"的传说："黄帝乃取峚山之玉荣，而投之钟山之阳。"黄帝把峚山中玉的精华采来投种在钟山的向阳处，就产出了郭璞《图赞》中所说的"钟山之宝"的瑾瑜玉。瑾瑜玉晶莹剔透，美轮美奂。君子把它佩戴身上，不仅可以避免灾殃，而且还象征人的五种美德：仁、义、智、勇、洁。玉的温润光泽是仁，纹理不乱是义，声音清亮是智，不挠不折是勇，棱角圆和是洁。玉成了五种美德的载体，君子"比德于玉"，也就有了规范自己行为的准则。

钟山之子鼓钦䲹

【原文】钦䲹及鼓①，
是杀祖江②。
帝乃戮之，
昆仑之东；
二子皆化，
矫翼亦同③。

【译文】钦䲹和钟山子鼓，
杀死了天神祖江。
黄帝便处死他们，
在昆仑山的东边；
两人都化为鸷鸟，
一齐在空中飞翔。

【注释】

① 钦䲹（pí）：传说中的神名。《庄子·大宗师篇》作堪坏。云："堪坏得之，以袭昆仑。"释文云："崔作邳。"司马云："堪坏神名，人面兽形。" 鼓：传说中的神名。《山海经·海外北经》云："钟山之神，名曰烛阴（烛龙），其为物人面蛇身。"鼓是钟山之神烛阴的儿子，人面龙身。

② 祖江：传说中的天神，亦作葆江。郭璞注经云："葆或作祖。"

③ 矫（jiǎo）翼：展翅。

【说明】

钟山之神烛阴的儿子鼓在一次天宫内乱中，联合钦䲹杀死了天神葆江，他们被黄帝处死在钟山之东的䍃崖。故事出自《西次三经》：“钟山其子曰鼓，其状如人面而龙身，是与钦䲹杀葆江于昆仑之阳，帝乃戮之钟山之东曰䍃崖，钦䲹化为大鹗，其状如雕而黑文白首，赤喙而虎爪，其音如晨鹄，见则有大兵；鼓亦化为䳋鸟，其状如鸱，赤足而直喙，黄文而白首，其音如鹄，见则其邑大旱。”钦䲹与鼓违背了上帝的旨意逞凶，遭到黄帝的惩罚，他们死后都化身为灾鸟。钦䲹化为样子像雕的大鹗，是兵灾的凶兆；鼓化为样子像鹞鹰的䳋鸟，是旱灾的征兆。郭璞赞辞里两只猛禽一同举翅高飞，应是在《山海经图》上看到的景象。

鳐　鱼

【原文】见则邑穰[①]，
厥名曰鳐[②]。
经营二海[③]，
矫翼间霄[④]。
唯味之奇，
见叹伊庖[⑤]。

【译文】现身县邑兆丰年，
它的名字叫鳐鱼。
往来西海和东海，
振翅高飞在夜间。
只是味道很奇特，
受到伊厨师赞叹。

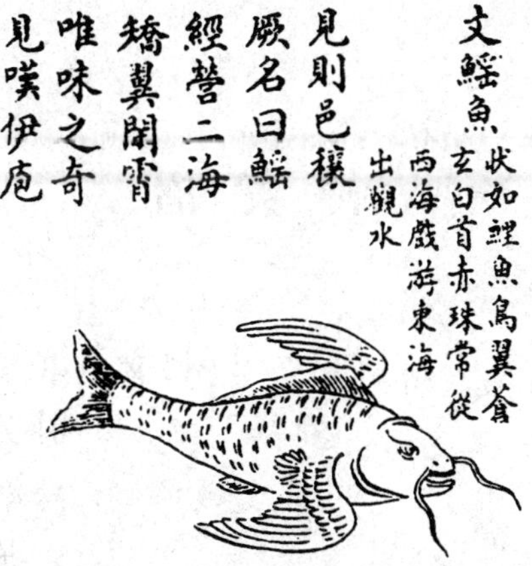

【注释】

① 穰（ráng）：庄稼丰熟。

② 鳐（yáo）：郭璞注经云："音遥。"

③ 经营：周旋，往来。 二海，指西海、东海。聂恩彦《郭弘农集校注》云："但此东海，非东方之大海，而是西海的支流。《水经·河水》注引释氏《西域记》云：'恒水东流入东海，盖二水所注，西海所纳，自为东西。'即此所谓东海、西海。"

④ 矫翼：展翅。 间宵：即在夜间。霄，通"宵"，夜。

⑤ 叹：《百子全书·山海经图赞》作"难"。 伊庖：指伊尹。商初大臣，名伊，尹是官名，一说名挚。传说奴隶出身，原为有莘氏女的陪嫁之臣。汤王用为"小臣"，伊尹借美味说明王道，被任以国政，帮助汤王诛灭夏桀，夺取天下。庖（páo），厨师。商汤帝的御厨，伊尹曾在其中工作，故名伊庖。

【说明】

鳐鱼，又称文鳐鱼，是一种鱼鸟共体的怪鱼，是丰年的象征。《西次三经》说："泰器之山，观水出焉，西流注于流沙。是多文鳐鱼，状如鲤鱼，鱼身而鸟翼，苍文而白首，赤喙，常行西海，游于东海，以夜飞。其音如鸾鸡，其味酸甘，食之已狂，见则天下大穰。"鳐鱼的味道"酸甘"，确实有些奇特。伊尹为商汤论说天下美味时说："鱼之美者……雚水之鱼，名曰鳐，其状若鲤而有翼，常从西海夜飞，游于东海。"（见《吕氏春秋·本味篇》）指的就是《西山经》观水里的文鳐鱼。所以《图赞》说，鳐鱼味奇，连有名的厨师伊尹都赞美不已。

神 英 招

【原文】槐江之山，
英招是主；
巡游四海①，
抚翼云儛②；

【译文】巍峨的槐江之山，
神英招是其主管；
巡游东西南北海，
击拍翅乘云飞舞；

实惟帝囿[③]，	实在是天帝苑囿，
有谓玄圃[④]。	又可叫空中花园。

【注释】

① 四海：犹言天下。古以中国四境有海环绕，各按方位为东、南、西和北海，不过对举而言，无确指海域。

② 抚：拍，轻击。 儛：同“舞”。

③ 帝囿（yòu）：指天帝畜养禽畜以供观赏的园林。

④ 玄圃：传说中昆仑山顶的神仙居处，中有奇花异石。

【说明】

神英招是管理槐江之山的天神。《西次三经》说：“槐江之山，实惟帝之平圃，神英招司之，其状马身而人面，虎文而鸟翼，徇于四海，其音如榴。”神英招是喀戎式的“半马人”，又是“天马”的夸饰。它可展翅高飞，黄帝骑着它巡行天下。英招负责掌管的槐江之山，就是有名的“平圃”，又叫“玄圃”或“悬圃”，是天帝下方的花园。袁珂先生指出：“因为它的位置很高，好像是悬挂在半天空里，所以叫‘悬圃’。从悬圃再往上走，就可以一直到达天庭。”神英招又是天梯槐江之山的守护神。

櫾　木

【原文】	【译文】
櫾惟灵树，	櫾木是种奇灵树，
爰生若木；	粗大树干生若木；
重根增驾[①]，	盘根错节枝层密，
流光旁烛[②]。	流动光焰照大地。
食之灵化[③]，	吃它起神异变化，
荣名仙录[④]。	美名上仙人册籍。

【注释】

① 重（chóng）：重叠。 增（céng）：通“层”。 驾：通“架”，指

树枝。

② 流光：流动、闪烁的光彩。　旁烛：普照。《汉书·扬雄传下》："明哲煌煌，旁烛亡疆。"颜师古注："烛，照也。"旁，广泛，普遍。

③ 灵化：神异的变化。

④ 荣名：令名，美名。　录：簿籍，册籍。

【说明】

櫰木，是一种和若木共生的大树。《西次三经》说，在槐江之山"南望昆仑，其光熊熊，其气魂魂。西望大泽，后稷所潜也。其中多玉，其阴多櫰木之有若"。郭璞注曰："櫰木，大木也，言其上复生若木。大木之奇灵者为若，见《尸子》。"而若木就是神话传说中的"扶木"、"扶桑"。櫰木和若木相依生存，所以说"重根增架"；若木"端有十日，状如莲华，光照其下"（高诱语），故曰"流光旁烛"。櫰木也是神木，人吃了它会发生灵异的变化。经文里的"大泽"是周族的始祖、农神后稷埋葬之地。郭璞注曰："后稷生而灵知，及其终，化形遁此泽而为之神。"有人认为后稷生前就是吃了泽南的櫰木，死后才复化形为大泽之神。

昆仑丘

【原文】昆仑月精[①]，
水之灵府[②]；
惟帝下都，
西羌之宇[③]；
嶕然中峙[④]，
号曰天柱。

【译文】昆仑丘月精生水，
是四水神的洞府；
天帝下方的都邑，
西羌族人的领地；
巍然矗立地中央，
号称为撑天之柱。

【注释】

① 月精：月的精华。我国古代有"月精生水"之说，见《晋书·天文志上》。

② 灵府：指神灵仙道的住所。

③ 西羌：我国古代西部民族，原住在以今青海为中心，南至四川，北接新疆一带地区。张溥辑《郭弘农集》作“西老”。 宇：疆土。

④ 嶻（jié）：高耸。 峙（zhì）：屹立。

【说明】

昆仑山是其高无比的神山，和希腊神话里奥林匹斯山一样都属于“世界大山”。《西次三经》说：“昆仑之山，是实惟帝之下都……河水出焉，而南流东注于无达。赤水出焉，而东南流注于氾天之水。洋水出焉，而西南流注于丑涂之水。黑水出焉，而西流于大杅，是多怪鸟兽。”我国自古以来就有“河出昆仑”的神话，昆仑是黄河、赤水、洋水、黑水的源头，是河伯冰夷等四水神的都府。昆仑山是天帝在下界的帝都，又是黄帝祭天的圣山，在这座大山下西羌族的人民过着平静安宁的生活。昆仑山耸立在大地的中央，往上直通天庭，被人称为“天地心”或“宇宙脐”。昆仑山为什么又被称为“昆仑丘”呢？《说文》曰：“四方高中央下为丘。”昆仑丘是一座环形中空的高山，号称“天柱”，是便于众神和巫觋上天下地、自由往来的“天梯”。

神陆吾

【原文】

肩吾得一①，
以处昆仑②；
开明是对③，
司帝之门。
吐纳灵气④，
熊熊魂魂⑤。

【译文】

陆吾得道即精气，
用来驻守昆仑丘；
开明与他配成对，
精心守护天帝门。
昆仑吞吐仙灵气，
光焰旺盛气势壮。

【注释】

① 肩吾：即陆吾。郭璞注经说，神陆吾即《庄子·大宗师》里的“肩吾”：“肩吾得之，以处大山也。” 得一：得道。

② 处：居住，驻守。

③ 开明：即开明兽。《海内西经》：昆仑之虚“面（上）有九门，门有

开明兽守之，百神之所在”。又云：“开明兽身大类虎而九首，皆人面，东向立昆仑上。”　对：相当，相配。

④ 灵气：指仙灵之气。

⑤ 熊熊：光焰旺盛貌。魂魂：气势壮盛貌。《西次三经》：“槐江之山……南望昆仑，其光熊熊，其气魂魂。”郭璞注曰：“皆光气炎盛相焜燿之貌。”

陸吾 虎身九首人面虎爪居崑崙之正

肩吾得一以處
崑崙開明是
對司帝之門吐
納靈氣熊熊
魂魂

【说明】

神陆吾是一位人虎共体的天神，是昆仑丘天帝下界都邑的主管。《西次三经》说：“昆仑之丘，是实惟帝之下都，神陆吾司之。其神状虎身而九尾，人面而虎爪。是神也，司天之九部及帝之囿时。”郭璞赞辞说陆吾“得一”，“得一”就是“得道”。春秋末期的道家认为，“道”在时间和空间上都是无限的物质实体，也就是所谓“精气”，是一切具体事物的本原，连天帝、鬼神都是“道”的产物。因神陆吾和开明兽皆人面虎身，神陆吾司昆仑，开明兽守昆仑之门，所以说“是对”。他们都是昆仑丘的山神。《老子》说：“神得一以灵。”陆吾和开明因“得道”而更加灵妙，昆仑丘也就成了充满仙灵之气的神山，难怪“南望昆仑，其光熊熊，其气魂魂”。

土蝼兽钦原鸟

【原文】土蝼食人，
四角似羊。
钦原类蜂[1]，
大如鸳鸯；
触物则毙，
其锐难当。

【译文】土蝼怪兽会食人，
生有四角状如羊。
钦原形状像毒蜂，
个头却有鸳鸯大；
螫刺生物立毙命，
来势凶猛不可挡。

【注释】

① 钦原：郭璞注经曰："钦或作'爰'，或作'至'也。"

【说明】

土蝼是一种其状如羊生有四角的怪兽，钦原是一种样子像蜂大如鸳鸯的异鸟。《西次三经》说："昆仑之丘，有兽焉，其状如羊而四角，名曰土蝼，是食人。有鸟焉，其状如蜂，大如鸳鸯，名曰钦原，蠚鸟兽则死，蠚木则枯。"郭璞赞辞说土蝼"四角似羊"，是一种食人的凶兽，而钦原样子像蜂，却"大如鸳鸯"，"触物则毙"，群蜂扰攘，更是锐不可当。

沙　棠[1]

【原文】安得沙棠，
制为龙舟[2]；
泛彼沧海[3]，
眇然遐游[4]。
聊以逍遥[5]，
任彼去留[6]。

【译文】哪里寻得沙棠木？
寻到用它制龙舟；
大海上随意漂流，
远航到遥远天边。
尝赤果悠闲自得，
哪管是死还是生！

【注释】

① 郭璞注经引《铭》曰："安得沙棠，刻以为舟，泛彼沧海，以遨以游。"铭即图赞。此《铭》与《图赞》词句有异。

② 龙舟：饰龙形的大船。

③ 泛：漂浮，漂流。

④ 眇（miǎo）：遥远貌。 遐游：远游。

⑤ 聊：凭借。

⑥ 去留：犹死生。稽康《琴赋》："齐万物兮超自得，委性命兮任去留。"

【说明】

沙棠是一种使人身体浮轻不会沉溺的神木。《西次三经》说："昆仑之丘，有木焉，其状如棠，黄华赤实，其味如李而无核，名曰沙棠，可以御水，食之使人不溺。"郭璞注曰："言体浮轻也。沙棠为木，不可得沉。"整篇赞辞，全是因沙棠木可以防水，吃了沙棠实使人不沉溺而生发开来，表现了郭璞追求自由、率性而行的思想。用沙棠木制成龙舟，任意遨游于无边的大海，这种逍遥自在，优哉游哉，是郭璞向往的理想生活。而经文中的"不溺"，也可以理解为不沉迷、不拘执。不论是取与舍，还是成与败，甚至是生与死，都能置之度外，这就是郭璞玄学家的情怀。

鹑鸟沙棠实蘋草

【原文】 司帝百服[①]，
其鸟名鹑[②]。
沙棠之实，
惟果是珍。
爰是奇菜，
厥号曰蘋。

【译文】 主管天帝众器服，
这鸟名字叫做鹑。
沙棠红果味如李，
它是人们的珍爱。
还有种奇特的菜，
它的名号叫蘋草。

【注释】

① 司：掌管，主持。 百服：郭璞注经曰："服，器服也。"器服，器

用和服饰。

② 鹑（chún）：郝懿行《山海经笺疏》云："鹑鸟，凤也；《海内西经》云，昆仑开明西北皆有凤皇，此是也。《埤雅》引师旷《禽经》曰：'赤凤谓之鹑。'"

【说明】

这是则关于昆仑山上鹑鸟、沙棠之实和蓍草的合赞。《西次三经》说："昆仑之丘，有鸟焉，其名曰鹑鸟，是司帝之百服。有木焉，其状如棠，黄华赤实，其味如李而无核，名曰沙棠，可以御水，食之使人不溺。有草焉，名曰蓍草，其状如葵，其味如葱，食之已劳。"鹑鸟是红色的凤凰，主管着天帝日常生活的器用和服饰。郭璞注引《吕氏春秋·本味篇》曰："果之美者，沙棠之实。"它当然是人们特别的珍爱。蓍草"其味如葱"，吃它的人能解除烦恼忧愁，郭璞赞美它是"奇特的菜"。

神长乘

【原文】九德之气，
是生长乘[①]。
人状豹尾，
其神则凝[②]。
妙物自潜[③]，
世无得称[④]。

【译文】天上九德之精气，
化生出山神长乘。
人的模样豹子尾，
他的神情颇凝重。
神妙之物心专一，
世上无人能并举。

【注释】

① "九德"两句：郭璞注经曰："（神长乘）九德之气所生。"九德，古谓贤人所具备的九种优秀品质。九德内容，随文而异。《尚书·皋陶谟》："皋陶曰：'宽而栗、柔而立、愿而恭、乱而敬、扰而毅、直而温、简而廉、刚而塞、强而义，彰厥有常，吉哉！'"

② 凝：凝重，端庄，庄重。

③ 妙物：神妙莫测之物。 潜：潜心，专心。

④ 称：并举；不分先后，同时推举。

【说明】

神长乘是守护嬴母之山的山神。《西次三经》说，乐游之山“西水行四百里曰流沙，二百里至于嬴母之山，神长乘司之，是天之九德也。其神状如人而犳尾”。犳（zhuó）是一种像豹子的野兽，故赞辞说神长乘是“人状豹尾”。郭璞认为长乘是九德的精气所生，其依据是道家的精气为宇宙本原的观点。更重要的是，这则赞辞描写了神长乘的端庄凝重的神态，并称其为“妙物”。我们知道，图赞是写在画图上的赞美文字。郭璞看到的神长乘图像是半人半兽的怪神，和守护昆仑之丘的人首虎身的神陆吾、开明兽是同类的神圣动物。而它神情的庄重专一、神秘莫测，更使人联想到希腊神话里狮身人面女妖斯芬克司。

西 王 母

【原文】天帝之女①，
蓬发虎颜②。
穆王执贽③，
赋诗交欢④。
韵外之事⑤，
难以具言⑥。

【译文】她是天帝的女儿，
蓬头乱发虎脸面。
穆王相赠见面礼，
他们吟诗同作乐。
至于风雅以外事，
那就不好详细说。

【注释】

① 天帝之女：丁谦《穆天子传考证》引《轩辕黄帝传》言：“时有神西王母，太阴之精，天帝之女。”

② 蓬发：蓬松散乱的头发。

③ 穆王：即“周穆王”，又称“穆天子”，西周国王，姬姓，名满，周昭王子。　执贽（zhì）：古代礼制，谒见人时携礼物相赠。执，拿，持。贽，所携礼品。

④ 赋诗：吟诗，写诗。　交欢：一齐欢乐。《穆天子传》卷三：“乙丑，天子觞西王母于瑶池之上。西王母为天子谣曰：‘白云在天，山陵自

出。道里悠远，山川间之。将子无死，尚能复来。'天子答之曰：'予归东土，和治诸夏。万民平均，吾顾见汝。比及三年，将复而野。'西王母又为天子吟曰：'徂彼西土，爰居其野。虎豹为群，於鹊与处。嘉命不迁，我惟帝女。彼何世民，又将去子。吹笙鼓簧，中心翔翔。世民之子，唯天之望。'"

⑤ 韵：风雅，风致。

⑥ 具：详尽。

【说明】

《西次三经》中的西王母是主管上天的灾厉和五刑残杀的天神。"玉山，是西王母所居也。西王母其状如人，豹尾虎齿而善啸，蓬发戴胜，是司天之厉及五残。"昆仑丘出美玉，又名玉山。朱芳圃先生说："玉山为昆仑的异名。"（《中国古代神话与史实》）这则赞辞写的是《穆天子传》中周穆王与西王母相见的故事。郭璞是《山海经》和《穆天子传》的注释者。他给《穆天子传》作注云："西王母如人，虎齿，蓬发戴胜，善啸。"正是根据《西次三经》对西王母的描述。殊不知，周穆王拜见的西王母是西王母之邦的国王，早已剥离了原始神话中西王母"蓬头虎颜"的模样，演变成风姿绰约的妇人，且颇具王者风范。周穆王西征时，曾携带白圭玄璧等厚礼参见西王母，西王母恭敬地拜受。第二天，周天子借西王母的瑶池设下筵宴款待这位西方的女王。酒席筵前，两人作诗对唱，一齐欢乐。至于西王母和周穆王之间的风流韵事，郭璞却写得含蓄缠绵，说是不便细说。

积　石

【原文】积石之中，
实出重河[①]。
夏后是导[②]，
石门涌波。
珍物斯备[③]，
比奇昆阿[④]。

【译文】积石之山的中间，
果真流出多条河。
禹在此疏导河水，
从石门涌出碧波。
奇珍异物很齐备，
可和昆仑山媲美。

【注释】

① 重（chóng）河：多条河。重，多。
② 夏后：这里指夏后氏部落联盟领袖禹。
③ 备：齐备。
④ 比奇：比美、媲美。 昆阿（ē）：指昆仑山。阿，大的丘陵、山。

【说明】

积石是一座名山，传说大禹曾在此疏导黄河。《西次三经》说：“积石之山，其下有石门，河水冒以西流。是山也，万物无不有焉。”这里的“积石之山”，传说是东昆仑的北支，也就是《海内西经》的“禹所导积石山”，郭璞注曰：“禹治水复决疏出之，故云‘导河积石’。”大禹治理黄河时，曾凿开积石山，让黄河水漫过石门向西南流去，一直流到龙门。有人说：“大禹治水的千秋功业，就是从积石山开始的。”经文说积石之山上万物无所不有，而郭璞则称积石山的奇珍异物可以和圣山昆仑的媲美。

白帝少昊

【原文】少昊之帝，

【译文】少昊西方之天帝，

号曰金天[①]。	大号叫做金天氏。
磈氏之宫[②]，	员神磈氏的宫室，
亦在此山。	也在这长留之山。
是司日入[③]，	他观察落日西沉，
其景则圆[④]。	反照之影应是圆。

【注释】

① “少昊（hào）之帝”两句：少昊，名挚（又名鸷），传说中古代东夷集团首领。东夷集团以鸟为图腾，相传少昊之国以鸟名为官名。在五德玄学系统中，五帝之一的少昊，配五方之西，五行之金，五彩之白，五时之秋。故少昊为西方之神，号金天氏，又称白帝，主秋。

② 磈（wěi）氏：长留之山山神名。郝懿行云：“是神，员神，盖即少昊也。”

③ 司（sì）：同“伺”。窥察；监视。

④ 景：“影”的本字。　圆：亦作“员”。《西次三经》：“泑山，神蓐收居之，是山也，西望日之所入，其气员。”郭璞注云：“日形员，故其气象亦然也。”

【说明】

白帝少昊是西方天神，号金天氏。据说少昊在东海外大壑建立了鸟王国（少昊之国），为百鸟之王。而少昊的神职又传说在西方。《西次三经》说：“长留之山，其神白帝少昊居之。其兽皆文尾，其鸟皆文首。是多文玉石。实惟员神磈氏之宫。是神也，主司反景。”郭璞注“主司反景”曰：“日西入则景反东照，主司察之。”少昊在长留之山为员神磈氏，宫室就在长留之山上，其职责是司察太阳西落时投向东方的反影。郭璞赞辞说：“是司日入，其景则圆。”因为落日形圆，故其光线射向东方的反影也应是圆的，从而推测太阳是否正常运行。

狰

【原文】章峩之山①，
奇怪所宅②。
有兽似豹，
厥色惟赤；
五尾一角，
鸣如击石。

【译文】章莪之山无草木，
怪物在这儿居住。
有种野兽像豹子，
全身都是赤红色；
五条尾巴一只角，
叫声像撞击石块。

【注释】

① 章峩之山：在长留之山西。“峩”当作“莪”（é），经文作“莪”。
② 宅：居住。

【说明】

狰是一种凶猛的独角怪兽。《西次三经》说：“章莪之山，无草木，多瑶碧。所为甚怪。有兽焉，其状如赤豹，五尾一角，其音如击石，其名如（曰）

狰。”郭璞注“所为甚怪”云：“多有非常之物。”即怪兽狰和毕方鸟。在郭璞写的赞辞中，狰长着豹的身子，全身赤红色，形状像奇兽“赤豹”，却又长着五条尾巴和一只角。五尾，显示它的神秘性；独角，是力量和凶猛的象征。吼叫时发出撞击石头的声响，更加使人恐怖。狰确实是非同一般的野兽，是章莪山上一种狰狞、诡谲的怪物。

毕　方

【原文】毕方赤文，
离精是炳①；
旱则高翔，
鼓翼阳景②；
集乃流灾③，
火不炎正④。

【译文】毕方身有红斑纹，
显示出火精秉性；
天旱它高高飞翔，
骄阳下鼓动翅膀；
栖屋上传布火灾，
火焰不向上燃烧。

【注释】

① 离精：火精、日精。《易·说卦》云：“离，为火，为日。” 炳：显示，显现。
② 阳景：阳光。
③ 集：鸟栖息在树上。 流：传布、扩散。《文选·张衡〈东京赋〉》薛综注：“毕方，老父神，如鸟，两足一翼（据梁章钜注，“两足一翼”当作“一足两翼”），常衔火在人家作怪灾也。”
④ 火不炎正：《匡谬正俗》引作“火不炎上”。炎，通“焰”。炎上，火焰向上，火向上燃烧。

【说明】

毕方，传说中的一足怪鸟，《西次三经》说，章莪之山“有鸟焉，其状如鹤，一足，赤文青质而白喙，名曰毕方，其鸣自叫也，见则其邑有讹火”。在郭璞的《图赞》中，毕方鸟身上的“赤文”显示出火精的特征。袁珂先生认为毕方“生于竹木之火”，“毕方”当是“熚烞”一词之音转，“熚烞”是竹木燃烧的声音。毕方鸟为旱灾、火灾的妖物。它出现地方上就会发生怪火，常衔火栖人屋上散布火灾。《图赞》末句“火不炎正”，应是“火不炎上”。《尚书大传》曰：“弃法律，逐功臣，杀太子，以妾为妻，则火不炎上。”“火不炎上”，也就是火苗乱窜，是社会秩序失范、乱象丛生的征象。

文 贝

【原文】		【译文】	
	先民有作①，		古代贤人有作为，
	龟贝为货。		龟甲贝壳做货币。
	贵以文彩，		以多花纹为贵重，
	贾以大小②。		买卖货物按大小。
	简则易从③，		简单则容易遵从，
	犯而不过④。		多占也不算罪过。

【注释】

① 先民：古代贤人。《诗·大雅·板》：“先民有言，询于刍荛。”朱熹集传：“先民，古之贤人。” 作：措施，办法。

② 贾（gǔ）：做买卖。

③ 从：遵从。《易经·系辞上》：“易则易知，简则易从。”聂恩彦《郭弘农集校注》作“资”。

④ 犯：侵犯。这里作“侵占”、“多拿”讲。

【说明】

文贝，是有花纹的贝壳。《西次三经》说：“阴山，浊浴之水出焉，而南流注于蕃泽，其中多文贝。”蕃泽中的文贝引起了郭璞对海生齿贝充当流通手段贝币的思考。我国最早的货币，有龟甲和贝壳。东汉许慎《说文解字》说：“古者货贝而宝龟。”以贝壳为货币，以龟甲为珍宝，二者合称龟贝。其中，货贝因携带方便而更为流行。随着商品交换的发达、货币流通额增加，海贝已无法满足人们的需求，于是出现了骨贝、铜贝等替代品。铜贝是向金属货币过渡的形态。在郭璞的赞辞中，人们是以贝币的“文彩”“大小”来显示币值，虽说是“简则易从”，但很难准确地充当一般等价物的商品，也就出现了多拿侵占不为过错的现象，说明自然货贝（龟甲海贝）必然向人工货币（骨贝、铜贝）演变。

天狗

【原文】干麻不长[①]，
天狗不大。
厥质虽小，
禳灾除害[②]。
气之相王[③]，
在乎食带[④]。

【译文】干枯的麻长不长，
天狗的身材不大。
它的体形虽然小，
却能够祛除灾害。
它精气实在旺盛，
全在乎它能吃蛇。

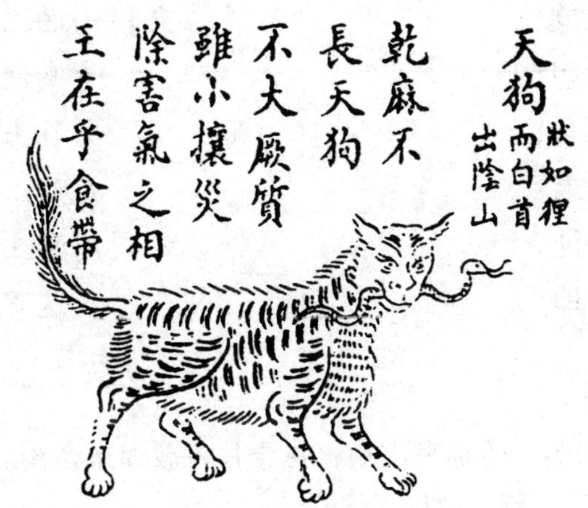

【注释】

① 干麻：干枯的麻。
② 禳（ráng）：祈祷消除灾殃。
③ 王（wàng）：通“旺”，旺盛。
④ 在乎：在于，表明事物的关键所在。 带：特指蛇，小蛇。

【说明】

天狗，是一种御凶辟邪的小兽。《西次三经》说：“阴山，有兽焉，其状如狸而白首，名曰天狗，其音如榴榴，可以御凶。”天狗样子像狸，所以郭璞说“天狗不大”。“厥质虽小”却“禳灾除害”，是因为它食蛇而“精气”特别旺盛。在古代，蛇是强大生命力、生殖力的象征，它冬眠和蜕皮，被古人认为具有“再生”的能力。天狗因为吃蛇的缘故，蛇的奇特功能传输到了它的体内。郭璞的《图赞》解释了小兽天狗为什么能御凶辟邪，祛灾除害；他在《山海经图》中看到的应是衔着小蛇的天狗图像。

三 青 鸟

【原文】山名三危[①]，
青鸟所憩[②]；
往来昆仑，
王母是隶[③]。
穆王西征，
旋轸斯地[④]。

【译文】山的名字叫三危，
青鸟栖息的地方；
它往来于昆仑山，
是西王母的奴仆。
周穆王西方远征，
在这里回车而返。

【注释】

① 三危：山名，俗称卑羽山，在今甘肃敦煌市东南。《括地志》云：“三危山有三峰，故曰三危。”

② 憩（qì）：休息，逗留。憩，一作“解”。

③ 隶：奴隶，奴仆。

④ 旋轸（zhěn）：回车，掉转其车。轸，车箱底部四面的横木，借指车。

【说明】

三青鸟是居住在三危山的神鸟。《西次三经》说：“三危之山，三青鸟居之。是山也，广员百里。”郭璞注曰：“三青鸟，主为西王母取食者，别自栖息于此山也。”据《大荒西经》介绍，三青鸟“赤首黑目”，三只鸟分别名叫大鵹、少鵹和青鸟。它们是“多力健飞之猛禽”（袁珂语）。三危山距离西王母居住的昆仑群玉之山不远，三青鸟每天往来它们之间，其神职是给西王母提供食物。和西王母有过“交欢”的周穆王，因为西王母的三个忠实奴仆居住三危之山，在西征返回的途中，特地来这里作了停留。

江疑獓狠兽鵧鸟[1]

【原文】江疑所居，
风云是潜。
兽有獓狠[2]，
毛如披蓑[3]。
鵧鸟一头[4]，
厥身则兼[5]。

【译文】江疑所居住的山，
风云潜藏的地方。
兽有獓狠状如牛，
豪毛长密如披蓑。
像鵧鵧鸟一个头，
却生有三个身子。

【注释】

① 鸦鸟：据经文应作“鸱（chī）鸟”。
② 獓狃（áo yè）：《山海经》作“傲㹌”，亦作“獒狃”。
③ 蓑（suō）：蓑衣。郭璞注经云：“蓑，辟雨之衣也。”
④ 鸦（luò）：这里应为“鸱”。鸦，鸟名，形似雕，郭璞注经云：“鸦似雕，黑文赤颈，音洛。”鸱鸟样子像鸦，却“一首而三身”。
⑤ 兼：多方面同时得到或同时涉及。

【说明】

江疑是古代神话传说中的怪物神。《西次三经》说：“符惕之山，神江疑居之。是山也，多怪雨，风云之所出也。”郝懿行《山海经笺疏》注引《祭法》云：“山林川谷丘陵能出云、为风雨、见怪物者皆曰神。”江疑就是伴随风雨兴起而出现的怪物神。獓狃和鸱鸟都是三危之山中的怪物。《西次三经》说：“三危之山，其上有兽焉，其状如牛，白身四角，其豪如披蓑，其名曰傲㹌，是食人。有鸟焉，一首而三身，其状如鸦，其名曰鸱。”傲㹌是一种食人兽，白身四角，硬毛长密，显示出它凶猛的气势。三危山上的怪鸟鸱，样子像鸦，却是一首三身，名虽为“鸱”，但不是鸱鸮（猫头鹰）一类的鸟，而属于猛禽雕。

神耆童[①]

【原文】	【译文】
颛顼之子[②]，	他是颛顼的儿子，
嗣作火正[③]。	后人多做掌火官。
铿锵其鸣[④]，	他发音铿锵响亮，
声如钟磬。	像敲钟又像击磬。
处于騩山[⑤]，	居住在騩山之上，
唯灵之盛[⑥]。	盛行巫以玉事神。

【注释】

① 耆（qí）童：即老童。耆，年老，六十岁以上的人。郭璞注经云：

“耆童，老童，颛顼之子。”

② 颛顼（zhuān xū）：传说中上古帝王名。

③ 嗣（sì）：继承人，后代。 火正：古代掌火之官。《左传·昭公二十九年》：“火正曰祝融。”又《国语·楚语下》：“颛顼受之，乃命南正重司天以属神，命火正黎司地以属民，使复旧常，无相侵渎，是谓‘绝地天通’。”

④ 铿锵（kēng qiāng）：形容金玉或乐器等声音洪亮而有节奏。 鸣：喊叫。

⑤ 騩（guī）山：又见《西次首经》：“騩山，是錞于西海，无草木，多玉。”

⑥ 灵：巫以玉事神。《说文解字》：“灵，灵巫以玉事神。”

【说明】

神耆童，是居住在騩山的一位天神。《西次三经》说：“騩山，其上多玉而无石。神耆童居之，其音常如钟磬。”耆童，是古代传说中黄帝后裔、“绝地天通”的颛顼的儿子老童。颛顼和黄帝、炎帝一样，是上古史的国君，又是神话里的天帝。老童是火神祝融的父亲。郭璞注经云：“高辛氏火正，号曰祝融。”（见《大荒西经》）火正也就是掌火之官。还有种说法，老童儿子重和黎，黎是火正（见《国语·楚语下》）。郭璞《图赞》开首两句赞颂耆童在神的谱系中血统高贵、地位显赫，其后人多做掌火官。接着赞辞写到“铿锵其鸣，声如钟磬”，说明耆童歌唱天赋极高。在《大荒西经》有这样记载：“颛顼生老童，老童生祝融，祝融生太子长琴，是处榣山，始作乐风。”太子长琴创制乐风曲，是秉承了祖父老童的遗业，他们都是音乐的创始人。赞辞最后两句写神耆童居住的騩山，“唯灵之盛”，因为騩山“多玉而无石”。在远古，玉是通神之灵物。騩山满山的玉被巫师用来事神，这神当然就是耆童了。

帝 江

【原文】 质则混沌[①]，
神则旁通[②]。

【译文】 体质是模糊一团，
精神却广通博识。

自然灵照③，	天然能洞察宇宙，
听不以聪④。	听不靠耳朵聪敏。
强为之名⑤，	勉强给它取个名，
曰惟帝江⑥。	姑妄叫它为帝江。

【注释】

① 质：身，躯体。 混沌：我国传说中指宇宙形成前元气未分、模糊一团的状态。这里是指模糊，不分明。

② 神：精神；神情。 旁通：遍道，广泛通晓。旁，广泛，普遍。

③ 自然：天然，非人为的。 灵照：犹明察。

④ 聪：听觉灵敏。《淮南子·本经训》："则目明而不以视，耳聪而不以听。"

⑤ 强（qiǎng）：勉强。

⑥ 惟：副词，仅，只。惟，严可均校辑《全上古三代秦汉三国六朝文》作"在"。郝懿行《山海经笺疏》也作"在"，注曰："在"疑当作"惟"。

【说明】

帝江是天山山神。《西次三经》说："天山，有神焉，其状如黄囊，赤如丹火，六足四翼，浑敦无面目，是识歌舞，实为帝江也。""浑敦无面目"本是古代中国人对宇宙原始状态的一种描述。在《山海经》里"浑敦"被神话化为"状如黄囊，赤如丹火，六足四翼"，能识别音乐、舞蹈的天山山神帝江。在郭璞心目中混沌之神是“形无全者，则神自然灵照，精无见者，则暗与理会”，也就是在赞辞中所概括的：体质模糊不清，精神却广泛通晓；目盲耳聋，天然能洞察宇宙万物。“帝江”是勉强给混沌神的一个命名，只能是姑妄言之、姑妄听之而已。至于帝江即帝鸿亦即黄帝，“中央之帝为浑沌”，浑沌又被另一位至高无上的天神“帝”所替代。

獂兽[①] 䳢䳜鸟

【原文】䳢䳜三头[②]，
獂兽三尾。
俱御不祥，
消凶辟眯[③]。
君子服之，
不逢不韪[④]。

【译文】䳢䳜长有三个头，
讙兽生有三条尾。
它们都可御不祥，
消除凶邪和梦魇。
君子食之或佩羽，
遇到它们真吉利。

【注释】

① 獂兽：经文中作“讙”兽。讙（huān），或称獂，郭璞注经云：“讙，或作原。”
② 䳢䳜（qí tú）：怪鸟名。
③ 眯（mì）：亦作“𥈎”，梦魇，因做恶梦而呻吟或惊叫。

④ 逢：遇，遇到。 韪（wěi）：安好，善美。

【说明】

猭兽、䳅䳜鸟是御凶消灾的奇兽怪鸟。《西次三经》说：“翼望之山，有兽焉，其状如狸，一目而三尾，名曰讙，其音如夺百声，是可以御凶，服之已瘅。有鸟焉，其状如乌，三首六尾而善笑，名曰䳅䳜，服之使人不厌，又可以御凶。”猭兽也就是讙，一目三尾，能发出百种物声，可以拿它来防御凶邪，吃了它的肉还可以消除黄疸病。䳅䳜鸟三首六尾，佩戴它的羽毛可以使人不患梦魇症，还可以防御凶邪。伊藤清司指出：“怪异之鸟栖息在翼望山深处，因此，凡在山中拣到某种鸟的羽毛，便被附会为䳅䳜鸟的神羽。由于人们相信上述传说和误解，佩戴鸟羽的习俗也就形成或并沿袭下来。”（《〈山海经〉中的鬼神世界》）无论是服用还是佩戴这类“药物”，都是一种巫术性的疗法，而人们还希望能遇见像讙兽、䳅䳜鸟这些怪物，把它们当成了会给自己带来好运的吉祥物。

当扈

【原文】鸟飞以翼，
当扈则须①；
废多任少②，
沛然有余③。
轮运于毂④，
至用在无⑤。

【译文】鸟儿飞翔用翅膀，
当扈却用颈下须；
废弃多的反用少，
力量充沛而有余。
车轮运转在于毂，
最好效用在于无。

【注释】

① 当扈（hù）：郭璞注经云：“或作‘户’。” 须：像胡须的羽毛。
② 废：抛弃，废弃。 任：利用，使用。
③ 沛然：充盛貌；盛大貌。
④ 毂（gǔ）：车轮中心插轴承辐的圆木。
⑤ 至：极，达到极限。

【说明】

当扈是一种用颈脖下的羽毛当翅膀飞的怪鸟。《西次四经》说："上申之山，其鸟多当扈，其状如雉，以其髯飞，食之不眴目。"郭璞注云："髯，咽下须也。"当扈飞翔不用矫健宽大的翅膀，而用看似轻柔的颈下须髯，这正是赞辞"废多任少，沛然有余"，也就是王弼《老子注》中所谓"以寡统众"。《老子·第十一章》云："三十辐共一毂，当其无，有车之用也。"三十根辐条共辏在一个车毂，毂中间虚空便利于轮子的转动，才使车子有了承载重物的作用。车子正是依靠毂的"无"，才把其效用发挥到了极限。人们都知道用车，却不知车妙在虚中。郭璞的《图赞》借当扈用须飞，表现了崇尚虚无的玄学思想。

白　狼

【原文】矫矫白狼[①]，
有道则游。
应符变质[②]，
乃衔灵钩[③]。
惟德是适[④]，
出殷见周。

【译文】卓尔不群是白狼，
天下有道就出游。
应符命变质同神，
口中衔有金灵规。
哪里有德哪里去，
出现殷代和周朝。

【注释】

① 矫矫（jiǎo）：勇武貌；卓然不群貌。

② 应符：应验符命。　变质：事物的本质变得与原来不同。《云笈七签》卷九四："变质同神，与道冥一。"

③ 灵钩：即灵规。钩，圆规，用来画圆的工具。《庄子·马蹄》："曲者中钩，直者应绳。"《帝王世纪》云："有神牵白狼衔钩入殷。"

④ 适：往，至。

【说明】

《西次四经》说："盂山，其兽多白狼、白虎。"白狼，古时以为祥瑞，天下有道则出游。《瑞应图》云："白狼，王者仁德明哲则见（出现）。"郭璞《图赞》说白狼出现也是为了应验符命。"符命"是上天预示帝王受命的符兆。这是因为白狼变质如神，与道暗合。传说商汤建都亳时，有神手牵白狼，口衔金钩而入汤廷。这里的"钩"，是用来画圆的工具，即"圆规"。神手牵白狼口衔灵钩，说明掌握了是否符合道、德的标准。传说白狼在殷周盛世、王者仁德时曾先后出现过两次。

白虎

【原文】	【译文】
甝虪之虎①，	名叫甝虪的白虎，
仁而有猛；	对人仁善又凶猛；
其质载皓②，	身子饰以白颜色，
其文载炳③。	条纹却呈丹青色。
应德而扰④，	应验德政安抚民，
止我交境⑤。	逗留我交州境界。

【注释】

① 甝（hán）虪：白虎名。甝，白虎。虪，《尔雅》作虪（shù），黑虎。

② 载：装饰。 皓（hào）：洁白。

③ 炳：丹青色。

④ 应德：应验帝王的德政。 扰：安抚。《书·周官》："司徒掌邦教，敷五典，扰兆民。"孔传："以安和天下众民。"

⑤ 止：停留，逗留。 交：交趾，亦作"交阯"，原古地区名。汉武帝时为所置十三刺史部之一，辖境相当今广东、广西大部和越南北部、中部。东汉末年改为交州。

【说明】

《西次四经》说："盂山，其兽多白狼、白虎。"郭璞注云："《外传》曰：'周穆王伐犬戎，得四白狼、白虎。'虎名甝虪。"白虎是一种瑞兽，天之四灵（苍龙、白虎、朱雀、玄武）之一，也是护守西方之神。我国民间对白虎的信仰具有两面性，它同时又是岁中凶神，被称为“丧门白虎”或“退财白虎”。白虎全身洁白，条纹是丹青色，这也许是它名为彪虪的由来。郭璞所处的年代，中原沦陷，西晋灭亡。他南渡长江，投靠东晋新王朝，但统治者昏聩无能，老百姓困苦不堪，再加上灾荒频仍，江南无异于交趾荒蛮古地。郭璞赞辞说白虎应验帝王的德政，安和天下民众。他希望白虎能出现在东晋“交州”境内，给收复失地、振兴晋室带来一线生机。

神魄[①]蛮蛮冉遗鱼[②]

【原文】 其音如吟，
一脚人面[③]。
鼠身鳖头，
厥号曰蛮[④]。
目如马耳，
食厌妖变[⑤]。

【译文】 它叫声像人呻吟，
一只脚人的面庞。
身子像鼠鳖的头，
它的名号叫蛮蛮。
冉遗鱼眼像马耳，
吃它驱避祸与灾。

【注释】

① 神魄（chī）：魄，同“魑”，传说中的山神。《龙龛手鉴·鬼部》：“魄，魑的俗字。”经文作“神䰠”（chì），郭璞注云：“䰠亦魑魅之

类也。音耻回反，或作‘䰢’。”䰢，同“魋”。䰢，即“魅”，厉鬼也（见《说文解字》）。

② 髯（rán）遗鱼：经文作“冉（rǎn）遗鱼”。

③ “其音”二句，谓神䰢。

④ “鼠身”二句，谓蛮蛮兽，与比翼鸟蛮蛮同名（见《西次三经》）。

⑤ “目如”二句，谓髯遗鱼。厌（yā）：以某种方法镇服或驱避可能出现的灾祸，或致灾祸于人。　妖变：灾异和变故。

【说明】

神䰢是刚山山神。《西次四经》说：“刚山，是多神䰢，其状人面兽身，一足一手，其音如钦。”郭璞注云：“钦亦‘吟’字假音。”蛮蛮是一种样子像鼠、却长着甲鱼脑袋的怪兽。“刚山之尾，洛水出焉，而北流注于河。其中多蛮蛮，其状鼠身而鳖首，其音如吠犬。”髯遗鱼是一种能御凶避邪的奇鱼，吃了它的肉使人不做恶梦。“英鞮之山，涴水出焉，而北流注于陵羊之泽。是多冉遗之鱼，鱼身蛇首六足，其目如马耳，食之使人不眯，可以御凶。”这则赞辞就像一组特写镜头，突出写山神、怪兽、异鱼外形上的奇异特征，给人留下深刻印象。郭璞还写了冉遗鱼“食厌妖变”的功用。

驳

【原文】	【译文】
驳惟马类[①]，	驳属马类的动物，
实畜之英[②]；	实是家畜中俊杰；
腾髦骧首[③]，	昂起头鬃毛飞扬，
嘘天雷鸣[④]；	仰天发雷鸣怒吼；
气无不凌[⑤]，	气势盛无不侵凌，
吞虎辟兵。	吞食老虎避刀兵。

【注释】

① 驳（bó）：郭璞注经云：“《尔雅》说驳不道，有角及虎爪。驳亦在畏兽画中。”

② 英：特出的；英俊，俊杰。

③ 腾：飞腾，飞扬。 髦（máo）：马颈上的长毛。严可均校辑《全上古三代秦汉三国六朝文》为“旄”。据聂恩彦《郭弘农集校注》改。 骧（xiāng）首：昂起头。

④ 嘘天：仰天吐气。

⑤ 凌：欺凌，侵犯。

【说明】

在传说中，驳是一种样子像马的独角兽。《西次四经》说：“中曲之山，有兽焉，其状如马而白身黑尾，一角，虎牙爪，音如鼓音，其名曰驳，是食虎豹，可以御兵。”郭璞独具慧眼，首先指出驳是属马类的动物。实际上它是一种家养的骏马，据说是匈奴“奇畜”。它桀骜难驯，凶猛彪悍；它昂首天宇，振鬣骄嘶；它气盖青云，势凌万里。《尔雅》云：“驳，如马，倨牙，食虎豹。”驳马有牙如锯当能吞噬虎豹，而《图赞》赞颂的是驳马的雄风气势足以战胜老虎和抵御刀兵戕害的能力。驳马是古代战士心仪向往的骏骑。

櫰 木

【原文】櫰之为木①，
厥形似梿②；
若能长服，
拔树排山③；
力则有之，
寿亦宜然。

【译文】櫰作为一种树木，
它的形状像梿树；
如果长期服用它，
拔起树木推倒山；
力气有了大增强，
寿命也应该延长。

【注释】

① 櫰（gūi）：传说中的木名。

② 梿（lián）：木名。《文选·郭璞〈江赋〉》：“椈梿森岭而罗峰。”李善注：“椈、梿亦二木名。”

③ 排：推开，推倒。

【说明】

櫰木是一种神木。《西次四经》说："中曲之山，有木焉，其状如棠，而员叶赤实，实大如木瓜，名曰櫰木，食之多力。"郭璞给"食之多力"作注曰："《尸子》曰：'木食之人，多为仁者，名为若木。'此之类。"可见櫰木就是若木一类的神木。神树櫰木具有神奇的效验，人食用櫰果可增加体力。郭璞赞辞运用夸饰铺张的手法，说是能使人"拔树排山"，力大无穷，甚至延年益寿，长生不老。

穷　奇[①]

【原文】穷奇之兽，
厥形甚丑；
驰逐妖邪[②]，
莫不奔走[③]；
是以一名，
号曰神狗。

【译文】穷奇如此一畏兽，
它的形貌非常丑；
驱逐鬼怪与瘟疫，
没有不奔窜逃走；
因此多了一名称，
别号又叫做神狗。

【注释】

① 本则《图赞》是郭璞给邽山穷奇所作注释中的《铭》。
② 驰逐：奔驰追逐，这里有驱逐、驱除之意。　妖邪：妖异怪诞，亦指鬼怪神祟及其危害。
③ 奔走：奔窜逃跑。

【说明】

穷奇是一种凶猛的食人兽。《西次四经》说："邽山，其上有兽焉，其状如牛，猬毛，名曰穷奇，音如嗥狗，是食人。"郭璞注云："或云似虎，猬毛，有翼。""状如虎，有翼，食人从首始"的穷奇见《海内北经》。这则《图赞》，是有关穷奇的另外一种传说：它可是避凶邪的畏兽。《后汉书·礼仪志》所记大傩逐疫"追恶凶"的十二神兽中，有"穷奇、腾根共食蛊"的说法。大傩是古人腊月驱鬼逐疫的祭仪，"卒岁大傩，驱除群厉"。还有传说称穷奇

“狗头人形，钩爪锯牙”（见《神异经》）。形貌丑陋的穷奇，在举行大傩时被人们当作是食蛊的逐疫天神，因此它又多了一个名称，即“神狗”。

鸟鼠同穴山①

【原文】鵌鼵二虫②，
殊类同归③；
聚不以方④，
或走或飞；
不然之然⑤，
难以理推。

【译文】鵌鼵是两种动物，
不同类同穴而居；
聚一起不分品类，
陆上跑或空中飞；
不相宜却要相宜，
难以用常理推论。

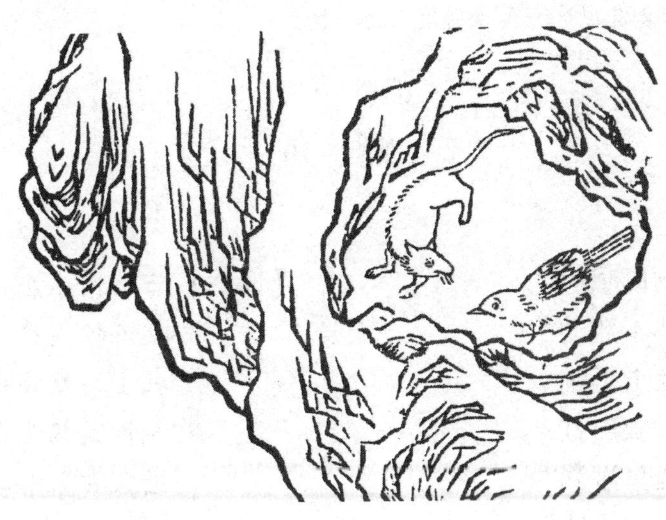

【注释】

① 鸟鼠同穴山：《地理志》云，在陇西郡首阳；《禹贡》：“鸟鼠同穴山在西南。”

② 鵌（tú）：同“鵵”，一种与鼠同穴而居的鸟。 鼵（tū）：亦名“兀鼠”、“兀儿鼠”、“鮎鼵”。鼵鼠与鵵鸟同穴而居。鼵，《郭弘农

集》作“鼵”。　虫，古代对一切动物的通称。

③　归：归宿，结果。

④　方：品类，种类。《广韵·释诂三》：“方，类也。”

⑤　然：适宜，合适。

【说明】

《西次四经》说：“鸟鼠同穴之山，其上多白虎、白玉。”郭璞注曰：“今在陇西首阳县西南，山有鸟鼠同穴；鸟名曰鵌，鼠名曰鼵。鼵如人家鼠而短尾，鵌似燕而黄色，穿地入数尺，鼠在内、鸟在外而共处。《孔氏尚书传》曰：‘共为雌雄。’《张氏地理记》云：‘不为牝牡也。’”赞辞认为物本以类聚，而鵌、鼵不是同类却同穴而处，鵌、鼵共为雌雄更不合常理，是难用常规去揆度的。郭璞把鸟鼠同穴看成了难以理测的灵怪变化。今天我们可以对鸟鼠同穴自然现象作出科学解释，这是生物学称之为的共生现象。《尔雅》《山海经》等古籍最早记载鸟鼠同穴现象。今甘肃省渭源县西南七十六里处有座山，因纪念发现这一现象而定名为鸟鼠山。

鳋　鱼

【原文】物以感应[①]，
亦不数动[②]。
壮士挺剑[③]，
气激白虹[④]。
鳋鱼潜渊[⑤]，
出则邑悚[⑥]。

【译文】万物因感应产生，
也不按规律萌动。
壮士戛然拔出剑，
气性激扬为白虹。
鳋鱼常深潜潭底，
出现地方上惶恐。

【注释】

①　感应：这里指“天人感应”，天意与人事的交感相应。

②　数：规律，法则。

③　挺：拔，拔出。

④　白虹：日月周围的白色晕圈。古代有“白虹贯日”之说，谓白色长

虹穿日而过，是一种罕见的日晕现象。“白虹”，严可均校辑《全上古三代秦汉三国六朝文》作“江涌”，根据《郭弘农集》改为“白虹”。

⑤ 鳋（sāo）：郭璞注经云：“音骚。”

⑥ 悚（sǒng）：惊恐。“出则邑悚”，严可均校辑《全上古三代秦汉三国六朝文》作“出则民悚”，根据《郭弘农集》改为“邑悚”。

【说明】

鳋鱼是一种怪鱼，是兵灾的征兆。《西次四经》说：“鸟鼠同穴之山，渭水出焉，而东流注于河。其中多鳋鱼，其状如鳣鱼，动则其邑有大兵。”郭璞的赞辞首先宣扬汉儒的“天人感应”说，明确提出“物以感应”的理念。他还认为人间有非常之事发生，就会出现彗星袭月、白虹贯日之类罕见的天象变化。最后说鳋鱼出现就会引起地方上的惶恐，为什么呢？萧兵说：“鳋之言骚，动也，不安也，因此‘动则其邑有刀兵’。”这种鳋鱼与人事之间的感应，人类学家称之为“语言疗法”，是心理投影暗示或“顺势疗法”的一种（《山海经的文化寻踪》）。

絮魮鱼[1]

【原文】形如覆铫[2]，
苞玉含珠[3]；
有而不积[4]，
泄以尾闾[5]；
暗与道会[6]，
可谓奇鱼。

【译文】形如翻覆的温器，
包孕着美玉珍珠；
丰登而不知积储，
珠玉从尾部排泄；
暗中合自然之道，
称得上一种奇鱼。

【注释】

① 絮魮（rú pí）鱼：古或称作“文魮”，郭璞《江赋》：“文魮磬鸣以孕璆。”《郭弘农集》作“絮魫（shěn）鱼”。

② 覆铫（diào）：翻过来的温器。《说文·金部》：“铫，温器也。”铫

是中间圆大、两头粗短的加热温器，可烧水、煎药。

③　苞：通“包”。包容，包藏。

④　有：丰收。

⑤　尾间（lǘ）：尾部肛门。间，门。

⑥　会：会合。

形如覆銚包
玉含珠有而
不積泄以尾
閭闇與道自
可謂奇魚

䱈魮魚

狀如覆銚鳥首而魚翼魚尾音
如磬石之聲是生珠玉出濫水

【说明】

䱈魮鱼是一种鱼鸟共体的奇鱼。《西次四经》说：“鸟鼠同穴山，滥水出于其西，西流注于汉水。多䱈魮之鱼，其状如覆铫，鸟首而鱼翼鱼尾，音如磬石之声，是生珠玉。”郭璞注曰：“亦珠母蚌类，而能生出之。”在“䱈魮”的称呼中，“䱈”是一种鱼的名称；“魮”即今瓣鳃纲中能产珍珠的珠母贝。䱈魮鱼最大的特点是类似珠母蚌，所以才有像翻过来的温器、“苞玉含珠”的说法。䱈魮鱼身体内孕生珠玉，像产卵一样把珠玉从尾部排泄出来，生生不绝。郭璞认为这暗合自然之道，䱈魮鱼确实是种神奇的鱼。

丹 木

【原文】爰有丹木，
生彼洧盘[①]。
厥实如瓜，
其味甘酸。
蠲痾辟火[②]，
用奇桂兰。

【译文】崦嵫之山有丹木，
生长在洧盘水边。
它的果实大如瓜，
果味香甜带点酸。
消除疾疫避火灾，
效用比桂兰神奇。

【注释】

① 洧（wěi）盘：水名。郭璞注《西次四经》崦嵫之山“苕水”云：“《禹大传》曰：‘洧盘之水出崦嵫山。’”《郭弘农集》作“淯盘”。

② 蠲（juān）：消除；免除。 痾（kē）：疾病。

【说明】

丹木是一种能除病御火的树木。《西次四经》说：“崦嵫之山，其上多丹木，其叶如穀，其实大如瓜，赤符而黑理，食之已瘅，可以御火。”郭璞赞辞根据经文写“厥实如瓜”，“其味甘酸”却是他的想象，为的是说明丹木果实利于服用，达到治愈瘅病的效果。《说文·疒部》：“瘅，劳病也。”是因劳苦而得的病。瘅，又通“疸”，即黄疸病。为什么丹木“可以御火”呢？因为丹木生长在崦嵫之山的洧盘水边，而崦嵫乃“日所入山也”，丹木本身是耐火的，根据交感巫术的交感原则，古人就可以利用丹木来防火了。

穷奇兽蠃鱼孰湖兽

【原文】穷奇如牛，
猬毛自表[①]。

【译文】穷奇兽样子像牛，
长猬毛自炫别致。

濛水之蠃[②]，	濛水之中有蠃鱼，
匪鱼伊鸟[③]。	不是鱼类而是鸟。
孰湖之兽，	孰湖这样的怪兽，
见人则抱。	见人就把他抱举。

【注释】

① 猬毛：刺猬如箭的毛。 自表：自示其独特别致。

② 蠃（luó）：郭璞注经曰："音螺。"

③ 伊：常用在"匪……伊……"的格式里，帮助表示判断，有"不是……而是（就是）……"的意思。

【说明】

《西次四经》说："邽山，其上有兽焉，其状如牛，猬毛，名曰穷奇，音如嗥狗，是食人。濛水出焉，南流注于洋水，其中多黄贝，蠃鱼，鱼身而鸟翼，音如鸳鸯，见则其邑大水。"郭璞赞辞中的穷奇样子像牛，竟对全身如箭的猬毛，自我炫示其别致。濛水之中的蠃鱼身子是鱼，仅凭鸟翼和音如鸳鸯，郭璞就宣布它"不是鱼类而是鸟"。孰湖是一种人面马身的怪兽。《西次四经》说："崦嵫之山，有兽焉，其状马身而鸟翼，人面蛇尾，是好举人，名曰孰湖。"孰湖疑似希腊神话中抱抢新娘的人首马身魔怪肯陶洛斯。而郭璞笔下的孰湖，见人就把他高高抱举！作者用调侃戏谑的笔调来写这则三种怪物的合赞，令人忍俊不禁。

北山经图赞

水　马

【原文】马实龙精[①]，
爰出水类；
渥洼之骏[②]，
是灵是瑞；
昔在夏后[③]，
亦有何驷[④]？

【译文】水马实是龙精化，
本出自水族一类；
渥洼之水出神骏，
是圣者受命灵瑞；
过去在夏禹时代，
亦有何种马出现？

【注释】

① 龙精：蚕的别名。《蚕经》：“蚕为龙精。”

② 渥洼（wò wā）：水名，在今甘肃省瓜州县境，传说产神马之处。骏：良马。

③ 夏后：指夏禹。

④ 驷（sì）：马。《礼记·三年问》：“若驷之过隙，然而遂之，则是无穷也。”陆德明释文：“驷，马也。”

【说明】

水马是一种前腿有斑纹、长着牛尾巴的马状动物。《北山经》说：“求如之山，滑水出焉，而西流注于诸毗之水。其中多水马，其状如马，文臂牛尾，其音如呼。”郭璞赞辞称“马实龙精”，“龙精”本是蚕的别名。蚕首类马头，蚕又被称呼为“蚕马”或“马头娘娘”。龙头亦似马首，马多被喻为龙，附会出“龙马”的故事。故水马是龙成精所化，“龙精”亦成了马的别名。“龙是水物”，水马从求如山滑水中生出，所以亦是水族之类的动物。《史记·乐书》有汉武帝“尝得神马渥洼水中”的记载，郭璞注经云：“汉武元狩四年，敦煌渥洼水出马以为灵瑞者，即此类也。”滑水中的水马也是帝王圣者受命的灵瑞。在遥远的夏禹时代，亦有何种马作为灵瑞出现呢？吴任臣引随巢子的说法：“夏后之兴，方泽出马，皆水马也。”民间更有夏禹时龙马自河中负图而出的传说。

儵　鱼

【原文】涸和损平①，
莫惨于忧②。
诗咏萱草③，
山经则儵④。
壑焉遗岱⑤，
聊以盘游。

【译文】破坏和乐与平静，
没有比忧愁更甚。
《诗经》把萱草咏赞，
《山经》则记有儵鱼。
久违了岱宗壑谷，
姑且来盘桓闲游。

【注释】

① 涸（hé）：竭，尽。严可均校辑本《全上古三代秦汉三国六朝文》作“泊”，根据聂恩彦《郭弘农集校注》改。　和：喜悦，和乐；

和顺。 损：毁坏。 平：平安，平静。

② 惨：程度严重，厉害。

③ 诗：指《诗经》。 萱草：别名忘忧，今名黄花菜、金针菜。

④ 儵（tiáo）：鱼名。

⑤ 壑（hè）：大谷。 焉：助词，用于句中，表宾语前置。 遗：离开，脱离。 岱：东岳泰山别称，也叫岱宗、岱岳。

【说明】

儵鱼是一种可以使人忘忧的怪鱼。《北山经》说："带山，彭水出焉，而西流注于芘湖之水。其中多儵鱼，其状如鸡而赤毛，三尾、六足、四首，其音如鹊，食之可以已忧。"郭璞赞辞先写忧愁对人的危害，它打破了心灵的和顺与平静，对身体也会造成损伤。再写《诗经》对萱草的歌咏，《卫风·伯兮》："焉得谖草，言树之背。"谖草，亦名萱草，古人以为此草可以忘忧，故又名忘忧草。同样可以使人忘忧的是带山彭水中"其状如鸡"的儵鱼。古谚云："萱草，别名忘忧；儵鸡，食之已忧。"最后作者想到自己混迹官场多年，心中郁结着忧伤悲痛，早该回归岱宗壑谷，投入大自然怀抱，只有这样才能优游自适，乐以忘忧。

䑏疏兽鹌鸰鸟何罗鱼

【原文】厌火之兽[①]，
厥名䑏疏[②]。
有鸟自化[③]，
号曰鹌鸰[④]。
一头十身，
何罗之鱼。

【译文】驱避火灾的奇兽，
它的名字叫䑏疏。
有种鸟自然化育，
大号就叫鹌鸰鸟。
一个鱼头十个身，
谯水中的何罗鱼。

【注释】

① 厌（yā）：镇服、驱避灾祸。

② 䑏（huān）疏：郭璞注经曰："音欢。"

③　自化：自然化育。

④　鵸鵌（qí tú）：郭璞注经曰："上已有此鸟，疑同名。"见《西次三经》翼望之山。

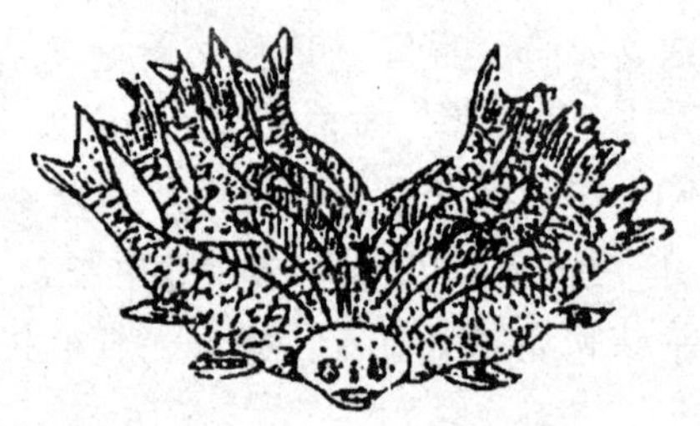

【说明】

䑏疏、鵸鵌是带山的灵兽异鸟。《北山经》说："带山，有兽焉，其状如马，一角有错，其名曰䑏疏，可以辟火。有鸟焉，其状如乌，五采而赤文，名曰鵸鵌，是自为牝牡，食之不疽。"䑏疏是样子像马的独角兽，动物"独角"是尊贵、灵异的标志。䑏疏兽奇异的地方就是它能防火。鵸鵌鸟"自为牝牡"，集雌雄于一身，自行感化生育，吃了它的肉可以不得痈疽病。何罗鱼是一个脑袋十个身子的怪鱼。《北山经》说："谯明之山，谯水出焉，西流注于河。其中多何罗之鱼，一首而十身，其音如吠犬，食之已痈。"吃了何罗鱼的肉可以治痈肿病。关于何罗之鱼的异闻很多。"何罗之鱼，十身一首，化而为鸟，其名休旧。"休旧，即鸺鹠，亦即鵋鸺鸟。"何罗之鱼，鬼车之鸟，可以并观。"鬼车鸟，又名姑获，俗称九头鸟。"昔有十首，为犬噬其一，至今血滴人家为灾咎"……中国民间神话传说，蕴藏丰富，群妖众异，层见迭出，真可谓精彩纷呈。

孟槐

【原文】孟槐似貆[①]，
其豪则赤。
列象畏兽[②]，
凶邪是辟。
气之相胜[③]，
莫见其迹。

【译文】孟槐样子像豪猪，
它的豪毛红赤色。
像列在畏兽画中，
能驱避凶险邪气。
制伏了凶邪之气，
却不见它的踪迹。

【注释】

① 貆（huán）：即豪猪。体长 60～70 厘米。全身黑色或褐色，有的混有灰白短毛，身上密布长刺。穴居在山脚或山坡中，夜间活动，以植物为食。

② 畏兽：传说可以避凶邪的猛兽。

③ 相：表示一方对另一方有所动作。 胜：克制，制伏。

【说明】

孟槐是一种御凶避邪的山兽。《北山经》说："谯明之山，有兽焉，其状如貆而赤豪，其音如榴榴，名曰孟槐，可以御凶。"郭璞注曰："辟凶邪之气也，亦在畏兽画中也。"古人有挂畏兽图御凶的习俗，孟槐的像就列在其中。孟槐的样子像豪猪，全身的棘刺却是红赤色。豪猪身上密布的长刺"能振发以射人"。有人说孟槐是豪猪的尊化。豪猪有夜间活动的习性，所以郭璞说孟槐虽镇服凶邪之气，却难以看到它的踪迹。

鳛鳛鱼[①]

【原文】鼓翮一运[②]，

【译文】鼓动翅一旦飞起，

十翼翩翻[③]。	十张翼上下翻卷。
厥鸣如鹊，	它鸣叫声像喜鹊，
鳞在羽端。	鳞甲长在羽尖端。
是谓怪鱼，	人们说它是怪鱼，
食之避燔[④]。	吃它肉可避火烧。

【注释】

① 鳛鳛（xí xí）鱼：古代传说中的一种怪鱼。《集韵·缉部》："鳛，鱼名。"

② 翮（hé）：翅膀。　运：运转，运行。

③ 翩翻：上下飞动的样子。

④ 燔（fán）：焚烧。《说文·火部》："燔，爇也。"

【说明】

鳛鳛鱼是一种鱼鹊共体的怪鱼。《北山经》说："涿光之山，嚣水出焉，而西流注于河。其中多鳛鳛之鱼，其状如鹊而十翼，鳞皆在羽端，可以御火，食之不瘅。"鳛鳛鱼奇特之处是它能像鸟一样翩然起舞，十只翅膀上下飞动，令人眼花缭乱。它生有鱼头鱼尾，身子却像鹊，还发出鹊的鸣叫声，更怪的是在它羽毛的顶端生有闪闪发亮的鳞甲，无处不是鱼和鸟的结合。经文说它

“可以御火”，人们畜养它来防御火灾；“食之不瘅”，吃它的肉可以不得黄疸病。而郭璞的赞辞却说“食之避燔”，仿佛人们吃了鳛鳛鱼的肉就具有了不怕火烧的特异功能。

橐驼[①]

【原文】驼惟奇畜，
肉鞍是被[②]。
迅骛流沙[③]，
显功绝地[④]，
潜识泉源[⑤]，
微乎其智[⑥]。

【译文】骆驼是珍奇家畜，
背上生两只驼峰。
迅疾走过大沙漠，
险恶绝地显奇功。
深识隐蔽的泉流，
微妙啊它的智慧。

【注释】

① 橐（tuó）驼：兽名，即骆驼。郭璞注经云：“有肉鞍，善行流沙中。日行三百里，其负千斤，知水泉所在也。”

② 肉鞍：李时珍《本草纲目》：“驼状如马……背有两肉峰，如鞍形。” 被：通“披”。

③ 迅骛：疾行。 流沙：沙漠。

④ 绝地：极险恶而无出路之境地。

⑤ 潜识：深识。

⑥ 微：幽深玄妙，微妙。

【说明】

橐驼即今之骆驼。《北山经》说：“虢山，其兽多橐驼。”郭璞《图赞》称颂其为珍奇的家畜。骆驼性情温顺，能耐饥渴及寒暑，适合于旅行沙漠。骆驼背上有两只肉峰如鞍形的，称双峰驼，产于我国北部及中亚（单峰驼产于北非洲及印度），古时沙漠土著豢养它用来乘骑。驼峰内储脂肪，贮为养身之用，所以可数日不食；胃内有二三十小囊，以贮清水，故可历数日不饮。骆驼力健堪负重，久行不倦，可供商队横渡沙漠之用，故称“沙漠之舟”。古代还有骆驼能识水泉之所在的传说。在茫茫大沙漠中偶有地下水源，“人莫能知，骆驼知水脉，过其处辄停不肯行，以足踏地，人于所踏处掘之，辄得水”（见《博物志》）。郭璞不由得由衷赞叹其智慧幽深玄妙。

耳　鼠

【原文】蹠实以足①，
排虚以羽②。
翘尾翻飞③，
奇哉耳鼠；
厥皮惟良，
百毒是御。

【译文】兽用足实地行走，
鸟用羽凌空飞翔。
翘起尾上下翩翻，
多么奇妙啊耳鼠；
它的皮质最优良，
能抵御各种毒物。

【注释】

① 蹠（zhí）实：谓兽类足踏实地而行。蹠，足也；实，地也。
② 排虚：犹排空，凌空飞翔。
③ 翻飞：忽上忽下、自由自在地飞。

【说明】

耳鼠是一种样子像鼠、兔首麋身的奇兽。《北山经》说：“丹熏之山，有兽焉，其状如鼠，而菟首麋身，其音如嗥犬，以其尾飞，名曰耳鼠，食之不脎，又可以御百毒。”郭璞把耳鼠和用腿脚实地行走的兽类、用翅膀凌空飞翔的禽鸟作比较，盛赞耳鼠最奇妙的地方是用尾上下翻飞，自由翱翔，而且人服食其肉可以治大肚子病，服佩其皮毛可以抵御百毒。耳鼠有如此神奇的飞行能力和医疗效验，令人惊叹不已。

幽　颈

【原文】幽頞似猿①，

【译文】幽頞样子像猿猴，

原文	译文
俾愚作智[2]。	把愚妄当作智谋。
触物则笑，	握住竹筒就大笑，
见人佯睡[3]。	遇见到人装睡觉。
好用小慧，	喜欢耍弄小聪明，
终是婴系[4]。	终究是被人捆绑。

【注释】

① 幽頞（è）：经文作“幽鴳（è）”。

② 俾（bǐ）：使。

③ 佯（yáng）：假装。

④ 婴系：缚，捆绑。

【说明】

幽頞是一种样子像猕猴的野兽。《北山经》说：“边春之山，有兽焉，其状如禺而文身，善笑，见人则卧，名曰幽鴳，其鸣自呼。”郭璞《图赞》里的幽頞倒有点像传说中的狒狒。狒狒“获人则先笑而后食之”，猎人“因以竹筒贯臂诱之”。猎人也以此法对付幽頞，幽頞抓到两竹筒后喜而大笑，此所谓“触物则笑”也。幽頞认为已抓到了人，耍弄小聪明，倒下装睡，猎人趁机从竹筒抽出手来，拿出绳子，将幽頞生擒。这则《图赞》近似于一首寓言诗，讽刺那些“俾愚作智”的人，终究是害了自己。

寓鸟孟极足訾兽

【原文】	【译文】
鼠而傅翼[1]，	寓鸟鼠身添鸟翼，
厥声如羊。	它的叫声又像羊。
孟极似豹，	孟极样子似猛豹，
或倚无良[2]。	仗恃它没好结果。
见人则呼，	看见人就要呼叫，
号曰足訾[3]。	它的名号叫足訾。

【注释】

① 傅翼：添翼。“鼠而傅翼”，《郭弘农集》作“兽而傅翼”。

② 倚：仗恃。　无良：没有好的（结果）。

③ 足訾（zǐ）：怪兽名。

【说明】

寓鸟是一种属蝙蝠类的怪鸟。《北山经》说：“虢山，其鸟多寓，状如鼠而鸟翼，其音如羊，可以御兵。”据说可以拿寓鸟来防御兵祸。孟极是一种样子像豹的猛兽。《北山经》说：“石者之山，有兽焉，其状如豹，而文题白身，名曰孟极。是善伏，其鸣自呼。”郭璞注云：“题，额也。”孟极的叫声有如呼喊自己的名字。郭璞告诉人们，有人想仗恃孟极这类猛兽是不会有好结果的。足訾是一种集猴、牛、马三畜于一身的怪兽。“蔓联之山，其上无草木。有兽焉，其状如禺而有鬣，牛尾、文臂、马蹄，见人则呼，名曰足訾，其鸣自呼。”它看见人就呼叫，它的叫声喊的是自己的名字“足訾——”。

鵁鸟[1]

【原文】	【译文】
毛如雌雉，	羽毛美如雌野鸡，
朋翔群下[2]；	成群飞翔或落下；
飞则笼日，	飞起来遮天蔽日，
集则蔽野[3]。	降地上遍布山野。
肉验针石[4]，	食肉针砭同疗效，
不劳补写[5]。	免去了补益疏泻。

【注释】

① 鵁（jiāo）鸟：鸟名。郭璞注经曰："音交。或作'渴'也。"

② 朋：群，群聚。

③ 集：下，降落。

④ 验：效验，效果。 针（zhēn）石：用砭石制成治病的石针，使用方法已失传。

⑤ 劳：耗费。 补写：亦作"补泻"。补益正气，疏泻病邪，是针刺疗法中针对疾病虚实在治疗上的两个原则，又指一些具体的针刺术式和方法。

【说明】

鵁鸟是一种喜"群居"而又美丽的鸟。《北山经》说："蔓联之山，有鸟焉，群居而朋飞，其毛如雌雉，名曰鵁，其鸣自呼，食之已风。"郭璞赞辞"毛如雌雉"是经文原话，说明鵁鸟羽毛美丽。"朋翔群下"是对经文"群居而朋飞"的回应，写鵁鸟成群栖息，结队飞行的习性。鵁鸟种群庞大，数量惊人，"飞则笼日，集则蔽野"，诗人的想象让人身临其境。郭璞最感兴趣的还是"食之已风"。人吃了鵁鸟的肉能治风痹病，疗效和针砭相同，省去了补虚扶正、泻实祛邪两种疗法。古人具备了食疗的知识，认识到某些食物具有对疾病进行治疗或调理的作用。

诸犍兽白䳑竦斯鸟

【原文】诸犍善咤[①]，
行则衔尾。
白䳑竦斯[②]，
厥状如雉[③]；
见人则跳，
头文如绣。

【译文】诸犍喜大声吼叫，
行走时口衔尾巴。
白䳑还有竦斯鸟，
它们形状都像雉；
见人就扑棱跳跃，
头上斑纹如锦绣。

【注释】

① 咤（zhà）：发怒声。《说文·口部》："吒，喷也，叱怒也。"
② 白䳑（yè）：鸟名。䳑，郭璞注经曰："音夜。"《郭弘农集》作"鹤"。
③ 雉（zhì）：鸟名，俗称野鸡。

【说明】

诸犍是一种集人、豹、牛三者于一身的怪兽。《北山经》说："单张之山，有兽焉，其状如豹而长尾，人首而牛耳，一目，名曰诸犍；善咤，行则衔其尾，居则蟠其尾。”郭璞《图赞》写它喜欢大声吼叫，因尾巴特别长，行走时用嘴衔着尾巴。这人首牛耳的独目怪兽，确实令人望而生畏。白鵺也在单张之山上，“其状如雉，而文首、白翼、黄足……食之已嗌痛，可以已痸”。竦斯鸟就在不远的灌题之山上，“其状如雌雉而人面，见人则跃……其鸣自呼也”。郭璞把这二鸟结合在一起加以赞颂。它们的样子都像野鸡，白鵺头上有锦绣般的斑纹，竦斯见人就跳跃，在赞辞中成了两鸟美丽、与人亲近的共同特征，可竦斯却是令人悚惧的人面鸟啊。在《图赞》中，这是一种非常独特的写法。

磁　石

【原文】磁石吸铁，
琥珀取芥①。
气有潜通②，
数亦冥会③。
物之相感④，
出乎意外。

【译文】吸铁石能吸引铁，
琥珀能拾取芥末。
气机相同有暗通，
规律是默契暗合。
不同物相互感应，
常出人意料之外。

【注释】

① 琥珀（hǔ pò）：矿物名，是古代松柏树脂落入地下而形成的化石，黄褐色透明体，可做香料及装饰品。　芥：蔬菜名，芥菜，这里指芥菜的种子芥末。聂恩彦《郭弘农集校注》琥珀作“玳瑁”。

② 潜通：暗通。聂恩彦《郭弘农集校注》作“潜感”。气有潜通：《易·乾》：“同声相应，同气相求……则各从其类也。”唐孔颖达《疏》：“亦有异类相感者，若磁石引针，琥珀拾芥。”

③ 数：规律。　冥会：默契、暗合。

④ 相感：交相感应。聂恩彦《郭弘农集校注》作“相投”。

【说明】

磁石，俗称吸铁石，又称磁铁，有吸引铁、镍、钴等金属的性质。《北山经》说，灌题之山“匠韩之水出焉，而西流注于泑泽，其中多磁石”。说明在我国远古时代人们就发现了被称为“磁石”的四氧化三铁。我们知道，Fe_3O_4的磁性起源于实物内部电荷即电子和原子核的运动。对磁石能吸引铁，琥珀摩擦生电后也能拾取轻微之物，古人是十分惊奇的（即“出乎意外”），却无法作出完全科学的解释。郭璞试图用“异类相感”的观点加以解答。“磁石引针，琥珀拾芥”，磁石和针、琥珀与芥，是“异类相感”，不同物质交相感应。这是因为它们内部的气机类同而有默契暗合（即“数亦冥会”），所以它们能相互吸引，也就产生了《易·乾》所说的“同气相求”、“各从其类”的情况。这是一种朴素的唯物主义物理观。

旄　牛[①]

【原文】 牛充兵机[②]，
兼之者旄[③]；
冠于旌鼓[④]，
为军之标。
匪肉致灾，
亦毛之招。

【译文】 旄牛供军备需要，
还加上旄牛尾毛；
装在旌旗战鼓上，
成为军队的标识。
不只肉引来灾害，
毛也招杀身之祸。

【注释】

① 旄（máo）牛：即犛牛，今又作牦牛。状似水牛，角长，肩隆起，颈至脊上密生鬣状柔毛，体旁及四肢外侧之毛密而长，尾毛很长，为马尾状。栖于阿尔泰山脉与喜马拉雅山脉之中间高原，有野生与家养之别。

② 充：供，供应。　兵机：用兵的机谋，军事机要。这里作军备需要讲。

③ 兼：加上。　旄：牦牛尾。古代将其毛装在军旗或使者旌节上做饰物。

④ 冠：在前面加上。　旌（jīng）鼓：旌旗和战鼓。旌，古代九旗之一，竿顶饰牦牛尾或五彩鸟羽的旗帜。

【说明】

旄牛是一种体大如牛、全身披着长毛的走兽。《北山经》说："潘侯之山，有兽焉，其状如牛，而四节生毛，名曰旄牛。"郭璞注曰："今旄牛背膝及胡尾皆有长毛。"旄牛的毛以尾端者最长，古代所用之旌旄，就是用旄牛尾毛所制，故旄牛又叫"旌旄牛"。旄牛产于我国西南徼外，经人工驯化后，可用来拉犁或驮运货物，肉可供食用，牛绒可织为衣衫，尾毛还可做成帽缨、枪饰……郭璞《图赞》一开始就说旄牛可供军备需要，尾毛装饰在军旗和战鼓上，成为军队的标识而更显荣辉，但这对旄牛本身来说却不是什么好消息。随着战争规模和军备需求的扩大，需要更多的旄牛付出生命的代价。"匪肉致灾，亦毛之招。"郭璞这种以旄牛为本位的考量，对今天也有一定的警世作用。

长 蛇

【原文】	【译文】
长蛇百寻[1]，	长蛇有八百尺长，
厥鬣如彘[2]；	它的长毛如猪鬃；
飞群走类，	成群飞禽和走兽，
靡不吞噬[3]；	没有不被它吞噬；
极物之恶，	野兽中它最凶恶，
尽毒之厉。	毒蛇中它最剧毒。

【注释】

① 寻：古代长度单位。八尺为一寻，一说七尺。

② 鬣（liè）：某些兽类颈上的长毛。 彘（zhì）：猪。

③ 吞噬（shì）：吞食；并吞。

【说明】

长蛇是一种身上长着猪硬毛、叫声如敲梆子的大蛇。《北山经》说："大咸之山，有蛇名曰长蛇，其毛如彘豪，其音如鼓柝。"郭璞注云："说者云长百寻。今蝮蛇色似艾绶文，文间有毛如猪鬐，此其类也。"艾，就是艾草，艾草色绿，可用来染绿，故借指绿色。艾绶是系印钮的绿色丝带。传说中的长蛇通体是像艾绶的绿色条纹，绿色条纹间生着像野猪鬃一样的硬毛。长蛇长有百寻，而且凶猛异常，蛇毒剧烈。传说尧帝曾派神箭手羿上射十日（射下九日），还在洞庭把一条修蛇斩断为两截。袁珂指出，这洞庭湖的修蛇和大咸山的长蛇是神话中属同一种类的巨型毒蛇。

山　猈

【原文】山猈之兽[1]，
见人欢唬[2]；
厥性善投，
行如矢缴[3]；
是惟气精[4]，
出则风作。

【译文】山猈是这样的兽，
看见人欢快大笑；
它的习性善投掷，
行走如箭般迅疾；
云气形成的精怪，
出现天下风大作。

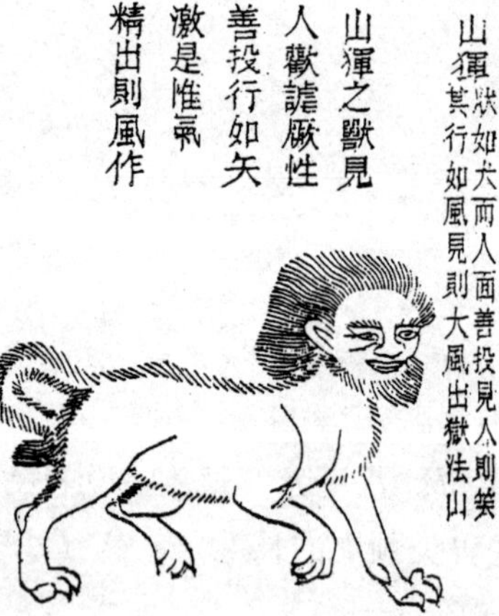

【注释】

① 山猈（huī）：郭璞注经云：“音晖。”

② 欢唬：疑为“欢噱”（jué），欢快地大笑。聂恩彦《郭弘农集校注》

作“欢谑”。郝懿行说《吴都赋》云“见人则啸”，“啸盖与笑通”。

③ 矢缴（zhuó）：一种古兵器，即箭。缴，系在箭上的生丝绳。聂恩彦《郭弘农集校注》作“激”。

④ 是：指代人或事物，可译作“它”。 惟：用在句中，引出谓语，表示判断。

【说明】

山狲是一种狗身人面的怪兽。《北山经》说：“狱法之山，有兽焉，其状如犬而人面，善投，见人则笑，其名山狲，其行如风，见则天下大风。”山狲犬身而人面，见人就欢快地大笑；喜模仿人，擅长投掷；行走迅疾，一如飞矢；只要它一出现，天下就会刮起大风。郭璞在《图赞》中指出，山狲是云气变成的精怪，所以它是大风的征兆。有人认为山狲就是崇吾之山“豹尾而善投”的举父，为枭阳之类的动物。

窫窳诸怀兽鳋鱼肥遗蛇

【原文】窫窳诸怀[①]，
是则害人。
鳋之为状[②]，
半鸟半鳞[③]。
肥遗之蛇，
一头两身。

【译文】窫窳诸怀两怪兽，
它们终要伤害人。
图上鳋鱼样子怪，
一半是鸟一半鱼。
这种肥遗是条蛇，
一个头来两个身。

【注释】

① 窫窳（yà yǔ）：郭璞注经曰：“轧愈二音。”在《山海经》中，对窫窳另有记载。《海内南经》：“窫窳龙首，居弱水中。”郭璞注：“窫窳，本蛇身人面，为贰负臣所杀，复化而成此物也。”《海内西经》：“窫窳者，蛇身人面，贰负臣所杀也。”

② 鳋（zǎo）：郭璞注经曰：“音藻。” 之为：助词，宾语前置的标志。 状：描述，描画。

③ 半鸟半鳞：聂恩彦《郭弘农集校注》作“羊鳞黑文”。

【说明】

窫窳和诸怀都是体形如牛的食人怪兽。《北山经》说，少咸之山“有兽焉，其状如牛，而赤身、人面、马足，名曰窫窳，其音如婴儿，是食人”；北岳之山“有兽焉，其状如牛，而四角、人目、彘耳，其名曰诸怀，其音如鸣雁，是食人”。窫窳用婴儿的啼哭引诱人，诸怀用四角人目威吓人，来达到它们攫食人类的目的。鱳鱼是一种半鱼半鸟的怪物。《北山经》说：“狱法之山，瀤泽之水出焉，而东北流注于泰泽。其中多鱳鱼，其状如鲤而鸡足，食之已疣。”郭璞在《山海经图》上看到的鱳鱼，形状像鲤鱼却长着鸡的爪子，在瀤泽之水中游泳。肥遗蛇是一种一头双身蛇。《北山经》说：“浑夕之山，嚣水出焉，有蛇，一首两身，名曰肥遗，见则其国大旱。”《山海经》中，有“六足四翼，见则天下大旱”的肥𧔥蛇(《西山经》)，有“其状如鹑，黄身而赤喙”的肥遗鸟(《西山经》)，还有彭毗之山肥水中的肥遗之蛇(《北次三经》)等，都是同名的蛇或鸟，需要细心辨识。

鮆 鱼

【原文】阳鉴动日[①]，
土蛇致宵[②]。
微哉鮆鱼[③]，
食而不骄[④]。
物有所感，
其用无标[⑤]。

【译文】用凹镜日光取火，
设土龙用来招雨。
多么细小啊鮆鱼，
人吃了能治狐臊。
物具有相互感应，
其功用无须标举。

【注释】

① 阳鉴：古代利用日光取火的凹面铜镜。 动：引动，招致。

② 土蛇：土龙，用泥土抟成的龙，古人祈雨时所用。古代龙蛇可以互称。 致：获得；招致。 宵：应为“霄”，高空云气。

③ 鮆（jì）鱼：刀鱼。《说文》：“鮆，饮而不食，刀鱼也。”

④ 骄：郭璞注经云："或作'骚'，骚臭也。"

⑤ 标：标举、标明，也有炫耀、吹嘘之意。聂恩彦《郭弘农集校注》作"禢"。

【说明】

鮆鱼是一种生有红鳞的小鱼。《北次二经》说："县雍之山，晋水出焉，而东南流注于汾水。其中多鮆鱼，其状如鯈而赤鳞，其音如叱，食之不骄。"郭璞注曰："小鱼曰鯈（tiáo）。"赞辞说凹面铜镜可用来取火，设置土抟的龙可用来求雨。王充《论衡·乱龙篇》云："设土龙以招雨，其意以云龙相致。《易》曰：'云从龙，风从虎。'以类求之，故设土龙，阴阳从类，云雨自至。"大意是说用设置土龙的办法招致下雨，是因为云和龙是同类之物，由于阴阳两气构成的万物是以类相感召的，所以和龙同类的云雨就自然来到了。鮆鱼虽然非常细小，但吃了它的肉却可以医治讨厌的狐骚臭，这都是因为物与物之间是相互感应的，它们的功用也就没有必要炫耀了。

狍　鸮

【原文】狍鸮贪婪[①]，
其目在腋[②]；
食人未尽，
还自龈割[③]；
图形妙鼎，
是谓不若[④]。

【译文】狍鸮贪婪不知足，
眼睛生在腋窝下；
吃人还没全咽光，
又来啃咬自家身；
图形妙现夏鼎上，
这是所谓不祥物。

【注释】

① 狍鸮（páo xiāo）：即饕餮（tāo tiè）。郭璞注经云："狍音咆。"贪婪：不知足。

② 腋（yè）：禽兽翅、腿与腹部相连处。

③ 龈（kěn）割：谓啃咬取食。

④ 不若：犹言不祥或不祥之物，指传说中的魑魅魍魉等害人之物。《左

传·宣公三年》："铸鼎象物，百物而为之备，使民知神奸。故民入川泽山林，不逢不若。"杜预注："若，顺也。"杨伯峻注："不若，不顺，意指不利于己之物。"

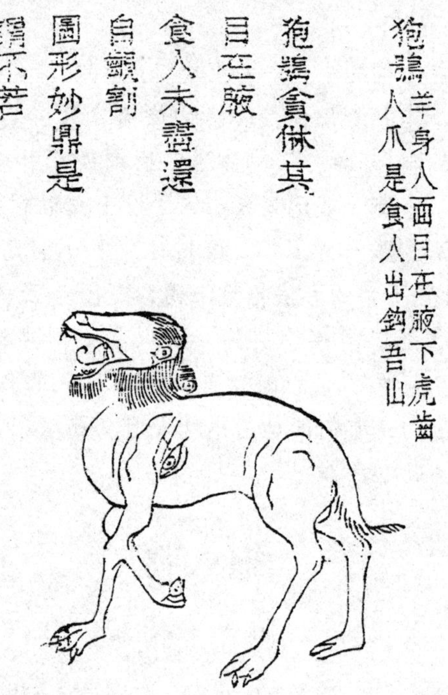

【说明】

狍鸮是集人、羊、虎三者特征于一身的食人怪兽。《北次二经》说："钩吾之山，有兽焉，其状如羊身人面，其目在腋下，虎齿人爪，其音如婴儿，名曰狍鸮，是食人。"郭璞注曰："为物贪婪，食人未尽，还害其身，像在夏鼎，《左传》所谓饕餮是也。"郭璞最早把狍鸮说是贪婪的饕餮。袁珂指出："郭注狍鸮即饕餮，当有古说凭依，非臆说也。"郭璞的这条注释还依据了《吕氏春秋·先识览》的说法："周鼎著饕餮，有首无身，食人未咽，害及其身，以言报更也。"（这表明对它的报偿啊。《广雅·释言》："更，偿也。"）古青铜器纹饰中确有不少是只有头部而看不见身形的饕餮图纹，那么它们的身子呢？郭璞认为身子已被贪得无厌的饕餮自己吃掉了。袁珂赞道："《图赞》与注相同，惟于'食人未尽'下作'还自龈割'，则尤形象生动而达意。"（《山海经校注》）古人铸鼎为何要饰以饕餮齿牙森列、双目圆睁的狰狞头像呢？这是让百姓能识别神人和怪物，在进入川泽山林时，“不逢不若”，不会碰到不祥之物。饕餮即狍鸮，它们的图像生动地出现在夏鼎上，也就具有了驱邪避祸的功能。

狕[①]闾骍马独狢

【原文】有兽如豹，
厥文惟缛[②]。
闾善跃崄[③]，
骍马一角[④]。
虎状马尾，
号曰独狢[⑤]。

【译文】有野兽样子像豹，
头上有繁密花纹。
山驴喜险地跳跃，
骍马头上长一角。
虎的形状马的尾，
它的名号叫独狢。

【注释】

① 狕（yǎo）：兽名。
② 缛（rù）：繁密的花纹。
③ 闾（lǘ）：又名羭、山驴、驴羊。郭璞注经曰：“闾即羭也。似驴而歧蹄，角如羚羊。一名山驴。《周书》曰：‘北唐以闾（献）。’亦见《乡射礼》。” 崄（xiǎn）：同“险”，险要地。
④ 䮝（bó）马：兽名。郭璞注经曰：“音勃。”
⑤ 独狢（yù）：兽名。郭璞注经曰：“音谷。”

【说明】

狕兽生活在《北山经》的隄山，“其状如豹而文首”，赞辞突出写它头上纹彩繁密。闾是羭，俗称山驴。《北次二经》说，县雍之山“其兽多闾、麋”。闾似羊非羊，似驴非驴，它不仅“角如羚羊”，而且体形轻捷，能像羚羊一样在山崖间轻快跳跃。䮝马成群生活在敦头之山的旄水之畔，它们“牛尾而白身，一角，其音如呼”。角是力量和强壮的象征。马本是不长角的，赞辞突出写全身皆白的䮝马生有一角，说明䮝马是一种被神圣化的动物。《北次二经》还说，北嚣之山“有兽焉，其状如虎，而白身犬首，马尾彘鬣，名曰独狢”。独狢样子像虎，色白，却长着狗头、马尾，身披猪鬃，是一种集虎、狗、马、猪四畜于一身的怪兽。

鹙鹛

【原文】御暍之鸟[①]，
厥名鹙鹛[②]；
昏明是互[③]，
昼隐夜觌[④]。
物贵应用，
安事鸾鹄[⑤]？

【译文】一种解暑热的鸟，
它的名字叫鹙鹛；
昏黑明亮两颠倒，
白天隐藏夜出现。
动物贵在能实用，
崇奉鸾鹄做什么？

【注释】

① 暍（yē）：中暑热之病。郭璞注经曰：“中热也。音谒。”

② 䳤鹛（pán mào）：怪鸟名。郭璞注经曰：“般冒两音。或作‘夏’也。”

③ 互：错乱。

④ 觌（dí）：显示，出现。

⑤ 事：侍奉。 鸾（luán）：传说中凤凰一类的鸟。 鹄（hú）：天鹅。

【说明】

䳤鹛是一种昼伏夜飞的人面鸟。《北次二经》说：“北嚣之山，有鸟焉，其状如乌，人面，名曰䳤鹛，宵飞而昼伏，食之已暍。”人吃了䳤鹛的肉，能够解除暑热。䳤鹛如乌而人面，昼夜错乱，郭璞说它是“鸺鹠之属”。鸺鹠是猫头鹰，民间认为是不祥之鸟。而鸾鸟是与凤凰并称的神鸟，“赤色，五彩，鸡形”（《说文》）；鸿鹄就是天鹅，我国有“鸿鹄之志”比喻远大志向的说法。它们都比鸺鹠高贵。但在赞辞里，䳤鹛能治愈暍病，对人类来说，比鸾鹄更有用，表现了郭璞崇尚实用的思想。

居暨兽嚣鸟三桑

【原文】居暨豚鸣[①]，
如彙赤毛[②]。
四翼一目，
其名曰嚣。
三桑无枝，
厥树唯高。

【译文】居暨小猪般鸣叫，
像猬鼠长着红毛。
四张翅膀一只眼，
它的名字叫做嚣。
三桑有叶却无枝，
这神树高入云霄。

【注释】

① 豚（tún）：小猪。
② 彙（huì）：刺猬。

【说明】

居暨是一种样子像鼠的小兽。《北次二经》说："梁渠之山，其兽多居暨，其状如彙而赤毛，其音如豚。"郭璞注曰："彙似鼠，赤毛如刺猬也。"居暨浑身长着像刺猬一样的毛刺，颜色却是红的，发出像小猪的鸣叫声。嚣鸟是一种长着两对翅膀的独目怪鸟。梁渠之山"有鸟焉，其状如夸父，四翼、一目、犬尾，名曰嚣，其音如鹊，食之已腹痛，可以止衕"。郭璞于"其状如夸父"下注："或作'举父'。"举父"其状如禺"（禺即猕猴），嚣鸟是一种集鸟、猴、狗三牲特征于一身的奇鸟。吃了它可以治疗腹痛，还可以防止腹泻。三桑是一种神木。《北次二经》说，洹山"其上多金玉，三桑生之，其树皆无枝，其高百仞，百果树生之。其下多怪蛇"。三桑有叶无枝而高大，在发明了蚕桑的中国人心目中，它是神桑、寿桑，和太阳树、宇宙树扶桑、若木同样神圣。

驿兽

【原文】驿兽四角[①]，

【译文】驿兽生有四只角，

马尾有距[2]。
涉历归山[3]，
腾险跃岨[4]；
厥貌惟奇，
如是旋舞[5]。

马的尾巴鸡足爪。
翻山越岭在归山，
腾跃险崖与阻峭；
它体貌令人称奇，
像这样盘旋而舞。

【注释】

① 䍺（hún）兽：怪兽名。

② 距：鸡、雉等的腿的后面突出像脚趾的部分。也指鸡爪，《六书故·人九》：“距，鸡爪也。”

③ 涉：步行渡水；行走。　历：越过。

④ 岨（zǔ）：同“阻”，险阻；险要之地。

⑤ 如是：像这样。

【说明】

䍺兽是一种生有四角和马尾的怪兽。《北次三经》说：“太行之山，其首曰归山，有兽焉，其状如麢羊而四角，马尾而有距，其名曰䍺，善还，其名自训。”《图赞》开头两句“䍺兽四角，马尾有距”是对䍺兽奇特外貌作静态的描写，以下四句写的就是动态的䍺兽。李时珍《本草纲目》提到归山䍺兽时云："此亦山驴之类也。"郭璞把山驴最擅长翻山越岭、腾跃险阻的本领赋予了䍺兽。经文说䍺兽"善还"。还（xuán），旋转也。郭璞笔下的䍺兽却是盘旋而舞：羚身轻盈，四角回旋，马尾飘拂，这瑰异的景象，令人称奇。

天　马

【原文】龙冯云游①，
腾蛇假雾②。
未若天马，
自然凌翥③。
有理悬运④，
天机潜御⑤。

【译文】苍龙须乘云遨游，
螣蛇凭驾雾回翔。
它们都不如天马，
天然能凌空飞腾。
有理法高空运转，
天意在暗中驾御。

【注释】

① 冯（píng）：乘，登。
② 腾蛇：亦作"螣蛇"，传说中一种会飞的蛇。《韩非子·难势》："慎子曰：'飞龙乘云，腾蛇游雾。'"
③ 自然：天然，非人为的。　凌翥（zhù）：高飞。翥，鸟向上飞。
④ 理：理法，规律法则。　悬：谓高挂在空中。
⑤ 天机：天之机密，犹天意。　御：驾御。

【说明】

天马是一种样子像狗、能够飞行的神兽。《北次三经》说："马成之山，有兽焉，其状如白犬而黑头，见人则飞，其名曰天马，其鸣自训。"《图赞》说苍龙和螣蛇只有腾云驾雾、借助外物才能飞起，它们不如天马有天然生成的腾空飞翔的本领。郭璞于"见人则飞"下注曰："言肉翅飞行自在。"天马自在飞行是自然之理运作的结果，即自然发展的规律使然，也有天意在暗中驾御。这则赞辞透露出作者崇尚自然之道的玄学思想。

鶌居①

【原文】鶌居如乌，
青身黄足；
食之不饥，
可以辟谷②；
内厥唯珍③，
配彼丹木④。

【译文】鶌鶋样子像乌鸦，
青黑身子黄脚爪；
人吃它后不觉饿，
不食五谷可长生；
它的肉真是珍奇，
可以和丹木媲美。

【注释】

① 鶌（qū）居：经文和《百子全书》作鶌鶋（jū）；郭璞注经曰："屈居二音。"

② 辟谷：不食五谷。古代方士行辟谷引导之术，认为可以长生不老。

③ 内厥：疑为"厥肉"。内，郝懿行云："疑当为肉。"

④ 配：匹敌，媲美。 丹木：见《西山经·西次三经》："峚山，其上多丹木，员叶而赤茎，黄华而赤实，其味如饴，食之不饥。丹水出焉……玉膏所出，以灌丹木。丹木五岁，五色乃清，五味乃馨。"

【说明】

鶌鶋是一种体形像乌鸦、肉可治疾病的奇鸟。《北次三经》说："马成之山，有鸟焉，其状如乌，首白而身青、足黄，是名曰鶌鶋，其鸣自詨，食之不饥，可以已寓。"《图赞》开首就指出："鶌居如乌，青身黄足。"正如《诗经》所说"莫黑匪乌"，鶌鶋是很容易被看作"不祥之物，人所恶见"的乌鸦。但鶌鶋的肉却不同寻常，人吃了不会再产生饥饿感。郭璞认为这正好为方士行辟谷引导之术提供了便利。辟谷是一种长生术，要人不食五谷，来达到延年益寿的目的。《西次三经》峚山上的丹木的"赤实"，也同样具有"食之不饥"的功能。它是从丹水中涌出的、专供黄帝食用的玉膏浇溉丹木而结出的果子。《图赞》最后称鶌鶋在珍奇方面可以和神树丹木媲美，是对其貌不扬的鶌鶋的热情咏赞。

飞　鼠

【原文】或以尾翔①，
或以髯凌②。
飞鼠鼓翰③，
翛然背腾④。
用无常所⑤，
惟神是冯⑥。

【译文】有的是用尾翔空，
有的是用须凌霄。
飞鼠鼓动起背毛，
自由地仰面飞腾。
飞行器官不固定，
凭的是神秘力量。

【注释】

① 或以尾翔：是指《北山经》丹熏之山的耳鼠，“以其尾飞”。

② 髯（rán）：指动物的须。　凌：升，登上。　或以髯凌，谓《西山经》上申之山的当扈，“以其髯飞”。

③ 翰：鸟羽，鸟翼；亦指兽毛。

④ 翛（xiāo）然：无拘束，超脱貌。　背，聂恩彦《郭弘农集校注》作“皆”。

⑤ 用：泛指供使用的器物。这里作“器官”讲。　常所：固定的场所。

⑥ 神：指自然规律、法则。 冯（píng）：凭借，倚仗。

【说明】

飞鼠是一种兔身鼠首会飞的小兽。《北次三经》说：“天池之山，有兽焉，其状如兔而鼠首，以其背飞，其名曰飞鼠。”郭璞于“以其背飞”下作注曰：“用其背上毛飞，飞则仰也。”《图赞》的“尾翔”是指耳鼠，“鬐凌”是指当扈，飞鼠是用背上毛仰面而飞，它们都不是用翅膀而是用各自特殊的“飞行器官”在高空自由自在地飞翔。郭璞最后指出：“惟神是冯。”这里的“神”是指一种看不见的神秘力量，即自然规律、法则，也就是自然之理、自然之道。

鹩鸟象蛇䱅父鱼

【原文】有鸟善惊，
名曰鹩鹩[①]。
象蛇似雉，
自生子孙。
䱅父鱼首[②]，
厥体如豚。

【译文】有种鸟易受惊吓，
它的名字叫做鹩。
象蛇样子像野鸡，
自为雌雄生卵子。
䱻父长着鱼的头，
它的形体如小猪。

【注释】

① 鹩鹩（fén fén），经文作“鹩”，严可均校辑《全上古三代秦汉三国六朝文》注云：“据题及经，皆不重言鹩。此句当作其名曰鹩。”

② 䱅（tāo）父：怪鱼名。经文为“䱻（xiàn）父”。

【说明】

鹩是一种白身赤尾的六足怪鸟。《北次三经》说：“太行之山，其首曰归山，有鸟焉，其状如鹊，白身、赤尾、六足，其名曰鹩，是善惊，其鸣自詨。”象蛇样子像雌性野鸡，鸣叫声有如呼唤自己的名字；䱻父形状像鲫鱼，吃它的肉可以治呕吐。《北次三经》说，“阳山，有鸟焉，其状如雌雉，而五采以文，是自为牝牡，名曰象蛇，其鸣自詨。留水出焉，而南流注于河。其中有鮥父之鱼，其状如鲋鱼，鱼首而彘身，食之已呕。”这是一则关于三种禽鱼的合赞：鶌鸟生性胆怯，易受惊吓；象蛇两性同体，自行繁殖；鮥鱼鱼首豚身，形象怪异。赞辞突出写它们各自的主要特征，给人留下较深刻的印象。

酸　与

【原文】 景山有鸟，
禀形殊类[1]；
厥状如蛇，
脚二翼四[2]；
见则邑恐，
食之不醉[3]。

【译文】 景山有一种怪鸟，
天赋外形非禽类；
它的体形像条蛇，
四张翼翅三只脚；
现身之地生恐慌，
人吃它喝酒不醉。

【注释】

① 禀（bǐng）：赋予，给予。 殊：异，不同。

② 脚二：根据经文，应为“脚三”。

③ 醉：饮酒过量，神志不清。又通“悴（cuì）”，憔悴。清朱骏声《说文通训定声·履部》：“醉，叚（假）借为悴。”

【说明】

酸与是一种蛇形四翼、六眼三足的怪鸟。《北次三经》说：“景山，有鸟焉，其状如蛇，而四翼、六目、三足，名曰酸与，其鸣自詨，见则其邑有恐。”酸与虽说是鸟，但它的体形是蛇，郭璞认为这天赋的外形不应属鸟类。有谁见过蛇身六眼三脚爪的怪物？这怪异的形象确实令人恐怖，何况还发出“酸——与——”的叫声，真是一种灾难性征兆。但酸与的肉对人有好处，郭璞在“见则其邑有恐”下作注曰：“或曰食之不醉。”大概酸与能给人以惊悚，古人就认为它的肉有醒酒提神的作用。这句还可译为“吃了它人不憔悴”。

鸪鹨黄鸟

【原文】鸪鹨之鸟[①]，
食之不瞧[②]。
爰有黄鸟，
其鸣自叫；
妇人是服，
矫情易操[③]。

【译文】鸪鹨是这样的鸟，
吃它肉眼不昏花。
还有一鸟名黄鸟，
鸣声像把自己叫；
妇女服食它的肉，
妒恨情绪易控制。

【注释】

① 鸪鹨（gū xí）：鸟名。郭璞注经云：“姑、习二音。”

② 瞧：昏蒙。《百子全书》作“醮”。

③ 矫（jiáo）情：方言指强词夺理，无理取闹。 操：掌握，控制。

【说明】

鵸䳜是一种样子像乌鸦、身有白色斑纹的鸟。《北次三经》说："小侯之山，有鸟焉，其状如乌而白文，名曰鸪鸐，食之不灂。"灂，通"瞧"，眼睛昏蒙。《玉篇·目部》："瞧，目冥也。"所以郭璞注曰："（灂）不瞧目也。或作'瞧'，音醮。"传说吃了鸪鸐的肉能够治眼疾。黄鸟是一种样子像猫头鹰，其头色白的鸟。《北次三经》说："轩辕之山，有鸟焉，其状如枭而白首，其名曰黄鸟，其鸣自詨，食之不妒。"黄鸟作膳可以疗妒，但《图赞》却说"矫情易操"。当人妒火中烧时，往往丧失理智，无理取闹。传说服食了黄鸟的肉，那种被嫉妒点燃的迷乱心绪容易得到有效控制。

精 卫

【原文】	【译文】
炎帝之女[①]，	炎帝之女名女娃，
化为精卫；	灵魂化为精卫鸟；
沉形东海[②]，	形骸沉没东海底，
灵爽西迈[③]；	魂魄却向西远行；
乃衔木石，	口衔树枝和石子，
以填攸害[④]。	来填平为患的海。

【注释】

① 炎帝：郭璞注经曰："炎帝，神农也。"神话传说中炎帝是主管夏令和南方的神，又称赤帝。炎帝又是农神，发明农艺被奉为神农氏；神农尝百草，又被尊为医药之祖。炎帝是古史传说中上古姜姓部落首领，号历山氏或烈山氏，曾与黄帝争夺天下，战于阪泉，终被黄帝打败。

② 形：身体，形骸。魂魄离体，留下形骸。

③ 灵爽：鬼神的精气、魂魄。爽，魂魄。 迈：行，远行。

④ 攸（yōu）：所。聂恩彦《郭弘农集校注》为"波"。

【说明】

精卫是炎帝之女的亡灵化成的一只小鸟。《北次三经》说："发鸠之山，其上多柘木。有鸟焉，其状如乌，文首、白喙、赤足，名曰精卫，其名自设。是炎帝之少女，名曰女娃。女娃游于东海，溺而不返，故为精卫。常衔西山之木石，以堙于东海。"郭璞《图赞》咏赞精卫填海的悲壮与崇高。炎帝的小女儿女娃在东海边游玩，不慎淹死在海水里。"溺而不返"是她的躯体，她的魂魄化成精卫鸟向西方飞去。精卫衔来西山的树枝和石子，投到东海里，想把大海填平。陶渊明《读山海经》诗说："精卫衔微木，将以填沧海。""其状如乌"的小鸟，衔来的是"微木"，将要填平的是浩瀚的沧海，诗句通过鲜明的对比，表现精卫坚韧不拔的顽强意志和复仇精神。而郭璞的赞辞"乃衔木石，以填攸害"，精卫不只是悲愤自己年轻的生命被葬送海底，而且立誓要填平造成祸害的大海，为民除害，为古老的神话故事赋予了新的意蕴。

辣辣罴九兽大蛇

【原文】辣辣似羊①，
眼在耳后。
窍生尾上②，
号曰罴九③。
幽都之山④，
大蛇牛呴⑤。

【译文】辣辣的样子像羊，
眼睛长在耳后面。
肛门生在尾巴上，
它的大号叫罴九。
幽都之山在地府，
大蛇发出牛吼声。

【注释】

① 辣辣（dōng dōng）：怪兽名。郭璞注经云："音'屋栋'之栋。"
② 窍：指眼耳口鼻及尿道肛门等有孔之器官，这里指肛门。
③ 罴（pí）九：又作"罴"。郝懿行《山海经笺疏》云："《藏经》本作罴九，郭氏《图赞》亦作罴九，疑经文罴下有九字，今本脱去之。"
④ 幽都之山：古代传说在幽都之地，地下后土所治处。《楚辞·招魂》：

“魂兮归来，君无下此幽都些。”王逸注：“幽都，地下后土所治也。地下幽冥，故称幽都。”

⑤ 呴（hǒu）：通“吼”，吼叫。

【说明】

辣辣是一种眼睛长在耳后的独目独角兽。《北次三经》说：“泰戏之山，有兽焉，其状如羊，一角一目，目在耳后，其名曰辣辣，其鸣自训。”罴九兽在伦山，经文说：“有兽焉，其状如麋，其川在尾上，其名曰罴”。郭璞注曰：“川，窍也。”川当为州，“州，窍也”。因形相近而误。我们前面已介绍古人对不熟知的远方异物的六种描述方法。如像羊的辣辣一只眼睛，就是“减数的变化”。辣辣的这只眼长在耳后面，罴九的肛门长在尾巴上，就是典型的“易位的变化”，即“由普通动物变换器官的地位而构成之法”。动物器官一经换位，就云谲波诡，幻化成令人生畏的怪物。关于幽都之山的大蛇，《北次三经》说：“錞于毋逢之山，西望幽都之山，浴水出焉。是有大蛇，赤首白身，其音如牛，见则其邑大旱。”幽都之山在阴间都府幽冥之地，大蛇平时盘绕在幽都之山上。当它出现人间时，就是旱灾的征兆。大蛇的鸣声如牛吼叫，这是一种强调动物奇特鸣叫的描述方法。本来家畜牛的叫声是人们熟悉的，但从地府的大蛇口中发出，就令人十分恐怖了。

东山经图赞

鳙鳙鱼猔猔兽蚩鼠

【原文】鱼号鳙鳙①，
如牛虎驳②。
猔猔之状③，
似狗六脚。
蚩鼠如鸡④，
见则旱涸。

【译文】有鱼大号叫鳙鳙，
像牛像虎又像驳。
猔猔兽的样子怪，
像狗却有六只脚。
蚩鼠非鼠状像鸡，
出现地方遭干涸。

【注释】

① 鳙鳙（yōng yōng）：怪鱼名。郭璞注经曰：“音容。”

② 驳（bó）：传说中的兽名。状如马，白身黑尾，倨牙，食虎豹。见

《山海经·西山经》“中曲之山”。这里指毛色黄黑相间似虎纹的驳，叫“犁牛之驳”。

③ 㚇㚇（zōng zōng）：传说中的怪兽，经文作“从从”。

④ 𪁺（zī）鼠：传说中的怪鸟。𪁺，郭璞注经曰：“音咨。”

【说明】

鳙鳙鱼是一种体形像牛的怪鱼。《东山经》说：“樕螽之山，食水出焉，而东北流注于海。其中多鳙鳙之鱼，其状如犁牛，其音如彘鸣。”郭璞在“犁牛”下注曰：“牛似虎纹者。”犁牛是毛色黄黑相间像虎纹的牛。据说鳙鳙鱼也是“皮有毛，黄地黑文”，所以经文说“其状如犁牛”。《魏志·文帝纪》注引献帝传的说法：“犁牛之驳似驳。”毛色黄地黑文像虎纹的驳就叫“犁牛之驳”。鳙鳙鱼、犁牛和犁牛之驳都是毛色相杂像虎纹，故《图赞》称鳙鳙鱼像牛像虎又像驳。《东山经》说：“栒状之山，有兽焉，其状如犬，六足，其名曰从从，其鸣自设。有鸟焉，其状如鸡而鼠毛，其名曰𪁺鼠，见则其邑大旱。”经文说㚇㚇“六足”，这是增加普通动物的器官数目的描述方法；𪁺鼠非鼠，却身披鼠毛，也有人认为“鼠毛”应是“鼠尾”之误，这是由两个以上的实际动物混合而成的描述方法，更使人感到怪异。

鯈 鳙

【原文】	【译文】
鯈鳙蛇状[①]，	鯈鳙是蛇的形状，
振翼洒光[②]；	振鱼鳍闪闪发光；
凭波腾逝[③]，	凭依波水腾空去，
出入江湘；	出入长江湘水间；
见则岁旱，	一现身当年有旱，
是维火祥[④]。	还是火灾的预兆。

【注释】

① 鯈鳙（tiáo yóng）：郭璞注经曰：“条容二音。”

② 洒：散发。

③ 逝：往、去。

④ 维：助词，用于句首或句中，无义。 火祥：火灾，又指火灾的征兆。

【说明】

倏鳙是一种样子像蛇却长着鱼翼的怪蛇。《东山经》说：“独山，末涂之水出焉，而东南流注于沔。其中多倏鳙，其状如黄蛇，鱼翼，出入有光，见则其邑大旱。”倏鳙的身形像黄蛇，却长有一对“鱼翼”，也就是能飞的鱼鳍。经文说它“出入有光”，是由于倏鳙扇动鱼鳍而发出怪异的亮光，正如郭璞在《江赋》中说的“倏鳙拂翼而掣耀”。倏鳙凭借波水腾空而起，从独山末涂之水飞往长江湘水间的广阔水域。它出现在哪里，哪里就会发生大旱灾。正由于倏鳙出入水中而闪闪发光，古人将它和火联系在一起，视它为火灾征兆的不祥之物。

狪 狪

【原文】蚌则含珠，
兽胡不可？
狪狪如豚[1]，
被褐怀祸[2]。
患难无由，
招之自我。

【译文】蚌壳内含有珍珠，
走兽为何不可以？
狪狪样子像小猪，
“被褐怀玉”即怀祸。
遭受祸患真无法，
完全是咎由自取。

【注释】

① 狪狪（tóng tóng）：郭璞注经曰：“音如‘吟恫’之恫。”
② 被褐（hè）：被，通“披”。褐，粗毛或粗麻制作的衣服，泛指穷人所穿的短衣。《老子》第七十章：“知我者希，则我者贵，是以圣人被褐怀玉。”被褐怀玉，身穿粗布衣服，怀中藏着美玉，比喻怀才而不显露。这里比喻怀有才德反招来祸患。

【说明】

狪狪是一种样子像猪、体有珍珠的奇兽。《东山经》说：“泰山，有兽焉，其状如豚而有珠，名曰狪狪，其鸣自训。”我国古代有“蚌病生珠”的说法，郭璞认为走兽体内孕育珍珠也是正常的事情。如豚的狪狪怀珠，就像一个人身穿粗布短褐怀中藏着美玉，这“珠”还会给它招来杀身之祸。作者由狪狪的不幸遭遇，对深怀才德的人易被人猜忌、招来祸患的现实，发出激忿的慨叹：遭受患难没办法，完全是咎由自取！郭璞揭露了嫉贤妒能的险恶官场，抒发的是怀才不遇的愤懑情绪。

堪孖鱼軨軨兽

【原文】堪孖軨軨[1]，

【译文】堪孖鱼和軨軨兽，

殊气同占②；	气质不同征兆同；
见则洪水，	出现就会发洪灾，
天下昏垫③。	天下百姓困于水。
岂伊妄降④，	岂是挚随意降生，
亦应牒谶⑤。	也是应验了谶书。

【注释】

① 堪孖（xù）：传说中的鱼名。郭璞注经曰："未详，音序。" 軨軨（líng líng）：郭璞注云："音灵。"

② 同占：相同的征兆。占，原指甲骨卜中审视卜兆推知吉凶的行为，后来一切预测术都称作占。

③ 昏垫：陷溺，指困于大水。亦指水患、灾害。《尚书·益稷》："洪水滔天，浩浩怀山襄陵，下民昏垫。"

④ 伊：伊尹，名挚。《列子·天瑞篇》："伊尹生乎空桑。"注云："伊尹母居伊水之上，既孕，梦有神告之曰：臼水出而东走，无顾。明日，视臼，水出，告其邻，东走十里而顾视其邑，尽为水，身因化为空桑。有莘氏女子采桑，得婴儿于空桑之中，故命之曰伊尹，而献其君，令庖人养之，长而贤，为殷汤相。" 妄：胡乱，随意。

⑤ 牒谶（dié chèn）：谶书，预言未来吉凶的板片。牒，古代书写用的木（竹）片。谶，迷信的人指将要应验的预言、预兆。

【说明】

堪孖鱼是犲山下水中之鱼。《东山经》说："犲山，其上无草木，其下多水，其中多堪孖之鱼。"经文对堪孖鱼的形状、特征等没有叙述，郭璞在"堪孖之鱼"下作注云："未详。"軨軨兽是一种样子像牛却身披虎纹的怪兽。《东次二经》说："空桑之山，有兽焉，其状如牛而虎文，其音如钦，其名曰軨軨，其鸣自叫，见则天下大水。"郭璞把堪孖鱼和軨軨兽都看成是洪水的预兆，也许是犲山"其下多水"的缘故吧。在遥远的古代，先民们关注奇特动物的预示性征兆，希望能察识善恶，预知吉凶，虽具有浓厚的神秘色彩，但为的是寻求生存之道，有一定的积极意义。郭璞从軨軨兽出自空桑之山，想起"伊尹生于空桑"的故事，认为伊尹挚不是随意降生，也是与牒谶所记的内容相符。在古史传说中，伊尹等圣哲人物的诞生，均应验了上天降下的符命。这是愚弄群众的一种说法，在本则合赞里，属不谐之音。

珠蟞鱼[①]

【原文】澧水之鳞[②]，
状如浮肺[③]。
体兼三才[④]，
以货贾害[⑤]。
厥用既多[⑥]，
何以自卫？

【译文】澧水有种珠蟞鱼，
漂在水上像肺叶。
身体兼有三才质，
因是货品招祸害。
它的用处非常多，
又凭什么来自卫？

珠蟞魚 其狀如肺六足四目有珠出澧水
澧水之鱗形如浮
肺體兼三才
以貨賈害
厥用既多何以
自衛

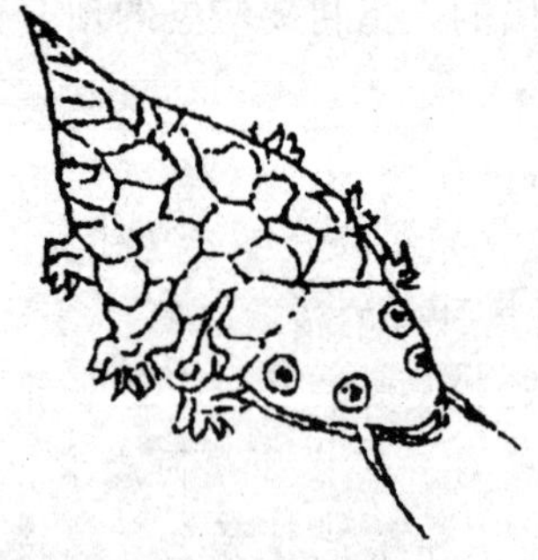

【注释】

① 珠蟞（biē）鱼：鱼名。《吕氏春秋》曰："澧水之鱼，名曰朱蟞，六足有珠，鱼之美也。"蟞，郭璞注经曰："音鳖。"

② 澧（lǐ）水：聂恩彦《郭弘农集校注》作"沣水"。　鳞：指鱼类。

聂恩彦《郭弘农集校注》作“鲜”。

③ 浮：漂在水面。

④ 才：才质，才性。

⑤ 货：货物，商品。 贾（gǔ）：求取，招引。

⑥ 既：副词，很，非常。

【说明】

珠鳖鱼是一种体孕珍珠的奇鱼。《东次二经》说：“葛山之首，无草木。澧水出焉，东流注于余泽。其中多珠鳖鱼，其状如肺而有四目六足，有珠，其味酸甘，食之无疠。”珠鳖鱼的最突出的特点是“状如浮肺”，就像漂在水面上的一片动物的肺叶。珠鳖鱼有三大用处，一是能够吐珠，二是味道甜酸而美，三是吃了可以防瘟疫，故郭璞说它是“体兼三才”。正因它对人有用而招来杀身的祸害。最后郭璞感叹道：“厥用既多，何以自卫?”说的是珠鳖鱼，更像是说他自己。博学的郭璞，才高命舛，仕途偃蹇，曾任东晋新王朝著作佐郎、尚书郎等职，最终还是被军阀王敦杀害。精于卜筮的郭璞这则赞辞，似乎成了他自己的恶谶。

犰 狳

【原文】犰狳之兽[①]，
见人佯眠[②]；
与灾协气[③]，
出则无年[④]。
此岂能为[⑤]，
归之于天。

【译文】犰狳是这样的兽，
见人就假装沉眠；
与灾荒同声协气，
出现就没好年成。
这哪是它的能耐，
都要归之于老天。

【注释】

① 犰狳（qiú yú）：郭璞注经曰：“仇馀二音。”郝懿行认为“犰”当为“犰”。

② 佯眠：郭璞注经曰：“言佯死也。”

③ 协：协同。

④ 年：年成，年景。

⑤ 能为：本领，能耐。

【说明】

狁狳是一种集兔、鸟、鸱、蛇四牲于一身的怪兽。《东次二经》说："馀峨之山，有兽焉，其状如菟而鸟喙，鸱目蛇尾，见人则眠，名曰狁狳，其鸣自训，见则螽、蝗为败。"郭璞在"见则螽、蝗为败"下作注说："螽，蝗类也。言伤败田苗。音终。"很可能狁狳是一种见人就蜷缩为团，以昆虫为主食的动物。当大群的蝗虫伤败田苗时，狁狳也出现了。人们却误认为狁狳是蝗灾的征兆。郭璞不相信灾荒是狁狳造成的，所以说"此岂能为，归之于天"。

朱　獳

【原文】朱獳无奇[①]，
见则邑骇。
通感靡诚[②]，
维数所在[③]；
因事而作[④]，
未始无待[⑤]。

【译文】朱獳没什么奇特，
出现国内都惊骇。
交互感应不真实，
因自然之数存在；
由于事物的兴起，
未尝不得它依凭。

【注释】

① 朱獳（rú）：郭璞注经曰："音儒。"

② 靡（mǐ）：无，没有。　诚：真实。《增韵·清韵》："诚，无伪也；真也，实也。"

③ 维：连词，表示原因，相当于"以"。　数：规律，法则。这里指自然之数，即自然之道。　所：语中助词，无义。

④ 作：兴起。

⑤ 未始：不曾，未尝。　待：依靠，仗恃。

【说明】

朱獳是一种样子像狐狸却长着鱼鳍的怪兽。《东次二经》说："耿山，有兽焉，其状如狐而鱼翼，其名曰朱獳，其鸣自训，见则其国有恐。"赞辞认为朱獳没有什么奇特的地方，只不过是狐狸的身子长着鱼翼罢了，但它出现怎么会引起国内人这么大的恐慌呢？说是交相感应在起作用是不真实的，只有理数才是实实在在的存在。于是郭璞顺便谈了他对理数即自然之道的看法：事物的兴起和发展都是以自然之道作依凭的。连镇标先生指出，郭璞"把宇宙万物产生的本原及其发展的内在原因、规律，都归之于无意识的自然之道，比起同时代的宗教徒把其归之于有意识的、人格化的神或上帝，无疑是进步得多"（《郭璞研究》）。

狸力兽鵹胡鸟

【原文】狸力鵹胡①，
或飞或伏；
是惟土祥②，
出兴功筑③；
长城之役④，
同集秦域。

【译文】狸力兽和鵹鹕鸟，
或则飞或则匍匐；
它们是土木之妖，
出现天下兴土功；
长城这项大工程，
它们集合秦境内。

【注释】

① 鵹（lí）胡：郭璞注经曰："音黎。"胡，经文作"鹕"（hú）。
② 祥：吉、凶的预兆。也可作妖、妖异讲。
③ 兴：建立；兴办。 功：土功，指治水、建筑等工程。
④ 役：工程。

【说明】

这是一则《南山经》的狸力兽和《东山经》的鵹鹕鸟的合赞。《南次二经》说："柜山，有兽焉，其状如豚，有距，其音如狗吠，其名曰狸力，见则其县多土功。”《东次二经》说：“卢其之山，沙水出焉，南流注于涔水，其中多鵹鹕，其状如鸳鸯而人足，其鸣自训，见则其国多土功。”它们一是异兽，一是怪鸟，但都是“土木之妖”、“土功之怪”，当统治者不顾人民死活、大兴土木的时候，它们就会出现，成为老百姓十分畏惧的劳役之神。秦王朝有许多浩大的土木工程，修建长城已把老百姓逼于绝境。这里写狸力兽和鵹鹕鸟聚集秦国境内，表现了对秦始皇暴政的憎恨。

峳 峳

【原文】治在得贤[1]，
亡由失人[2]。
峳峳之来[3]，
乃致狡宾[4]。
归之冥应[5]，
谁见其津[6]？

【译文】太平在于得贤人，
国亡因为失人心。
峳峳在国内出现，
招来了狡猾奸臣。
归之于暗中感应，
谁看见其中路径？

【注释】

① 治：社会安定，太平。

② 失人：失去民心。《全上古三代秦汉三国六朝文》作“夫人”。郝懿行《山海经笺疏》云：“陈寿祺曰：夫当为失。”

③ 峳峳（yóu yóu）：郭璞注经曰：“音攸。”

④ 致：招致。 宾：宾客，这里有外来的盗贼之意。

⑤ 归：属；集中于。 冥应：暗中感应。

⑥ 津：渡口，可引申为途径、门径。

【说明】

峳峳是一种具有马、羊、牛、狗特征的四角怪兽。《东次二经》说：“硜山，有兽焉，其状如马，而羊目、四角、牛尾，其音如嗥狗，其名曰峳峳，见则其国多狡客。”峳峳是不祥之兽，出现在哪个国家，哪个国家就奸佞当道，政治昏乱，天下不得安宁。郭璞认为一个国家是否安定，完全取决于用人是否得当，用人不当，就会失去民心，存在亡国的危险。至于峳峳兽的出现，是否有暗中感应的关系，又有谁能看到其中的门径？在这里，郭璞对天人感应产生了怀疑。

獙獙蛪蚔兽絜钩鸟

【原文】獙獙如狐[①]，
有翼不飞。
九尾虎爪，
号曰蛪蚔[②]。
絜钩似凫[③]，
见则民悲。

【译文】獙獙样子像狐狸，
有翅膀不能高飞。
九条尾巴老虎爪，
大号叫做蛪蛭兽。
絜钩样子像野鸭，
现身百姓都悲苦。

【注释】

① 獙獙（bì bì）：敦璞注经曰：“音毙。”

② 蛮蚳（lóng chí）：怪兽名。经文作“蛮侄”，王念孙、郝懿行校作“蛮蛭”。

③ 絜（xié）钩：怪鸟名。 凫（fú）：野鸭。

【说明】

獙獙是一种兆旱的凶兽。《东次二经》说：“姑逢之山，有兽焉，其状如狐而有翼，其音如鸿雁，其名曰獙獙，见则天下大旱。”蛮蛭是一种食人畏兽。凫丽之山“有兽焉，其状如狐而九尾、九首、虎爪，名曰蛮侄，其音如婴儿，是食人”。絜钩是一种像野鸭的疫怪。硜山“有鸟焉，其状如凫而鼠尾，善登木，其名曰絜钩，见则其国多疫”。在郭璞笔下，獙獙、蛮蛭和絜钩的出现，都将给天下百姓带来灾难和痛苦。而原始初民为求生存之道，对旱灾瘟疫的预测，对食人野兽的防范，才是他们最关注的问题。

蠵　龟[1]

【原文】水圆四十[2]，
潜源溢沸[3]；
灵龟爰处[4]，
掉尾养气[5]。

【译文】水面广圆四十里，
地底源喷涌溢出；
灵龟在泽底居住，
摇摇尾静养元气。

庄生是感，　　　　　　　　庄子对此生感触，
挥竿傲贵[6]。　　　　　　濮水垂钓轻权贵。

【注释】

① 蠵（xī）龟：觜（zī）龟，一种大龟。聂恩彦《郭弘农集校注》作蠵龟，蠵同蠵。

② 圆：从中心点到周边任何一点的距离都相等的形体。这里有广圆之意。　四十：严可均校辑《全上古三代秦汉三国六朝文》作“三方”，注曰：“藏本作四十。”

③ 溢沸：水满而腾涌。

④ 灵龟：“十朋之龟”之一，郝懿行《笺疏》引《异物志》曰：“涪陵多大龟，其甲可以卜，缘中文又似瑇瑁，俗名曰灵，即今觜蠵龟，一名灵蠵，能鸣。”　爰：介词，于、在。

⑤ 掉：摆动，摇动。　养气：保养元气。

⑥ 挥竿傲贵：庄子之事也，见《庄子·秋水》：“庄子钓于濮水，楚王使大夫二人往先焉，曰：‘愿以境内累矣！’庄子持竿不顾，曰：‘吾闻楚有神龟，死已三千岁矣，王巾笥而藏之庙堂之上。此龟者，宁其死为留骨而贵乎？宁其生而曳尾于涂中乎？’二大夫曰：‘宁生而曳尾涂中。’庄子曰：‘往矣，吾将曳尾于涂中。’”　挥竿：即垂钓。　傲：轻视。

【说明】

蠵龟是一种生活在深泽的大龟。《东次三经》说：“跂踵之山，有水焉，广员四十里皆涌，其名曰深泽，其中多蠵龟。”郭璞注云：“蠵，觜蠵，大龟也，甲有文彩，似瑇瑁而薄。”蠵龟又称灵蠵，是灵龟的一种。《尔雅》曰：“龟，俯者灵。”低头向下爬行的龟为灵龟。故《图赞》中写蠵龟沉于泽底，摆动尾巴，静养元气。郭璞认为庄子对蠵龟这种生存方式会很有感触。《庄子·秋水》讲了这样一个故事：庄子在濮水边垂钓，楚王派遣两位大臣前往致意，表示愿将国内政事委托给他，庄子手持钓竿头也不回地说：“我听说楚国有一种神龟，已死了三千年，楚王用竹笥装着它藏在宗庙里。这只神龟是宁愿死去为了留下骨骸而显示富贵呢，还是宁愿活着在泥水里拖着尾巴呢？”两位大臣说：“宁愿拖着尾巴活在泥水里。”庄子说：“你们走吧，我仍将拖着尾巴生活在泥水里。”说完又继续埋头钓他的鱼去了。“挥竿傲贵”是对故事

内容的高度浓缩，同时也表现了郭璞“出世傲贵”的思想。

㚟胡精精兽鮯鮯鱼

【原文】㚟胡之状①，
似麋鱼眼②。
精精如牛，
以尾自辨。
鮯鮯所潜③，
厥深无限。

【译文】㚟胡怪异的形状，
像麋鹿长着鱼眼。
精精兽样子像牛，
用马尾自我辨识。
鮯鮯鱼潜游泽底，
其深度没有限量。

【注释】

① 㚟（yuàn）胡：兽名。郭璞注经曰：“音婉。”

② 麋（mí）：野兽名，也就是麋鹿，头似马，身似驴，蹄似牛，角似鹿，又叫“四不像”。

③ 鮯鮯（gé gé）：鱼名。郭璞注经曰：“音蛤。”

【说明】

嫛胡是一种非鱼非麋的怪兽。《东次三经》说："尸胡之山，有兽焉，其状如麋而鱼目，名曰嫛胡，其鸣自讠叫。"郭璞《图赞》写嫛胡怪异的形状，麋鹿的身子长着鱼眼。精精是一种非牛非马的奇兽。经文说："踇隅之山，有兽焉，其状如牛而马尾，名曰精精，其鸣自叫。"赞辞写精精牛身后马尾巴的功能，是自我辨识的标志。鮯鮯鱼是一种非鲤非鸟的怪鱼。经文说："跂踵之山，有水焉，广员四十里皆涌，其名曰深泽。有鱼焉，其状如鲤，而六足鸟尾，名曰鮯鮯之鱼，其鸣自叫。"赞辞写鮯鮯鱼潜游泽底的生活习性，泽水之深深不可测。在本则《图赞》中作者不断变换叙述角度，三种怪兽怪鱼的特征显得十分突出。但赞辞没有涉及"依声音而命名"这一共同特点。它们"自讠叫"或"自叫"（都有自呼其名的意思），使人们仿佛听到它们各自发出的"菀胡"、"精精"和"格格"的鸣叫声。

猲狙兽鬿雀

【原文】猲狙狡兽[①]，
鬿雀恶鸟[②]；
或狼其体，
或虎其爪。
安用甲兵，
扰之以道[③]。

【译文】猲狙是凶猛的兽，
鬿雀是险恶的鸟；
或者身子像条狼，
或者脚爪像虎爪。
怎能用刀兵制伏，
驯养它们有技巧。

【注释】

① 猲狙（gé jū）：郭璞注经曰："葛苴二音。"郝懿行笺云："经文猲狙当为獦狚，《玉篇》《广韵》并作獦狚，云狚，丁旦切，兽名，可证今本之讹。"为一说也。 狡：凶猛。《墨子·节用》："猛禽狡兽，暴人害民。"

② 鬿（qí）雀：郭璞注经曰："音祈。" 恶：凶暴、凶险。

③ 扰：驯养。《左传·昭公二十九年》："学扰龙于豢龙氏。" 道：事

理，规律。

【说明】

猲狙是一种集狼、鼠、豚于一身的怪兽，鬿雀是一种集鸡、鼠、虎于一身的怪鸟。《东次四经》说："北号之山，有兽焉，其状如狼，赤首鼠目，其音如豚，名曰猲狙，是食人。有鸟焉，其状如鸡而白首，鼠足而虎爪，其名曰鬿雀，亦食人。"《图赞》突出写两种怪物凶猛险恶的"食人"特性，再写猲狙像一条贪婪的狼，鬿雀生有锐利的虎爪。郭璞对穷凶极恶的怪兽怪鸟提出了驯养它们的问题，而不赞成用武力征服。这是基于人类积累了丰富的驯养动物的经验。我国古代有"伯益调训鸟兽"的神话。郭璞提出了驯养动物要用"道"，即驯养动物的规律和技巧。

芑 木

【原文】马维刚骏①，
涂之芑汁②；
不劳孙阳③，
自然闲习④。
厥术无方⑤，
理有潜执⑥。

【译文】要想马健壮快跑，
马身涂上芑木汁；
不再让伯乐劳神，
马奔腾自如娴熟。
调马术没有定规，
自然之理暗执掌。

【注释】

① 刚：强盛，健旺。 骏：迅疾。
② 芑（qǐ）：郭璞注经曰："音起。"
③ 孙阳：即伯乐。伯乐姓孙，名阳，善驭马。《姓氏书辨证》引《英贤传》云："秦穆公子孙阳伯乐，善相马，其后氏焉。汉有孙阳放。"
④ 自然：不勉强，不拘束。 闲习：熟习。闲，通"娴"。
⑤ 方：法度，成规。
⑥ 理：自然之理。 潜执：暗中执行。

【说明】

芑木是一种神奇的树木。《东次四经》说："东始之山，有木焉，其状如杨而赤理，其汁如血，不实，其名曰芑，可以服马。"芑木外形像普通的杨树，却有着红色的纹理，从枝干中流出的汁液像鲜血一样红，把它涂抹在马身上，可以使马驯服。这是中国十分古老的习俗，和《西山经》石脆之山的赤土流赭"以涂牛马无病"一样，都是"一种驱邪去害、护理牛马身体的巫术"。相传秦穆公之子孙阳伯乐"善驭马"，用芑木汁就可以把马调驯好，又何劳伯乐再去费神费力呢？郭璞认为调马术没有固定的法度，"以汁涂之，则马调良"是最省心的方法，这是因为自然之理在暗中执行的缘故。

茈鱼[1]薄鱼

【原文】有鱼十身，
蘪芜其臭[2]；
食之和体[3]，
气不下溜[4]。
薄之跃渊，
是为灾候。

【译文】有种鱼一首十身，
散发蘪芜的香气；
吃了它调适身体，
气不会下泄成屁。
薄鱼能跃出深渊，
这正是旱灾征候。

【注释】

① 茈（zǐ）鱼：鱼名。
② 蘪芜（méi wú）：亦作蘼（mí）芜，香草名。芎䓖的苗，叶有香气。臭（xiù）：气味的总称。也指香气或臭气。
③ 和：调和，调适。
④ 溜（liù）：滑落。

【说明】

茈鱼是一种一首十身的奇鱼。《东次四经》说："东始之山，泚水出焉，而东北流注于海。其中多美贝；多茈鱼，其状如鲋，一首而十身，其臭如蘪芜，食之不糟。"毕沅引《广韵》云："糟同屁，气下泄也。"郭璞在"不糟"

下注曰："止失气也。"因茈鱼身上有股蘼芜的香气，有人认为吃了它的肉"或可盖过浊气"。郭璞赞辞说食茈鱼能调摄身体，可使人少放屁。薄鱼是一种样子像鳣的独目怪鱼。《东次四经》说："女烝之山，石膏水出焉，而西注于鬲水；其中多薄鱼，其状如鳣鱼而一目，其音如欧，见则天下大旱。"薄鱼深居幽壑，眼睛退化成"一目"，一旦天久不雨，它就跃出水面，发出如人呕吐的声音，人们看见了以为是大旱的征兆。

当康兽鰨鱼

【原文】	当康如豚， 见则岁穰[①]。 鰨鱼鸟翼[②]， 飞乃流光[③]。 同出殊应[④]， 或灾或祥。	**【译文】**	当康兽外形像猪， 现身当年大丰穰。 鰨鱼长着鸟翅膀， 飞起呈一道流光。 同是出现感应异， 或则灾或则瑞祥。

【注释】

① 穰（ráng）：五谷丰熟。

② 鰨（huá）鱼：鱼名。郭璞注经曰："音滑。"

③ 流光：闪烁流动的光。

④ 同：聂恩彦《郭弘农集校注》作“以”。 殊：异，差异。

【说明】

当康是一种样子像猪长着獠牙的瑞兽。《东次四经》说：“钦山，有兽焉，其状如豚而有牙，其名曰当康，其鸣自叫，见则天下大穰。”当康兽发出的叫声就像在呼唤自己的名字。郝懿行笺注：“当康、大穰，声转义近，盖岁将丰稔，兹兽先出以鸣瑞。”当当康从深山走出来，大声呼叫“当康当康”时，人们知道今年丰收在望。鲳鱼是长有鸟翼的怪鱼。《东次四经》说：“子桐之山，子桐之水出焉，而西流注于馀如之泽。其中多鲳鱼，其状如鱼而鸟翼，出入有光，其音如鸳鸯，见则天下大旱。”鲳鱼和《东山经》独山状如黄蛇而鱼翼的鯈蛹一样，都因“出入有光”而被人们看成是旱灾的征兆。为什么当康的叫唤是丰盛之兆，鲳鱼的“出入有光”是旱象之征呢？郭璞的答案是它们的出现将产生“或灾或祥”的不同感应。

合窳

【原文】猪身人面，
号曰合窳[①]。
厥性贪残，
物为不咀[②]。
至阴之精[③]，
见则水雨。

【译文】猪身长着人的脸，
大号就叫做合窳。
它性格贪婪凶残，
动物无不被咬嚼。
极盛阴气的精怪，
出现就下雨涨水。

【注释】

① 合窳（yǔ）：兽名。郭璞注经曰：“音庾。”

② 为：郝懿行《笺疏》云：“为当作无。” 咀（jǔ）：咬嚼。

③ 至阴：谓极盛的阴气。阴，水也。《文选·张衡〈东京赋〉》：“阴池幽流，玄泉洌清。”薛综注：“水称阴。”阴，雨也。《周礼·地官·大司徒》：“日西则景朝，多阴。”贾公彦疏：“阴，即雨也。”

【说明】

合窳是一种样子像猪却长着人面的食人兽。《东次四经》说：“剡山，有兽焉，其状如彘而人面，黄身而赤尾，其名曰合窳，其音如婴儿。是兽也，食人，亦食虫蛇，见则天下大水。”合窳彘身人面，为水灾的凶兆。郝懿行说：“彘为水祥者，以坎为豕为水故也。”《易经·说卦传》第八章云：“坎为豕。”八卦多取于动物之象，坎卦为水有豕的象征，水和豕关系密不可分，所以合窳“见则天下大水”。《图赞》说合窳是“至阴之精”，因为阴是水，也是雨，故极盛阴气的精怪合窳出现，天下就下暴雨、涨大水。郝懿行的笺疏和郭璞的赞辞从不同方面解释了合窳为什么是水害之怪神。

蜚

【原文】蜚则灾兽[①]，
跂踵厉深[②]；
会所经涉[③]，
竭水槁林。
禀气自然，
体此殃淫[④]。

【译文】蜚是可怕的灾兽，
跂踵现瘟疫深重；
当它经过的地方，
水流干涸林枯死。
禀受自然之异气。
体含灾殃和邪恶。

蜚 状如牛面白首一目蛇尾見則大疫出泰山

蜚則災獸
跂踵厲深
會所經涉
竭水槁林
稟氣自然
體此殃淫

【注释】

① 蜚（fěi）：郭璞注经曰："音如'翡翠'之翡。"

② 跂踵（qǐ zhǒng）：指《中山经》复州之山的跂踵鸟。《中次十经》："复州之山，有鸟焉，其状如鸮，而一足彘尾，其名曰跂踵，见则其国大疫。" 厉：通"疠"，瘟疫。 渫：当作"渫"，同"深"。

③ 会：适逢。 经涉：经过、经历。

④ 此：乃、则。 殃：灾祸。 淫：邪恶。

【说明】

蜚是一种样子像牛而生有蛇尾的独目灾兽。《东次四经》说："太山，有兽焉，其状如牛而白首，一目而蛇尾，其名曰蜚。行水则竭，行草则死，见则天下大疫。"郭璞注云："言其体含灾气也。"蜚是一种灾兽，所到之处，水流干涸，林木枯死。它一出现天下就会发生大瘟疫。按郭璞的说法，蜚兽体内含有灾殃和邪恶之气。《中次十经》复州之山的跂踵鸟，"其状如鸮，而一足彘尾"，"见则其国大疫"。蜚兽、跂踵都是瘟疫之神。"物禀异气，出之自然"，它们是禀受了自然之异气而生成的怪物。赞辞把蜚兽、跂踵相提并论，更加突出了蜚兽给人们造成灾难的深重。

其　二[①]

【原文】蜚之为名，
体似无害[②]。
所经枯竭，
甚于鸩厉[③]。
万物攸惧[④]，
思尔遐逝[⑤]。

【译文】蜚作为蜚兽名字，
体现出好似无害。
所经处林枯水竭，
比鸩毒还要厉害。
众动物都很畏惧，
想到这远远逃逝。

【注释】

① 本则《图赞》出现在严可均校辑《全上古三代秦汉三国六朝文》中《全晋文》卷一百二十二。有注云："《广韵》八末引郭璞《山海经

赞》。今《东山经》注赞作《铭》。‘攸惧’作‘斯惧’，余皆同。而藏本之赞绝异，疑莫能明。”

② 体：表现；体现。

③ 鸩（zhèn）：一种食蛇的鸟，羽毛泡酒可毒杀人。鸩厉，即鸩毒、鸩酒。

④ 攸（yōu）：连词。乃，于是。一作“斯”。

⑤ 尔：表指示。这，那。 遐：远；远去。

【说明】

在严可均编纂的《全晋文·山海经图赞》中蜚的赞辞有两首，本则赞辞也出现在郭璞《东次四经》太山蜚兽的注释中，称其为“铭”。郭璞先从蜚兽的命名说起，“蜚”与“翡翠”之“翡”读音相近，是一个好听的名字，似乎表现出无害，但蜚兽所经之处，林木干枯，流水涸竭，比鸩毒还要厉害。鸩毒是用鸩鸟羽毛所泡的毒酒（鸩也写作“酖”），其毒无比，至今还有“饮鸩止渴”的成语。蜚兽牛身白首，一目蛇尾，一经出现，动物闻风丧胆，纷纷逃窜；它又是瘟疫之神，令人望而生畏，避之唯恐不远。

中山经图赞

栃　木

【原文】弘羊心算[①]，
安世默识[②]。
爰有栃木[③]，
食之洞记[④]；
触问则应[⑤]，
动不劳思[⑥]。

【译文】桑弘羊精于口算，
张安世擅长默记。
历儿之山有栃木，
吃它果记忆超群；
遇到问询便回应，
触动灵机不苦思。

【注释】

① 弘羊：桑弘羊，西汉雒阳商人子。　心算：口算，即只凭脑子而不借助纸笔、算盘等进行运算。《史记·平准书》："弘羊，雒阳贾人子，以心计，年十三侍中。"

② 安世：张安世，西汉时人，任侍从郎。　默识（zhì）：暗中记住。《文选·孔融〈荐祢衡表〉》："弘羊潜计，安世默识，以衡准之，诚不足怪。"《汉书》："张安世，字子孺，少以父任为郎。……上行幸河东，尝亡书三箧，诏问莫能知，唯安世识之……后购求得书以相校，无所遗失。"

③ 栃（lì）：木名。郭璞注经云："音历。"

④ 洞记：记忆非常精确，指超过一般人的记忆。洞，透彻，明晰。

⑤ 触：碰，遇到。　应：应和，响应。

⑥ 劳思：苦思苦想。

【说明】

栃木，是一种能使人具有超凡记忆力的树木。《中山经》说："历儿之山，多枥木，是木也，方茎而员叶，黄华而毛，其实如楝，服之不忘。”郭璞在“楝”下作注云：“楝，木名。子如指头，白而粘，可以洗衣也，音练。”汪绂云：“此服之不忘，谓令人健记，盖亦楝类也。”说到“健记”，郭璞的本则《图赞》让人们记住了西汉时期桑弘羊、张安世这两位具有超绝记忆力的著名人物。但人吃了历儿之山的神奇枥木的果实后，获得的却是天赋的灵机，不但记忆精确超群，而且无须殚精极虑，当遇到问询作答时，就能不假思索，触机即发，有一种玲珑透彻、超神入化的悟性。

鬼　草

【原文】焉得鬼草①，
是树是艺②；
服之不忧，
乐天傲世③；
如彼浪舟，
任波流滞④。

【译文】怎能采集到鬼草，
细心栽种和培植；
佩戴它乐以忘忧，
顺天命傲视当世；
像那浪中一扁舟，
随波涛飘流留滞。

【注释】

① 焉：代词，表疑问，哪里。

② 树：种植；引申为培育。　艺：种植。

③ 乐天：谓乐于顺应天命。《周易·系辞上》：“乐天知命，故不忧。”孔颖达疏：“任自然之理，故不忧也。”　傲世：傲视当世和世人。聂恩彦《郭弘农集校注》作“仪世”。

④ 任：听凭。

【说明】

鬼草是一种可以使人解忧的神奇植物。《中山经》说：“牛首之山，有草焉，名曰鬼草，其叶如葵而赤茎，其秀如禾，服之不忧。”李丰楙指出：“《中山经》则药草最繁，凡使用食、服，而不用佩。‘食之’自然是用内服法，‘佩之’则用为佩戴、服佩，‘服之’却最为复杂，可能是内在的服食，也可能是外在的服佩……《中山经》不用‘佩’字，服字大多作服佩、外服之用；作服食的只是少数。”（《神话的故乡——山海经》）这里的鬼草叶子像葵叶，红色茎干，花像禾苗抽穗时开的花，“服之不忧”，服作“佩戴”讲显得更为合理。郭璞对“不忧”的解释为消忧解愁外，还有乐天知命、安于现状的意思，并把它比喻为一只随着波浪起伏而飘荡徘徊的小船，看来他对听天由命、安常处顺的人生态度是不很赞成的。

豪鱼天婴飞鱼朏朏

【原文】豪鳞除癣①，
天婴已痤②。
飞鱼如鲋③，
登云游波④。
朏朏之皮⑤，
终年行歌⑥。

【译文】食豪鱼可以除癣，
采天婴用来消肿。
飞鱼样子像鲫鱼，
时升云端时游水。
穿着朏朏皮裘衣，
一年到头多快活。

【注释】

① 鳞：指鱼类。
② 痤（cuó）：郭璞注经云：“痈痤也。”《说文·疒部》：“痈，肿也。”又曰：“痤，小肿也。”
③ 鲋（fù）：鲫鱼。
④ 登：升。
⑤ 朏朏（fěi fěi）：奇兽名。 皮：狐貉之裘；裘衣。
⑥ 终年：全年。 行歌：边走边歌唱。这里指无忧无愁，心情愉快。

【说明】

这是一则关于豪鱼、天婴草、飞鱼和朏朏兽的合赞。豪鱼是一种可以医治白癣的怪鱼。《中山经》说：“渠猪之山，渠猪之水出焉，而南流注入河。其中多豪鱼，其状如鲔，赤喙赤尾赤羽，可以已白癣。”天婴是一种可以消除痈痤的药草。金星之山“多天婴，其状如龙骨，可以已痤”。这里的龙骨是指生长在山岩水岸土穴中死龙脱骨处的植物。飞鱼是一种能飞的鱼。牛首之山“劳水出焉，而西流注于潏水。是多飞鱼，其状如鲋鱼，食之已痔衕”。人吃了飞鱼的肉可以治痔疮、止泻痢。朏朏是一种样子像狸的奇兽。霍山“有兽焉，其状如狸而白尾有鬣，名曰朏朏，养之可以已忧”。经文认为把朏朏当宠物畜养可以使人解忧。郭璞却认为朏朏像狸，属于貉一类动物，和狐一样，皮毛珍贵。人们穿着朏朏皮制成的裘衣，起到“服佩”的作用，能消除忧愁，让人快乐。它们都是惠及人类的神物。

鶡

【原文】鶡之为鸟①，
同群相为②；
畸类被侵③，
虽死不避。
毛饰武士，
兼厉以义④。

【译文】鶡是这样一种鸟，
同一群互相救助；
失群同类遭侵犯，
虽战死也不畏避。
鶡毛装饰武士冠，
兼有义勇激励意。

【注释】

① 鹖（hé）：鸟名，即鹖鸡。郭璞注经云："音曷。"

② 为（wèi）：帮助。

③ 畸（jī）类：指失群的同类。畸，数的零头、余数；畸零，孤零零。一作"畴类"。

④ 厉：勉励，激励。

【说明】

鹖是一种勇猛的鸟。《中次二经》说："辉诸之山，其上多桑，其兽多闾、麋，其鸟多鹖。"郭璞注云："似雉而大，青色有毛角，勇健，斗死乃止。"鹖鸟雉属，较雉为大，羽毛青色，头有毛角如冠。鹖不仅凶猛好斗，至死不却，而且结成群体，相互救助。正如《尔雅翼》所记"党其同类，有被侵者，辄往赴救之，其斗大抵一死乃止"。郭璞赞辞中失群的同类遭到敌人侵犯，鹖鸟群起而攻之，不惜牺牲自己生命。正因为这样，鹖在人们心目中是义勇的象征。古代将士在帽子上"加双鹖尾，竖左右"，鹖冠成为武官的标志。古人认为戴上鹖羽装饰的帽子，那为正义英勇献身的精神将产生感应，激励武士们冲锋陷阵，万死不辞。

鸣蛇化蛇

【原文】鸣化二蛇，
同类异状。
拂翼俱游[①]，
腾波漂浪[②]。
见则并灾[③]，
或淫或亢[④]。

【译文】鸣蛇化蛇两种蛇，
种类相同形状异。
都能展翼水中游，
随波涛奔腾漂流。
它们出现都是灾，
不是大水就是旱。

【注释】

① 拂（fú）：展。 俱：副词，都。

② 腾波：谓在波涛中奔腾。 漂浪：犹漂流，漂浮流动。

③　并：一齐。

④　淫：久雨不止。　亢（kàng）：干旱。

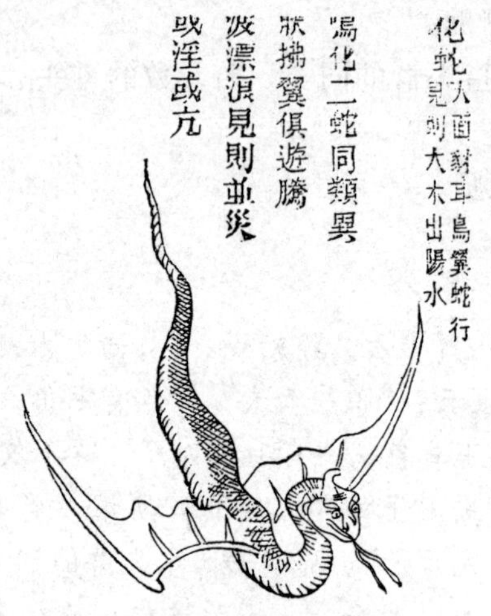

【说明】

鸣蛇化蛇是两种怪蛇。《中次二经》说，鲜山“鲜水出焉，而北流注于伊水。其中多鸣蛇，其状如蛇而四翼，其音如磬，见则其邑大旱”。阳山“阳水出焉，而北流注于伊水。其中多化蛇，其状人面而豺身，鸟翼而蛇行，其音如叱呼，见则其邑大水”。郭璞认为鸣蛇、化蛇都是蛇，但形状有很大区别。鸣蛇样子是蛇，却长着两对翅膀；化蛇生有人面、豺狼身子，在水中蜿蜒游动，才使人想起它是蛇类。它们扑扇着翅膀，都只能浮游水中。它们又都是招致水旱灾害的怪蛇。

赤　铜

【原文】昆吾之山，
名铜所在。
切玉如泥，
火炎其采[①]。

【译文】名叫昆吾的大山，
是著名赤铜产地。
昆吾剑削玉如泥，
色赤如焰有光彩。

尸子所叹[②]，	《尸子》里赞叹的话，
验之汲宰[③]。	可用汲冢剑验证。

【注释】

① 火炎：亦作火焰，物体燃烧时所发的炽热的光华。也喻鲜红的光彩。采：色彩，光彩。“火炎其采”，聂恩彦《郭弘农集校注》作“火炙有彩”。

② 尸子：书名，共二十卷，凡六万余言，战国楚尸佼撰。尸佼，姓尸名佼，晋国人，秦相商鞅的宾客。“卫鞅商君谋事画计，立法理民，未尝不与佼规之也。”“商君被刑，佼恐并诛，乃亡逃入蜀。”（刘向《别录》）故《史记》称“楚有尸子”。

③ 汲（jí）宰：即汲冢。指晋不准所盗发的古冢，墓在汲郡，故称。汲，古郡名，晋置。宰，坟墓。聂恩彦《郭弘农集校注》作“彼宰”。

【说明】

昆吾之山出产赤铜，用这种铜制作的剑叫昆吾之剑。《中次二经》说：“昆吾之山，其上多赤铜。”郭璞注曰：“此山出名铜，色赤如火，以之作刀，切玉如割泥也。周穆王时，西戎献之，《尸子》所谓昆吾之剑也。《越绝书》曰：‘赤堇之山破而出锡，若邪之谷涸而出铜，欧冶子因以为纯铜之剑。’汲郡冢中得铜剑一枝，长三尺五寸，乃今所名为干将剑。汲郡亦皆非铁也，明古者通以锡杂铜为兵器也。”昆吾之山的赤铜是一种天然铜，“色赤如火”，也叫红铜，用它制作的剑，“切玉如泥”，《尸子》里称西戎献给周穆王的就是这种剑。郭璞赞辞说，尸佼赞叹昆吾之剑的话，可用汲郡坟墓里出土的干将铜剑（也可叫汲冢剑）来证验。但干将剑是锡与铜合金的青铜兵器，和纯铜的昆吾之剑还是有区别的。

神 熏 池

【原文】泰逢虎尾[①]，	【译文】泰逢生有老虎尾，
武罗人面[②]。	武罗长着人面孔。

熏池之神，	名叫熏池的山神，
厥状不见。	他的身影难看见。
爰有美玉[3]，	敖岸之山有美玉，
河林如蒨[4]。	河边树林像蒨木。

【注释】

① 泰逢：和山山神。《中次三经》："其状如人而虎尾。"
② 武罗：青要之山山神。《中次三经》："其状人面而豹文。"
③ 美玉：郭璞注经云："或作'石'。"
④ 蒨（qiàn）：木名。郭璞注经曰："说者云，蒨、举皆木名也。"

【说明】

熏池是敖岸之山的山神。《中次三经》说："敖岸之山，其阳多㻬琈之玉，其阴多赭、黄金。神熏池居之。是常出美玉。北望河林，其状如蒨如举。"在经文里，熏池之神未言其状。郭璞赞辞突出写邻近两山神泰逢、武罗形貌的主要特征"虎尾"、"人面"，引起人们对熏池之神的种种猜测："熏池"究竟是女神还是男神？是妩媚多情还是狰狞可怖？是爱神善神还是凶神恶煞？给读者留下广阔的想象空间。赞辞最后两句写敖岸之山美丽的景物，这里有灵光闪烁的宝玉，红褐色的赭土，金灿灿的黄金，色彩鲜艳的美石，清澈河水边像是蒨木举木的苍葱树林，还有熏池之神忽隐忽现的身影，都给人以缥缈神奇的感受。

神 武 罗

【原文】		【译文】
	有神武罗，	有山神名叫武罗，
	细腰白齿；	细挑腰身洁白齿；
	声如鸣佩[1]，	娇声有如鸣玉佩，
	以镰贯耳[2]；	耳上戴着金银环；
	司帝密都[3]，	司掌天帝的密都，
	是宜女子。	这山女子最相宜。

【注释】

① 佩：系在衣带上的饰物。郭璞在经文“其鸣如鸣玉”下注曰：“如人鸣玉佩声。”玉佩，亦作“玉珮”，古人佩挂的玉制装饰品。

② 鐻（qú）：金银制的耳环。

③ 司：掌管。　密都：隐秘深邃之都邑。郭璞注经云：“天帝曲密之邑。”

【说明】

神武罗是青要之山的山神。《中次三经》说：“青要之山，实惟帝之密都……魋武罗司之，其状人面而豹文，小要而白齿，而穿耳以鐻，其鸣如鸣玉。是山也，宜女子。”袁珂先生认为魋武罗是《楚辞·九歌·山鬼》所写山鬼式的女神。魋，鬼中之神也。郭璞《图赞》中的神武罗，完全是一个婉丽动人的女性神形象：纤细腰身，皓齿红唇，声如佩玉，耳挂环饰。而青要之山，实是天帝的密都，也就是天帝的静居之地。神武罗是密都的主管，其神格要比“不入神谱的野神”山鬼高贵。郭璞特别指出青要之山“是宜女子”，可见此山是妇女们膜拜天帝、祭祀武罗的圣山。从青要之山的䳕鸟“食之宜子”和荀草“服之美人色”来看，神武罗很可能是妇女们乞子求福的生育之神，也是美神和媒神。

䳕　鸟

【原文】䳕鸟似凫[①]，
翠羽朱目[②]；
既丽其形，
亦奇其肉；
妇女是食，
子孙繁育。

【译文】䳕鸟样子像野鸭，
青绿羽毛浅红眼；
既有美丽的外表，
又是珍奇的肉食；
妇女吃了这美味，
能繁衍众多子孙。

【注释】

① 鴢（yǎo）：鸟名。即鱼鸡。郭璞注经云：“音如‘窈窕’之窈。” 凫（fú）：水鸟名，俗称“野鸭”。

② 翠：青绿色。 朱：浅红色。郭璞注经云：“朱，浅赤也。”

【说明】

鴢鸟是青要山上的一种奇鸟。《中次三经》说：“青要之山，畛水出焉，而北流注于河。其中有鸟焉，名曰鴢，其状如凫，青身而朱目赤尾，食之宜子。”青要之山是天帝的密都，经文说：“是山也，宜女子。”掌管密都的是神武罗，她是女子景仰的生育之神。当妇女们来到青要之山向她乞子求福时，这位宽厚慈爱的女神就把在畛水中游弋的鴢鸟赐予她们。据说吃了鴢的肉，能繁育出众多的子孙。

荀 草

【原文】荀草赤实[①]，
厥状如菅[②]；
妇人服之，
练色易颜[③]；

【译文】荀草结出红果实，
它的形状像菅草；
妇人服食这香草，
增添美色容颜改；

夏姬是艳[4]，　　　　夏姬如此的美艳，
厥媚三还[5]。　　　　遇此秀媚三回头。

【注释】

① 荀（xún）：传说中的草名。
② 菅（jiān）：即蔹草。经文作“蔹”。蔹，菅茅。郭璞注经云：“菅似茅也。”《中山经》：“吴林之山，其中多蔹草。”郭璞注：“亦菅字。”
③ 练色：美色。汉枚乘《七发》：“练色娱目，流声悦耳。” 易：改变。
④ 夏姬：春秋时陈国美女，郑穆公女儿，曾为陈国大夫御叔之妻。
⑤ 还：顾，回头。一作“迁”。

【说明】

荀草是青要山上的一种香草。《中次三经》说：“青要之山，有草焉，其状如蔹，而方茎、黄华、赤实，其本如藁木，名曰荀草，服之美人色。”青要之山是天帝隐密的都邑，掌管密都的是美女山神武罗。当爱美的女子来到青要山祈求美貌时，武罗把从山上采撷来的荀草赠与她们。女子服食荀草后，变成了娇艳无比的美女。郭璞为了表现她们不同寻常的美丽，请来了倾城倾国的陈国美人夏姬，说她如果和服食荀草的美女不期而遇，定会为她们的美貌惊奇得频频回头。

马腹兽飞鱼

【原文】马腹之物，
人面似虎。
飞鱼如豚，
赤文无羽；
食之辟兵[1]，
不畏雷鼓[2]。

【译文】马腹是一种怪物，
人面孔身子似虎。
飞鱼样子像小猪，
红色斑纹无羽翼；
吃了它能避刀兵，
还不怕雷声隆隆。

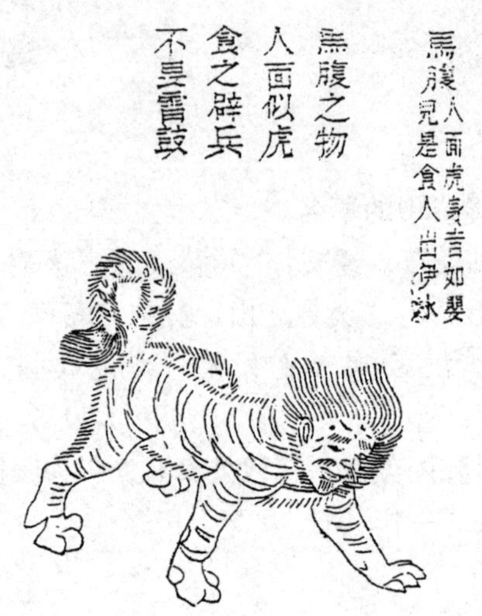

【注释】

① 辟（bì）：通“避”，躲避，退避。

② 雷鼓：指雷，雷声。《管子·内业》：“不言之声，疾于雷鼓。”

【说明】

马腹是一种食人的怪兽。《中次二经》说：“蔓渠之山，伊水出焉，而东流注于洛。有兽焉，其名曰马腹，其状如人面虎身，其音如婴儿，是食人。”传说马腹又叫水虎。郦道元《水经注·沔水》：“沔水中有物，如三四岁小儿，鳞甲如鲮鲤，膝头似虎，掌爪常没水中。出膝头，小儿不知，欲取弄戏，便杀人。名为水虎者也。”经文里的马腹便是伊水中的水虎。袁珂先生指出，“其状如人面虎身”，“面”或是“而”字之讹。马腹“其状如人”，即“如三四岁小儿”；马腹“虎身”，也就是“膝头似虎”。马腹正是用似虎的膝头和婴儿的哭泣声来引诱小儿，达到食人的目的。飞鱼是一种像豚的奇鱼。《中次三经》说：“騩山，正回之水出焉，而北流注于河。其中多飞鱼，其状如豚而赤文，服之不畏雷，可以御兵。”郭璞赞辞特别指出这是一种没有羽翼的飞鱼，吃了它的肉，可以躲避战火，不惧雷声。因为马腹和飞鱼都是水中之物，所以郭璞写的是它们的合赞。

神泰逢

【原文】神号泰逢，
好游山阳①；
濯足九州②，
出入流光③；
天气是动，
孔甲迷惶④。

【译文】吉神大号叫泰逢，
喜好游憩萯山南；
巡行九州守高洁，
出入和山有灵光；
发动一场大风雨，
叫孔甲惶悚迷茫。

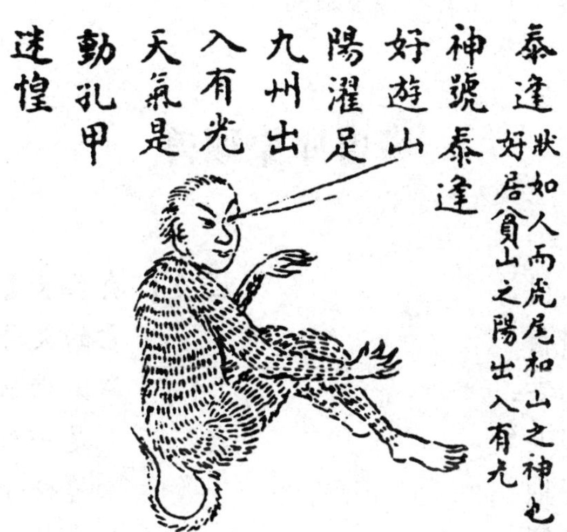

【注释】

① 阳：山的南面或水的北面。

② 濯（zhuó）足：本谓洗去脚污。《孟子·离娄上》：“沧浪之水浊兮，可以濯我足。”后以“濯足”比喻清除世尘，保持高洁。 九州：传说中的我国中原上古行政区划。起于春秋、战国时代。说法不一，后用作“中国”的代称。

③ 流光：流动、闪烁的神光。

④ 孔甲：夏代君主。郭璞注经曰：“夏后孔甲田于萯山之下，天大风，晦冥，孔甲迷惑，入于民室。见《吕氏春秋》也。”郭璞认为孔甲遇到的大风雨是神泰逢发动的。

【说明】

吉神泰逢是和山的山神。《中次三经》说：“和山，吉神泰逢司之，其状如人而虎尾，是好居于萯山之阳，出入有光。泰逢神动天地气也。”郭璞在“吉神”下作注云：“吉犹善也。”吉神泰逢就是善神，赞辞说他巡行九州大地，常在河边洗去脚污，有异人之迹，说明他超世脱俗，自守高洁；他每次出入和山，身上都发出闪烁的神光。泰逢还是风雨之神。郭璞在“泰逢神动天地气也”下作注曰：“言其有灵爽能兴云雨也。”夏朝的昏君孔甲在萯山下打猎，泰逢出现，凭其神明发动了一场大风暴，顿时天昏地暗，孔甲惶恐迷惑。泰逢惩恶扬善，真正是一位吉神。

麐兽犀渠獙兽

【原文】有兽八目，
厥号曰麐①。
犀渠如牛，
亦是啖人②。
獙若青狗③，
有鬣被鲜④。

【译文】有兽长着八只眼，
它的大号叫做麐。
犀渠形状就像牛，
也是一种食人兽。
獙兽样子像青狗，
生有长毛身披鳞。

【注释】

① 麐（yín）：传说中的兽名。郭璞注经云：“音银，或作‘麖’。”
② 啖（dàn）：吃。
③ 獙（xié）：兽名。郭璞注经云：“音‘苍颉’之颉。”
④ 鬣（liè）：某些兽类颈上的长毛。 鲜：泛指鱼类。这里指鱼的鳞甲。

【说明】

麐是一种样子像貉却长着人眼的怪兽。《中次四经》说："扶猪之山，有兽焉，其状如貉而人目，其名曰麐。"经文说麐兽生有"人目"，马昌仪先生指出，《玉篇》《广韵》引此经时"人目"作"八目"，而郭璞《图赞》也是作"八目"，"可见神话在流传中经常会产生变异"。犀渠和獭兽都是生活在釐山的异兽。《中次四经》说："釐山，有兽焉，其状如牛，苍身，其音如婴儿，是食人，其名曰犀渠。滽滽之水出焉，而南流注于伊水。有兽焉，名曰獭，其状如獳犬，而有鳞，其毛如彘鬣。"犀渠强壮高大如牛却发出婴儿的叫声。在《山海经》中，"其音如婴儿"的兽类，多为食人的凶兽，"大概以天真、撒娇的婴儿声诱骗人类，再将它吞食"（李丰楙语）。经文说獭兽"状如獳犬"。《说文·犬部》："獳，怒犬貌。"獭像一头发怒的犬。《图赞》却说它像"青狗"。这是因为它全身生有青色的鳞甲和长毛。郭璞给"其毛如彘鬣"加注曰："生鳞间也。"原来獭像猪鬣的长毛是在鳞甲的缝隙中间长出来的。獭应是一种能在陆地上奔走又能在水中觅食的奇兽。

阳虚山

【原文】四目之帝①，
登于阳虚；
下临玄扈②，
神龟负书③；
所谓灵感④，
见于河图⑤。

【译文】四只眼睛苍颉帝，
南巡登上阳虚山；
居高俯临玄扈水，
神龟背负宝书来；
所谓神异的灵应，
出现在河图天极。

【注释】

① 四目之帝：指古代神话传说中的造字之神苍颉（jié），又作"仓颉"。苍颉为黄帝臣，传说他生有四目，灵光四射。《论衡·骨相》："仓颉四目，为皇帝史。"《汉学堂丛书》辑《春秋纬元命苞》云："仓帝史皇氏，名颉，姓侯冈。"苍颉成了帝王。

② 下临：下对；下视。

③ 神龟负书：《易·系辞上》："河出图，洛出书，圣人则之。"传说夏禹治水时，有神龟出于洛水，甲上有裂纹如文字，大禹取法而作《尚书·洪范》之"九畴"。书，洛书，古代传说中天授的宝书。

④ 灵感：神灵的感应。

⑤ 河图：古代传说中天赐的神图。传说伏羲时，有龙马出于黄河，背上有旋毛如星点，又称龙图，伏羲氏取法而画八卦。

【说明】

阳虚山是临近玄扈之水的一座高山。《中次五经》说："阳虚之山，多金，临于玄扈之水。"郭璞注云："《河图》曰：'苍颉为帝南巡狩，登阳虚之山，临于玄扈洛汭，灵龟负书丹甲青文以授之。'出此水中也。"阳虚山是玄扈之水和洛水的汇合处。经文云："谨举之山，洛水出焉，而东北流注于玄扈之水。"《水经注》卷十五云："洛水又东，至阳虚山，合玄扈之水。"这就是郭璞注中说的阳虚山临于"玄扈洛汭"（汭，音 ruì，水边）。苍颉帝南巡时，登上阳虚之山，来到了玄扈和洛水之滨，一只灵龟授给他的是红甲上以青文写的宝书，也就是有名的"洛书"。古人认为"河图洛书，天命瑞应"。郭璞《图赞》说："所谓灵感，见于河图。"说明"河图洛书"是帝王圣者受命的祥瑞。至于译文称"河图天极"，这是阿城在他的新著《洛书河图：文明的造型探源》中的提法。我们在注释"河图"时说，有龙马出于黄河，背上有旋毛如星点，正好说明"河图是表达围绕北极旋转的星象"。

䲃[①] 鸟鸰鹦

【原文】三眼有耳，
厥状如枭[②]。
鸟似山鸡，
名曰鸰鹦[③]；
赤若丹火[④]，
所以辟妖[⑤]。

【译文】䲃鸟三眼还有耳，
它的形状像枭鸟。
有鸟样子像山鸡，
它的名字叫鸰鹦；
通身红得如丹火，
可用它驱避妖邪。

【注释】

① 䲦（dài）：传说中的鸟名。郭璞注经云：“音如‘钳鈦’之鈦。”

② 梟（xiāo）：鸟名。亦作“鸮”。俗称猫头鹰。

③ 鸰鹦（líng yāo）：鸟名。郭璞注经云：“铃、要二音。”

④ 丹火：赤色的火焰。

⑤ 辟（bì）：通“避”，退避。

【说明】

䲦鸟是一种样子像梟、三目有耳的怪鸟。《中次五经》说：“首山，其阴多穀柞，其草多茉芫；其阳多㻬琈之玉，木多槐。其阴有谷，曰机谷，多䲦鸟，其状如梟而三目，有耳，其音如录（鹿），食之已垫。”鸰鹦是一种状如山鸡，赤若丹火的奇鸟。《中次六经》说：“瘣山，其阴多㻬琈之玉。其西有谷焉，名曰雚谷，其木多柳楮。其中有鸟焉，状如山鸡而长尾，赤如丹火而青喙，名曰鸰鹦，其鸣自呼，服之不眯。”䲦鸟和鸰鹦在形貌上有很大的区别，但也有共同的地方。它们分别生活在首山、瘣山叫做机谷、雚谷的树林里，而首山、瘣山都多有㻬琈之玉。对人类来说，它们都具有医疗功能。䲦鸟的肉可以防治湿气病；服食鸰鹦的肉不做恶梦，佩戴它赤色如火的羽毛，还可以驱避妖邪。正因为如此，郭璞把它们写在了同一则《图赞》里。

鸣　石

【原文】金石同类①，
潜响是韫②；
击之雷骇③，
厥声远闻④。
苟以数通⑤，
气无不运⑥。

【译文】金属鸣石相类同，
蕴藏着潜在音响；
撞击它声如疾雷，
声浪向远方传播。
若用理数来探究，
自然之气在运动。

【注释】

① 金：金属的总称。古制器多用铜，这里的金指铜钟、铜鼓之类的乐器。　同类：指“类同”，大致相同。

② 潜响：潜伏的音响。　韫（yùn）：藏。

③ 雷骇：谓击物声如疾雷，使声响而急。

④ 闻：传播开。

⑤ 数（shù）：必然的道理；规律。这里指自然之道。　通：通晓，了解。

⑥ 气无不运：严可均校辑《全上古三代秦汉三国六朝文》作“气无□□”；根据聂恩彦《郭弘农集校注》“气无不运”改。气：自然之精气。中国古代的一个哲学概念。稷下道家认为，宇宙中的万物乃“精气”所产生。

【说明】

鸣石，是一种撞击就能发出声响的石头。《中次六经》说：“长石之山，共水出焉，西南流注于洛，其中多鸣石。”郭璞注云：“晋永康元年，襄阳郡上鸣石，似玉色青，撞之声闻七八里。”这正是赞辞所谓“击之雷骇，厥声远闻”。撞击鸣石能发声，是因为鸣石和金属两相类同，都蕴藏着发出巨大音响的潜在因素。若用老子的自然之数的道理来解释，金石发声，是因为它们禀受了自然之精气，也就是说，是形成宇宙万物最基本的物质实体自然之气运动的结果。

旋龟人鱼修辟

【原文】声如破木，
号曰旋龟。
修辟似黾①，
厥鸣如鸱②。
人鱼类鳑③，
出于洛伊④。

【译文】鸣声就像劈木声，
它的大名叫旋龟。
修辟样子像蟾蜍，
它的叫声如鸱鸮。
人鱼类似娃娃鱼，
出自洛水伊水中。

【注释】

① 黾（měng）：蟾蜍类动物。郝懿行笺疏云：“詹诸在水者名黾，见《尔雅》。”

② 鸱（chī）：鸱鸮，猫头鹰。

③ 鳑（tí）：娃娃鱼。郭璞注经云：“音蹄。”

④ 出于洛伊：在《山经》中出产人鱼的丹水、浮濠之水、厌染之水、扬水等都流注于洛水；《水经注·伊水》：“《广志》曰：‘鲵鱼声如

小儿啼，有四足，形如鲮鲤，可以治牛，出伊水也。’司马迁谓之人鱼。”

【说明】

旋龟是一种鸟首鳖尾的龟类动物。《中次六经》说：“密山，豪水出焉，而南流注于洛，其中多旋龟，其状鸟首而鳖尾，其音如判木。”旋龟还在《南山经》杻阳之山出现过，而形状是“鸟首虺尾”，但鸣叫声和密山旋龟一样，“其音如判木”。修辟是一种蟾蜍类动物。橐山“橐水出焉，而北流注于河。其中多修辟之鱼，状如黾而白喙，其音如鸱，食之已白癣”。修辟鸣叫声像猫头鹰怪叫，令人惊悚。《山海经》所记人鱼之处颇多。《中次六经》傅山“厌染之水出于其阳，而南流注于洛，其中多人鱼”。郭璞赞辞说“人鱼类鳑”，其根据是《北次三经》龙侯之山决之水中“多人鱼，其状如鳑鱼，四足，其音如婴儿”。郭璞注云：“人鱼即鲵也，似鲇而四足，声如小儿啼。”傅山的人鱼也是鲵鱼，俗称娃娃鱼。袁珂先生曾列举《山经》中多处的人鱼，提醒大家说：“然此人鱼，乃动物之人鱼，非神话之人鱼也。”

桃　林

【原文】桃林之谷①，
实惟塞野②。
武王克商③，
休牛风马④。
阨越三涂⑤，
作险西夏⑥。

【译文】这里叫桃林之谷，
实是山野上要塞。
武王战胜了商纣，
放归牛马任走散。
险阨超过三涂山，
为华夏西部险隘。

【注释】

① 桃林：古地名，又名桃林塞。在今河南省灵宝以西、陕西潼关以东地区。

② 塞（sài）：险要之处。多指边界上可以据险固守的要地。

③ 武王：周武王。姬姓，名发。发动牧野之战，取得大胜，遂灭商，

建立西周王朝。 克：战胜，攻克。

④ 休牛：放归军用之牛，谓停止战争。 风马：让马放逸走失。风，牛马雌雄相诱惑而走失。

⑤ 阨（ài）：指险阻之地、险要之地。 越：越过，超过。 三涂：山名，九州之险之一。在河南嵩县西南，伊水之北。

⑥ 西夏：华夏之西，即中原的西部。

【说明】

桃林，是神话中夸父弃杖所化而成的邓林。《中次六经》说：“夸父之山，其北有林焉，名曰桃林，是广员三百里，其中多马。”郭璞注云：“桃林，今宏农湖县阌乡南谷中是也，饶野马、山羊、山牛也。”赞辞直呼这里为“桃林之谷”，是桃林坐落的一片谷地的命名，因其地势险要，而成为军事上据险固守的战略要塞。桃林之谷饶有野马山牛，使郭璞想起周武王灭商后，在这里放牛归马，任其放逸走散，以示偃武修文，化干戈为玉帛，桃林也成为帝王坐享承平的象征。但桃林谷毕竟险阨胜过九州之险的三涂山，千百年来由于西部边陲战乱频仍，人们看重的仍然是它作为华夏西部险要关口的重要战略地位。

帝台棋

【原文】茫茫帝台[①]，
维灵之贵[②]；
爰有石棋，
五彩焕蔚[③]；
觞祷百神[④]，
以和天气[⑤]。

【译文】悠远帝台小天帝，
神灵中尊贵的神；
休与山有博棋石，
五彩花纹真艳丽；
举觞祷祀众神明，
用石祈气候和顺。

【注释】

① 茫茫：遥远。也有渺茫、模糊不清的意思。

② 灵：天；天帝。

③ 焕蔚：形容文采艳丽。
④ 觞（shāng）：盛满酒的杯。亦泛指酒器。 祷（dǎo）：祈神求福。
⑤ 天气：古人指清轻之气。这里指气候。

【说明】

帝台棋是神帝台用来祷祀天神的博棋石。《中次七经》说："休与之山，其上有石焉，名曰帝台之棋，五色而文，其状如鹑卵。帝台之石，所以祷百神者也，服之不蛊。"郭璞注云："帝台，神人名。棋谓博棋也。"袁珂云："帝台者，盖治理一方之小天帝，犹人间徐偃王之类是也。"帝台用休与之山上出产的五彩卵石做博棋，"博"除了有"博戏"之意外，在上古还有"占卜"的意味。赞辞写帝台举觞宴会众天神，用博棋石祈求天气和顺。风调雨顺，五谷丰登，六畜兴旺，这是普天下的老百姓的心愿。为民祈福的小天帝帝台也就成了神灵中的尊贵者。

若华乌酸草

【原文】疗疟之草，
厥实如瓜。
乌酸之叶，
三成黄华[①]；
可以为毒[②]，
不畏蚖蛇[③]。

【译文】治疟疾的若华草，
它结的果实像瓜。
焉酸草的圆叶子，
重叠三层开黄花；
可以用它来解毒，
人们不再怕毒蛇。

【注释】

① 三成：郭璞注经云："叶三重也。"
② 为：治，去也。郭璞注经云："为，治。"
③ 蚖（wán）蛇：毒蛇。

【说明】

若华，《山海经》作苦辛。《中次六经》说，阳华之山"其草多藷藇，多苦辛，其状如楠，其实如瓜，其味酸甘，食之已疟"。阳华之山的苦辛草，治疗疟疾有特效。在古代，疟疾是人们最害怕的恶疾之一。上个世纪60年代，由于疟原虫对药物产生抗性，治疗疟疾成为世界性难题。中国科学家屠呦呦从两千多种方药中筛选出两百多种供筛选，最后找出了一种用以治疗疟疾的新型药物青蒿素。从苦辛草到青蒿素，人类征服疟疾走过了多么曲折艰难的历程。乌酸，在《山海经》叫焉酸。《中次七经》说，鼓钟之山“有草焉，方茎而黄华，员叶而三成，其名曰焉酸，可以为毒”。在蛮荒的上古之世，出没无常的毒蛇对人的生命构成了极大的威胁，人们终于发现了焉酸这种能解除蛇毒的草药。在这则《图赞》里，郭璞赞颂的不只是两种不起眼的药草，还有我国古代人民的智慧和探索精神。

䔄 草

【原文】	【译文】
䔄草黄花①，	䔄草枝头开黄花，
实如菟丝②。	籽实就像菟丝籽。
君子是佩，	君子佩戴䔄草花，
人服媚之③。	女子服籽被人爱。
帝女所化，	天帝女儿魂所化，
其理难思。	这道理思之费解。

【注释】

① 䔄（yáo）：传说中的草名。郭璞注经云：“亦音遥。”

② 菟（tù）丝：一年生缠绕寄生草本植物，子可以入药。

③ 媚：喜爱。郭璞在经文“服之媚于人”下作注云：“为人所爱也。《传》曰‘人服媚之如是’。一名荒夫草。”

【说明】

䔄草是天帝女儿女尸的精魂所化的芳草。《中次七经》说：“姑媱之山，帝女死焉，其名曰女尸，化为䔄草，其叶胥成，其华黄，其实如菟丘，服之媚于人。”郭璞给“胥成”作注云：“言叶相重也。”给“菟丘”作注云：“菟丝也，见《尔雅》。”我国古代诗词中常用芳草比喻美好的品德或美好的人。

故《图赞》里，君子佩戴的是芬芳的䔄草，䔄草成了品德高尚的标志。而女子食用了䔄草的籽实，会加倍获得男子们的宠爱。这都是因为䔄草是天帝的纯洁美丽的小女儿精魂所幻化。有传说说："帝之季女，名曰瑶姬，未行而亡，封于巫山之台，精魂为草，实为灵芝。"袁珂先生指出"瑶姬神话乃䔄草神话的演变也"。郭璞对《山海经》所载神话多有深刻理解与准确把握，但有时也会犯糊涂。这里，他对女尸化为䔄草这神奇变幻的道理，表示难以理解。

山膏兽黄棘

【原文】山膏如豚，
厥性好骂。
黄棘是食，
匪子匪化[①]；
虽无贞操[②]，
理同不嫁[③]。

【译文】山膏样子像头猪，
它的性情好骂人。
妇女吃了黄棘果，
不会生育无子女；
虽说已经失了身，
按理和没嫁人同。

【注释】

① 匪：通"非"。不，不是；无，没有。 化：化育，生育。《吕氏春秋·过理》："（纣）剖孕妇而观其化。"高诱注："化，育也。"

② 贞操：指女子不失身或从一而终的操守。

③ 嫁：女子配人为妻。

【说明】

《中次七经》说："苦山，有兽焉，名曰山膏，其状如逐（豚），赤若丹火，善詈。其上有木焉，名曰黄棘，黄华而员叶，其实如兰，服之不字。"郭璞在"善詈"下作注云："好骂人。"山膏是一种样子像猪，喜欢骂人的怪兽。毕沅云："即山都也。"袁珂先生指出："毕说是也，是盖山都、山貚、山㺐、枭阳之类，乃传说中猩猩、狒狒之神话化也。《礼·曲礼》云：'猩猩能言。'《唐国史补》云：'猩猩好酒与屐，人有取之者，置二物以诱之。猩猩始见，必大骂曰。'云云，此同于山膏之'善詈'也。"黄棘木，黄花圆叶，结出的果实和兰草的果实相似，却可以成为妇女避孕的药物。经文"服之不字”，这“字”就有生育、怀孕的意思。郭璞赞辞的“贞操”主要指女子没有失身，和“从一而终的操守”关系不大。在魏晋时期封建的纲常伦理不如后世严密，妇女贞节观念也较淡薄。但由于战乱和社会动荡，人口大规模减少，生儿育女是当时社会最关注的问题，早婚早育是普遍风气。所以郭璞认为妇女结了婚（无贞操）却没有生育，按照情理是和女子没有嫁人相同，是极不正常和光彩的事情。而黄棘的果子能使人避孕，有如山膏喜欢骂人，都是不合时宜的。

三足龟

【原文】	【译文】
造物维均[1]，	造物主是公平的，
靡偏靡颇[2]；	不会偏向哪一方；
少不为短，	少的不算是短缺，
长不为多；	长的不算是多余；
贲能三足[3]，	三足龟三脚走路，
何异鼋鼍[4]。	和鼋鼍没甚两样。

三足龜 出狂水食之可消腫

造物維均靡偏靡

頗少不爲短長不

爲多賁能三足

何異黿鼉

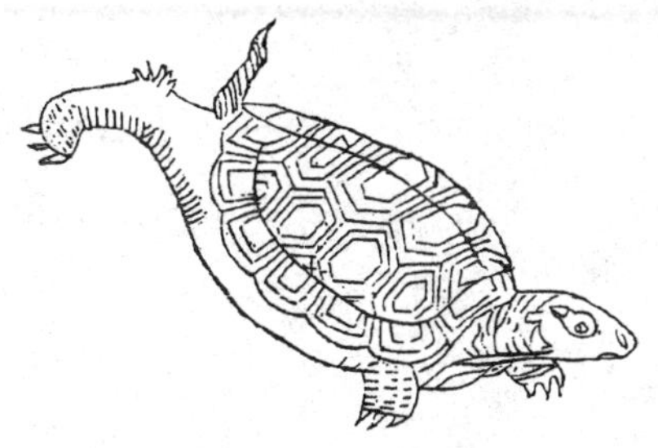

【注释】

① 造物：古人认为有一个创造万物的神力叫做造物。　均：均匀，公平。

② 靡（mǐ）：无，没有。　偏：不正，偏斜。　颇：偏差，不正。

③ 贲（fén）：三足龟。郭璞注经云：“鳖龟三足者名贲，见《尔雅》。”

④ 鼋（yuán）：大鳖。　鼍（tuó）：扬子鳄，俗称“猪婆龙”。爬行动物，皮可以蒙鼓。

【说明】

三足龟，又名贲，是只有三只脚的龟。《中次七经》说：“大苦之山，其阳狂水出焉，西南流注于伊水，其中多三足龟，食者无大疾，可以已肿。”郭璞注云：“今吴兴阳羡县有君山，山上有池，水中有三足六眼龟。”袁珂指出：“亦异闻也。”在《图赞》中，郭璞认为如果真有所谓三足龟，那也是造物的神力所造，没必要大惊小怪，因为造物主不会有倾斜和偏差，是绝对公平的。他针对三足龟少了一只脚，说：“少不为短，长不为多。”这话可是从庄子那里来的。庄子说：“长者不为有余，短者不为不足。”还说：“凫胫（小腿）虽短，续之则忧；鹤胫虽长，断之则悲。”意思是只要顺其自然就行。不是吗，三足龟走路和四只脚爬行的大鳖、猪婆龙没有什么两样。郭璞是用庄子的“听任自然，顺应人情”的思想来说明三足龟存在的合理性。

嘉　荣

【原文】
霆维天精，
动心骇目[①]；
曷以御之[②]，
嘉荣是服；
所正者神[③]，
用口肠腹。

【译文】
雷霆是天的精魂，
真叫人骇目惊心；
用什么来抗御它，
吃嘉荣红叶红花；
合正道的是神药，
还要用口、肠、腹腔。

【注释】

① 动心：使内心惊动。 骇目：使人看了极其惊骇。

② 曷（hé）：何，什么。 御：抵御。

③ 正：这里指符合正道，即顺应自然之道。

【说明】

嘉荣是一种由小草长成大树的奇异植物。《中次七经》说："半石之山，其上有草焉，生而秀，其高丈余，赤叶赤华，华而不实，其名曰嘉荣，服之者不霆。"郭璞注曰："初生先作穗，却著叶，花生穗间。"《尔雅·释草》云："木谓之华，草谓之荣。"意思是树木之花称为华，百草之花称为荣。嘉荣，顾名思义，是一种开花的嘉草。它"生而秀"，刚生出来就抽穗吐花；"却著叶"，然后生茎叶；再长成丈多高的树木，但只开花不结果。"服之者不霆"，郭璞注"不霆"曰："不畏雷霆霹雳也。"赞辞说要想抵御雷暴，就可服用嘉荣的红花红叶，这是因为"所正者神"。这里的"正"，就是庄子说的顺应自然的正道。符合正道的就能成为神物。嘉荣顺其自然，由小草长成大树，成为了神药，而神药嘉荣也只有经过人的口、肠、腹腔，才能发挥防雷的神奇作用。

天楄牛伤文兽螣鱼

【原文】牛伤镇气[①]，
天楄弭噎[②]。
文兽如蜂[③]，
枝尾反舌。
螣鱼青斑[④]，
处于逵穴[⑤]。

【译文】牛伤可抑制逆气，
天楄能消除哽噎。
文文的形状像蜂，
尾巴分叉舌倒转。
螣鱼有青色斑纹，
居在连通穴道里。

【注释】

① 镇：压，抑制。

② 天楄（pián）：木名。郭璞注经云："音鞭。"　弭（mǐ）：止息，消除。　噎（yē）：哽噎，食物堵住食道。

③ 文兽：经文作"文文"。

④ 䲢（téng）鱼：鱼名。郭璞注经云："音腾。"　青斑：《郭弘农集》作"青班"。

⑤ 逵（kuí）穴：水中连通的穴道。郭璞注经云："逵，水中之穴道交通者。"

【说明】

这是《中次七经》四种草木兽鱼的合赞。牛伤出自大苦之山。"有草焉，其状叶如榆，方茎而苍伤（刺），其名曰牛伤，其根苍文，服者不厥，可以御兵。"郭璞在"服者不厥"下作注云："厥，逆气病。"袁珂译为"打嗝"。天楄出自堵山。"其上有木焉，名曰天楄，方茎而葵状，服者不哽。"郭璞注云："食不噎也。"天楄可以消除食物噎咽喉的毛病。文兽出自放皋之山。"有兽焉，其状如蜂，枝尾而反舌，善呼，其名曰文文。"这是一种形如黄蜂的小兽，尾巴两歧，舌头反生，喜欢呼唤。鱃鱼出自半石之山。“合水出于其阴，而北流注于洛，多鱃鱼，状如鳜，居逵，苍文赤尾，食者不痈，可以为瘘。”鱃鱼样子像鳜鱼，身有青色斑纹，尾巴红赤，生活在水中连通的穴道里。

帝　休

【原文】帝休之树，
厥枝交对①；
竦本少室②，
曾阴云霨③。
君子服之，
匪怒伊爱④。

【译文】少室之山帝休树，
枝条交错达五方；
树干高耸少室山，
叶子繁茂如浓云。
君子服食它果实，
心不生怒充盈爱。

【注释】

① 交：交错。 对（suì）：通“遂”，通达。《尔雅·释言》：“对，遂也。”

② 竦（sǒng）：高耸。 本：草、木的根或主干。

③ 曾阴：层阴，指密布的浓云。曾，通“层”。 霨（duì）：云密聚貌。

④ 伊：表强调，就是之意。

【说明】

帝休是果实能使人息怒的奇树。《中次七经》说：“少室之山，其上有木焉，其名曰帝休，叶状如杨，其枝五衢，黄华黑实，服者不怒。”郭璞给“其枝五衢”作注云：“言树枝交错，相重五出，有像衢路也。”赞辞是对《山海经图》帝休图像的描画：枝条交错，四通五达；树干挺拔，耸立少室山巅；叶子繁茂如层云密布，覆盖山岭。帝休阔达开豁，似有爱意，故人吃了它的黄花黑果，也就不会轻易发怒而心生仁爱了。

泰　室

【原文】	【译文】
嵩维岳宗[①]，	嵩山是五岳之宗，
华岱恒衡[②]；	另有华岱恒衡山；
气通天汉，	它气势直通天河，
神洞幽明[③]；	其天神洞达阴阳；
嵬然中立[④]，	巍然挺立地中央，
众山之英[⑤]。	众山中特出的山。

【注释】

① 嵩（sōng）：嵩山，又叫“嵩高”，五岳中的中岳，在河南省登封北。　宗：这里指尊崇的山。

② 华：西岳华山。　岱：东岳泰山。　恒：北岳恒山。　衡：南岳衡山。

③ 洞：洞达，很了解。　幽明：指昼夜，阴阳。

④ 嵬（wéi）：高大。

⑤ 英：杰出的；这里指特出，特别出众。

【说明】

泰室，即太室，也就是嵩山。《中次七经》说，少室之山“又东三十里曰泰室之山”。郭璞注云：“即中岳嵩高山也，今在阳城县西。”《史记·封禅书》云：“太室，嵩高也。”泰室或太室，也就是“天室”，是天神所居之室，相当于后世所说的天堂。周朝人崇拜天神，故泰室嵩山也就成了五岳之宗。这个“宗”字有尊敬推崇之意。“宗”也可看成“冢”。《中次七经》结语说：“苦山、少室、太室皆冢也。”宗山也就是“冢山”，是部族先祖的葬地。嵩山也是部族祖先神所聚的圣地。《诗经·大雅·嵩高》：“嵩高维岳，骏极于天。”所以赞辞说，“气通天汉”。嵩山的天神是先祖神，“人面而三首”（见《中次七经》结语），神通广大，透彻了解天地间化生万物的阴阳二气。嵩山巍然屹立在大地中央，是众山中格外突出的山岳；周人尊崇处于中土的嵩山，认为这样有利于统治天下。

櫾 木

【原文】爰有嘉树，
厥名曰櫾①。
薄言采之②，
窈窕是服③。
君子惟欢④，
家无反目⑤。

【译文】这儿有美好的树，
它的名字叫櫾木。
急急忙忙采櫾叶，
美女们争相服食。
大丈夫个个欢喜，
一家人和和睦睦。

【注释】

① 櫾（yǒu）：木名。
② 薄言：急急忙忙。《诗·周南·芣苢》：“采采芣苢，薄言采之。”高亨注：“薄，急急忙忙；言，读为焉或然。”
③ 窈窕（yǎo tiǎo）：指美女。
④ 君子：古时妻对夫之称。《诗·召南·草虫》：“未见君子，忧心忡忡。”
⑤ 反目：不和睦（多指夫妻）。

【说明】

櫾木是一种叶子像梨树叶、上有红色纹理的植物。《中次七经》说：“泰室之山，其上有木焉，叶状如梨而赤理，其名曰櫾木，服者不妒。”櫾木神奇的地方是人服用它的叶子后不会产生嫉妒心。郭璞赞辞指的是女子对丈夫的性嫉妒。在古代夫权社会里，男子可以妻妾成群，而要求女子空房守节，难免女子不会妒性发作。“一妻擅夫，众妻皆乱。”丈夫不想看到妒妻乱家的现象出现，但又要独占多名女子纵欲，妄想有一种能消除女子嫉妒心的药物。在这则对櫾木的颂辞里，妇女们争相服食櫾木叶，丈夫们如愿以偿，家庭和睦美满。在温情脉脉的面纱下，掩盖着男尊女卑的残酷现实。

莔　草

【原文】莔草赤茎[①]，
实如蘡薁[②]；
食之益智，
忽不自觉[③]；
殆齐生知[④]，
功奇于学。

【译文】莔草生有红色茎，
果实就像山葡萄；
人吃它增长智力，
自己难以感觉到；
几乎和生知相同，
治学上功效奇特。

【注释】

① 莔（gāng）草：草名。郭璞注经云："音刚。"

② 蘡薁（yīng yù）：又名山葡萄、野葡萄。葡萄科，落叶藤本。果可酿酒，根入药。

③ 忽：忽略，不注意。　自觉：自己感觉到。

④ 殆（dài）：几乎，差不多。　齐：相同。　生知：谓生而知之。

【说明】

莔草，是一种赤茎白花、果实像野葡萄的灵草。《中次七经》说："少陉之山，有草焉，名曰莔草，叶状如葵，而赤茎白华，实如蘡薁，食之不愚。"郭璞注云："言益人智。"幻想有一种像莔草一样的灵草，它的果实"食之不愚"，这对远古初民来说具有重大意义。他们在不断向外部自然界求知的过程中，开始认识到智力的重要性，这无疑是人的自我意识一次新的觉醒。赞辞对莔草"益人智"作了由衷的赞美。人吃了莔草的果实会在不知不觉中增加智力，这恐怕和不待学而知之者相同。郭璞在学术研究上颇多建树，有过殚精竭虑、苦心孤诣的经历，理所当然要对莔草助人治学的奇特功效加以赞颂。

蓟柏

【原文】蓟柏白华[1]，
厥子如丹[2]；
实肥变气，
食之忘寒[3]。
物随所染[4]，
墨子所叹。

【译文】蓟柏枝上开白花，
肥硕籽实色如丹；
人的气性可改变，
吃它不再畏严寒。
物随染料换颜色，
墨翟对此有惊叹。

【注释】

① 蓟（jì）柏：木名。蓟，同“蓟”。郭璞注经云：“音计。”
② 丹：朱砂；又称丹砂。这里也可作赤色讲。
③ 忘：忘掉，无。
④ “物随所染”两句，见《淮南子·说林训》：“杨子见逵路而哭之，为其可以南，可以北。墨子见练丝而泣之，为其可以黄，可以黑。”墨子：春秋战国时期思想家、政治家，墨家学派创始人。名翟（dí），相传原为宋国人，后长期住在鲁国。主张人与人平等相爱（兼爱），反对侵略战争（非攻）。

【说明】

蓟柏，是一种开白色花而结红色果的奇树。《中次七经》说：“敏山，上有木焉，其状如荆，白华而赤实，名曰蓟柏，服者不寒。”郭璞在“服者不寒”下作注云：“令人耐寒。”《图赞》认为人的气性是可以改变的，蓟柏的果实红得像丹砂，人吃了会不怕严寒。在《淮南子·说林训》中，墨子看到洁白的熟绢而哭泣，因为它可以染成黄色，也可以染成黑色。郭璞援用这个故事，说明不是所有的人都赞成“人性是可以改变的”这个说法。但他自己并不一味地反对人性受到环境染化而发生的改变，因为它有可能向好的方面变化，就像人吃了蓟柏的果实而不再畏惧寒冷，这个改变不是一件好事么！

蓑[①]

【原文】大騩之山[②]，
爰有苹草；
青华白实，
食之无夭[③]；
虽不增龄[④]，
可以穷老[⑤]。

【译文】在那大騩之山上，
有种像苹的莀草；
开青色花结白果，
服食它不会短命；
虽不能增长天寿，
却可以颐养到老。

【注释】

① 蓑（láng）：药草名。郝懿行笺注云："是蓑当为莀。"袁珂按："王念孙校同郝注。莀音很。"莀（hěn），草名。

② 大騩（guī）之山：山名。

③ 夭（yāo）：短命，夭折。

④ 龄：天寿，天年。

⑤ 穷老：终老，到老。

【说明】

莀草，青花白实，人吃了不会夭折，还能治愈肠胃病。《中次七经》说："大騩之山，有草焉，其状如蓍而毛，青华而白实，其名曰蓑，服之不夭，可以已腹病。"在经文和《图赞》里，"莀"皆作"蓑"。蓑草，又称蓑毒或狼毒，为大戟科多年生草本，也是一种草药，外用治多种疮毒。《玉篇·艸部》云："莀，草名，似蓍（shī），花青白。"郝懿行、王念孙均认为"蓑当作莀"。"蓑"应该是"莀"字的误写。莀草的形状像蓍草，《图赞》却说："爰有苹草。"为什么莀草的形状又像苹草呢？《说文·艸部》："蓍，蒿属。"苹草，又叫艾蒿。《尔雅·释草》："苹，藾萧。"郭璞注云："今藾蒿也。"蓍和苹同属蒿类植物，赞辞也就把莀草像蓍草说成像苹草了。至于说莀草"服之不夭"，表现了人们战胜夭亡的愿望。远古时多数孩子不等成年就死于疾病、营养不良或饥荒，人们对夭殇心存恐惧。但他们不是向神灵祈求长寿或把希望寄托于来世，而是在大自然中寻找益寿延年的药草。郭璞也认为蓷草虽不能使人超越自然的岁数，但还是可以起到延续生命长度的作用。

橘 櫾

【原文】 厥苞橘櫾①，
奇者维甘②。
朱实金鲜③，
叶蒨翠蓝④。
灵均是咏⑤，
以为美谈。

【译文】 包裹橘柚作贡品，
还是柑橘最奇珍。
红果鲜艳呈金黄，
叶子繁茂色青蓝。
屈原述志咏橘颂，
千古传之为美谈。

【注释】

① 苞（bāo）：通“包”，包裹。 櫾（yòu）：果木名，即柚。
② 甘：同“柑”，果名。
③ 金鲜：金黄鲜艳。
④ 蒨（qiàn）：繁茂昌盛。 翠蓝：青蓝色。
⑤ 灵均：战国楚文学家屈原的字。《楚辞·离骚》：“名余曰正则兮，字余曰灵均。”

【说明】

《中次八经》说：“荆山，其木多松、柏，其草多竹，多橘、櫾。”赞辞“厥苞橘櫾”出自《尚书·禹贡》：“厥篚织贝，厥苞橘櫾，锡贡。”淮海扬州的贡物有包裹起来的橘櫾。在这则《图赞》中，“苞”也可作“丛生”讲，荆山聚生着橘树和櫾树，形成了一派嘉树成林的美丽景象。郭璞在给经文“櫾”作注时说：“似橘而大也，皮厚味酸。”所以赞辞称最珍奇的是甜美的柑橘。接着写橘实的表皮色泽鲜艳，红色中泛出金黄；青蓝色的叶子，纷繁茂盛，充满了生机，勾画出一幅郁郁葱葱、俊逸动人的图画。郭璞最后点出屈原对橘树的咏叹，成了千古美谈。这是借着三闾大夫的《橘颂》，暗示橘树还具有独立不迁，不从俗流，内在洁白，气韵芬芳的坚贞赋性。

鲛　鱼

【原文】鱼之别属①，
厥号曰鲛②。
珠皮毒尾，
匪鳞匪毛。
可以错角③，
兼饰剑刀。

【译文】鱼有另外的属类，
它的大号叫鲛鱼。
皮有珠纹尾有毒，
不是鳞甲和毛羽。
鲛皮打磨玉圭角，
还可装饰剑和刀。

【注释】

① 别属：另外的属类。
② 鲛（jiāo）：海中鲨鱼。郭璞注经云："音交。"李善注张衡《南都赋》引《山海经注》："鲛，鲭属也，皮有班文而坚。"
③ 错：打磨；摩擦。

【说明】

《中次八经》说："荆山，漳水出焉，而东南流注于睢。其中多黄金，多鲛鱼。"郭璞注云："鲛，鲋鱼类也，皮有珠文而坚，尾长三四尺，末有毒螯人，皮可饰刀剑口，错治材角，今临海郡亦有之。”本则赞辞是根据这条注释写成的。鲛鱼，又名鳍（cuò）鱼，今称鲨鱼。古人传说鲛鱼“为鱼之胎生者”，这恐怕是郭璞说它为“鱼之别属”的原因。但鲛鱼不属“鲋鱼类”，郝懿行云：“鲛鱼，即今沙鱼，郭注鲋字讹。”鲛鱼皮上不是鱼的鳞甲，而是细小、坚硬的圆粒组成的斑纹（称为“珠文”），很像我们今天的砂布，可以用来打磨“材角”，即材料的棱角。译文谓用鲛鱼皮琢磨出锋芒毕露的圭角。鲛鱼尾长三四尺，不是鸟兽的毛羽，而是末端生有毒腺的针刺，可以螫伤人或牲畜。鲛鱼皮还可以用来装饰刀剑。

鸩 鸟

【原文】蝮维毒魁①，
鸩鸟是啖②。
拂翼鸣林③，
草瘁木惨④。
羽行隐戮⑤，
厥罚难犯⑥。

【译文】蝮蛇是毒蛇之王，
鸩鸟敢啄食它头。
扑棱翅翼林中叫，
青草衰败木枯黄。
用鸩羽实行暗杀，
这刑罚不能触犯。

【注释】

① 魁：首领。也可解为“位居首位”。
② 鸩（zhèn）：传说中的鸟名。 啖（dàn）：吃。
③ 拂：展，铺。
④ 瘁（cuì）：萧条，衰败。 惨：毁伤。这里指树木枯落。
⑤ 隐戮：犹暗杀。
⑥ 罚：刑罚。 难：不可，不能。 犯：冒犯。

【说明】

鸩是传说中一种食蛇的毒鸟，羽有毒可杀人。成语“饮鸩止渴”，这“鸩”就是用鸩羽浸泡的毒酒。《中次八经》说：“女几之山，其鸟多白鹞，多翟，多鸩。”郭璞注云：“鸩大如雕，紫绿色，长颈，赤喙，食蝮蛇头。雄名运日，雌名阴谐也。”赞辞称蝮蛇是毒蛇中的魁首，鸩鸟是以剧毒的蝮蛇为食，因而体内也积聚了更多的毒素。当鸩鸟鼓动羽翼，在林中鸣叫时，草木都要为之衰谢枯落。古时有“鸩翼”一词，比喻奸毒。又传说运日鸣叫，天晏静无云；阴谐鸣之，天将阴雨，它们凄厉的叫声分别是旱涝灾祸的征兆。更可怕的是，在残酷的宫廷内斗中，“羽行隐戮”，鸩羽成了杀人的利器，而鸩酒赐死是最严厉的处罚，据说可致人“脑裂”而惨死。故郭璞提醒人们，这种刑罚是万万不能触犯的。

神䨓围计蒙涉䨓

【原文】涉䨓三脚[①]，
䨓围虎爪[②]。
计蒙龙首，
独禀异表[③]；
升降风雨，
茫茫渺渺[④]。

【译文】三只脚的是涉䨓，
生虎爪的是䨓围。
计蒙生有龙的首，
被赋予特异外表；
升降出入伴风雨，
真一片迷茫飘渺。

【注释】

① 涉䖵（tuó）：神名。《山海经·中山经》作“涉䵶”。䖵，同“䵶”（tuó）。

② 䖵围：神名。《山海经·中山经》作“䵶围”。郭璞注经云：“䵶，音‘鼍鱼’之鼍。”《康熙字典·虫部》引《类篇》：“䵶，䖵或从單。”

③ 独：独特，特别。 禀（bǐng）：赋予。

④ 茫茫渺渺：没有边际，看不清楚。

【说明】

这是一则关于中央第八列山系三神䖵围、计蒙、涉䖵的合赞。涉䖵是岐山的山神。《中次八经》说：“岐山，神涉䖵处之，其状人身而方面三足。”䖵围是骄山的山神。“骄山，神䖵围处之，其状如人（“人”下原有“面”字，从郝懿行校删），羊角虎爪，恒游于雎漳之渊，出入有光。”涉䖵、䖵围都是形状像人的神，涉䖵方脸三足、䖵围羊角虎爪是他们突出的特征，而䖵围“出入有光”，这光是超自然的神迹之光，也是一种祥瑞之光。计蒙是光山的山神。“光山，神计蒙处之，其状人身而龙首，恒游于漳渊，出入必有飘风暴雨。”计蒙虽是人身，却生着“龙首”，所以郭璞说这是老天特别赋予他不同的外表。龙首计蒙升降出入都伴随着飘风暴雨，看起来是一片迷茫。计蒙是山神兼风雨之神。

椒

【原文】椒之灌植[①]，
实繁有伦[②]；
薰林列薄[③]，
馞其芬辛[④]；
服之不已[⑤]，
洞见通神[⑥]。

【译文】椒是丛生的植物，
籽实繁多而有序；
香林密集不可入，
散发浓郁芳辛气；
巫觋经常饮椒浆，
洞见鬼物通神灵。

【注释】

① 椒（jiāo）：即花椒。 灌：丛生；亦指丛生的树木。

② 伦：次序。

③ 薰：香；发出香气。 列：排列。 薄：林木相迫不可入。 薰林列薄，聂恩彦《郭弘农集校注》作“拂颖沾霜”。

④ 馞（bó）：香气浓烈。 辛：辣味。 馞其芬辛，聂恩彦《郭弘农集校注》作“朱实芬辛”。

⑤ “服之不已”两句，一作“服之洞见，可以通神”。

⑥ 洞见：很清楚地看见。 通神：通于神灵。

【说明】

椒，也就是花椒。《中次八经》说：“琴鼓之山，其木多榖、柞、椒、柘。”郭璞注云：“椒为树小而丛生，下有草木则蠚（螫）死。”椒是落叶灌木或小乔木，密集丛生处草木不生。籽实黑色，繁多而有序，古诗中是多子孙的象征。春风吹拂嫩芽、小苞，到秋天霜降时节，果实成熟，呈暗红色。椒实味辛香烈，可作调味料，并可提炼出芳香油入药。郭璞赞辞后两句写巫觋服椒以通神降神，引起了专家们的重视。汤炳正、萧兵先生认为古人用花椒酿制烈酒，即《楚辞》里的“椒浆”，巫师们饮用桂酒、椒浆进入迷狂状态，见鬼物，通神灵，使鬼神降附己身，传达神旨，预测吉凶，充当民与天、神之间的中介。椒，在《山海经》里也是一种神奇植物。

岷 山

【原文】岷山之精①，
上络东井②。
始出一勺③，
终致淼溟④。
作纪南夏⑤，
天清地静。

【译文】岷山的一种精气，
上联络星座东井。
江水始出为涓滴，
终成为浩渺无际。
南国以它为经纪，
天清朗大地宁静。

【注释】

① 岷（mín）山：在四川省北部，绵延川、甘两省北部，为长江、黄河分水岭。　精：精气。古人认为宇宙间的一种灵气。

② 东井：星宿名。即井宿，在银河之东，二十八宿之一，有星八颗。

③ 勺：古代容量单位。一升的百分之一为一勺。这里指很小的水量。

④ 渺溟（miǎo míng）：水广大无际貌。溟，一作“冥”。

⑤ 纪：经纪；纲常，法度。　南夏：泛指我国的南部。

【说明】

岷山，古人认为是长江的发源地。《中次九经》说：“岷山，江水出焉，东北流注于海。”郭璞注云：“岷山今在汶山郡广阳县西，大江所出。”长江发源于青藏高原唐古拉山脉主峰各拉丹东雪山，岷山有长江支流岷江、嘉陵江的源头。《图赞》开首说岷山的精气与星宿东井相联络。“岷精垂曜于东井”（郭璞《江赋》），岷山的精气被东井的光辉照耀，这是一种吉祥的瑞应。《史记·天官书》：“东井为水事。”《索隐》：“《元命包》云：‘东井八星，主水衡也。’”星宿东井主管水利，岷山流出的江水将成为我国南方众水的纲纪。江水开始是涓涓细流，最终发展成为渺远流长的大江，统领着世上最庞大的水系。当时东晋王朝偏安于长江流域，郭璞说“作纪南夏”，是希望新王朝建立起像长江那样的法度，效法它的广大无边、利育万物的气势，拨乱反正，经营天下，中国南方将出现一派“天清地静”、祥和安定的景象，成为恢复中原、振兴晋室的巩固后方。

夔　牛①

【原文】西南巨牛，
出自江岷。
体若垂云，
肉盈千钧②。
虽有逸力③，
难以挥轮④。

【译文】西南有巨型野牛，
出产自江岷一带。
体形像低垂云彩，
肉丰腴重若千钧。
虽然有充沛力气，
难挥鞭使其拉车。

【注释】

① 夔（kuí）牛：野牛名。

② 盈：丰满。　钧：古代重量单位，三十斤为钧。

③ 逸力：经过休养而充实的力气。

④ 挥：舞动，摇动。这里指挥鞭。　轮：车轮。这里代车，驾车。

【说明】

夔牛，是一种形体庞大的野牛。《中次九经》说：“岷山，其兽多犀、象，多夔牛。”郭璞注云：“今蜀山中有大牛，重数千斤，名为夔牛。晋太兴元年，此牛出上庸郡，人弩射杀得三十八担肉，即《尔雅》所谓魏（犩）。”夔牛出自长江流经的岷山，成群的夔牛游走在山坂上，远看像低垂的云彩，这可能是《山海经图》描绘的景象。赞辞说：“体若垂云，肉盈千钧。”从修辞上说，这还是一个奇特的比喻。夔牛笨重的身体和轻盈的云彩之间没有相似之处，彼此似乎不能构成比喻关系。但读者若能从如絮云朵的反面去理解牛体的本质，就能真切地感受到它重若千钧的分量。在“非喻”这根魔棒的指拨下，缕缕云丝反倒对这“移动肉山”起到衬托、补充的作用。夔牛没有经过人的驯化和改良，不具备负重和驾车的服役功能，但它有“三十八担肉”，注定要成为人们营养丰富的美食。

崃　山

【原文】邛崃峻崄[①]，
其坂九折[②]。
王阳逡巡[③]，
王尊逞节。
殷有三仁[④]，
汉称二哲[⑤]。

【译文】邛崃山高峻险要，
九折坂九曲回旋。
王阳畏避不敢进，
王尊历险显节操。
殷商有三位仁人，
汉代有两位贤哲。

【注释】

① 邛崃（qióng lái）：山名，在四川阿坝州南，主峰四姑娘山，高6250米。　崄（xiǎn）：同“险”，险要。

② 坂（bǎn）：斜坡，山坡。一作“阪”。

③ “王阳逡巡”两句，事见《汉书·王尊传》（卷七十六）：“涿郡太守徐明荐尊不宜久在闾巷，上以尊为郿令，迁益州刺史。先是，琅邪王阳为益州刺史，行部至邛崃九折阪，叹曰：‘奉先人遗体，奈何数乘此险！’后以病去。及尊为刺史，至其阪，问吏曰：‘此非王阳所畏道邪？’吏对曰：‘是。’尊叱其驭曰：‘驱之！王阳为孝子，王尊为忠臣。’”　王阳：即王吉，琅邪郡皋虞县人，成帝时为益州刺史。　逡巡：徘徊不进。　王尊：字子赣，涿郡高阳县人。曾任安定太守。　逞节：谓显示自己的节操。

④ “殷有”句，见《论语·微子篇》：“微子去之，箕子为之奴，比干谏而死。孔子曰：‘殷有三仁焉！’”　仁：仁人，仁爱的人。

⑤ 哲：有智慧的人。这里“二哲”指王阳、王尊。

【说明】

崃山，即邛崃山，在四川省荥经县西南。《中次九经》说，岷山“又东北一百四十里曰崃山，江水出焉，东流注大江”。郭璞注云：“邛来山，今在汉嘉严道县南，江水所自出也。”邛崃山有一道陡峭曲折的山坡，叫九折坂。据说益州刺史王阳，出外巡察，来到邛崃九折坂，畏险不敢前进，感叹道：“父母给我骨肉身体，为何要屡次登临这险境呢！”后来竟称病弃官而去。他这样做，是为了保住“先人遗体”，可谓“孝子”。郿县县令王尊奉朝廷之命，继任益州刺史，路过九折坂，问小吏：“此不是王阳所畏惧的道路吗?”小吏回答：“正是。”王尊叱驭，越过了险要的邛崃九折坂。王尊这样做，是为了效命朝廷，可谓“忠臣”。郭璞提起殷商的三位仁人志士：微子、箕子和比干，是为了和汉代这两位贤哲作比照。古时孝道有身体肤发受之于父母不敢毁伤的说法，“孝子”王阳说要保护“先人遗体”，不过是畏避险阻的借口而已。

蜼

【原文】寓属之才[①]，
莫过于蜼[②]。
雨则自悬，
塞鼻以尾。
厥形虽随[③]，
列象宗彝[④]。

【译文】猿猴类有才能的，
没有哪个超过蜼。
下雨时悬挂树上，
用尾巴塞住鼻孔。
它身子呈长圆形，
图像罗列礼器上。

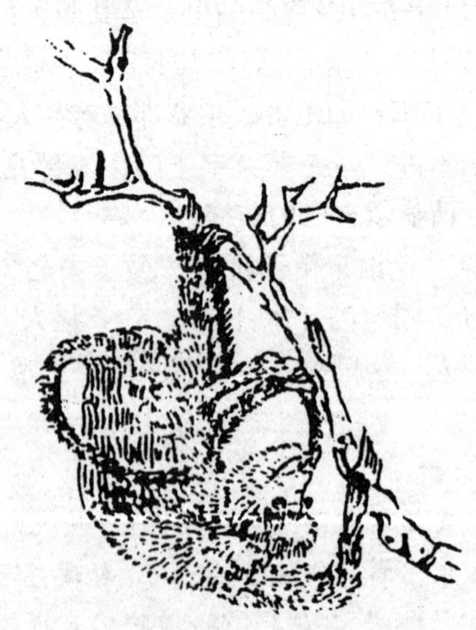

【注释】

① 寓属（yù shǔ）：指寄居树上的猿类动物。
② 蜼（wèi）：一种仰鼻向上的长尾猿。
③ 随（tuǒ）：通“隋”（椭）。狭长，长圆形。
④ 列：收列，列入。 宗彝：宗庙祭祀所用的酒器。

【说明】

蜼，是一种长尾猿猴。《中次九经》说：“鬲山，其兽多犀象熊罴，多猿蜼。”郭璞注云：“蜼似猕猴，鼻露上向，尾四五尺，头有岐，苍黄色，雨则自县树，以尾塞鼻孔，或以两指塞之。”天要下雨时，蜼倒挂在树上，用尾巴或两手指塞住向上的鼻孔，以免雨水流入。蜼因此而被人们看成是雨水的征兆。蜼自悬树上，身子缩成一团，成椭圆形，但它的图像却被画在宗庙祭祀的酒器上，这种礼器叫做蜼彝。蜼彝除“画蜼以表雨”外，若画的是凶猛的蜼，就有了“刚猛制物”的意思，象征圣王“神武定乱”。古人还传说猿蜼性孝。贵州思南的甑峰有种蜼，小蜼得来的果实要给最年长的老蜼先尝，然后按年龄依次传递下来，最后吃的才是小蜼。古代帝王及高官显爵把蜼的图像绣在衮服上，是“取其孝也”。

熊　穴

【原文】熊山有穴，
神人是出。
与彼石鼓，
象殊应一①。
祥虽先见②，
厥事非吉。

【译文】熊山上有熊之穴，
神人从这儿进出。
熊之穴与那石鼓，
形状不同感应同。
预兆虽然先显现，
战事终究不吉利。

【注释】

① 一：同，相同。
② 祥：吉、凶的预兆。

【说明】

熊山上有熊穴，常有神人进进出出，夏季开启，冬季关闭。《中次九经》说："熊山，有穴焉，熊之穴，恒出神人，夏启而冬闭。是穴也，冬启乃必有兵。"郭璞注云："今邺西北有鼓山，下有石鼓，象县著山旁，鸣则有军事兴。此穴殊象而同应。"邺邑西北有鼓山，山下有块鼓形的石头，当它不击自鸣时，天下就要发生战争。熊山的熊之穴，在正常情况下冬天是关闭的，如果冬天此穴开启，就意味着将有战事。熊山的熊穴和鼓山的石鼓，形状不同感应相同，它们都是战争的征兆。郭璞指出军事是不吉利的，是站在饱受战乱之苦的人民方面说话，但他认为石鼓自鸣而军事兴，熊穴冬启是必有兵，用儒家的"天人感应"说来解释战争的起因，又显然是错误的。

跂踵

【原文】青耕御疫①，
跂踵降灾②。
物之相反，
各以气来。
见则民咨③，
实为病媒④。

【译文】青耕可防御时疫，
跂踵却给人降灾。
同是鸟如此相反，
各禀受精气而来。
跂踵出现民嗟叹，
实是疫病的媒介。

【注释】

① 青耕：鸟名。《山海经·中次十一经》："堇理之山，有鸟焉，其状如鹊，青身白喙，白目白尾，名曰青耕，可以御疫，其鸣自叫。"
② 跂踵（qǐ zhǒng）：传说中的鸟名。跂，郭璞注经曰："音企。"
③ 咨（zī）：叹息。
④ 媒：引发事物的原因；媒介。

【说明】

跂踵，是一种形状像猫头鹰、一足猪尾的怪鸟。《中次十经》说，复州之山“有鸟焉，其状如鸮，而一足彘尾，其名曰跂踵，见则其国大疫”。中国道教认为“道”是一种阴阳精灵之气，宇宙中的万物皆秉之以生。《中次十一经》堇理之山的青耕鸟，青身白喙，白眼白尾，可以“御疫”，而跂踵却是“兆疫”之鸟。它们的形状、功用迥异，是禀受了不同的自然精气而成。传说跂踵出现了，老百姓都要蹙额叹息，因为它是天下暴发可怕瘟疫的诱因。

其　二

【原文】跂踵为鸟，
一足似夔[①]；
不为乐兴[②]，
反以来悲。

【译文】跂踵作为一种鸟，
在一只足上像夔；
不为安乐而飞起，
反给人带来悲苦。

【注释】

① 夔（kuí）：古代传说中的兽名。《山海经·大荒东经》："东海中有流波山，入海七千里。其上有兽，状如牛，苍身而无角，一足，出入水则必风雨。其光如日月，其声如雷，其名曰夔。黄帝得之，以其皮为鼓，橛以雷兽之骨，声闻五百里，以威天下。"

② 兴：升起，奋起。

【说明】

这是郭璞为跂踵写的一则《铭》，出现在经文"见则其国大疫"下的注释里。严可均云："此铭即赞也。"在他校辑的《全上古三代秦汉三国六朝文》里《中山经》跂踵有两则赞辞。跂踵，本义为"踮起脚跟"，它又是传说中的国名，《山海经·海外北经》有"跂踵国"的记载。本则赞辞一开始就说这是作为一种鸟的"跂踵"，在一只足上像夔。《说文》："夔，神魖也。如龙，一足。"《山海经·大荒东经》流波山上的夔"状如牛，苍身而无角，一足"。另有夔的异闻，如"状如鼓一足"、"人面猿身一足"等等，它们形状各不相同，但"一足"是夔的主要特征。跂踵也是只有一条腿爪的怪鸟。因跂踵是瘟疫的媒介，它不会为人类的欢乐而振翅翱翔，反而给他们带来无穷的痛苦和悲哀。

蛟[1]

【原文】匪蛇匪龙，
鳞采晖焕[2]；
腾跃涛波，
蜿蜒江汉[3]。
汉武饮羽[4]，
佽飞叠断[5]。

【译文】不是蛇也不是龙，
鳞甲光彩多明耀；
腾跃汹涌波涛上，
蜿蜒长江汉水中。
武帝用箭射中蛟，
佽飞砍蛟成几截。

【注释】

① 蛟：古代传说中的动物。郭璞注经云："似蛇而四脚，小头细颈，

（颈）有白瘿，大者十数围，卵如一、二石瓮，能吞人。”

② 晖焕：明亮，光耀。聂恩彦《郭弘农集校注》作“炳焕”。

③ 蜿蜒：龙、蛇等曲折爬行的样子。

④ 汉武：汉武帝，即刘彻。公元前 140—前 87 年在位。　饮（yǐn）羽：箭深入所射物体，中箭。饮，没入。

⑤ 佽（cì）飞：人名，即佽非。春秋楚勇士。《淮南子 · 道应训》：“荆有佽非，得宝剑于干队。还反渡江，至于中流，阳侯之波，两蛟挟绕其船。佽非谓枻船者曰：‘尝有如此而得活者乎？’对曰：‘未尝见也。’于是佽非瞑（瞋）目，勃然攘臂拔剑曰：‘武士可以仁义之礼说也，不可劫而夺也。此江中之腐肉朽骨，弃剑而已，余有奚爱焉？’赴江中刺蛟，遂断其头。船中人尽活，风波毕除。荆爵为执圭。”　叠：接连。

【说明】

蛟是一种无角的龙。《中次十一经》说：“翼望之山，贶水出焉，东南流注于汉，其中多蛟。”蛟的外形像蛇，却有四只脚，小头细颈，颈上生有白瘤，大的有十几围粗，卵如陶瓮大小。蛟十分凶猛，能吞食人。《说文》：“蛟，龙之属也。”《图赞》说蛟“匪蛇匪龙”，是一种形状奇特的龙类动物。郝懿行笺注：“《广雅》云：‘有鳞曰蛟龙。’”《图赞》说蛟身上鳞甲发散出明亮耀眼的光彩。蛟龙在长江汉水中蜿蜒潜行，或在江面上跳腾飞跃。蛟龙现身，天下就洪水飘荡，被人们叫做“发洪”。对于蛟害，古代传说中有两位除蛟的英雄。《汉书》：“武帝元封五年，帝自寻阳浮江，亲射蛟江中，获之。”佽飞是春秋时楚国勇士。在一次回乡途中，他挥剑斩下两条绕船袭击的蛟龙的头，保全了船中人的性命。李白《观佽飞斩蛟龙图赞》：“佽飞斩长蛟，遗图画中见。”汉武帝、佽飞为民除害所表现出来的武勇，值得人们称颂。

神耕父

【原文】清泠之水[①]，
在于山顶；
耕父是游，

【译文】清泠之渊水清泠，
位在西虢县山顶；
耕父到此来游玩，

流光洒景[②]。	发散出闪烁亮光。
黔首祀禜[③]，	百姓祭祀此山神，
以弭灾眚[④]。	以消除灾害疾苦。

【注释】

① 清泠（líng）：清凉寒冷。清泠之水，即清泠之渊，也指水清凉。

② 流光：流动、闪烁的光彩。 洒景：发散亮光。

③ 黔首：古称平民、老百姓。 祀禜（yǒng）：祭祀。禜，祭名，古代以绳束茅圈地，作为临时祭祀，为禳除水旱疠疫、雪霜风雨等灾害。

④ 弭（mǐ）：止、息。 眚（shěng）：疾苦。

【说明】

神耕父是主管丰山的山神。《中次十一经》说，丰山“神耕父处之，常游清泠之渊，出入有光，见则其国为败”。因为耕父是旱鬼（见袁珂《中国神话大词典》第440页），经文说他一出现，国家就会衰败。耕父又是吉神。郭璞在“出入有光”下作注云：“清泠水在西虢县山上，神来时，水赤有光耀，今有屋祠之。”耕父来到西虢县山上的清泠之渊游玩，周身神光环绕，清泠之水也发出流动闪烁的红光。当地老百姓把它当作吉神来祭祀，希望禳除疾苦和灾害。

九钟

【原文】	【译文】
峣崩泾竭[①]，	高山崩坍泾水枯，
麟斗日薄[②]。	麒麟相斗日暗淡。
九钟将鸣，	九口钟将要鸣响，
凌霜乃落[③]。	应和着冰霜降落。
气之相应，	物质间气相感应，
触感而作。	一有触动便发生。

【注释】

① 峣（yáo）：形容高峻，这里指高山。 泾：水名。发源于宁夏六盘山东麓，流经甘肃东部，至陕西入渭河。

② 日薄：日色暗淡。类似日蚀的一种现象，古人谓日光为阴气所掩蔽。

③ 凌霜：冰霜。

【说明】

九钟，是丰山上的九口钟。《中次十一经》说："丰山，有钟焉，是知霜鸣。"郭璞注云："霜降则钟鸣，故言知也。物有自然感应而不可为也。"郝懿行云："《北堂书钞》一百八卷引此经及郭注知并作和。"袁珂按："作和是也，始符郭注之义。"在赞辞中，高山崩裂，泾水枯竭，是一种"自然感应"；麒麟争斗，日色暗淡，《淮南子·天应训》也有"麒麟相斗而日月食"的说法，也是一种"自然感应"。丰山九钟，霜降而鸣，汉代王褒《九日从驾》诗："律改三秋节，气应九钟霜。"郭璞也认为是"气之相应，触感而作"。这里的"气"是指事物的某种特质或属性，是一种看不见、摸不着的神秘力量。"气感而应"是自然界物与物之间互相感应的起因。这则《图赞》表现了郭璞的"物以感应"的思想。

婴勺

【原文】	【译文】
支离之山，	在那支离之山上，
有鸟似鹊；	有种禽鸟像喜鹊；
白身赤眼，	白色身子红眼睛，
厥尾如勺①。	它的尾巴像酒勺。
维彼有斗②，	在那天边有南斗，
不可以酌③。	不可用它来斟酒。

【注释】

① 勺（sháo）：勺子。舀水、酒等的用具。

② 斗（dǒu）：星座名，即斗宿。斗星和箕星都在南方，共六星排列成

斗勺形。斗星在箕星之北。　维：助词，用于句首或句中，无义。

③　酌（zhuó）：舀取，斟酒。

【说明】

婴勺是一种尾巴像勺子的鸟。《中次十一经》说："支离之山，有鸟焉，其名曰婴勺，其状如鹊，赤目、赤喙、白身，其尾若勺，其鸣自呼。"郭璞在"其尾若勺"下作注云："似酒勺形。"婴勺样子像喜鹊，鹊尾似勺，故后世称婴勺尾为"鹊尾勺"。《诗经·小雅·大东》："维南有箕，不可以簸扬；维北有斗，不可以挹酒浆。"大意是南天有簸箕星，不能用它来扬米糠；往北有南斗星，不能用它来舀酒浆。郭璞用此意，戏谑婴勺尾巴像酒勺，却不能斟美酒，和南斗六星一样，都是有名无实。

獜

【原文】	【译文】
有兽虎爪， 厥号曰獜[①]； 好自跳扑[②]， 鼓甲振奋[③]；	有种兽生有虎爪， 它的大号叫做獜； 性喜好跳跃腾扑， 张鳞甲精神亢奋；

若食其肉，　　人若吃了它的肉，
不觉风迅。　　不感觉天风迅猛。

【注释】

① 獜（lìn）：传说中的一种怪兽名。
② 自：助词，无意义。
③ 振奋：奋起，奋发。有精神振作、情绪高涨的意思。

【说明】

獜是一种样子像狗、身披鳞甲、生有虎爪的怪兽。《中次十一经》说："依轱之山，有兽焉，其状如犬，虎爪有甲，其名曰獜，善駚坌（yǎng fèn，跳跃自扑），食者不风。"郭璞在"食者不风"下作注云："不畏天风。"风行天空，故称风为"天风"。獜性喜跳跃腾扑，精神极度兴奋，正如萧兵所说："獜或司风，跳跃如风。"人吃了獜的肉就会"不觉风迅"，依据的是巫术交感的原理。袁珂注又引汪绂之说："或云无风疾也。"译为"吃了它可以不患风疾"。

帝台浆①

【原文】帝台之水，　　【译文】帝台遗留的泉水，
饮蠲心病②；　　人饮能消除心病；
灵府是涤③，　　心灵受到了洗涤，

和神养性；	精神和顺养性情；
食可逍遥[4]，	吸食后优游自得，
濯发浴泳[5]。	可洗发沐浴游泳。

【注释】

① 帝台：神名。袁珂曾指出：“帝台者，盖治理一方之小天帝，犹人间徐偃王之类是也。《晋书·束皙传》云：‘《穆天子传》五篇，言周穆王游行四海，见帝台、西王母。’今本《穆传》已无帝台事，盖阙佚也。”可参看前《帝台棋》说明。 浆：水。《字汇补·水部》：“水亦曰浆。”

② 蠲（juān）：消除，免除。 心病：心中忧虑而引起的疾病。

③ 灵府：指心。

④ 逍遥：优游自得，安闲自在。

⑤ 濯（zhuó）：洗。

【说明】

帝台浆，是高前之山的泉水。《中次十一经》说：“高前之山，其上有水焉，甚寒而清，帝台之浆也，饮之者不心痛。”袁珂注引郝懿行笺疏：“《吕氏春秋·本味篇》：‘水之美者，高泉之山，其上有涌泉焉。’即此；泉，前声同也。”高前之山，就是高泉之山；帝台浆，就是小天帝帝台饮用过的高泉山上的涌泉之水。因为是帝台遗留下来的神奇泉水，人饮后能清除因忧虑而引起的心理疾病，使人的心灵像洗涤过一样，精神和顺，怡养性情；吸食这沁人心脾的泉水，更觉逍遥自在，优哉游哉。清净的泉水还能洗濯人头发、身体上的污垢，在清冽的泉池中游泳，凄神寒骨，又是另一番趣味。

狍狼雍和猴兽

【原文】狍狼之出[1]，	【译文】狍狼出现国内乱，
兵不外击；	军队不能外出击；
雍和作恐[2]，	雍和使国生恐怖，

猍乃流疫[3]。	猍兽竟让疫流行。
同恶殊灾[4]，	同是恶兽危害异，
气各有适[5]。	病象灾情各相宜。

【注释】

① 狏（shì）狼：传说中的兽名。

② 作：使。

③ 猍（lì）：兽名。

④ 灾：危害。《尚书·盘庚》："以自灾于厥身。"

⑤ 气：这里指某种病象灾情。　适：合，适合。

【说明】

这是一则关于狏狼、雍和、猍三种灾兽的合赞。《中次九经》说："蛇山，有兽焉，其状如狐，而白尾长耳，名狏狼，见则国内有兵。"郭璞在"国内有兵"下作注云："一作'国内有乱'。"狏狼出现是国有兵灾或内乱的征兆。萧兵指出："古人一般视狼为刀兵凶杀之征。"伊藤清司称狏狼为"狐形特点的主兵怪神"。《中次十一经》说："丰山，有兽焉，其状如蝯，赤目、赤喙、黄身，名曰雍和，见则国有大恐。"蝯，即"猿"。伊藤清司认为雍和是"巨猿形怪神"，"只要它一出现，或者是洪水、大旱，或者是扫地狂风，摧残着内部世界的一切"，雍和成了天下大恐怖的象征。《中次十一经》又说："乐马之山，有兽焉，其状如彙，赤如丹火，其名曰猍。见则其国大疫。"猍样子像猬鼠，满身是针刺，颜色像火一样通红，确实十分惊人，而"猍"与厉、疠音通，伊藤指出"从名称上也可见出人们对这种瘟疫之怪的畏惧"。（《〈山海经〉中的鬼神世界》）郭璞说恶兽各自和不同的病象灾情相适合，都得到了专家们研究的印证。

狙　如

【原文】狙如微虫[1]，	【译文】狙如是种小动物，
厥体无害；	本身对人没危害；

见则师兴[②]，	现身就引发战争，
两阵交会[③]。	敌我方会合对阵。
物之所感，	事物之间有感应，
焉有大小。	哪有小和大之分。

【注释】

① 狙（jū）如：兽名。　虫：动物的通称。

② 师兴：举兵，起兵。聂恩彦《郭弘农集校注》作“兴师”。

③ 交会：会合，聚集。

【说明】

狙如也是一种灾兽。《中次十一经》说：“倚帝之山，有兽焉，其状如鼣鼠，白耳白喙，名曰狙如，见则其国有大兵。”郭璞为“鼣鼠”作注云：“《尔雅》说，鼠有十三种，中有此鼠，形所未详也。音‘狗吠’之吠。”狙如属鼠类，所以说它是小型动物。传说它一旦出现，国家就会有兵灾。正如《图赞》所写：两军会合，排兵布阵，剑拔弩张，一触即发，小狙如将引发大战争。赞辞还指出这是事物之间的自然感应，不在于物之大小。兵灾本是人事，战争的发动和上天垂象、动物示兆毫无关系。

帝女桑[1]

【原文】爰有洪桑[2]，
生滨沦潭[3]。
厥围五丈，
枝相交参[4]。
园客是采[5]，
帝女所蚕。

【译文】这儿有棵大桑树，
生长在沦潭之滨。
它树围合抱五丈，
树枝交错伸四方。
仙人园客采桑叶，
炎帝之女来养蚕。

【注释】

① 帝女：即赤帝女。赤帝，即炎帝，少典之子，号为神农，南方火德之帝。　帝女桑，事见《太平御览》卷九二一引《广异记》："南方赤帝女学道得仙，居南阳崿山桑树上。正月一日衔柴作巢，至十五日成。或作白鹊，或女人。赤帝见之悲恸，诱之不得，以火焚之，女即升天。因名曰帝女桑。"赤帝女居此桑火焚升天，故桑以帝女而名。

② 洪：大，广大。

③ 滨：水边。

④ 交参（cēn）：交错。郭璞在经文"其枝四衢"下作注云："言枝交互四出。"

⑤ 园客：仙人。事见《列仙传》卷下："园客者，济阴人也。姿貌好而性良，邑人多以女妻之，客终不取。常种五色香草，数十年，食其实。一旦，有五色蛾止其香树末，客收而荐之以布，生桑蚕焉。至蚕时，有好女夜至，自称客妻，道蚕状，客与俱收蚕，得百十头。茧皆如瓮大，缫一茧，六十日始尽。讫则俱去，莫知所如。故济阳人世祠桑蚕，设祠室焉。"

【说明】

帝女桑是以赤帝女命名的大桑树。《中次十一经》说："宣山，沦水出焉，东南流注于视水，其中多蛟。其上有桑焉，大五十尺，其枝四衢，其叶大尺余，赤理黄华青柎，名曰帝女之桑。”这棵桑树生在沦水源头宣山沦潭之滨，树干挺拔粗大，合抱五丈；树枝蟠曲交错，伸向四方。这棵参天大树，难免不和仙人神女有些干连。在郭璞的想象中，“莫知所如”的仙人园客原来在这里采摘桑叶，“得道升天”的炎帝之女又回到这棵树上养蚕。传说园客夫妇曾育有如瓮般大的蚕茧，缫一只茧费时60天。缫完百十茧丝后他俩不知去向，济阳的老百姓从此建祠祭祀桑蚕神。相传炎帝之女学道成仙，在宣山桑树上衔柴做巢，时而化为白鹊，时而变回女人，炎帝请她回家，她执意不肯，炎帝只好放火烧树，帝女火解升天，以后这棵桑树被命名为“帝女桑”。经过神话故事的点化，沦水之滨的大桑树升华为发明桑蚕的中国人心目中的圣树。

狢即梁渠闻豨兽䳅鵌鸟

【原文】梁渠致兵，
狢即起灾[①]；
䳅鵌辟火[②]，
物各有能。
闻豨之见[③]，
大风乃来。

【译文】梁渠兽招致战争，
狢即兽引起火灾；
䳅鵌鸟防御大火，
动物各有其功能。
闻豨兽突然出现，
大风暴就要来临。

【注释】

① 狢（yí）即：兽名，似犬。狢，郭璞注经云：“音移。”
② 䳅鵌（zhǐ tú）：鸟名。 辟（pì），排除，屏除。
③ 闻豨（lín）：兽名。豨，郭璞注经云：“音邻。一作‘鄰’，音瓴。”

【说明】

梁渠是一种灾兽。《中次十一经》说：“历石之山，有兽焉，其状如狸，而白首虎爪，名曰梁渠，见则其国有大兵。”狸，即野猫。梁渠是狸形的兵主之怪。“鲜山，有兽焉，其状如膜犬，赤喙，赤目，白尾，见则其邑有火，名曰狢即。”狢即像膜犬。膜犬即体形高大、皮毛浓密、猛悍力大的西膜之犬（藏獒?）。凶猛的狢即是火灾征兆的预示动物。丑阳之山的䳅鵌却是御火之鸟："有鸟焉，其状如乌而赤足，名曰䳋鵌，可以御火。"䳋鵌"赤足"，狻即也是"赤喙赤目"，这种依据颜色的交感巫术使它们和火有了关联。郭璞《图赞》列举了梁渠、狻即两兽的预卜性功能和䳋鵌鸟御火的超自然力量，并郑重指出"物各有能"。接下来就是闻獜兽的出现：几山"有兽焉，其状如彘，黄身、白头、白尾，名曰闻獜，见则天下大风"。闻獜兽是风灾的征兆。在我们已经熟识的《山经》里，形形色色动物的巫术效应，还有众多药性植物奇特的医疗功能，对各地山神的隆重祭仪等等，五藏山经仿佛是一部关于原始巫术的秘笈。鲁迅最早提出《山海经》"盖古之巫书"，真可谓独具只眼。

神于儿

【原文】于儿如人，
蛇头有两；
常游江渊，
见于洞广①；
乍潜乍出②，
神光惚恍③。

【译文】神于儿形貌像人，
操两蛇蛇头吐信；
常游于长江深处，
现身在广阔水域；
时潜水底时浮出，
那神光惝恍迷离。

【注释】

① 洞：疑为“泂”（jiǒng）字。泂，水貌。 广：宽阔。

② 乍（zhà）：或。

③ 惚恍（hū huǎng）：隐约不清，游移不定。

【说明】

神于儿是夫夫之山的山神。《中次十二经》说：“夫夫之山，其上多黄金，其下多青雄黄。神于儿居之，其状人身而身操两蛇，常游于江渊，出入有光。”神于儿的形貌像人，左右手各握一蛇，蛇头吐信，咝咝作响。在我国古老神话中，很多神人头上戴蛇，两手操蛇，耳上珥蛇，于儿也是“操蛇之神”，蛇是他们“伟大神格的标志”。有人对神于儿“身操两蛇”作了这样的描述：“一蛇在上，在于儿身上绕了两圈，一头一尾从于儿的双手钻出；另一蛇在下，蛇头在于儿的前身，蛇身在其腹部往上绕了两圈，蛇尾则缠在胸前。”（徐客《图解山海经》）操蛇的于儿又是江河之神。他游玩于深邃的江潭，又现身在广阔的水面，出没时身上环绕着闪耀的神光。在郭璞笔下，神于儿“乍潜乍出”，神光更显得扑朔迷离，游移不定，为神于儿“出入有光”增添了一层奇幻而神秘的色彩。

神 二 女

【原文】

神之二女[1]，
爰宅洞庭[2]。
游化五江[3]，
惚恍窈冥[4]。
号曰夫人，
是维湘灵[5]。

【译文】

天帝之女谓二女，
居住在洞庭之山。
巡游五水多幻化，
虚无缥缈难辨识。
人们称为湘夫人，
也就是湘水之神。

【注释】

① 神之二女：郝懿行云：“神当作帝。”

② 宅：定居，居住。 洞庭：指洞庭之山。

③ 五江：指洞庭湖水系的湘江、资江、沅江、澧水、潇水等五条江。

④ 惚恍：混沌不分，隐约不清。 窈（yǎo）冥：深远渺茫貌。

⑤ 湘灵：古代传说中的湘水之神。

【说明】

神二女，也就是湘水之神二女。《中次十二经》说，洞庭之山“帝之二女居之，是常游于江渊。澧、沅之风，交潇、湘之渊，是在九江之间，出入必以飘风暴雨”。郭璞在“帝之二女居之”下作注云：“天帝之二女而处江为神，即《列仙传》江妃二女也。《离骚》《九歌》所谓湘夫人称帝子者是也。”汉代刘向编撰的《列仙传》有郑交甫与江妃二女人神相恋的故事。“江妃二女”不是说江妃的两个女儿，而是指江妃又称“二女”。郭璞认为“神二女”和“江妃二女”一样，其名也是“二女”。《离骚》《九歌》称湘夫人为“帝子”是对的，“帝之二女”也就是天帝之子二女。郭璞不赞成“帝之二女”是尧帝之女、虞舜之妃娥皇、女英的说法。他在注中说：“按《九歌》，湘君、湘夫人自是二神，江湘之有夫人，犹河洛之有宓妃也，此之为灵，与天地并矣，安得谓之尧女？”在赞辞中，他写神二女浪游湘、资、沅、澧和潇诸水，神女形象不断发生奇异的变化，混沌不清，隐约难辨，悠远而又渺茫，说明这是一个更为古老的神话传说，也有不宜把神二女坐实为尧女舜妃的用意。赞辞最后作结说，人们把神二女称为湘夫人，也就是湘水之女神——湘灵。这则赞辞主要写对湘水之神的赞颂，也透露了郭璞对“帝之二女”的独特见解。

飞　蛇

【原文】螣蛇配龙[①]，
因雾而跃。
虽欲登天，
云罢陆略[②]。
材非所任[③]，

【译文】螣蛇可和龙媲美，
仗雾的托力飞腾。
虽说飞蛇想登天，
云消散地上爬行。
不是资质能胜任，

难以久托。　　　　　　外力难长久托起。

【注释】

① 螣（téng）蛇：也作“腾蛇”。古书上一种能飞的蛇。 配：匹敌；媲美。

② 罢（bǐ）：散。曹植《游观赋》：“罢若云归，会如雾聚。” 略：走，行走。陆略，一作“陆莫”，郝懿行《山海经笺疏》作“陆略”。

③ 材：才能，资质。 任：胜任。

【说明】

飞蛇，是传说中一种能飞的蛇。《中次十二经》说：“柴桑之山，多白蛇、飞蛇。”郭璞给“飞蛇”作注云：“即螣蛇，乘雾而飞者。”可和螣蛇媲美的是飞龙。飞龙螣蛇都依靠云或雾的托力飞行。《韩非子·难势》中引《慎子》的话：“飞龙乘云，腾蛇游雾，云罢雾霁，而龙、蛇与蚓、蚁同矣，则失其所乘也。”飞龙螣蛇腾云驾雾，遨游太空，一旦云雾消散，它们失去了飞行漂游所凭借的托力，只得像蚯蚓、蚂蚁那样在地上爬行。慎到借云雾托力来说明权势对天子是多么重要。韩非驳难这番关于权势的讲话，说“夫有云、雾之势而能乘游之者，龙蛇之材美也；夫有盛云酞雾之势而不能乘游者，蚓、蚁之材薄也”，指出尧凭借天子权势能治理好天下，桀、纣拥有同样的权势却搞乱了国家，说明“材美”（资质好）比权势更重要。本则《图赞》来自《难势》中的上述内容，不过郭璞演绎出另一个哲理：人只有具备了能够胜任重任的良好资质，外力才能把他长久地托起。

海外南经图赞

自此山来虫为蛇蛇号为鱼

【原文】贱无定贡①，
贵无常珍；
物不自物②，
自物由人；
万事皆然，
岂伊蛇鳞③。

【译文】贱者不一定低贱，
贵者不长久珍贵；
物不给自己定名，
物定名都得由人；
一切事物都这样，
难道只是蛇和鱼。

【注释】

① “贱无定贡”两句：贱人无固定贡赋，贵人无永久珍宝。贡，贡税。古代贡税是根据地位决定的，无固定贡税，说明地位发生了变化。这两句是说人的贵贱是相对的。

② 物不自物：物不以自己为物，也就是不给自己定名。自物，以自己为物。

③ 伊：助词，无义，用于句首或句中。 鳞：指鱼类。

【说明】

我们从《山经》走近《海经》这荒远的世界，一个物名演变的问题出现在人们面前。《海外南经》说：“南山在其东南。自此山来，虫为蛇，蛇号为鱼。”郭璞为此写下《海经》第一则《图赞》，并用经文的原话做它的标题。赞辞说：“贱无定贡，贵无常珍。”人的贵贱都是可以变化的，约定俗成的物名发生变易也就不足为怪了。南山“以虫为蛇，以蛇为鱼”现象的出现，说明区域文化造成了物名的方称。赞辞又说：“物不自物，自物由人。”宇宙万物本来是没有名称的，人类给它们一一命名，是为了“区分万象，标志庶物”，使之有序而纳入自己认知的知识领域。赞辞最后说：“万事皆然，岂伊蛇鳞。”是提醒人们把南山蛇鱼易称问题看成是一个普遍现象，从而重视物名学研究，探求《山海经》物名的语源，掌握初民命物的法则，这样将有助于揭开《山海经》中更多的难解之谜。

羽民国

【原文】鸟喙长颊，
羽生则卵；
矫翼而翔[①]，
龙飞不远[②]；
人维倮属[③]，
何状之反？

【译文】嘴是鸟喙长面颊，
全身羽毛为卵生；
展开双翼能回翔，
像龙腾飞飞不远；
人本是裸虫之属，
羽民为何形相反？

【注释】

① 矫翼：展翅。
② 龙飞：一作“能飞”。

③ 倮：同“裸”，裸虫。指蹄角裸现或无毛羽鳞甲蔽体的动物。古代亦用“裸虫”指人。

【说明】

古代传说海外有三十六国，从西南到东南方，有羽民国（见《淮南子·地形训》）。《海外南经》说：“羽民国在其东南，其为人长头，身生羽。一曰在比翼鸟东南，其为人长颊。”郭璞在“身生羽”下作注云：“能飞不能远，卵生，画似仙人也。”在“其为人长颊”下作注云：“《启筮》曰：‘羽民之状，鸟喙赤目而白首。’”郭璞把经文和注释的描述综合起来，成了《图赞》中“羽民”的完整形象。“卵生”应该是当时关于“羽民”的一种流传广泛的传说，直至上世纪八十年代还有探险家在印尼阿婆罗洲的原始森林深处发现“鸟人”孵蛋的传闻。“画似仙人也”，应该是赞辞里“矫翼而翔”的形象，在古代诗文里常出现身生双翅，飞天成仙的羽人，也得到出土文物图像的证实。中国古代用“裸虫”称人，因为人是“无毛羽鳞甲蔽体”的动物，和“身生羽”的羽民不一样。荀子说：“人之所以为人者，非特以二足而无毛也。”柏拉图曾把人定义为“没有羽毛的两脚动物”，至今人们还常形容人是“赤条条来，赤条条去”。所以袁珂先生认为末两句赞辞“人维倮属，何状之反”是“最能得其本真”。

神人二八

【原文】羽民之东，
有神司夜①；
二八连臂，
自相羁驾②；
昼隐宵出③，
诡时沦化④。

【译文】在羽民国的东边，
有神主管夜报时；
二行各八臂挽臂，
自相羁系肩挨肩；
白天隐伏夜出现，
沦落为惑世乱神。

【注释】

① 司夜：主管夜间的报时。《尸子》卷下：“使星司夜，使月司时，犹使鸡司晨也。”

② 羁（jī）：牵制；羁系。 驾：驾肩，肩挨肩，表示行动一致。
③ 宵：夜。
④ 诡时：欺世。 沦化：沦落、变化。

【说明】

神人二八，是为天帝守夜报时之神。《海外南经》说："有神人二八，连臂，为帝司夜于此野。在羽民东。其为人小颊赤肩，尽十六人。"这十六位生有小脸颊、红肩膀的神人，在羽民国之东的荒野上，分为两组，每行八人，手臂挽着手臂，在作夜间的巡游。有人认为这是某种祭祀仪式的集体舞蹈，但从经文和赞辞里都看不出"连臂组舞"的迹象。郝懿行在《山海经笺疏》中指出："薛综注《东京赋》云：'野仲、游光恶鬼也，兄弟八人，常在人间作怪害。'按野仲、游光二人，兄弟各八人，正得十六人，疑即此也。"汉张平子《东京赋》中有"殪野仲而歼游光"这句话。《晋书·艺术传赞》说："怪力乱神，诡时惑世；崇尚弗已，必致流弊。"郭璞《图赞》末句是"诡时沦化"，天神二八已沦落为惑世的乱神，不正是郝懿行说的以野仲、游光为首的十六位恶鬼！何况"野仲"、"游光"这两个名字就含有荒野中、月光下游荡作害的意思。

讙 头 国

【原文】讙头鸟喙，
行则杖羽；
潜于海滨，
维食杞秬①；
实维嘉谷，
所谓濡黍②。

【译文】讙头国人长鸟喙，
行走把翅当拐杖；
潜藏在南海边上，
吃白粱粟和黑黍；
实在是良种谷类，
人们所说的糯黍。

【注释】

① 杞（qǐ）：同"芑"，白粱粟，一种良种的黍。 秬（jù）：又可写作"苣"，黑黍。

② 濡黍：聂恩彦注云：“当作‘糯黍’，即黏黍，因黑白黍米，都是性黏的谷物，故谓秬、秠就是所谓的糯黍。”

【说明】

古代传说海外三十六国中，还有讙头国。《海外南经》说：“讙头国在其南，其为人人面有翼、鸟喙，方捕鱼。一曰在毕方东。或曰讙朱国。”郭璞注云：“讙兜，尧臣，有罪，自投南海而死。帝怜之，使其子居南海而祠之。”在《大荒南经》也有关于讙头国的记载：“驩头人面鸟喙有翼，食海中鱼，杖翼而行。维宜芑苣、穋杨是食。有驩头之国。”本则赞辞对讙头国人的描述都能从以上两段经文和郭注里找到依据。为何讙头国又称“讙朱国”呢？原来讙头、讙朱、讙兜都是尧帝之子丹朱的异名。传说尧把天下禅让给了舜，而把丹朱放逐到南方的丹水，后因谋反失败投海而死，丹朱灵魂化为鴸鸟，其子孙在南海建立了讙朱国。在《南次二经》有鴸鸟的故事，它一出现天下才智之士难逃被放逐的命运。郭璞注释还有一句话“画亦似仙人也”，值得人们重视。郭璞《图赞》是根据他所看到的《山海经图》（已失传）创作的，我们也可从赞辞的描述想象出讙头国人在图中的模样。

厌火国[1]

【原文】有人兽体，
厥状怪谲[2]；
吐纳炎精[3]，
火随气烈；
推之无奇，
理有不热。

【译文】有人是兽的身体，
他们形状很怪异；
吐出吞进火光华，
火随出气而热烈；
推论起来不稀奇，
按生理不怕火热。

【注释】

① 厌（yàn）：袁珂《山海经校注》按：“厌，音餍，义同餍，饱也，足也。”

② 谲（jué）：奇异。

③ 吐纳：吐出与吸进。纳，一作“络”。 炎精：火德，火的本性。这里指火的光华。

【说明】

厌火国是古代传说中的海外异国之一。《海外南经》说：“厌火国在其南，兽身黑色，火出其口中。一曰在讙朱东。”郭璞在“火出其口中”下作注云：“言能吐火。画似猕猴而黑也。”经文说厌火之民是“兽身黑色”。郭璞在《山海经图》里看到的却是“似猕猴而黑色”。由于厌火国地处遥远，对于厌火之民有各种传说，总之是一副“怪谲”的模样。厌火之民最突出的特点是口中能喷吐火焰，而这火焰是随着吐出气流而更加炽烈，这里面有郭璞想象的成分。推论起来这并不稀奇，因为从生理上说厌火之民具有不怕火热的特异功能。袁珂校注引吴任臣的话：“《本草集解》曰：‘南方有厌火之民’。注云：‘国近黑昆仑，人能食火炭。’”原来厌火国民饱食火炭，生理上又不怕火热，口中也就能喷吐出熊熊的火焰。

三珠树

【原文】三珠所生①，
赤水之际②；
翘叶柏竦③，
美壮若彗④；
濯彩丹波⑤，
自相霞映。

【译文】三珠树生长之地，
在那赤水的岸边；
像柏高耸叶翘起，
壮美如彗星飞过；
如彩帛赤水洗涤，
和云霞相互辉映。

【注释】

① 三珠：经文作“三株”。郝懿行云：“《初学记》二十七卷引此经作‘珠’，《淮南·地形训》及《博物志》同。”袁珂按：作“珠”是也。

② 际：边际，边缘。

③ 竦（sǒng）：高耸。

④ 美壮：美丽雄壮。壮，《郭弘农集》作“状”。

⑤ 濯（zhuó）：洗涤。 彩：彩色的丝绸。 丹波：即赤水。

【说明】

三珠树是一种神树。《海外南经》说：“三株树在厌火北，生赤水上，其为树如柏，叶皆为珠。一曰其为树若彗。”经文称“叶皆为珠”，王崇庆《〈山海经〉释义》曰：“谓其叶生如珠，非真有所谓珠也。”郭璞《图赞》为“翘叶”，写叶向上竖起，很可能是他在《山海经图》中看到的情状。郭璞给“若彗”作注云：“如彗星状。”彗星之彗，《说文》云“扫竹也”。三珠树“翘叶”更像是扫帚。本则《图赞》连用三个比喻，描绘三珠树像柏树生长赤水岸边，高耸挺拔；像彗星扫过夜空，神奇壮美；倒影像彩练被丹波洗过，色泽鲜明。再用天边的云霞加以映衬，这棵太阳神树更显辉煌神圣、光彩夺目。

䖸国[①]

【原文】不蚕不丝，
不稼不穑[②]；
百兽率儛[③]，
群鸟拊翼[④]；
是号䖸民，
自然衣食[⑤]。

【译文】不养家蚕不缫丝，
不种庄稼不收割；
众多兽相率起舞，
成群鸟展翅飞翔；
这里大号䖸民国，
衣食都取自天然。

【注释】

① 䖸（zhí）国：古代神话传说中的国名。《太平御览》卷七九〇引经文作“一曰盛国”。䖸，郭璞注经云：“音秩，亦音替。”

② 稼：耕种，种植谷物。　穑（sè）：收割庄稼。郭璞注经云：“种之为稼，收之为穑。”

③ 率：相率，相继，一个接着一个。　儛：同“舞”。《字汇·人部》：“儛与舞同。”

④ 拊（fǔ）：拍，击。

⑤ 自然：天然，非人为的。

【说明】

臷国是古代传说中海外远方异国之一。《海外南经》说："臷国在其东，其为人黄，能操弓射蛇。一曰臷国在三毛东。"郭璞注云："《大荒经》云，此国自然有五谷衣服。"《大荒南经》说："有臷民之国。帝舜生无淫，降臷处，是谓巫臷民。巫臷民朌姓，食谷，不绩不经服也，不稼不穑食也。爰有歌舞之鸟，鸾鸟自歌，凤鸟自舞。爰有百兽，相群爰处。百谷所聚。"郭璞给"不绩不经服也"作注云："言自然有布帛也。"给"不稼不穑食也"作注云："言五谷自生也。"臷国之民过的就是这种丰衣足食、无忧无虑的生活。"百兽率儛，群鸟拊翼"，咏赞臷国政治清明，天下升平，连鸟兽也受到感化而欢乐，这里真是平等、和谐的人间乐园。"乐土乐土，爰得我所!"臷国是我国古代人民梦寐以求的美好的理想国。

不死国

【原文】有人爰处[1]？
员丘之上；
赤泉驻年，
神木养命；
禀此遐龄[2]，
悠悠无竟[3]。

【译文】有人在哪里居住？
就住在员丘山上；
饮赤泉延年却老，
食神木滋养生命；
承受这长久寿龄，
活着一直到永远。

【注释】

① 爰：何处，哪里。 处：居住，居留。
② 禀：受，承受。
③ 悠悠：长久，遥远。 竟：乐曲终了。引申为完毕。

【说明】

不死国是海外传说中的三十六国之一，其民曰不死民。《海外南经》说："不死民在其东，其为人黑色，寿，不死。一曰在穿匈国东。"郭璞注云："有员丘山，上有不死树，食之乃寿。亦有赤泉，饮之不老。”赞辞中的“有人”就是指不死民，“员丘”即传说中的不死之山；山上的“赤泉”，饮之可长生不老，“神木”就是“不死树”，吃了可长命百岁。“禀此遐龄，悠悠无竟”，表现了古人追求“永生”的强烈愿望。对“永生”的追求是人的一种本能，是人不甘心向死亡屈服的内心流露。人的本性就是想要活下去，正是出于这种对自己生命的执着、眷恋和热爱，才产生了“不死”的信仰，也就有了海外“不死国”的神话传说。

贯匈交胫支舌国

【原文】 铄金洪炉[①]，
洒成万品[②]；
造物无私，
各任所禀[③]；
归于曲成[④]，
是见兆朕[⑤]。

【译文】 洪炉里熔化金属，
浇铸成各类物品；
造物主没有偏私，
各承受天赋特征；
属多方成就万物，
于是表现出征兆。

【注释】

① 铄（shuò）：熔化。 洪炉：大炉子。

② 洒：斟，倒。这里有浇铸之意。

③ 任：承受。 所禀：赋予的特性。

④ 归于：属于。 曲成：多方设法使有成就。

⑤ 是：表承接，则、于是之意。 兆朕（zhèn）：迹象，征兆。

【说明】

贯匈、交胫和支舌国是古代神话传说中海外远方的异国。《海外南经》说：“贯匈国在其东，其为人匈有窍。一曰在㦸国东。”袁珂按：“《淮南子·坠形篇》有穿胸民。高诱注云：‘胸前穿孔达背。’”“卑者以竹木贯胸抬之”（《异域志》）。“交胫国在其东，其为人交胫。一曰在穿匈东。”郭璞注云：“言脚胫曲戾相交。”交胫国民脚胫没有骨节，双腿能相互交切。“岐舌国在其东。一曰在不死民东。”郭璞注云：“其人舌皆岐，或云支舌也。”袁珂按：“郭注‘舌皆岐’，当作‘舌皆反’。”支舌国古本作反舌国。高诱注《吕氏春秋·功名篇》云：“南方有反舌国，舌本在前，末倒向喉，故曰反舌。”本则《图赞》是对贯匈国民、交胫国民、支舌国民身体奇异现象作出解释：就像熔化的金属浇灌在模范里，可铸造出形状各异的金属制品，造物主没有偏爱，让万物各自承受天赋的特征，贯胸、交胫、反舌等异常形状都属于造物主多方面成就事物所表现出的征兆。

凿齿

【原文】凿齿人类[①]，
实有杰牙[②]；
猛越九婴[③]，
害过长蛇；
尧乃命羿，
毙之寿华[④]。

【译文】凿齿是一类野人，
确实有如凿巨牙；
凶猛超出九头兽，
祸害也超过修蛇；
尧帝于是命令羿，
在寿华射死了他。

【注释】

① 人类：泛指人。这里指凿齿是古代传说中的野人。

② 杰牙：巨牙。

③ “猛越”以下四句，用羿射日除害的神话故事为说。《淮南子·本经训》云：“尧之时，十日并出，焦禾稼，杀草木，而民无所食。猰貐、凿齿、九婴、大风、封豨、修蛇，皆为民害。尧乃使羿诛凿齿于畴华之野，杀九婴于凶水之上，缴大风于青丘之泽，上射十日而下杀猰貐，断修蛇于洞庭，禽封豨于桑林。万民皆喜，置尧以为天子。于是天下广狭、险易、远近，始有道里。”

④ 寿华：即畴华，南方泽名。

【说明】

凿齿是古代神话传说中长着如凿子般巨牙的野人。《海外南经》说：“羿与凿齿战于寿华之野，羿射杀之。在昆仑虚东。羿持弓矢，凿齿持盾，一曰戈。”郭璞注云：“凿齿亦人也，齿如凿，长五六尺，因以名云。”羿是降在人间不得复上的天神，曾请不死之药于西王母。天帝帝俊赐羿“彤弓素矰”。尧时羿射十日，诛妖除害。羿在凶水之上杀了喷水吐火的九头怪九婴，在洞庭湖斩断了一条能吞象的长蛇。赞辞写凿齿的凶猛、祸害要比水火之怪九婴、吞象之妖修蛇更厉害。羿受尧命在寿华之野射杀了凿齿……于是“万民皆喜”，拥戴尧做了天子。羿是中国神话传说中为民除害的神性英雄。

三 首 国

【原文】虽云一气，
呼吸异道；
观则俱见，
食则皆饱。
物形自周，
造化非巧①。

【译文】虽说只是一口气，
呼吸从不同鼻道；
一首所见都看见，
一嘴吃食皆觉饱。
万物形体各周全，
造化非虚浮不实。

【注释】

① 造化：自然界的创造者，也指自然。 巧：不切实，虚浮不实。

【说明】

三首国也是海外传说中的远方异国之一。《海外南经》说：“三首国在其东，其为人一身三首。”三首国民一个身子上长出三个脑袋，意味着一个人有三套指挥系统。郭璞《图赞》探讨的是三首怪人各种器官是怎样协调发挥其功能的。三首怪人只有一个胸腔，呼吸一口气，要从不同的鼻孔和鼻道进出；只有一个腹腔，一张嘴巴吃进食物，都会产生饱的感觉。这都不难理解，而且十分有趣。而三首怪人有三个大脑，一个脑袋上的眼睛看到东西，通过视网膜传导至大脑的视中枢，成为视觉形象，而不大可能其他两个脑袋上的眼睛也同时看到，否则就会出现影像重叠的现象。“观则俱见”，对郭璞的这个解说应该存疑。但不管情况怎么复杂，作者得出结论：因为造化并不虚浮不实，所以万物的形体也各自周备，哪怕是“一身三首”的怪人，都可以得到合理的解释。

焦 侥 国

【原文】群籁舛吹[①]，
气有万殊[②]；
大人三丈[③]，
焦侥尺余[④]；
混之一归[⑤]，
此亦侨如[⑥]。

【译文】许多管乐错杂吹，
有各式音调产生；
大人国民高三丈，
焦侥国人一尺余；
把他们混归一处，
侨人侏儒真分明。

【注释】

① 籁（lài）：管乐器。或谓三孔龠，或谓箫。 舛（chuǎn）：错杂。

② 气：气息。这里指吹奏管乐器气流形成的音调。

③ 大人：指神话传说中的大人国。《海外东经》："大人国在其北，为人大，坐而削（操）船。"《大荒东经》："有波谷山者，有大人之国。有大人之市，名曰大人之堂。有一大人踆其上，张其两耳。"《大荒北经》："有人名曰大人。有大人之国，釐姓，黍食。"

④ 焦侥（jiāo yáo）：古代传说中的矮人，因以其为国名。

⑤ 混：混杂。 归：集中。

⑥ 侨：侨人，高人。《说文·人部》："侨，高也。"郭璞注《海外西经》长股之国"长脚"云："或曰有乔国，今伎家乔人盖像此身。""伎家乔人"，即踩高跷表演跳舞之人。乔，高也。 如：应为"儒"，侏儒。

【说明】

焦侥国又叫周侥国。《海外南经》说："周侥国在其东，其为人短小，冠带。一曰焦侥国在三首东。"郭璞在"冠带"下作注曰："其人长三尺，穴居，能为机巧，有五谷也。"又给焦侥国作注云："《外传》曰：'焦侥民长三尺，短之至也。'《诗含神雾》曰：'从中州以东四十万里得焦侥国人，长尺五寸也。'"焦侥国，就是中国古代神话传说中的小人国。郭璞赞辞中焦侥国人的矮小身材是和传说中的大人国民作比较来写的。大人国民高有三丈，焦侥国人仅一尺有余，这就像众多管乐器的吹奏，错杂交响，音调有高有低。若把大人国民和焦侥国人混杂归拢集中，谁是侨人，谁是侏儒，不是一目了然么？焦侥国人在高大的侨人面前更加显得短小之至。

长臂国

【原文】双肱三尺[1]，
体如中人；
彼曷为者[2]？
长臂之民。
修脚自负[3]，
捕鱼海滨。

【译文】两只手臂三尺长，
身材如中等个头；
那是种什么人呢？
他们是长臂国民。
长脚人背长臂人，
一起在海滨捕鱼。

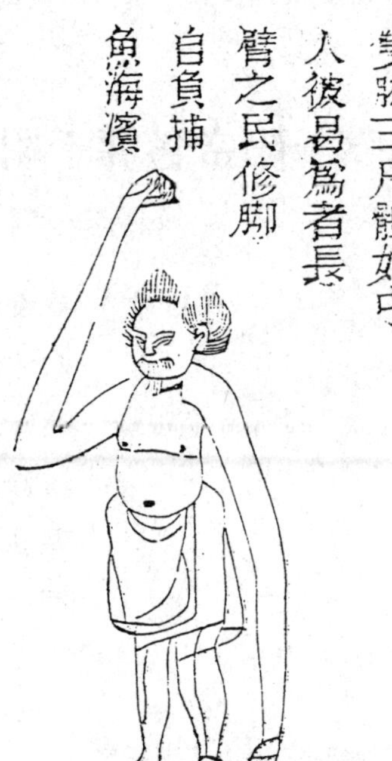

【注释】

① 肱（gōng）：手臂。

② 曷（hé）：何，什么。

③ 修脚：长脚。修，长。　负：以背载物。　自：一作“是”。

【说明】

长臂国是海外传说中的远方异国之一。《海外南经》说：“长臂国在其东，捕鱼水中，两手各操一鱼。一曰在焦侥东，捕鱼海中。”郭璞注云：“旧说云，其人手下垂至地。”并讲述了一个有关长臂国的传说故事：“魏黄初中，玄菟太守王颀讨高句丽王宫，穷追之。过沃沮国，其东界临大海，近日之所出。问其耆老：‘海东复有人否？’云：‘尝在海中得一布褐，身如中人，衣两袖长三丈。’即此长臂人衣也。”本则赞辞前四句就是从这个故事而来。末两句“修脚自负，捕鱼海滨”，“修脚”即长脚人，即长股人，郭璞根据长臂人臂长三丈作出推测，长脚人腿也长过三丈。长脚人背着长臂人海中捕鱼，真是各得其所，相得益彰。这两句赞辞应是郭璞在《山海经图》中看到的境况，也成了他在《海外西经》长股之国的注释：“长脚人常负长臂人入海捕鱼也。”

狄山帝尧葬于阳帝喾葬于阴[①]

【原文】圣德广被[②]，
物无不怀[③]。
爰乃殂落[④]，
封墓表哀[⑤]。
异类犹然[⑥]，
矧乃华黎[⑦]。

【译文】圣帝恩德遍天下，
四方民众都归服。
天子在这里安息，
增修坟墓表哀思。
夷狄尚且都祭祀，
何况是华夏黎民。

【注释】

① 狄（dí）山：袁珂注引毕沅云：“《墨子》云：‘尧北教八狄，道死，葬蛩山之阴。’则此云狄山者，狄中之山也。”狄，我国北方少数民

族地区。 喾（kù）：郭璞注经云："尧父，号高辛。音酷。"

② 德：恩德，恩惠。 被：覆盖，遍及。

③ 物：人，众人。 怀：归服。

④ 爰：相当于"于是"、在这里。 殂（cú）落：死。

⑤ 封墓：增修坟墓，以旌功勋。 表：表达。

⑥ 异类：旧时称外族。王肃注《孔子家语》云："异类，四方之夷狄也。" 犹然：常和"况"配合使用，表示让步进逼，译为"尚且……何况……"。

⑦ 矧（shěn）：何况，况且。

【说明】

帝尧，号陶唐氏，亦称唐尧。帝喾，是尧的父亲，号高辛。两位帝王驾崩后分别葬在狄山的南面或北面。《海外南经》说："狄山，帝尧葬于阳，帝喾葬于阴。……一曰汤山。……其（有）范林方三百里。"郭璞注云："按帝王冢墓皆有定处，而《山海经》往往复见之者，盖以圣人久于其位，仁化广及，恩洽鸟兽，至于殂亡，四海若丧考妣，无思不哀。故绝域殊俗之人闻天子崩，各自立坐而祭醊哭泣，起土为冢，是以所在有焉。亦犹汉氏诸远郡国皆有天子庙，此其遗象也。"本则赞辞就是取其意旨而创作的。帝喾是东方殷民族所奉祀的上帝。帝喾生下来就很神异，"自言其名为夋"。帝喾就是《山海经》里的帝俊。《大荒东经》有帝俊与五采鸟为友的故事；《大荒北经》有卫丘帝俊竹林，"大可为舟"的记载。帝喾有四位妻子，第三位为陈锋氏的女儿庆都，生了唐尧，为继位的人间帝王。帝尧是历史上有名的节俭、公正、仁慈的圣君。他住的是简陋的茅屋，穿的是粗布衣服，吃的是糙米饭。他法天而行教化，泽惠遍及于民，天下莫不宾服，正如赞辞所称颂的"圣德广被，物无不怀"。喾、尧古帝死后，人们到狄山来，增土修坟，寄托哀思。赞辞最后说：夷狄也就是"绝域殊俗之人"尚且祭祀，何况华夏黎民就更要祭祀纪念了。

视　肉

【原文】聚肉有眼，

【译文】聚肉生有一双眼，

而无肠胃；	却没有肠子和胃；
与彼马勃[①]，	和那中药马勃菌，
颇相仿佛；	性状非常之接近；
奇在不尽，	奇的是再生不已，
食人薄味[②]。	给人吃味道淡薄。

【注释】

① 马勃：一种菌类植物。其子实体球形，产于我国河北、江苏、内蒙古等地。中医药上用干燥子实体入药，性平味辛，可清肺、利咽、止血。

② 食人：给人食。　薄：稀薄，淡薄。

【说明】

视肉又叫聚肉，是一种珍稀神异的生物体。《海外南经》说："狄山，帝尧葬于阳，帝喾葬于阴。爰有熊、罴、文虎、蜼、豹、离朱、视肉。"郭璞注云："聚肉形如牛肝，有两目也。食之无尽，寻复更生如故。"视肉多出现在神话人物居所或葬地，在传说过程中被人们赋予了较多的奇异色彩，在自然界它确实存在。1992 年人们在陕西渭河里发现了不明软体，称之为"肉团怪物"，后经专家分析和研究，认为"不明生物体既有原生动物的特点，也有真菌的特点，是活的生物体，是世界罕见大型粘菌复合体"。郭璞在赞辞中写道："与彼马勃，颇相仿佛。"马勃是一种菌类植物，可以入药。《本草纲目》中有"马勃"的记载，弘景注解云："俗呼马屁勃是也。紫色虚软，状如狗肝，弹之粉出。"早在一千多年前，郭璞就指认视肉具有马勃菌相近的性状，真是了不起！近年有人获得一块"视肉"，把它视为包医百病的仙药"太岁"，竟标价百万元。视肉属菌类植物，所以它没有肠胃。它最重要的特点是能快速地自我生长，不受割食的影响。至于"聚肉有眼"，萧兵先生指出："所谓有两目，是后人对'视肉'之'视'的附会解释，还可能是对它'局部呈珊瑚孔状'的误认。"

南方祝融

【原文】祝融火神，
云驾龙骖①；
气御朱明②，
正阳是含③；
作配炎帝④，
列位于南⑤。

【译文】南方祝融是火神，
乘云车用龙作骖；
气势统御夏之季，
包容南方日中气；
他做炎帝的辅佐，
位次在南面衡山。

【注释】

① 驾：车乘。 骖（cān）：马。
② 朱明：夏季。《尸子》卷上：“春为青阳，夏为朱明，秋为白藏，冬为玄英。”
③ 正阳：南方日中之气。 含：包容。
④ 配：辅佐。
⑤ 列位：位次，次第。

【说明】

南方之神祝融，是天帝炎帝的后裔，又是炎帝之佐。《海外南经》说：“南方祝融，兽身人面，乘两龙。”郭璞注云：“火神也。”在中国古代神话中，中央天帝是黄帝，统管东西南北四方，辅佐他的是土神后土。南方的天帝是炎帝，辅佐他的是火神祝融，掌管夏天；西方的天帝是少昊，辅佐他的是金神蓐收，掌管秋天；北方的天帝是颛顼，辅佐他的是海神禺强，掌管冬天；东方的天帝是少皞，辅佐他的是木神句芒，掌管春天。祝融又是南岳衡山山神。他住在衡山，死后又葬在南岳，因而衡山的最高峰命名为祝融峰。

海外西经图赞

夏后启

【原文】	【译文】
筮御飞龙[①]，	启占卜："御飞龙"吉！
果儛九代[②]；	乐见"九代"马旋舞；
云融是挥[③]，	挥动翅凌云高飞，
玉璜是佩[④]；	身上佩宝物玉璜；
对扬帝德，	答谢颂扬帝恩德，
禀天灵诲[⑤]。	秉承神灵的教诲。

【注释】

① 筮（shì）：古代用蓍草占卦以问吉凶。

② 果：聂恩彦云："疑为乐字。" 儛（wǔ）：同"舞"，舞蹈，跳舞。 九代：马名。郭璞注经云："九代，马名。儛谓盘作之令舞也。"

③ 融：郝懿行云："融当作翮。"翮（hé），翅膀。

④ 璜（huáng）：形似半璧的玉制礼器。郭璞注经云："半璧曰璜。"

⑤ 禀：承，承受。 天灵：天上的神灵。

【说明】

夏后启是天神禹的儿子，又是夏代开国的君主。《海外西经》说："大运山高三百仞，在灭蒙鸟北。大乐之野，夏后启于此儛九代；乘两龙，云盖三层。左手操翳，右手操环，佩玉璜。在大运山北。一曰大遗之野。"郭璞注云："《归藏·郑母经》曰：'夏后启筮，御飞龙登于天，吉。'明启亦仙也。"赞辞写夏后启用蓍草占卜休咎，得到的是"御飞龙登于天"的吉卦，明示启是乘龙登天的天神，又是神化了的人间帝王。他在大乐（大遗）之野举行隆重仪式，快乐地观看九代马作盘旋之舞；乘驾着两条巨龙，飞腾在三重云雾之上，就像挥舞双翼的鸟凌云高飞。他左手握羽毛做的华盖，右手握一只玉环，身上佩戴着玉璜。这被称作“夏后氏之璜”的宝物，是沟通生死、人神的宗教法器，又是夏代国家权威的象征。袁珂先生指出：“启初登天之际，固俨然英雄姿态。”这时的夏后启，对天帝还心存敬畏，感谢颂扬他的恩德，接受神灵的教诲。但曾几何时，启虽承禹位，却不恤国事，唯以酒食声色自娱，窃天乐《九辩》助兴，终遭天帝的惩罚。

三身国一臂国

【原文】 品物流形①，
以散混沌②。
增不为多，
减不为损③。
厥变难原④，
请寻其本⑤。

【译文】 万物是流布成形，
从自然状态产生。
增加不算是有多，
减少不算是有损。
他们变化难考察，
请探究其中本原。

【注释】

① 品物：犹万物。 流形：流布成形。一作“流行”。《易·乾》：“品物流行。”

② 散：分离。 混沌：古代传说中指世界开辟前元气未分、模糊一团的状态，也指自然淳朴的状态。

③ 损：减少。 聂恩彦云：“这两句用《庄子·骈拇》‘长者不为有余，短者不为不足’之意，说明万物各具形体。”

④ 原：推演，考察。

⑤ 寻：探究，思索。

【说明】

三身国、一臂国都是海外传说中的异国。《海外西经》说：“三身国在夏后启北，一首而三身。”三身国民长着一个脑袋，却有三个身子，他们是帝俊的后裔。《大荒南经》也有三身国的记载：“大荒之中有不庭之山，荣水穷焉。有人三身，帝俊妻娥皇生此三身之国。姚姓，黍食，使四鸟。”三身国民役使的“四鸟”是指虎、豹、熊、罴四兽。《海外西经》又说：“一臂国在其北，一臂一目一鼻孔。有黄马，虎文，一目而一手。”一臂国民长着一只臂膀，一条腿脚，一只眼睛，一个鼻孔，也就是只有普通人的半个身体。他们和比目鱼、比翼鸟一样，要并肩连在一起才能正常行走，又称比肩民或半体人。半体人的坐骑是身披虎纹的黄马，也是只有一只眼睛和一条前腿。郭璞赞辞说万物是从开天辟地之前的混沌状态中分离出来，在传布的过程中逐步成形，所以各自具备了自己的形体。三身国“一首而三身”，一臂国“一臂一目一鼻孔”，“增不为多，减不为损”，都是顺应了自然的变化。不过要推演出这种变化的规律却十分困难，郭璞希望人们探究异人怪物产生的本原。

奇肱国

【原文】妙哉工巧[①]，
奇肱之人[②]。
因风构思[③]，

【译文】多妙啊工艺高超，
他们是奇肱国人。
精巧构思借风力，

制为飞轮[4]。
凌颓遂轨[5]，
帝汤是宾[6]。

制造出神奇飞车。
升降自如原路回，
曾在商汤处作客。

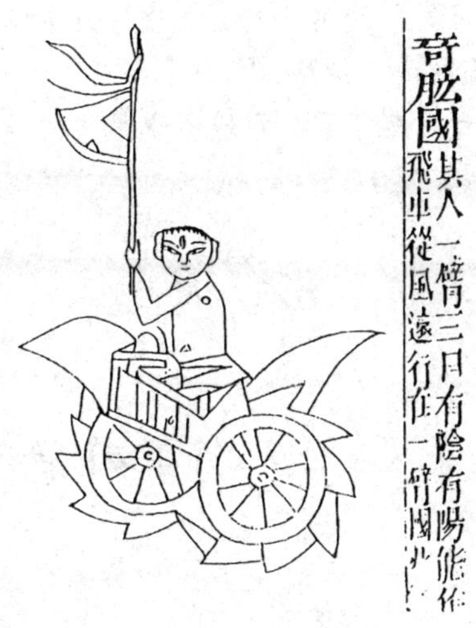

【注释】

① 工巧：技艺高明。
② 肱（gōng）：手臂。
③ 构思：谋划，设想。
④ 轮：代指车。
⑤ 凌：升，登。 颓：下沉，落下。 遂：顺，符合。 轨：一定的路线。
⑥ 帝汤：亦称“殷汤”“成汤”。商开国之君契的后代，子姓名履。
宾：作客。

【说明】

奇肱国是海外传说中的远方异国之一。《海外西经》说：“奇肱国在其北，其人一臂三目，有阴有阳，乘文马。有鸟焉，两头，赤黄色，在其旁。”郭璞在“有阴有阳，乘文马”下作注云：“阴在上，阳在下。文马即吉良也。”奇肱国民有三只眼睛，一只阴眼在上，两只阳眼在下，“阳眼用于白天，阴眼用于夜间”。他们乘坐的是一种叫“吉良”的神马，这马白身赤鬣，目若黄金，“乘之寿千岁”（见《海内北经》）。马昌仪先生指出，经文写的是奇肱国神话的一个母题：“骑吉良神马，与双头奇鸟为伴，突出其神性品格。”郭璞又云：“其人善为机巧，以取百禽，能作飞车，从风远行。”传说奇肱国离玉门关有四万里，商汤时，奇肱国有人乘着飞车到了豫州，汤王派人破坏飞车，不让他们回去。十年以后，刮起了东风，他们又造一架飞车，乘风顺原来的路线回国了。本则《图赞》还写了奇肱国神话的另一个母题：“善为机巧，能作飞车。”袁珂先生曾高度评价这个神话：“两千年前，人们想象的翅膀已经随着奇肱国的飞车自由地在云天翱翔了，不能不说是中国神话的骄傲。”

形　天

【原文】 争神不胜，
为帝所戮；
遂厥形夭[1]，
脐口乳目[2]；
仍挥干戚，
虽化不服[3]。

【译文】 争夺神座没取胜，
反而被天帝杀戮；
于是他形体残损，
以脐为口乳为眼；
仍然挥舞盾和斧，
虽死了却不倒地。

【注释】

① 遂：副词，相当于“于是”“就”。 夭：摧残，折损。一作“天”。
② 脐（qí）：肚脐。 乳：乳房。
③ 化：死。唐刘禹锡《祭柳员外文》：“今虽化去，夫岂无物。” 服：同“伏”，倒伏，倒地。

【说明】

形天是炎帝的属神，在与黄帝争夺神位的斗争中，不屈不挠，虽败犹荣。《海外西经》说：“形天与帝争神，帝断其首，葬之常羊之山，乃以乳为目，以脐为口，操干戚以舞。”郭璞注云：“干，盾；戚，斧也。是为无首之民。”形天本是无名巨神，他的头颅被黄帝砍下，埋葬在炎帝降生的常羊之山，被人们称呼为“形天”。形天应写为“刑天”，在甲骨文中“天”义为颠或顶，刑天即断首的意思；“形天”也可称为“形夭”，有“形体夭残”之意。形天与黄帝“争神”的神话，是黄帝、炎帝斗争神话的继续，是在炎帝兵败黄帝之后，形天作为炎帝属臣起来为炎帝复仇。他是中国古代神话中为数不多的叛逆之神。陶渊明《读山海经》诗中说：“形天舞干戚，猛志固常在。”形天战斗不息、骁勇猛武的抗争精神，历来受到人们的称颂。

女祭女戚

【原文】彼姝者子[①]，
谁氏二女？
曷为水间[②]，
操鱼持俎[③]？
厥俪安在[④]？
离群逸处[⑤]。

【译文】那美丽的两人儿，
哪个部族的女子？
为何处在二水间，
握持鳝鱼肉砧板？
那对美人在哪里？
离开人群已隐居。

【注释】

① 姝（shū）：美丽，美好。 子：指女子。

② 曷：何，什么。

③ 操：握持。 持：握；带着。 俎（zǔ）：砧板。郭璞注经云：“肉几。”

④ 俪（lì）：成对。这里指“成对的人”。

⑤ 逸处：犹隐居。

【说明】

女祭、女戚是两位祀神的女巫。《海外西经》说：“女祭、女戚在其北，居两水间，戚操鱼鲍，祭操俎。”郭璞赞辞头一句“彼姝者子”，那美丽的人儿，是《诗经·齐风·东方之日》的诗句。远古时代的女巫多由处女、美女担任。她们多才多艺，表演巫舞祭歌，用以降神娱神。郭璞从《山海经图》上看不出女祭、女戚是哪个部族的女子，故问“谁氏二女”。她们站在两条水的中间，“戚操鱼鲍”，鲍，同“鳝”；“祭操俎”，俎，“肉几”，也就是肉砧板。她们手里各握持着巫术灵物鳝鱼和肉案，这是在祭祀水神。《大荒西经》又有记载：“有寒荒之国，有二人女祭、女蔑。”蔑同“蔑”，女戚也就是“女蔑”。郭璞设问：“厥俪安在？离群逸处。”这是因为少数年轻貌美、能歌善舞的女子一旦成为女巫，就脱离了繁重的苦力，从劳动群体中分离出来；只有等到下次举行祭神仪式时，她们才会在众人面前出现。

鸾鸟鸇鸟

【原文】	【译文】
有鸟青黄，	有鸟青色或黄色，
号曰鸇鸾①。	大名叫鸾鸟鸇鸟。
与妖会合②，	与怪异现象配合，
所集会至③。	栖止之处灾厄到。
类则枭鹠④，	和猫头鹰是一类，
厥状难媚⑤。	它形貌人难喜爱。

【注释】

① 鸇（dǎn）：鸟名，猫头鹰一类的鸟。《玉篇·鸟部》：“鸇，鸟，色黄。” 鸾（cì）：鸺鹠一类的鸟。《广韵·至韵》：“鸾，鸟名，似

枭，人面，山居。”

② 妖：古称一切反常怪异的事物或现象。 会合：匹配，配合。

③ 集：鸟栖息在树上。 会：灾厄，厄运。

④ 枭（xiāo）：鸟名，亦称“鸮”。俗称猫头鹰。 鹠（liú）：鸺（xiū）鹠的省称。鸺鹠即猫头鹰。

⑤ 媚：喜爱。《说文·女部》：“媚，说也。”说，通“悦”。

【说明】

䲹鸟、鸖鸟是祸鸟、兆亡之鸟。《海外西经》说：“䲹鸟、鸖鸟，其色青黄，所经国亡。在女祭北。䲹鸟人面，居山上。一曰维鸟，青鸟、黄鸟所集。”䲹鸟青色，鸖鸟黄色，两种鸟统名又叫维鸟，是青鸟和黄鸟栖止在一处的混称。《大荒西经》说：“有玄丹之山，有五色之鸟，人面有发。爰有青鴍（wén）、黄鷔（áo），青鸟、黄鸟，其所集者其国亡。”袁珂先生指出：“鴍、鷔乃䲹、鸖之异名。青鸟、黄鸟即䲹鸟、鸖鸟，亦即《大荒西经》之鴍鸟、鷔鸟。”郭璞在“所经国亡”下作注云：“此应祸之鸟，即今枭、鸺鹠之类。”这就是本则《图赞》的要旨。在我们民族传统心理中，猫头鹰是一种不祥之物，是预兆凶事的恶鸟。正因为如此，人们厌听枭鸟的恶声，而䲹鸟、鸖鸟“人面有发”的形貌更是令人惊悚，故赞辞末句说“厥状难媚”。

丈夫国

【原文】阴有偏化①，
阳无产理②。
丈夫之国，
王孟是始。
感灵所通，
桑石无子③。

【译文】母性特别能生育，
男性无分娩道理。
这儿是丈夫之国，
起始于殷代王孟。
通于神灵而感生，
桑石原本不生子。

【注释】

① 阴：母性的，雌性的。 偏：副词，表程度。最，很，特别。 化：

生长，化育。

② 阳：男性的，雄性的。 产：分娩，生育。

③ “感灵”二句，关于伊尹生空桑的神话见《吕氏春秋·本味》：“有侁氏女子采桑，得婴儿于空桑之中，献之其君。其君令烰人养之，察其所以然。曰：‘其母居伊水之上，孕，梦有神告之曰：“臼出水而东走，毋顾。”明日，视臼出水，告其邻，东走十里，而顾其邑，尽为水。身因化为空桑。’故命之曰伊尹。此伊尹生空桑之故也。”关于石破而启生的神话见《汉书·武帝纪》颜师古引《淮南子》：“禹治洪水，通轘辕山，化为熊。谓涂山氏曰：‘欲饷，闻鼓声乃来。’禹跳石，误中鼓，涂山氏往，见禹方作熊，惭而去。至嵩高山下，化为石，方生启。禹曰：‘归我子！’石破北方而启生。”

【说明】

丈夫国是海外传说中的三十六国之一。《海外西经》说：“丈夫国在维鸟北，其为人衣冠带剑。”郭璞注云：“殷帝太戊使王孟采药，从西王母至此，绝粮，不能进，食木实，衣木皮。终身无妻而生二子，从形中出，其父即死，是为丈夫民。”丈夫国民衣冠楚楚，腰挎宝剑，多么威风，这是因为他们的始祖王孟是殷帝太戊派去西方寻求不死药的官员。当王孟从西王母处出来，到了离玉门关还有两万里的地方，断绝了粮食，只好留在此地，自组国家，叫丈夫国。这个国家全是男人，没有女子，后代都是从男人形体——背上或腋窝旁的肋骨间——出来。丈夫国民终身无妻而能生二子，这胎儿又是从何而来，经文、注释和其他记载都无说明，郭璞却在赞辞里作了解答：桑树和石头原本是不生孩子的，但伊尹是从空心老桑树里诞生，夏后启是从大石头里蹦出来的，都是因为与神灵相通而感生。这无非是说丈夫国男人生子，也是一个感生神话。

女丑尸[1]

【原文】十日并熯[2]，
女丑以毙；
暴于山阿[3]，

【译文】十个太阳齐曝晒，
女丑因此而毙命；
晒女巫在山弯处，

挥袖自翳[④]。	她挥袖遮住面孔。
彼美谁子，	这美人是谁家女，
逢天之厉[⑤]。	遭天帝如此虐害。

【注释】

① 女丑：女巫名。 尸：古代祭祀时代表死者受祭的活人。

② 并：一齐。 暵（hàn）：曝晒。

③ 暴（pù）：晒，晒干。后来作“曝”（pù）。 山阿（ē）：山的凹曲处。

④ 翳（yì）：遮蔽。

⑤ 逢：遭受。 厉：虐害。

【说明】

女丑尸是女巫女丑“暴巫”身亡后代她受祭的活人。《海外西经》说：“女丑之尸，生而十日炙杀之。在丈夫北。以右手鄣其面。十日居上，女丑居山之上。”此段经文中“生而十日炙杀之”中的“生”字，是说女巫女丑生前被太阳毒焰炙杀而死亡。马昌仪先生说：“女丑虽死，其魂犹在，常寄存于活人身上，供人祭祀，或行使巫事，名为女丑尸。”郭璞《图赞》题名为“女丑尸”，实写女巫女丑受难之事。开头“十日并暵”四句，写的是在《山海经图》上看到的情景：十日一齐曝晒，女丑因此而毙命；女丑躺在山凹曲处，衣袖遮住了面孔。在远古时代，每逢久旱不雨，就要曝晒女巫，希望天帝哀怜她而降雨，这种风俗叫“暴巫”。袁珂先生指出：“暴巫焚巫者，非暴巫焚巫也，乃以女巫饰为旱魃而暴之焚之以禳灾也，暴巫即暴魃也。”经文借用“十日并出”的神话，说明烈日炙人，女丑中暑而亡。《图赞》最后两句“彼美谁子，逢天之厉”，写的是作者观图后的感想：指斥天帝对无辜少女的虐害，表达了对女丑之死的哀痛感情，其中也有对“暴巫”这种迷信活动的怀疑。

巫　咸

【原文】群有十巫，	【译文】众多巫师有十人，

巫咸所统[①]。	都由巫咸来统领。
经技是搜[②]，	搜集治国之技法，
术艺是综[③]。	精通历数卜筮术。
采药灵山[④]，	采撷百药在灵山，
随时登降[⑤]。	从此升降合时宜。

【注释】

① 统：主管，统率。

② 经：治理。 技：技艺，技能。 搜：聚，集。《玉篇·手部》：“搜，聚也。”

③ 术艺：历数、方技、卜筮之术。 综：通晓，精通。

④ 灵山：在大荒之中，为山之天梯之一。

⑤ 随时：顺应时势；切合时宜。

【说明】

巫咸是远古传说中的神巫。《海外西经》说：“巫咸国在女丑北，右手操青蛇，左手操赤蛇，在登葆山，群巫所从上下也。”袁珂先生注云：“巫咸国者，乃一群巫师组织之国家也。”《大荒西经》有“十巫”的记载：“大荒之中有山，名曰丰沮玉门，日月所入。有灵山，巫咸、巫即、巫肦、巫彭、巫姑、巫真、巫礼、巫抵、巫谢、巫罗十巫从此升降，百药爰在。”故郭璞赞辞中有“群有十巫，巫咸所统”的说法。在《山海经》诸古籍里巫咸的地位极高，为群巫之首，是“创造筮占或‘巫’本身的古巫‘教主’”（萧兵语）。传说神农曾派巫咸主筮，黄帝命巫咸卜筮预测战事吉凶，另有巫咸为尧臣的传闻。史前时代的巫师是最早脱离物质生产领域的脑力劳动者，是掌管宗教、巫术、医药、天文历法和文字记录的通才。群巫“采药往来”的登葆山、灵山都是巫山，是巫师们“从此升降”的天梯。采药只是他们的次要工作，其主要工作是切合当时的需要，到天上把人民的请求传达给天帝，又从那里下来转达天帝的意旨，也就是袁珂所说的“下宣神旨，上达民情”。

并　封

【原文】龙过无头[1]，
并封连载[2]。
物状相乖[3]，
如骥分背[4]。
数得自通[5]，
寻之愈阂[6]。

【译文】龙飞过不见其首，
并封有两头相连。
动物形状各不同，
像马怒时背对背。
道理似自然懂得，
探究却阻隔不通。

并封

狀如彘前後皆有首

黑色出巫水國之東

龍過無頭并封連

載物狀相乖如驪

分背數得自通

尋之愈閡

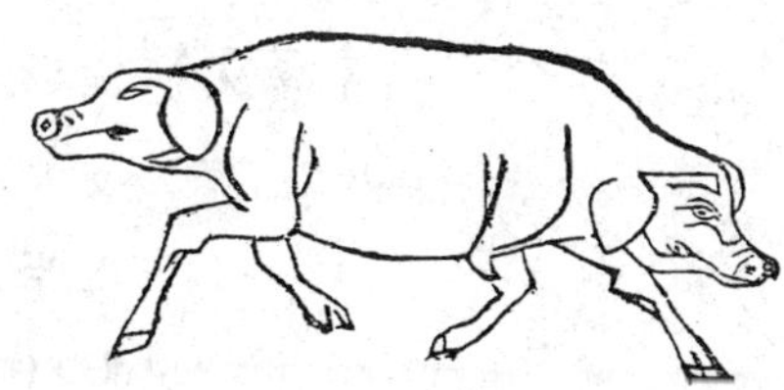

【注释】

① 龙过：龙飞过。聂恩彦《郭弘农集校注》云：“龙过，不详。但从其无首来看，当亦是‘帝江’一类的怪兽。”亦通。

② 连载：这里指并封兽一个身体，连载前后两个头。《郭弘农集校注》作“运载”。

③ 乖：违背，不合。

④ 骥（jì）：千里马。 分背：背对着背。《庄子 · 马蹄》："夫马，陆居则食草饮水，喜则交颈相靡，怒则分背相踶。"

⑤ 数：必然的道理。 得：能，能够。 通：通晓，了解。

⑥ 寻：探究，思索。 愈：越，更加。 阂（hé）：阻隔不通。

【说明】

并封是一种双头怪兽。《海外西经》说："并封在巫咸东，其状如彘，前后皆有首，黑。"郭璞注云："今弩弦蛇亦此类也。"弩弦蛇即两头蛇。《大荒西经》又有记载："有兽，左右有首，名曰屏蓬。"袁珂先生指出，并封、屏蓬，"皆声之转，实一物也"；它们雌雄同体，牝牡相合；"推而言之，蛇之两头、鸟之二首者，亦均并封、屏蓬之类，神话化遂为异形之物矣"。郭璞赞辞认为二首动物形状各异，并用"如骥分背"来形容并封前后有首。《庄子 · 马蹄》说马高兴时颈交颈相互摩挲，生气时背对背相互踢蹬。并封前后有首，有如马分背而立。赞辞末二句称二首形成的道理，看似容易理解，深入探究却阻阂难通。殊不知，二首之怪兽异鸟，是人们惊异于动物的畸形怪胎而引发的想象，都是神话化的结果。

女 子 国

【原文】
简狄有吞[①]，
姜嫄有履[②]。
女子之国，
浴于黄水[③]；
乃娠乃字[④]，
生男则死。

【译文】
简狄吞鸟卵生契，
姜嫄踩巨迹怀稷。
这里是女子之国，
妇人入黄池洗浴；
出浴即妊娠产子，
生下男孩就夭折。

【注释】

① 简狄有吞：即"玄鸟生商"，故事见《史记 · 殷本纪》："殷契母曰简狄，有娀氏之女，为帝喾次妃。三人行浴，见玄鸟堕其卵，简狄取吞之，因孕生契。"

② 姜嫄有履：即“姜嫄生弃”，故事见《史记·周本纪》：“周后稷，名弃。其母有邰氏女，曰姜原。姜原为帝喾元妃。姜原出野，见巨人迹，心忻然悦，欲践之。践之而身动，如孕者，居期而生子。”履（lǚ）：踏，踩。

③ 黄水：黄池之水。

④ 娠（shēn）：怀孕。 字：生育；哺乳。

【说明】

女子国是海外传说中的三十六国之一。《海外西经》说：“女子国在巫咸北，两女子居，水周之。一曰居一门中。”郭璞在“水周之”下作注云：“有黄池，妇人入浴，出即怀妊矣。若生男子，三岁辄死。”《图赞》开首两句写的是两个感生神话：有娀氏之女简狄，吞食了玄鸟卵而生契，这是殷氏族始祖契诞生神话；有邰氏女姜嫄踩了巨人脚迹而孕稷，这是周民族始祖后稷诞生神话。接下来四句写女子国的妇人入黄池洗浴，出浴就怀孕、生育、哺乳，同样是一个感生神话。生下的男孩，三年便会死去；生下的女孩则会长大成人，所以女子国只有女人而没有男人。郭璞“女子国”的注释是在经文和相关资料的基础上，编织的一个神话故事，而《图赞》运用类比手法和简洁的诗化语言加以叙述，显得古朴隽永。

轩辕国

【原文】轩辕之人，
承天之祜①；
冬不袭衣②，
夏不扇暑；
犹气之和③，
家为彭祖④。

【译文】轩辕国中的人们，
承受着上天鸿福；
冬天不要多加衣，
夏天不用扇驱暑；
尚且风气很和谐，
都很长寿赛彭祖。

【注释】

① 祜（hù）：福，大福。

② 袭衣：衣外加衣。

③ 犹：尚且。

④ 家：指某人或某一类人。　彭祖：亦名彭铿、篯铿。颛顼之玄孙，陆终之第三子。因向尧进献野鸡汤，被封于彭城，因其道可祖，故称之为彭祖。《神仙传》卷一：“彭祖者，姓篯，讳铿，颛顼之玄孙，至殷末世年七百六十七岁而不衰老。”是传说中的长寿者。

【说明】

轩辕国是海外传说中的长寿国家之一。《海外西经》说：“轩辕国在此穷山之际，其不寿者八百岁。在女子国北。人面蛇身，尾交首上。”《大荒西经》也说：“有轩辕之国，江山之南栖为吉。不寿者乃八百岁。”郭璞注云：“寿者数千岁。”传说轩辕国是黄帝的诞生居住地，国民大多是黄帝的后裔。他们是人的脸，蛇的身子，尾巴缠交在头上，呈蟠曲圆卷之形。在古神话中，女娲、伏羲、窫窳、烛龙诸神都是人面蛇身，轩辕国民和神的样子相近似，也是黄帝的原始形貌。郭璞赞辞说：“轩辕之人，承天之祜。”何谓“承天之祜”？《礼记·礼运》曰：“以正君臣，以笃父子，以睦兄弟，以齐上下，夫妇有所，是谓承天之祜。”轩辕国民长寿是因为承受了上天的祜休，生活幸福美满。轩辕国地处穷山附近，岷山之南，“江山之南栖为吉”，郭璞注：“山居为栖，吉者言无凶夭。”轩辕国没有自然灾害，气候宜人，“冬不袭衣，夏不扇暑”，这是轩辕国人长寿的另一原因。赞辞说“犹气之和”，既指社会风气和谐，也指气候温和。令人歆羡的神仙彭祖八百岁，也只不过是轩辕国人的最低岁数。

龙　鱼

【原文】龙鱼一角，
似鲤居陵[1]；
俟时而出[2]，
神圣攸乘[3]；
飞骛九域[4]，
乘云上升。

【译文】龙鱼生有一只角，
样子像鲤居山陵；
等待时机才出现，
成为神仙的坐骑；
飞驰在九州之野，
腾云驾雾升上天。

【注释】

① 陵：大土山。

② 俟（sì）时：等待时机。

③ 神圣：指神仙一类人物。郝懿行笺注："神圣，若琴高、子英之属，见《列仙传》。" 攸：助词，用于动词前，相当于"所"。

④ 骛（wù）：奔驰。 九域：九州。古代分中国为九州。"九州"泛指天下，全中国。

【说明】

龙鱼是神话中一种神奇的动物。《海外西经》说："龙鱼陵居在其北，状如狸。一曰鰕。即有神圣乘此以行九野。一曰鳖鱼在沃野北，其为鱼也如鲤。"郭璞在"状如狸"下作注云："或曰龙鱼似狸，一角。"狸即狸猫或狐狸，样子像狸的龙鱼生有一只角。独角使兽具有神性，还是勇力的象征。经文说龙鱼"一曰鰕"。《尔雅·释鱼》："鲵大者谓之鰕。"龙鱼是大鲵鱼。鲵鱼一名人鱼，即"人面手足鱼身在海中"的陵鱼。龙鱼又像鲤鱼，张衡《思玄赋》云："龙鱼，状如鲤。"龙鱼陆居时，它是独角狸；水居时，它呈人鱼形貌；山居时，其状似鲤，谓之龙鲤。郭璞《图赞》开头两句"龙鱼一角，似鲤居陵"，突出了作为神话动物或兽状或鱼形的变幻莫测的形态。后四句写龙鲤"俟时而出"，专做神圣者的坐骑，遨游在九州的原野，而它腾云飞升，明显具有"龙"的特征。

乘　黄

【原文】飞黄奇骏①，
乘之难老。
揣角轻腾②，
忽若龙矫③。
实鉴有德④，
乃集厥早⑤。

【译文】飞黄是珍奇良马，
乘坐它长生不老。
扶两角轻松跨上，
迅疾得像龙腾飞。
黄帝有道具眼力，
让它栖息马槽边。

乘黃
狀如狐其背上有角乘
之壽有千歲出自民國

飛黃奇駿乘之
難老揣角輕騰
忽若龍矯寶鑒
有德乃集厥早

【注释】

① 骏：良马。

② 揣（chuāi）：抓，揪。　腾：乘，驾。

③ 忽：迅速。　矫：举。

④ 鉴：指审察的能力，即见识。　有德：有道德的贤明之人。这里指黄帝。

⑤ 集：栖息，引申为停留、休息。 早：聂恩彦《郭弘农集校注》作“皁”（皂）。皂，牲口的食槽。

【说明】

乘黄，一名飞黄，亦曰吉黄，或曰訾黄，是传说中的神马。《海外西经》说：“白民之国在龙鱼北，白身被发。有乘黄，其状如狐，其背上有角，乘之寿二千岁。”郭璞注云：“《周书》曰‘白民乘黄，似狐，背上有两角。’即飞黄也。《淮南子》曰：‘天下有道，飞黄伏皂。’”乘黄是一种稀有而珍贵的良骏，经文和《周书》都说它形状像狐狸。萧兵先生指出：“似狐者状其瘦首耳。”郭璞《图赞》首句是“飞黄奇骏”，认定它就是骏马。“乘之难老”，人如果骑上神骏乘黄，就能长寿成仙。《汉书·郊祀志》“訾黄”所注：“一名乘黄，龙翼而马身，黄帝乘之而仙。”乘黄背上生有两角，正好当作扶手，“揣角轻腾”；飞黄腾踏，迅疾如添龙翼。赞辞“忽若龙矫”，形象写出了白民骑乘飞黄蹑影追飞、风驰电逝般的感受。“实鉴有德，乃集厥早”是说黄帝治理天下有道，鉴别良马独具只眼；涿鹿之战杀了蚩尤后，他作乐庆功，偃武修文，放马南山，飞黄也伏在马槽上，受人驯养，天下呈现出一派国泰民安的盛世景象。

灭蒙鸟大运山雄常树

【原文】
青质赤尾[①]，
号曰灭蒙。
大运之山，
百仞三重[②]。
雄常之树，
应德而通[③]。

【译文】
青色身子红色尾，
鸟的大号叫灭蒙。
灭蒙鸟北大运山，
百仞山崖有三叠。
雄常之树皮作衣，
应验帝德通人情。

【注释】

① 质：身，躯体。
② 仞：古长度单位。八尺为仞，一说七尺。 重：重叠。

③ 应德：谓应验帝王的德政。 通：通达。这里指明白人情事理。

【说明】

灭蒙鸟是凤凰一类的鸟。《海外西经》说："灭蒙鸟在结匈国北，为鸟青，赤尾。"灭蒙鸟身上长着青色的羽毛，拖着红色的长尾，是十分美丽的凤鸟。袁珂先生指出灭蒙鸟是《海内西经》的"孟鸟"，孟鸟又称孟戏。据《史记·秦本纪》记载，孟戏"鸟身人言"，是秦嬴氏的先祖颛顼帝的第十代孙。大运山是一座高峻的大山。《海外西经》说："大运山高三百仞，在灭蒙鸟北。"赞辞咏大运山高有百仞且层峦叠嶂，应是郭璞在《山海经图》上看到的壮观景象。雄常树，又叫"雒棠树"，具有"应德而通"的神力。《海外西经》说："肃慎之国在白民北，有树名曰雄常，圣人代立，于此取衣。"郭璞注云："其俗无衣服，中国有圣帝代立者，则此木生皮可衣也。"肃慎国民平时不穿衣服，一旦有圣人代立为帝，雄常树就会生出一种树皮，供国人作衣，也就是赞辞赞颂的雄常树能应验圣帝的德政而通晓人情事理。

西方蓐收

【原文】蓐收金神①，
白毛虎爪；
珥蛇执钺②，
专司无道③；
立号西阿④，
恭行天讨⑤。

【译文】蓐收西方秋之神，
身生白毛长虎爪；
耳上穿蛇手执钺，
专监视无道坏人；
站在西边重檐下，
奉行上天的惩治。

【注释】

① 蓐（rù）收：西方天帝少昊之佐神。 金神：西方之神，秋之神。

② 珥（ěr）：插戴或挂在耳边。 钺（yuè）：古代兵器，状如大斧，长柄。

③ 司：司察，监视。 无道：指不行正道的人。

④ 西阿（ē）：西边的屋宇。阿，屋宇。

⑤ 恭：奉，遵奉。 天讨：上天的惩治。

蓐收

【说明】

蓐收是西方之神、司秋之神，又是天之刑神。《海外西经》说：“西方蓐收，左耳有蛇，乘两龙。”郭璞注云：“金神也。人面、虎爪、白毛，执钺。”袁珂按：“郭说蓐收，本《国语·晋语二》文。”《晋语二》曰：“虢公梦在庙，有神人面白毛虎爪，执钺立于西阿，公惧而走。”这里的蓐收是刑戮之神的形象。郭璞赞辞中蓐收白毛、虎爪，珥蛇、执钺，立于西阿，突出的仍然是刑神的特征，强调的却是西方蓐收禀受天意，惩治不行正道的坏人或暴君。

海外北经图赞

无䏿国

【原文】万物相传，
非子则根[①]。
无䏿因心[②]，
构肉生魂[③]；
所以能然，
尊形者存。

【译文】众生物世代繁衍，
不是子实就是根。
无䏿民靠心不朽，
重造肉身灵魂生；
正是因为能如此，
尊贵形体才永存。

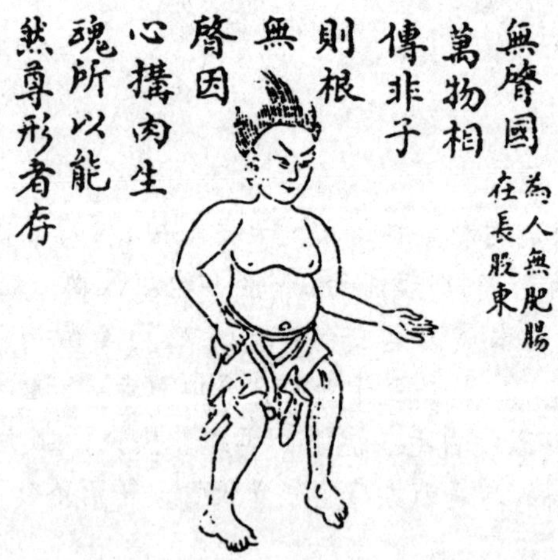

【注释】

① 子：植物的果实或种子，也指动物的幼仔，人的子孙后代。　根：也比喻子孙后代。

② 无膂（qǐ）：郭璞注经云："音启，或作'綮'。"袁珂按："郭注'膂，肥肠也'，肥肠当为腓肠，即胫骨后之肉，今俗呼为小腿肚者是。然膂应作启。"

③ 构：造成。

【说明】

无膂国是海外传说中的远方异国之一。《海外北经》说："无膂之国在长股东，为人无膂。"郭璞注云："膂，肥肠也。其人穴居。食土，无男女，死即埋之，其心不朽，死百廿年，乃复更生。"郭璞编织了一个"穴居""食土"的无膂国民的奇异神话。但把无膂国"为人无膂"释为无肥肠，却有些不妥。因为"膂"不是古字古义。毕沅云："《说文》无膂字，当为綮，或作启、继皆是。"无膂应是无启或无继，也就是没有后裔的意思。无膂国中"无男女"，不靠男女结合而生育，而是人死了埋在地下，唯有心脏不腐烂，过了一百二十年后，又能复活过来。这样活了又死，死了又活，周而复始，循环不息，虽然没有子孙后代，国家照样人丁兴旺。《图赞》的述说更生动，就是这颗不朽的心，再造新的肉身，催生熄灭的灵魂，无膂国民的尊贵形体就这样永远地保存下来了。

烛　龙

【原文】天缺西北，
龙衔火精[①]；
气为寒暑，
眼作昏明；
身长千里，
可谓至灵[②]。

【译文】天在西北有残缺，
烛龙口中含火精；
吹气为冬呼为夏，
眼闭黄昏睁白天；
蛇身蜿蜒长千里，
可谓至高无上神。

【注释】

① 龙：这里指"烛龙"。　火精：阳火的精华。

② 至灵：一作"至神"。

【说明】

烛龙，也叫作“烛阴”，是中国神话中的开辟神。《海外北经》说：“钟山之神名曰烛阴。视为昼，暝为夜，吹为冬，呼为夏。不饮，不食，不息，息为风，身长千里。在无𦞂之东。其为物，人面蛇身，赤色，居钟山下。”郭璞在“烛阴”下作注云：“烛龙也，是烛九阴，因名云。”在《大荒北经》的章尾山也有关于“烛龙”大致相同的记载。郭璞注引《诗含神雾》曰：“天不足西北，无有阴阳消息，故有龙衔火精以往照天门中。”本则《图赞》的咏叹都是从这两条经文和郭璞注释演绎而来。“天缺西北”，也就是“天不足西北”，西北天的残缺，意味着没有太阳的朗照和月亮的寒光，只有一片幽阴昏暗。所以烛龙口中含着火精，犹如中国龙嘴里的火珠，而这“火精”集中了太阳的精华和热力，照亮了九重泉壤的阴暗。烛龙神通广大，他不喝不吃，不呼不吸，呼吸起来就形成疾风；一吹气世界便是寒冬，一呼气天下成了炎夏；他睁开眼睛便是白天，闭上眼睛就成了黑夜，俨然是天地间的主宰。他人面蛇身，赤色身子蜿蜒有一千里长……他是一位神格和威力跟盘古相近的开天辟地神。《广博物志》有引文：“盘古之君，龙首蛇身，嘘为风雨，吹为雷电，开目为昼，闭目为夜。”所以烛龙在神界地位极高，是盘古的原型之一，是一位神圣的创世神。

一 目 国

【原文】		【译文】	
	苍四不多[1]，		苍颉四目不为多，
	此一不少；		此国一目不算少；
	子野冥瞽[2]，		师旷生下眼失明，
	洞见无表[3]；		洞察事物无形象；
	形游逆旅[4]，		形体健全人生短，
	所贵维眇[5]。		难得还有一只眼。

【注释】

① 苍：苍颉（jié），创造文字之神，又作“仓颉”。《说文·序》：“黄

帝之史仓颉。”《世本》：“黄帝使苍颉作书。”张注引《苍颉庙碑》云：“苍颉天生，德于火圣，四目灵光。”

② 子野：春秋时晋平公乐师师旷的字。 冥瞽（gǔ）：瞎眼。

③ 洞见：很清楚地看见。 表：表象。

④ 形：形体，形骸。 游：优游，这里有健全之意。 逆旅：旅居。常用以喻人生匆遽短促。

⑤ 维：用在句中，引出谓语，帮助表示判断。 眇（miǎo）：小目。《说文·目部》：“眇，一目小也。”

【说明】

一目国是海外传说中的三十六国之一。《海外北经》说：“一目国在其（钟山山神烛阴）东，一目中其面而居。一曰有手足。”也就是《大荒北经》的“有人一目当面中生。一曰是威姓，少昊之子，食黍”。郭璞《图赞》赞颂的是一目国民宝贵的“一目”。传说黄帝的史官苍颉有四只眼睛，这对通过眼睛观察和认识世界的人类来说并不为多；一目国民有一只眼睛也不算是少，因为和春秋晋国盲乐师师旷比较起来又是幸运的。“师旷鼓琴，通于神明”，他洞晓音律，也洞彻事理，但他所感知的客观事物在脑中不可能是再现的形象，这是一个很大的局限。一目国人“有手足”，形体健全，但因人生苦短，能够有一只小眼看到这精彩的世界，也是非常可贵的了。

柔 利 国

【原文】柔利之人，
曲脚反肘[①]。
子求之容[②]，
方此无丑[③]。
所贵者神，
形于何有。

【译文】柔利之国的人们，
脚朝上肘反长着。
再看子求的形貌，
对比这人不觉丑。
人可贵的是精神，
形体丑有何关系。

【注释】

① 肘（zhǒu）：上臂和前臂相接可以弯曲的部位。

② 子求：春秋时人，《庄子·大宗师》作“子来”。关于子求的形貌，见《淮南子·精神训》：“子求行年五十有四，而病伛偻，脊管高于顶，䏿下迫颐，两脾在上，烛营指天。”

③ 方：比较，对比。

【说明】

柔利国，又叫留利、牛黎之国，是海外传说中三十六国之一。《海外北经》说：“柔利国在一目东，为人一手一足，反膝曲足居上。一云留利之国，人足反折。”郭璞注云：“一脚一手反卷曲也。”《大荒北经》也说：“有牛黎之国。有人，无骨，儋耳之子。”柔利人是儋耳（聂耳）国的后代。他们没有骨头，只有一只手，一只脚，膝盖是反着长的。按《图赞》的说法，脚卷曲向上，肘部反折，身体残缺、瘫软、畸形，肢体被严重扭曲，柔利国民形体的丑陋令人吃惊。赞辞还用伛偻病人子求来衬托柔利人的奇丑。子求本是个丑八怪，脊骨高过头顶，胸前骨抵到下巴，大腿朝天，下体上翘，但和柔利民比较起来是小巫见大巫。郭璞夸饰柔利民的丑陋是为了揭示一个哲理：一个人的形貌丑陋并不妨碍其人格的美好，人最可贵的是精神品质，形体丑掩盖不住人的德性的光辉，也就是《淮南子·诠言训》所说的“神贵于形”。

共工臣相柳

【原文】共工之臣[①]，
号曰相柳。
禀此奇表[②]，
蛇身九首。
恃力桀暴[③]，
终禽夏后[④]。

【译文】天神共工的臣子，
他的大号叫相柳。
天赋予奇异外表，
蛇的身子九个头。
凭威力凶狠残暴，
最终被大禹擒拿。

共工之臣號曰相柳稟此奇表蛇身九首恃力桀暴終禽夏后

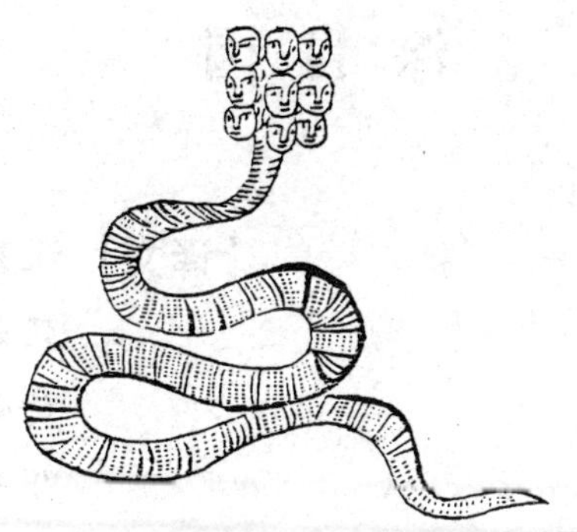

【注释】

① 共工：古代传说中的天神，与颛顼争帝，头触不周山。
② 禀：赋予。
③ 恃（shì）：凭借，仗恃。 桀（jié）暴：凶恶残暴。
④ 禽：通“擒”，捉住。 夏后：指禹。后，天子。

【说明】

相柳，又称相繇，是一种九头人面蛇身的恶神。《海外北经》说：“共工之臣曰相柳氏，九首，以食于九山。相柳之所抵，厥为泽溪。禹杀相柳，其血腥，不可以树五谷种。禹厥之，三仞三沮，乃以为众帝之台。在昆仑之北，柔利之东。相柳者，九首人面，蛇身而青。不敢北射，畏共工之台。台在其东。台四方，隅有一蛇，虎色，首冲南方。”相柳是共工之臣，生有九首，分别吃九座山上的食物。相柳所到之处，成为沼泽与溪谷。大禹杀相柳，他流出的血弄得遍地腥臭，不能栽种五谷。禹三次填塞这块土地，三次塌陷下去。禹把挖出来的泥土筑成台阁，称为众帝之台。相柳九首人面，青色蛇身。射手害怕共工台的灵威，不敢向北射箭。台阁是四方形，每角有一条老虎斑纹的蛇守卫着，蛇头冲向南方。郭璞《图赞》说相柳“恃力桀暴，终禽夏后”，是另一个传说故事。相传在帝尧时代，相柳在共工孔壬的授意下盘踞雍州西部地区，凭借着散发腥臊之气的庞大身躯和聚在一起的九个大头，张开血盆大口，肆意吞噬百姓。大禹发誓要擒获相柳，最终诛杀了这个恶神，为民除了一大害。

深 目 国

【原文】深目类胡①，
但□绝缩②；
轩辕道降③，
款塞归服④；
穿胸长脚⑤，
同会异族⑥。

【译文】深目国民像胡人，
只是一手全萎缩；
黄帝道德降天下，
叩击塞门来归顺；
还有穿胸长股民，
异族诸侯来会盟。

【注释】

① 胡：指胡人。古代泛称北方和西方的少数民族。
② 但：只，仅。 □，此字残缺，疑为“手”字。 绝缩：全然萎缩。
③ 道降：道德普降（天下）。

④ 款塞：叩塞门，谓外族前来通好。款，敲，叩击。 归服：归顺。

⑤ 穿胸：即贯胸民。《海外南经》："贯匈国在其东，其为人匈有窍。" 长脚：即长股民。《海外西经》："长股之国在雄常北，被发。一曰长脚。"

⑥ 同会：指与会结盟之诸侯。

【说明】

深目国也是海外传说中的三十六国之一。《海外北经》说："深目国在其东，为人举一手一目，在共工台东。"郭璞在"一目"下注云："一作'曰'。"袁珂据此校改经文为"为人深目，举一手。一曰在共工台东。"郭璞赞辞"深目类胡"，是说深目国民的眼睛深陷眼眶里，与北方胡人眼睛相像；"但□绝缩"，笔者认为是说深目人的一只手已经完全萎缩了，另一只手却是健全的。这两句应是郭璞在《山海经图》中看到的情状。《图赞》以下四句，是对郭璞在《海外南经》贯匈国注引《尸子》的话的演绎。这句话是："四夷之民有贯匈者，有深目者，有长股者，黄帝之德常致之。"赞辞的意思是在黄帝道德的感召下，四方异族诸侯都来与会结盟，为中华民族的多元一体奠定了基础。

无肠国

【原文】无肠之人，
厥体维洞①。
心实灵府②，
余则外用。
得一自全，
理无不共③。

【译文】无肠之国的人们，
他们体腔是空的。
心委实精神宅府，
其余的都是外用。
得道能自全生命，
自然之理都相同。

【注释】

① 维：判断词。是，为。 洞：空。

② 灵府：精神之宅，指心，《庄子·德充符》："故不足以滑和，不可入于灵府。"成玄黄疏："灵府者，精神之宅，所谓心也。"

③ 共：共同，相同。

【说明】

无肠国是海外传说中的异国之一。《海外北经》说："无肠之国在深目东，其为人长而无肠。"郭璞注云："为人长大腹内无肠，所食之物直通过。"《大荒北经》："又有无肠之国，是任姓。无继子，食鱼。"无肠国是无继国人的子孙后代。萧兵先生指出："初民极其重视肠道。"肠道是消化器官，具有维持生命的功能；肠道又是性器官，"是生命和繁殖力的集中地"。无肠国人体腔内是空洞的，没有了肠道，也就不能维持生命，也丧失了生殖能力。《海外北经》的无䏿国，也就是无继民（见《海外北经图赞·无䏿国》说明），是靠心脏的不腐朽来重启新的生命。无肠国民也是靠心来维持生命和延续生命的。故本则《图赞》："心实灵府，余则外用。"心实在是精神之宅，其他器官都是外用的。心对无肠国人来说，就像心对无䏿民一样是至关重要的。为什么无肠国人有了心就能生存和繁衍呢？郭璞赞辞答曰："得一自全，理无不共。"这里的"一"和"理"，属同一范畴的概念，均指自然之道，自然之理，也就是自然界发展的规律。无肠国人有道就能自我保全生命，这和宇宙万物产生及其发展的规律是完全相同的。

聂耳国

【原文】聂耳之国[①]，
海渚是县[②]；
雕虎斯使[③]，
奇物毕见；
形有相须[④]，
手不离面。

【译文】这里是聂耳之国，
孤悬海中的小岛；
使唤花斑大老虎，
奇怪生物常出现；
形体异常需配合，
两手托耳在面颊。

【注释】

① 聂（shè）：通"摄"，握持。

② 渚（zhǔ）：水中小块陆地。这里指海中小岛。　县（xuán）：同

"悬"，无所依傍。

③ 雕虎：即文虎，花斑老虎。 斯：助词。用在倒装宾语和动词之间，以确指行为的对象，相当于"是"。

④ 相须：亦作"相需"，互相依存，互相配合。

【说明】

聂耳国，又叫儋耳之国，是海外北方的异国之一。《海外北经》说："聂耳之国在无肠国东，使两文虎，为人两手聂其耳。县居海水中，及水所出入奇物。两虎在其东。"郭璞在"为人两手聂其耳"下作注云："言耳长，行则以手摄持之也。"这也是聂耳国得名的由来。《大荒北经》有儋耳之国，任姓，禺号子，食谷。马昌仪先生指出："禺号即禺虢，东海之神；聂耳国人是海神之子，所以居住在孤悬于海中的小岛上。"聂耳国每人都有两只花斑虎供使唤，小岛周围的海中，常有珍奇诡怪的生物出现，都归他们所拥有。聂耳国人长着一双长长的耳朵，一直垂到了胸前，行走时要用两手握持着，否则左右摆动，很不方便，这真可谓是"形有相须"了。更有甚者，传说聂耳国人的耳朵大到可以做席垫在身下，当被盖在身上，而郭璞从《山海经图》上看到的好像还没到"两耳垂肩"的程度，托举双耳的手是搁放在面部的，所以说"手不离面"。

夸 父

【原文】神哉夸父，
难以理寻①；
倾河逐日②，
遁形邓林③；
触类而化④，
应无常心。

【译文】多么神勇啊夸父，
难用常理来探究；
喝干河水追太阳，
隐藏形体在桃林；
为掌日道而死去，
应说他无常人心。

【注释】

① 寻：探究；思索。

② 倾河：把河水倒干，即饮尽河水。聂恩彦《郭弘农集校注》倾河作“倾沙”。

③ 遁形：犹言隐藏形体。 邓林：桃林。毕沅云：“邓林即桃林也，邓桃音相近。”

④ 触类：掌握一类事物的知识或规律。 化：死。陶潜《自祭文》：

"余今斯化，可以无恨。"

【说明】

夸父，我国古代神话中追逐太阳的神人，炎帝的后裔。《海外北经》说："夸父与日逐走，入日。渴欲得饮，饮于河、渭；河、渭不足，北饮大泽。未至，道渴而死，弃其杖，化为邓林。"夸父和太阳竞走，进入了炙热的日轮里。他口渴得厉害，黄河、渭水之水不够喝，又想去喝北方大泽的水，在半途中焦渴而死。他扔下的手杖，化成了一片丰茂的桃林。"夸父诞宏志，乃与日竞走。"（陶渊明诗句）"夸父逐日"这个神话反映了原始初民观测日影、探索自然奥秘的宏大志愿。而郭璞赞辞"触类而化"赞颂夸父为掌握太阳运行的知识和规律而死去的献身精神。《大荒北经》说："夸父不量力，欲追日景，逮之于禺谷。"夸父追赶太阳的光影，一直追到了太阳入没处禺谷。他喝干了黄河、渭水的水追逐太阳，死后又隐形于惠泽后人的桃林里。"神哉夸父"，是郭璞对战胜凡庸、超越世俗，不断探求太阳运转之道的夸父抒发的热烈的礼赞。

寻　木

【原文】渺渺寻木[①]，
生于河边；
竦枝千里[②]，
上干云天[③]；
垂阴四极[④]，
下盖虞渊[⑤]。

【译文】远方高大的寻木，
生长在大河之畔；
枝条高耸长千里，
向上触到了云天；
树荫覆盖到四极，
向下掩蔽了虞渊。

【注释】

① 渺渺：遥远的样子。聂恩彦《郭弘农集校注》作"眇眇"。

② 竦（sǒng）：同"耸"，高耸。聂恩彦《郭弘农集校注》作"疏"。

③ 干（gān）：接触，触及。

④ 垂阴：树木枝叶覆盖成阴影。　四极：四方极远之地。

⑤ 盖：掩蔽。 虞渊：也叫禺渊、禺谷，古代传说中的日入之处。

【说明】

寻木，是北方海外的一种巨型神树。《海外北经》说：“寻木长千里，在拘缨南，生河上西北。”在《山海经》里，建木、扶桑、若木、三桑高数百仞、数千丈，而寻木高达千里，是中国神木中最高大者。《图赞》开篇说寻木生长在海外远方的大河边，旷远的时空给它蒙上了神秘的面纱。接着咏叹寻木高有千里，高耸的枝干触及云天，是神人或巫师自由上下的“天梯”。篇末二句说寻木宽广的枝叶覆盖了四方极远的地方，它矗立“天地之中”，是以“宇宙轴”形态出现的神树，而寻木的浓荫还掩蔽着太阳入没的虞渊，又暗示它是棵太阳神树。经文对寻木的叙述过于简略，郭璞在《图赞》里编织了一个关于寻木的新神话，极大地丰富了参天神树的壮美景象。

跂踵[①]国

【原文】	【译文】
厥形惟大[②]，	他们形体虽高大，
斯脚则企[③]；	却用脚趾头走路；
跳步雀踊[④]，	跳着走像雀欢跃，
踵不阂地[⑤]。	脚后跟总不着地。
应德而臻[⑥]，	应黄帝德政而来，
款塞归义[⑦]。	叩塞门归服仁义。

【注释】

① 跂踵（qǐ zhǒng）：踮起脚跟。
② 惟：虽然。聂恩彦《郭弘农集校注》作“虽”。
③ 企：提起脚跟。
④ 踊：跳跃；欢跃。
⑤ 踵：脚跟。 阂（hé）：止。
⑥ 应德：谓应验帝王德政。 臻（zhēn）：至，达到。
⑦ 款塞：叩塞门。谓外族前来通好。郭璞注引《孝经钩命决》曰：“焦

饶、跂踵，重译款塞也。”

【说明】

跂踵国，是海外传说中的三十六国之一。《海外北经》说：“跂踵国在拘缨东，其为人大，两足亦大。一曰大踵。”经文“两足亦大”“一曰大踵”云云，都不见“跂踵”的特征。袁珂先生考证，原经文误舛较多，应改为“跂踵国在拘缨东，其为人大，两足皆跂。一曰反踵”。跂踵国民身材高大，两只脚的后跟都不着地，是用脚趾头行走。另有一说是反踵国，也就是他们的脚是反向生长在腿上，若要往前走，留下的足迹却是朝后的。郭璞在《图赞》中用了一句“跳步雀踊”，形象地写出了跂踵国人用脚趾跳着走路，轻快灵活，像雀儿一样地欢跃，这真是一个生动而传神的比喻。跂踵国是海外远方的异国，也受到了黄帝道德的感化，叩塞门而归服仁义，“阴阳和，万物序”，这就是帝王的德政得到了应验。

欧丝[1]野

【原文】女子鲛人[2]，
体近蚕蚌[3]。
出珠匪甲[4]，
吐丝匪蛹。
化出无方[5]，
物岂有种[6]。

【译文】呕丝女子和鲛人，
形质近似蚕和蚌。
珍珠泣出非介壳，
蚕丝吐出不是蛹。
造化万物无成规，
尤物难道天生的！

【注释】

① 欧丝：呕丝。欧，同“呕”。《说文·欠部》：“欧，吐也。”郭璞注经云：“言啖桑而吐丝，盖蚕类也。”

② 鲛（jiāo）人：人鱼之灵异者。鲛人神话见晋干宝《搜神记》卷十二：“南海之外，有鲛人，水居如鱼，不废织绩，其眼泣，则能出珠。”

③ 体：形体。《易·系辞》：“故神无方而易无体。”孔颖达疏：“体是

形质之称。”

④ 甲：某些动物护身的硬壳。这里指有两个椭圆形介壳的软体动物蚌。

⑤ 化：造化，自然界的创造者。也指创造、化育。　出：出产之物。　方：法度，成规。

⑥ 物：尤物，珍贵的物品。　有种：生来注定的。

【说明】

欧丝野，是海外北方的一片荒野，因有一位呕丝女子而得名。《海外北经》说：“欧丝之野在大（反）踵东，一女子跪据树欧丝。三桑无枝，在欧丝东，其木长百仞。”这女子食三桑树上的桑叶，跪据在三桑树上吐丝。吐丝之蚕为何成了女子形象？袁珂先生曾指出：“吾国蚕丝发明甚早，妇女又专其职任，宜在人群想象中，以蚕之性态与养蚕妇女之形象相结合。”呕丝女子是中国神话中最早的蚕女神形象，是以后流传甚广的“蚕马神话”的雏形。郭璞《图赞》对呕丝蚕女神话未作更多的诠释和演绎，只是把她和“其眼泣，则能出珠”的鲛人神话相提并论，称泣珠鲛人不是介壳动物，吐丝女子也不是蚕蛹，这奇特的现象说明造化创造万物并没现成的规则，从而引出了“万物难道有类别”的诘问，其中多有郭璞人生中不幸经历、遭遇的身世之感。正如聂恩彦先生所说的：“造化万物变化无方，物岂是有种的吗？抒发了郭璞对世族门阀制度的愤慨。”

平　丘

【原文】	【译文】
两山之间，	在两座大山之间，
丘号曰平；	有土山名叫平丘；
爰有遗玉[①]，	那里有琥珀黑玉，
骏马维青；	游走着青色骢马；
视肉甘华[②]，	甘华树下视肉兽，
奇果所生。	奇果生满果子沟。

【注释】

① 遗玉：黑色美玉。郭璞注经云：“遗玉，玉石。”郝懿行云：“吴氏

（任臣）云：‘遗玉即瑿玉，琥珀千年为瑿。字书云：瑿，遗玉也。’吴氏之说，据《本草》旧注，未审是否。瑿，黑玉也。”故遗玉是千年琥珀形成的黑玉。

② 视肉：在《海外南经图赞》称“聚肉”，是一种能快速自我生长，不受割食影响的菌类植物。视肉也指传说中“无损兽”“稍割牛”一类的动物。如《古小说钩沉》辑《玄中记》云：“大月氏及西胡有牛名为曰反（及），今日割取其肉三四斤，明日其肉已复，创即愈也。”是指视肉奇兽。 甘华：和甘柤（zhā）形状相似的树木。郭璞注经云：“亦赤枝干黄华。”

【说明】

平丘，是两山相夹形成的山谷中的两个土丘。《海外北经》说：“平丘在三桑东，爰有遗玉、青鸟（马）、视肉、杨柳、甘柤、甘华，百果所生，有两山夹上谷，二大丘居中，名曰平丘。”平丘有千年琥珀形成的黑玉，有四处游走的青色野马，有“人割其肉不病，肉复自复”的视肉奇兽，有红色枝干、开着黄花的甘华树，还有生满奇异花果的果子沟。郭璞《图赞》咏赞的是平丘丰饶的物产，说明传说中的海外北方是人们向往的宝地。

騊 駼

【原文】
騊駼野骏①，
产自北域；
交颈相摩②，
分背翘陆③；
虽有孙阳④，
终不能服。

【译文】
騊駼是一种野马，
出产自北方异域；
颈交颈相互依摩，
背对背举足跳跃；
即使有御者孙阳，
终不能将它驯服。

【注释】

① 騊駼（táo tú）：郭璞注经云：“陶、涂两音，见《尔雅》。”《尔雅》注引此经騊駼下有“色青”二字。

② 交颈相摩：颈与颈相互依摩。多为雌雄动物之间的一种亲昵表示。摩（mó），触摩。

③ 分背：背对着背。 翘陆（qiáo lù）：举足跳跃。翘，扬起。陆，跳跃。

④ 孙阳：即伯乐，姓孙名阳，古代传说中善相马、善御马者。

【说明】

騊駼是一种良马、野马。《海外北经》说："北海内有兽，其状如马，名曰騊駼。"袁珂先生指出："《周书·王会篇》：'禺氏騊駼、駃騠为献。'则騊駼者，野马之属也。"郭璞《图赞》开篇就说騊駼是出产自北方异域的野骏。接着"交颈相摩，分背翘陆"二句，化用了《庄子·马蹄》篇里的原话：夫马"喜则交颈相靡，怒则分背相踶（踢）"，写的是騊駼的"真性"。最后说騊駼任性不羁，即使著名御马师伯乐也难以将它驯服。整首赞辞表现的是反对束缚和羁绊，让一切都回归自然和本性的思想。

北方禺彊

【原文】禺彊水神，
面色黧黑[①]；
乘龙践蛇，
凌云拊翼[②]；
灵一玄冥，
立于北极[③]。

【译文】北方禺彊是水神，
面色黑中带有黄；
乘驾双龙踏青蛇，
扇动翅膀冲云霄；
此神一字为玄冥，
立足北方极远地。

【注释】

① 黧（lí）：黑中带黄之色。

② 凌云：直上云霄。 拊：拍，击。拊翼，一作"附日"。

③ 北极：北方边远之处。

【说明】

禺彊，即禺强、禺京，北海海神兼风神。《海外北经》说："北方禺彊，人面鸟身，珥两青蛇，践两青蛇。"郭璞注云："字玄冥，水神也。庄周曰：'禺彊立于北极。'一曰'禺京'。一本云：'北方禺彊，黑身手足，乘两龙。'"郭璞《图赞》开篇写禺彊是水神，也就是北海海神。《大荒东经》说："黄帝生禺虢，禺虢生禺京。禺京处北海，禺虢处东海，是惟海神。"禺彊"黑身手足"，故郭璞写他面色是黑中带黄。袁珂先生校改为"鱼身手足"，更符合海神人鱼的特征；"禺京"的"京"也疑为"鲸"字。《庄子·逍遥游》中鲲可化而为鹏，海神禺京也可幻化为"人面鸟身"的风神。赞辞"凌云拊翼"是鸟身神飞天的生动写照。海神禺彊实又兼风神职司。《淮南子·地形训》云："隅强（禺彊），不周风之所生也。"《史记·律书》告诉我们，"不周风"位在西北，掌理杀生。赞辞末两句说神灵禺彊一字为"玄冥"，立足于北方极远处。《礼记·月令》云："孟冬之月，其帝颛顼，其神玄冥。"北方的天帝是颛顼，辅佐他的是海神禺彊。《淮南子·时则训》云："北方之极……有冻寒积冰、雪雹霜霰，漂润群水之野，颛项、玄冥之所司者，万二千里。"由此可见，禺彊又是司冬之神。

海外东经图赞

君 子 国

【原文】	【译文】
东方气仁①，	东方风尚是仁厚，
国有君子；	那里有个君子国；
薰华是食②，	人们食用薰华草，
雕虎是使③；	使唤两只斑纹虎；
雅好礼让④，	平素爱守礼谦让，
礼委论理⑤。	礼仪详备讲道理。

【注释】

① 气：风尚。

② 薰华：薰，郭璞注经云："或作堇。"郝懿行云："木堇见《尔雅·释草》，堇一名蕣，与薰声相近。"《艺文类聚》八十九卷引《外国图》云："君子之国，多木槿之华，人民食之。去琅邪三万里。"据此可见，薰华即木槿之花。

③ 雕虎：文虎，花斑老虎。

④ 雅好：平素爱好。 礼让：守礼谦让。

⑤ 委：详尽，周全。胡三省注《资治通鉴》云："委，悉也。" 论理：议论道理；讲道理。

【说明】

君子国，是海外东方的异国之一。《海外东经》说："君子国在其北，衣冠带剑，食兽，使二大（文）虎在旁，其人好让不争。有薰华草，朝生夕死。一曰在肝榆之尸北。"郭璞《图赞》的"东方气仁，国有君子"出自《说文解字》第四："夷俗仁，仁者寿，有君子不死之国。"东方夷族的风俗是仁爱宽厚，待人仁厚者都会长寿。君子国境内盛产一种薰华草，又叫木槿花，这种灌木开着红紫白色的花朵，但朝荣暮落，花期很短，君子国人食用它，却长生不老。他们和动物和谐相处，每人有两只斑纹虎随侍在旁，供作使唤。君子国人衣冠穿戴整齐，边幅修列，腰佩宝剑，风度翩翩。更可贵的是彼此之间谦让有礼，和睦不争。这是因为"礼委论理"，有礼者懂得凡事要讲道理。君子之国，是古人理想中的礼让之邦。

天　吴

【原文】耽耽水伯[①]，
号曰谷神；
八头十尾，
人面虎身[②]；
龙据两川[③]，
威无不震。

【译文】水伯注视着水情，
被称为朝阳谷神；
八个头十条尾巴，
人的面孔虎的身；
如龙盘踞两水间，
威严凶猛震天下。

【注释】

① 耽耽：同“眈眈”，威严注视的样子。 水伯：指水神。
② 人面虎身：《大荒东经》：“有神人，八首人面，虎身十尾，名曰天吴。”
③ 据：占据，据守。

【说明】

天吴，朝阳之谷谷神，又是水神。《海外东经》说：“朝阳之谷，神曰天吴，是为水伯。在䖵䖵北两水间。其为兽也，八首人面，八足八尾，背青黄。”郭璞注云：“《大荒东经》云十尾。”《山海经》叙述远方异物的方法，是依据类推原则，将动物形状予以重新组合，变为不常见的“怪物”。郭璞除了用增加动物器官（“八头十尾”）和混合动物器官（“人面虎身”）的写法之外，还用了“耽耽”“龙据”“威无不震”等含义丰富的词语，突出描写了天吴威严凶猛，震慑天下的水神形象。

九尾狐

【原文】青丘奇兽，
九尾之狐；
有道祥见①，
出则衔书②；
作瑞周文③，
以摽灵符④。

【译文】青丘国有种奇兽，
是生有九尾的狐；
天下太平它显形，
出现口衔瑞应书；
周文王时为吉兆，
显示上天的符命。

【注释】

① 祥：吉祥。一作“翔”。
② 书：瑞应的经典图书。
③ 作：进行某种活动。 瑞：祥瑞，吉兆。 周文：即周文王，周王朝的缔造者，姓姬名昌，周武王、周公旦之父。
④ 摽：通“标”。标志，显示。 灵符：上天的符命。

【说明】

九尾狐，是古代传说中的奇兽。《海外东经》说：“青丘国在其北，其狐四足九尾。一曰在朝阳北。”《大荒东经》：“有青丘之国，有狐，九尾。”郭璞注云：“太平则出而为瑞也。”在《南山经》青丘之山的九尾狐是一只食人畏兽。本则《图赞》中的九尾狐则是祥瑞的征兆。它口中衔着一本“瑞典”，也就是瑞应的经典图书，这应是郭璞在《山海经图》上看到的情状。古人认为帝王修德，时世清平，天降祥瑞以应之，就叫“瑞应”。图中的九尾狐口衔瑞应之书，实是九尾狐为“瑞应之物”的标志。九尾狐的出现，也是上天预示帝王受命的符兆。周文王姬昌，备修道德，六合一同，九尾狐至。《诗经·大雅·文王》：“文王在上，於昭于天。周虽旧邦，其命唯新。”写的就是文王接受“天命”而创立周朝的故事。这时九尾狐前来献瑞，标显的是上天的符命。

竖亥

【原文】禹命竖亥，
青丘之北[①]。
东尽太远[②]，
西穷邠国[③]。
步履宇宙[④]，

【译文】禹命令竖亥推步，
竖亥手指青丘北。
东至东极的泰远，
西到西陲的邠国。
用步行测量大地，

以明灵德[5]。	以彰明圣人功德。

【注释】

① 青丘：传说中海外国名。
② 太远：即泰远。东方极远之国。《尔雅》："东至于泰远。"
③ 邠（bīn）国：古国名，即豳国。这里指西方极远之国。
④ 步履（lǚ）：步行。履，行走。
⑤ 灵：圣明，圣贤。聂恩彦《郭弘农集校注》作"君"。

【说明】

竖亥，是禹的臣子，用推步法测量大地者。《海外东经》说："帝命竖亥步，自东极至于西极，五亿十选九千八百步。竖亥右手把算，左手指青丘北。一曰禹令竖亥。一曰五亿十万九千八百步。"郭璞注云："竖亥，健行人。选，万也。"经文"帝命竖亥步"，这里的"步"即"推步"，袁珂先生译为"步行测量大地"。从竖亥"右手把算"看，测量大地面积，还要用天文历算之术来推算。郝懿行云："算当为筭。"筭（suàn），长六寸，是竹子制成用来计算的筹，袁珂译为"算筹"。郝懿行还认为，竖亥右手拿着算筹，左手指着青丘国的北方，是《山海经》所绘图画上的形象。从东极的泰远到西极的邠国，竖亥测出有五亿十万九千八百步。据《淮南子·地形训》记载，为禹测量大地的还有臣太章，他和竖亥分别测量东极到西陲、南极到北陲的距离，各有二亿三千五百余里，完成了对禹所辖领土面积的测算。赞辞最后说："步履宇宙，以明灵德。"竖亥、太章度量大地是在禹治水工程大体完毕的阶段，这里赞颂的是大禹平治洪水、均定九州的伟大功业。

十 日

【原文】十日并出， 草木焦枯。 羿乃控弦[1]， 仰落阳乌[2]。 可谓洞感[3]，	【译文】十日齐出现天空， 草木被烤焦干枯。 羿于是拉开彤弓， 对天射落九阳乌。 可以说是种感应，

天人悬符[4]。　　天和人遥相耦合。

【注释】

① 羿（yì）：初本天神，后为尧臣，由天神变为神性英雄。 控弦：拉弓；持弓。

② 仰：对上。

③ 洞感：犹感应。

④ 悬符：遥相符合。

【说明】

我国古代有十个太阳在天上轮流值班的神话传说。《海外东经》说：“下有汤谷，汤谷上有扶桑，十日所浴，在黑齿北。居水中，有大木，九日居下枝，一日居上枝。”十个太阳，是天帝帝俊和羲和的儿子。汤谷是日出之地，十日在这里洗浴。汤谷上的扶桑是太阳神树。“叶似桑树，长数千丈，大二十围，两两同根生，更相依倚，是以名之扶桑。”（《文选·思玄赋》注引《十洲记》）本则《图赞》写的是羿射十日的神话。《淮南子·本经训》云：“尧之时，十日并出，焦禾稼，杀草木，而民无所食。尧乃使羿上射十日。”古代有日中阳乌的传说。阳乌即三足乌，又称踆乌、金乌，是太阳精魂的化身，故赞辞说“仰落阳乌”。羿射落九日的同时还消灭了猰貐、凿齿、九婴、大风、封豨、修蛇等六大妖害。羿在人们的心目中是为民除害的英雄。而郭璞把羿除诸害的行为归结为天与人的遥相感应。无论十个太阳在扶桑树上轮流值日，还是只留一日照耀大地，都是上天的意志，而羿仰天射日不过是对天意的回应罢了。

毛民国

【原文】牢悲海鸟[1]，
西子骇麋[2]。
或贵穴倮[3]，
或尊裳衣。

【译文】祭海鸟展禽悲伤，
见西施麋鹿惊骇。
有人以裸体为贵，
有人以穿衣为尊。

物我相倾[4]，
孰了是非？

外物己身相依存，
谁能了断是与非？

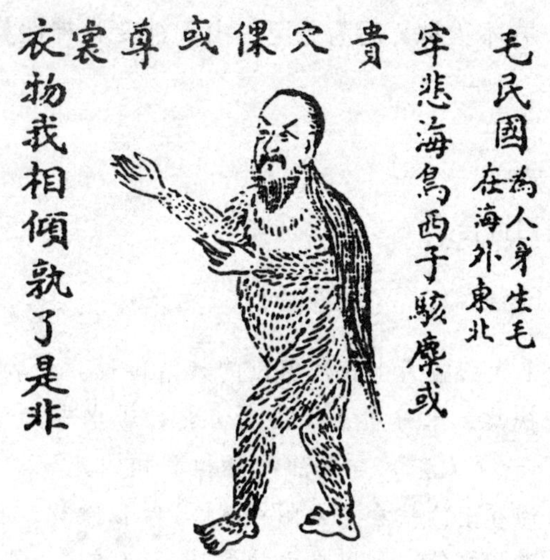

【注释】

① 牢：古代祭祀或宴享时用的牲畜。这里作“牢祭”讲。　海鸟：指“爰居”，大如马驹。牢悲海鸟，见《国语·鲁语·展禽论祀爰居》：“海鸟曰‘爰居’，止于鲁东门之外三日，臧文仲使国人祭之。展禽曰：‘越哉，臧孙之为政也！夫祀，国之大节也；而节，政之所成也。故慎制祀以为国典。今无故而加典，非政之宜也。……今海鸟至，已不知而祀之，以为国典，难以为仁且智矣。……今兹海其有灾乎？夫广川之鸟兽，恒知避其灾也。’”

② 西子：姓施，名夷光，又称西施，春秋时越国苎罗（今浙江诸暨南）人，汉族民间的美女，进于吴王夫差。“西子骇麋”，见《庄子·齐物论》：“毛嫱丽姬，人之所美也。鱼见之深入，鸟见之高飞，麋鹿见之决骤，四者孰知天下之正色哉。”

③ 穴：穴居。　倮：同“裸”，赤身露体。

④ 物我：彼此，外物与己身。　倾：依，倚。《老子》第二章：“长短相形，高下相倾。”

【说明】

毛民国是海外传说中的三十六国之一。《海外东经》说："毛民之国在其北，为人身生毛。一曰在玄股北。"郭璞注云："今去临海郡东南二千里，有毛人在大海洲岛上，为人短小，面体尽有毛，如熊穴居无衣服。……《大荒经》云'毛民食黍'者是矣。"本则《图赞》开篇二句写的是《国语·鲁语上》和《庄子·齐物论》中的两个故事：海鸟"爰居"停在鲁国城门外三天，鲁卿臧文仲动用国家大典祭祀它，大夫展禽却为它预示海上有灾难而悲伤；人们因美女西施而生爱慕之心，麋鹿看见她却惊骇逃跑。借此说明这样一个道理：在对待同一事物上，人们往往会有完全不同的看法和意见。因此，毛民国人全身长满了毛，像熊一样住在洞穴里，不会因为赤身裸体而感到羞耻；华族人看重"上衣下裳"，穿着是财富和等级的标志。赞辞又说："物我相倾。"外物与人自身之间是相互依存的关系。由于各地气候、地理环境不同，不同地区的人们有着不同的服饰文化和穿着习惯，因此不存在谁是谁非的问题。这里表现了郭璞尊重海外异族风俗、不同种族人是平等的开放思想。

黑齿国雨师妾玄股国劳民国

【原文】阳谷之山[①]，
国号黑齿。
雨师之妾，
以蛇挂耳。
玄股食驱[②]，
劳民黑趾[③]。

【译文】在阳谷之山上面，
有一国号称黑齿。
雨师之妾是女神，
把蛇挂在耳朵上。
玄股国民食驱鸟，
劳民国人脚趾黑。

【注释】

① 阳谷：日出之山。亦作"汤谷""旸谷"。郭璞注经云："谷中水热也。"《淮南子·天文训》："日出于旸谷，浴于咸池。"

② 驱：同"鸥"。《说文·鸟部》："驱，水鸮也，从鸟，区声。"杨慎云："驱即鸥，衣鱼食鸥，盖水中国也。"

③ 趾（zhǐ）：脚；亦指脚指头。

【说明】

黑齿国是海外传说中的三十六国之一。《海外东经》说：“黑齿国在其北，为人黑齿，食稻啖蛇，一赤一青（蛇），在其旁。一曰在竖亥北，为人黑首（手），食稻使蛇，其一蛇赤。”阳谷山上的黑齿国人牙齿漆黑，大多是“以草染齿成黑色”，齿饰是为了取悦于异性。雨师妾，古代传说国名。经文说：“雨师妾在其北，其为人黑，两手各操一蛇，左耳有青蛇，右耳有赤蛇。一曰在十日北，为人黑身人面，各操一龟。”郭璞注云：“雨师，谓屏翳（yì）也。”屏翳，是司雨之神。女神雨师的重要标志是左右两耳分别挂着青蛇、红蛇。玄股国、劳民国也都是海外传说中的三十六国之一。“玄股之国在其北，其为人衣鱼食驱，使两鸟夹之。一曰在雨师妾北。”郭璞注云：“髀以下尽黑，故云。”玄股之民以鱼皮为衣，以驱鸟为食。驱鸟即鸥鸟，又叫水鸮。“劳民国在其北，其为人黑。或曰教民。一曰在毛民北，为人面目手足尽黑。”劳民国人浑身都是黑色，郭璞只说他们的脚指头是黑的。本则《图赞》写的是黑齿、玄股、劳民三国民和女神雨师妾突出的特征，给人们留下了极深的印象。

东方句芒①

【原文】有神人面，
身鸟素服②；
衔帝之命③，
锡龄秦穆④。
皇天无亲⑤，
行善有福。

【译文】有神是人的面孔，
鸟的身穿白衣服；
接受天帝的命令，
赐给秦穆公年寿。
皇天上帝无亲信，
行善者终会有福。

【注释】

① 句（gōu）芒：一作“勾芒”。古代传说中的主木之官，又为木神，是少昊氏之子，名重。
② 素：本色生绢。指白色。
③ 衔：接受。

④ 锡：赐。 秦穆：秦穆公，春秋时秦国君，名任好。任用百里奚、蹇叔、由余为谋臣，曾击败晋国，俘晋惠公，灭梁芮两国。锡龄秦穆，见《墨子·明鬼下》："昔者，郑（当为"秦"，孙诒让注）穆公当昼日中处乎庙，有神人入门而左，鸟身，素服三绝，面状正方。郑穆公见之，乃恐惧奔。神曰：'无惧！帝享女明德，使予锡女寿十年有九，使若国家蕃昌，子孙茂，毋失。'郑穆公再拜稽首曰：'敢问神名？'曰：'予为句芒。'"

⑤ 皇天：对天及天神的尊称，这里指皇天上帝。 亲：亲信的人。

【说明】

东方句芒，是西方天帝少昊之子，东海海神。《海外东经》说："东方句芒，鸟身人面，乘两龙。"郭璞注云："木神也。方面素服。《墨子》曰：'昔秦穆公有明德，上帝使句芒赐之寿十九年。'"《淮南子·天文训》云："东方木也，其帝太皞，其佐句芒，执规而治春。"东方是木星。句芒是东方天帝太皞（伏羲）的辅佐，手执圆规而管理春天。太皞、句芒治理的区域，北起碣石，东至日出之地，有一万二千里。《吕览·孟春纪》高诱注："句芒佐木德之帝，死为木官之神。"所以句芒是春神又是木神。句芒治春掌管万物，他又为司命之神。《图赞》写上帝命司命之神句芒赐秦穆公阳寿延长十九年。这是因为秦穆公有"以五羊皮易百里奚举为相，赦食骏马肉之野人卒得其助以克晋"之类"明德"。郭璞赞辞得出的也是伦理道德层面上的结论：皇天上帝没有什么可偏护的亲信，他只把幸福公平地赐给那些行善的人。

海内南经图赞

狒狒[1]

【原文】狒狒怪兽，
被发操竹[2]；
获人则笑，
唇盖其目[3]；
终亦呼号[4]，
反为我戮[5]。

【译文】狒狒是一种怪兽，
披毛发手握竹管；
抓获到人就大笑，
上唇翻转盖眼上；
最终被擒而哭叫，
反是自己受羞辱。

【注释】

① 嶌嶌（fèi）：即狒狒，猿类动物。嶌，同“狒”。又作“髴髴”。聂恩彦《郭弘农集校注》本则《图赞》题为“枭阳”。

② 被（pī）：通“披”，披垂。一作“披”。

③ 盖：聂恩彦《郭弘农集校注》作“蔽”。

④ 亦：助词，用于句中，无义。 呼号：因处于困境需要援助而叫喊。《郭弘农集校注》作“号咷”。

⑤ 戮：羞辱，污辱。

【说明】

嶌嶌，又叫作枭阳，是一种人面怪兽。《海内南经》说：“枭阳国在北朐之西。其为人人面长唇，黑身有毛，反踵，见人则笑，左手操管。”郭璞注云：“《周书》曰：‘州靡髴髴者，人身，反踵，自笑，笑则上唇掩其面。’《尔雅》云‘髴髴’。《大传》曰：‘《周书》成王时州靡国献之。’《海内经》谓之赣巨人。今交州南康郡深山中皆有此物也。长丈许，脚跟反向，健走，被发，好笑。雌者能作汁，洒中人即病；土俗呼为山都。南康今有赣水，以有此人，因以名水。”枭阳又是传说中的食人凶兽。当它抓到人时，会高兴得张嘴大笑，笑得长唇翻转过来盖到额头上，要等到它笑够了才开始吃人。聪明的猎人瞄上枭阳“好笑”的软肋，想出了一个绝妙的办法，最终把得意忘形的枭阳活捉住。《文选·吴都赋》刘逵注引《异物志》云：“人因为筒贯于臂上，待执人，人即抽手从筒中出，凿其唇于额而得擒之。”晋左思说：“猩猩啼而就禽，嶌嶌笑而被格。”郭璞在《图赞》中也发出令人警醒的感叹：“终亦呼号，反为我戮。”枭阳束手就擒后，它还牢牢抓着竹管不肯放手。经文“左手操管”，赞辞“被发操竹”，都为枭阳定格了愚蠢可笑的形象。

狌狌

【原文】狌狌之状[①]，
形乍如犬[②]；
厥性识往[③]，

【译文】要说狌狌的状貌，
形状恰好像黄狗；
它生性知人过往，

为物警辨； 作为动物很警觉；
以酒招灾， 因嗜酒招来灾祸，
自贻缨罥④。 给自己送来绳网。

【注释】

① 狌狌（xīng xīng）：猩猩，猿类动物。
② 乍（zhà）：正；恰。
③ 识往：知往。《论衡·是应》："狌狌知往。"袁珂云："《淮南子·泛论篇》云：'猩猩知往而不知来。'高诱注云：'猩猩，北方兽名，人面，兽身，黄色。'《礼记》(《曲礼上》)曰：'猩猩能言，不离走(今本作禽——珂)兽。'见人狂走，则知人姓字，此知往也。又嗜酒，人以酒搏之，饮而不耐息，不知当醉，以禽其身，故曰不知来也。"
④ 贻（yí）：赠送。 缨罥（juàn）：用绳索绊取猎物。缨，拘系人的绳索。罥，捕鸟兽的网。

【说明】

狌狌即猩猩，是一种人面兽身的奇兽。《海内南经》说："狌狌知人名，其为兽如豕而人面，在舜葬西。"郭璞注云："《周书》曰：'郑郭狌狌者，状如黄狗而人面。'今交州封豨出狌狌，土俗人说云，状如豚而腹似狗，声如小儿啼也。"关于狌狌的形貌有多种传闻，郭璞在《山海经图》上看到的是形体正好像狗的狌狌，故赞辞说"形乍如犬"。《淮南子·泛论训》云："猩猩知往而不知来。"猩猩见人走来能知道他的姓名，是谓知道过去；猩猩不知饮酒会醉而被擒，是谓不知未来。传说狌狌特别好喝酒和穿鞋。当地人在路上摆好酒，还放上连成串的草鞋。成群狌狌路过，忍不住饮起酒来，模仿着人试穿鞋。不一会狌狌酩酊大醉，双脚又被草鞋绊住。于是人们轻而易举地把它们擒获。虽然狌狌是善于观察动静、警觉性很高的动物，但因为好酒贪杯而招来横祸，给自己送来被捉的罗网绳索。郭璞写下这首寓言诗，是为嗜酒者诫。

夏后启臣孟涂

【原文】孟涂司巴①，
听讼是非②。
厥理有曲③，
血乃见衣。
所请灵断④，
呜呼神微。

【译文】孟涂做巴地神主，
听狱讼评判是非。
谁是理曲的一方，
血就出现谁衣上。
对请诉作出明断，
啊，多么神奇微妙！

【注释】

① 司巴：司神于巴，在巴地做神主。司，掌管。巴，古国名，在今四川东南一带，战国时为秦所灭。

② 听讼：听理诉讼。讼，诉讼、控告。

③ 理有曲：理曲。道理欠缺，没有道理。

④ 请：请诉，请求和申诉。 灵断：犹圣断，谓君主的英明决断。

【说明】

孟涂，是夏启帝的大臣，在巴地做主管诉讼的神主。《海内南经》说："夏后启之臣曰孟涂，是司神于巴。人请讼于孟涂之所，其衣有血者乃执之，是请生。居山上，在丹山西。"郭璞为"是司神于巴"作注云："听其狱讼，为之神主。"当巴人群体之间发生矛盾无法"私了"时，就会到"孟涂之所"来请诉，孟涂往往用神判法来进行仲裁。何谓神判，"就是借助超自然力量去鉴别和判定人间真伪是非的一种特殊的习惯法"（张春生语）。经文说"其衣有血者乃执之"，袁珂先生指出："孟涂之所为，盖巫术之神判也。"并引《论衡·是应》中独角神羊能别曲直的故事来说明孟涂进行神判时可能采用的方式："觟觥（同"獬豸"，xiè zhì）者，一角之羊也，性知有罪。……有罪则触，无罪则不触。"凡是被羊角触伤而"血乃见衣"者，就是两造间理曲的一方。当事人一旦被判定有罪，只能无条件接受。这种最后的判决手段，带有很大的随意性和残酷性。但"孟涂之所"还有一种为理曲一方"请生"的职能，“这应是一种祈神和赎罪的功能”（张岩语）。郭璞赞颂孟涂在巴人请诉中代夏启帝作出了圣断，是多么神奇微妙，给这种古老的习惯法罩上了一层神秘色彩，编造了一个关于“神判”的神话。

建　木

【原文】爰有建木，
黄实紫柯①；
皮如蛇缨②，
叶有素罗③；
绝荫弱水④，
义人则过⑤。

【译文】有一种牛状建木，
黄果实紫色枝条；
树皮如黄蛇缨带，
青叶有素罗质地；
完全遮蔽了弱水，
众神人上下于天。

【注释】

① 柯（kē）：草木的枝茎。

② 缨：冠带。

③ 素：本色，白色。　罗：一种质地轻软、经纬组织呈椒眼纹的丝织品。

④ 绝：全然，绝对。　荫（yìn）：遮蔽，覆盖。　弱水：《古小说钩沉》辑《玄中记》云：“天下之弱者，有昆仑之弱水焉，鸿毛不能起也。”谓此。

⑤ 义人：言行符合正义或道德标准的人。疑为“神人”。聂恩彦《郭弘农集校注》作“羲人”。

【说明】

建木，是神话传说中的天梯。《海内南经》说：“有木，其状如牛，引之有皮，若缨、黄蛇。其叶如罗，其实如栾，其木若苉，其名曰建木。在窫窳西弱水上。”郭璞注云：“建木青叶，紫茎、黑华、黄实，其下声无响，立无影也。”《淮南子·地形训》：“日中无景，呼而无响，盖天地之中也。”赞辞说建木“皮如蛇缨”，郭璞注经云：“言牵之皮剥如人冠缨及黄蛇状也。”“叶有素罗”是说建木叶子有素罗轻软的质地。建木高大挺拔，故云“绝荫弱水”。

又《海内经》说："有木，青叶紫茎，玄华黄实，名曰建木。百仞无枝，上有九榍，下有九枸，其实如麻，其叶如芒，大皞爰过，黄帝所为。"建木高达百仞，九根曲折的枝杈伸向天空，九条盘错的树根扎进大地，它是黄帝建造的沟通天界和人间的天梯。袁珂先生指出："'大皞爰过'之'过'，郭璞释为'经过'之意，非。此'过'当即'上下于天'之意。"赞辞"义人则过"，"义人"疑指大皞（伏羲）等天帝神人，他们都从天梯建木上下于天。

氐 人

【原文】炎帝之苗①，
实生氐人②。
死则复苏，
厥身为鳞。
云南是托③，
浮游天津④。

【译文】神农炎帝的后裔，
实是未驯化氐人。
死而复苏为人鱼，
他们身上长有鳞。
凭靠着天边云雨，
在银河随意游玩。

【注释】

① 苗：子孙后代。

② 生：未驯化的。《魏书·獠传》："巴州生獠并皆不顺。" 氐（dī）人：郭璞注经云："音'触抵'之抵。"

③ 云南：郝懿行云："南，疑当为雨。" 托：凭靠，依靠。

④ 浮游：漫游。 天津：银河。《楚辞·离骚》："朝发轫于天津兮，夕余至于西极。"

【说明】

氐人，是神话传说中的人鱼。《海内南经》说："氐人国在建木西，其为人人面而鱼身，无足。"郭璞注云："尽胸以上人，胸以下鱼也。"又《大荒西经》说："有互人之国，炎帝之孙名曰灵恝，灵恝生互人，是能上下于天。"郝懿行注："互人国即《海内南经》氐人国。"氐人之国是炎帝的后裔，郭璞说他们是海内远方异国没开化的人。经文互人之国后记载了一则颛顼死后，半体化生为鱼的故事："有鱼偏枯，名曰鱼妇，颛顼死即复苏。风道北来，天乃大水泉，蛇乃化为鱼，是为鱼妇。颛顼死即复苏。"颛顼趁蛇化为鱼之机，半体托生于鱼，因而"死即复苏"，是为"鱼妇"。《淮南子·地形训》："后稷垅在建木西，其人死复苏，其半鱼在其间。"后稷也是死而复生为半人半鱼的神。故郭璞赞辞认为氐人国民应是"死则复苏，厥身为鳞"的人鱼。郭璞在经文"是能上下于天"下作注云："言能乘云雨也。""云南（雨）是托，浮游天津"，正是郭璞在《山海经图》上看到的人鱼氐人漫游浩瀚银河的壮观景象。

巴　蛇

【原文】象实巨兽，
有蛇吞之；
越出其骨[①]，
三年为期[②]。
厥大何如[③]？
屈生是疑[④]。

【译文】象实在是种巨兽，
有蛇竟能吞食它；
骨从鳞甲间坠出，
消化时间要三年。
它的身子有多大？
屈原对此有怀疑。

【注释】

① 越：坠落，失坠。

② 期：期限。

③ 何如：表示询问或反问。

④ 屈生：指屈原。《楚辞·天问》："一蛇吞象，厥大如何?"

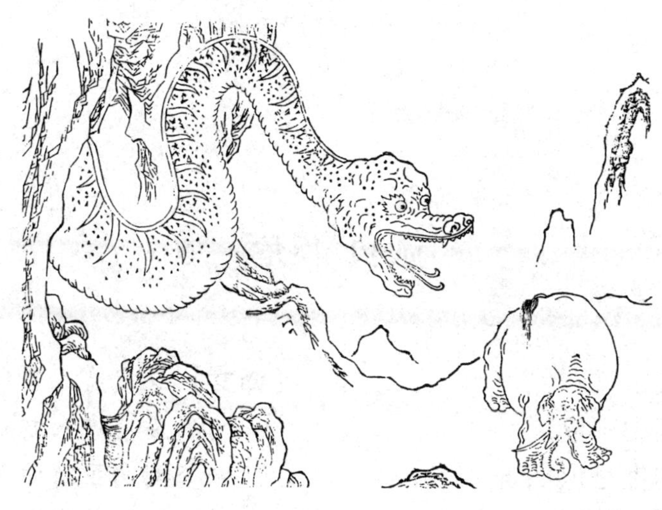

【说明】

巴蛇，是古代神话中一种能吞象的巨蛇。《海内南经》说："巴蛇食象，三岁而出其骨，君子服之，无心腹之疾。其为蛇，青黄赤黑。一曰黑蛇青首，在犀牛西。"郭璞注云："今南方蚺蛇吞鹿，鹿已烂，自绞于树，腹中骨皆穿鳞甲间出，此其类也。楚词曰：'有蛇吞象，其大何如?'说者云长千寻。"在这条注释里，郭璞听到过南方蚺蛇吞鹿的传说，他援引屈原在《天问》的反问，说明他对吞象之蛇的现实合理性是心存疑惑的。《淮南子·本经训》云："羿断修蛇于洞庭。"修蛇也就是巴蛇。六朝宋《江源记》云："羿屠巴蛇于洞庭，其骨若陵，曰巴陵也。"直到宋朝，岳阳城内有巴蛇冢、巴蛇庙。巴蛇吞象吐出来的骨头，当地叫象骨山，山旁的湖叫象骨港。袁珂先生指出："是均从此经及《淮南子》附会而生出之神话。然而既有冢有庙，有山有港，言之确凿，则知传播于民间亦已久矣。"本则《图赞》末二句"厥大何如，屈生是疑"，对巴蛇需"长千寻"才能吞象同样感到不可思议。神话想象的超常态性，在这里再一次受到了质疑。

海内西经图赞

贰负[①]臣危

【原文】汉击磐石[②]，
其中则危；
刘生是识[③]，
群臣莫知；
可谓博物[④]，
山海乃奇。

【译文】汉代有人凿磐石，
石室中人就是危；
刘向了解他是谁，
群臣没有人知道；
刘向堪称通博物，
《山海经》是部奇书。

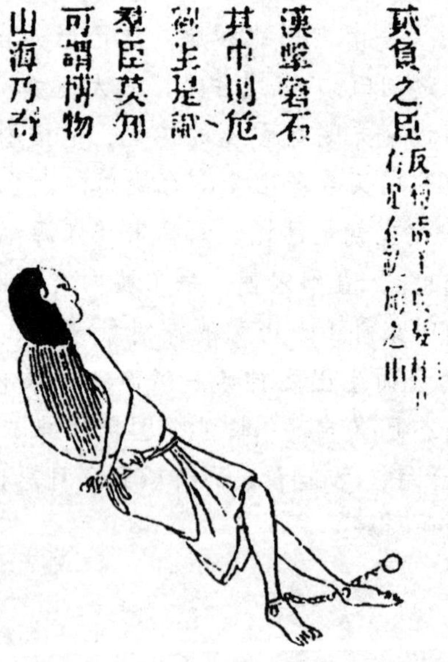

【注释】

① 贰负：神名。《山海经·海内北经》："贰负之尸在大行伯东。一曰，贰负神在其（鬼国）东，为物人面蛇身。"

② 磐（pán）石：大石。磐，通"盘"，故郭璞注称"盘石"。刘秀《上〈山海经〉表》又作"磻石"。

③ 刘生：指刘向，本名更生，字子政，今江苏沛县人。西汉经学家、目录学家、文学家。 识：知道，懂得。

④ 博物：通晓众物，亦指万物。

【说明】

危，是天神贰负的臣子。《海内西经》说："贰负之臣曰危，危与贰负杀窫窳。帝乃梏之疏属之山，桎其右足，反缚两手与发，系之山上木。在开题西北。"郭璞注云："汉宣帝使人上郡发盘石，石室中得一人，跣踝被发，反缚，械一足。以问群臣，莫能知。刘子政按此言对之，宣帝大惊，于是时人争学《山海经》矣。"说的是汉孝宣皇帝时，有人开凿盘石，在石下发现一石室，里面有一个赤脚披发、被反绑着的人，一只脚上还戴着枷锁。宣帝询问群臣，没有知道这个人是谁，谏议大夫刘子政禀告说："此贰负之臣也。"宣帝问他是怎么知道的，刘向就用《山海经》里的这段话来回答，宣帝十分惊异。于是《山海经》名重一时，朝士、大儒都争着读学，以为"奇可以考祯祥变怪之物，见远国异人之谣俗"。本则《图赞》咏的是这件事，赞颂刘向博学多识，《山海经》是一部奇书。

大泽方百里

【原文】地号积羽，
厥方百里；
群鸟云集，
鼓翅雷起。
穆王旋轸①，
爰荣骕耳②。

【译文】这儿地名叫积羽，
它的方圆有百里；
群鸟像云彩聚集，
鼓翅飞翔雷声起。
穆王从这里凯旋，
以有八骏而荣耀。

【注释】

① 旋轸（zhěn）：还车，回转其车。轸，车箱底部四面的横木，亦借指车。

② 荣：光荣，荣耀。一作“策”。騄（lù）耳：良马名，亦作“绿耳”。《穆天子传》（卷一）：“天子之骏：赤骥、盗骊、白义、逾轮、山子、渠黄、华骝、绿耳。”郭璞注引《纪年》曰：“北唐之君来，见以一骊马，是生绿耳。魏时，鲜卑献千里马，白色而两耳黄，名曰黄耳。即此类也。八骏皆因其毛色以为名号耳。按《史记》：造父为穆王得盗骊、华骝、绿耳之马，御以西巡游，见西王母，乐而忘归。”

【说明】

方圆百里的大泽，被叫作群鸟解羽的“积羽”。《海内西经》说：“大泽方百里，群鸟所生及所解。在雁门北。”郭璞注云：“百鸟于此生乳，解之毛羽。”积羽，顾名思义，是层积鸟羽的一大片沼泽地。候鸟春夏两季栖息在这片湿地上，脱下毛羽，繁殖生育，秋季轻身飞往南方的越冬区。郭璞《图赞》写出了积羽大泽“群鸟云集，鼓翅雷起”的壮观景象。《竹书》云：“穆王北征，行积羽千里。”这方圆千里的积羽大泽也就是《大荒北经》所说的“有大泽，方千里，群鸟所解”的翰海，即古称“北海”的贝加尔湖。本则《图赞》所咏赞的方圆百里的大泽积羽，不是周穆王回车而归的千里大泽积羽。周穆王西征时，曾命造父用八匹名马驾车，“右服华骝而左绿耳（騄耳）”，历尽艰险，奏凯而归，穆王因有“八骏之乘”而感到荣耀。在郭璞赞辞里，辕马騄耳是八骏的代名词。

流黄酆[①]氏国

【原文】城围三百，
连河比栋[②]，
动是尘昏[③]，
烝气雾重[④]；

【译文】城域方圆三百里，
山阿相连屋相邻；
车马喧阗尘迷漫，
云气蒸腾雾浓重；

焉得游之，	怎样才能城国游，
以傲以纵[5]。	逍遥自在去放纵。

【注释】

① 酆（fēng）：姓。《广韵 · 东韵》："酆，姓。"

② 连河：山阿相连。郝懿行云："河，疑当作阿。" 比栋：所居屋舍相邻。栋，房屋的正梁，这里指代房舍。

③ 尘昏：尘积昏暗。

④ 烝（zhēng）：云气上腾。

⑤ 以：犹"且"，并列连词。 傲：同"遨"，游逛。郝懿行《山海经笺疏》作"敖"。 纵：放纵，不加拘束。

【说明】

流黄酆氏国是在西域筑城定居的国家。《海内西经》说："流黄酆氏之国，中方三百里，有涂四方，中有山，在后稷葬西。"《海内经》说："有国，名曰流黄辛氏，其域中方三百里，其出是尘土。有巴遂山，渑水出焉。"郭璞注云："即酆氏也。"流黄酆氏国方圆三百里，是一个较大的城郭国。它又是一座山城，经文"中有山"，即《海内经》所谓的"巴遂山"。《图赞》说它城内外山阿相连，依山而建的屋舍俨然。城内道路四通八达，灰土飞扬尘迷漫，正如郝懿行所云："言尘坌出是国中，谓人物喧阗也。"《图赞》前四句是郭璞在《山海经图》中看到的云雾缭绕的山城"殷盛"的景象。末二句表达了要去流黄酆氏国作无拘无束遨游的愿望。

流　沙

【原文】	【译文】
天限内外[1]，	天然界限有内外，
分以流沙。	是以流沙来区分。
经带西极[2]，	沙流飘动连西极，
颓唐委蛇[3]。	绵延曲折低处淌。
注于黑水，	注入大海黑水山，

永溺余波[4]。	长水淹没它余波。

【注释】

① 限：界限。

② 经：经过，经历。这里指移动。 带：毗连。《水经注·渭水》：“藉水右带四水。” 西极：西边的尽头，谓西方极远之处。

③ 颓唐：流动的池水。颓，谓水向下流。唐，一作“溏”。 委蛇（wēi yí）：同“逶迤”，绵延屈曲貌。

④ 永：水流长。《诗·汉广》：“江之永矣。” 溺（nì）：沉没水中。

【说明】

流沙，是沙漠中随风流动的尘沙。《海内西经》说：“流沙出钟山，西行又南行昆仑之虚，西南入海，黑水之山。”郭璞注云：“今西海居延泽，《尚书》所谓流沙者，形如月生五日也。”杨慎云：“谓形如半月也。唐诗：江畔洲如月。”袁珂先生认为：“郭杨之说流沙，乃诗之构想也。”郭璞根据经文，结合《山海经图》上看到的景象写下的本则《图赞》更是充满了诗情画意。从图上看，漫长的流沙形成了一道天然的界限。从诗人的想象中，流沙像飘带随风飘曳，连接着西方的尽头；又像流水向低处流淌，注入到大海（很可能是内陆湖）深处，直达海中的黑水之山，浩瀚的海水渐渐吞没了它的余波……宋代沈括《梦溪笔谈》有对流沙科学之状写：“予尝过无定河，度活沙，人马履之，百步之外皆动，澒澒然如人行幕上。其下足处虽甚坚，若遇其一陷，则人马驼车，应时皆没，至有数百人平陷无孑遗者。或谓：此即流沙也。又谓：沙随风流，谓之流沙。”

木 禾

【原文】	【译文】
昆仑之阳[1]，	昆仑之虚的南边，
鸿鹭之阿[2]；	黑水鸿鹭的水边；
爰有嘉谷，	有一种天然嘉谷，
号曰木禾；	它的大号叫木禾；

匪植匪艺[3]，	非人力栽培种植，
自然灵播[4]。	是神灵播下的种。

【注释】

① 阳：山南为阳。

② 鸿鹭：古黑水的异称。《穆天子传》卷二："壬午，天子北征东还。甲申，至于黑水，西膜之所谓鸿鹭。" 阿：岸；水边。

③ 匪：通"非"，不是。 植：栽种。 艺：种植。

④ 自然：天然，非人为的。 播：下种，撒种。

【说明】

木禾，是古代神话中长得像大树的谷类植物。《海内西经》说："海内昆仑之虚在西北，帝之下都。昆仑之虚方八百里，高万仞。上有木禾，长五寻，大五围。"郭璞注云："木禾，谷类也。生黑水之阿，可食。见《穆天子传》。"《穆天子传》卷四曰："黑水之阿，爰有野麦，爰有荅堇（祇谨二音），西膜之所谓木禾。"郭璞赞辞称颂它为"嘉谷"。它生长在方圆八百里、高有八千丈天帝下界都邑的昆仑大丘上，是一种吉祥的象征。木禾高达四丈，茎秆需五人合抱，故曰非人力栽培种植，天生是神灵播种而为神物。

开　明[1]

【原文】	【译文】
开明天兽，	开明是天上神兽，
禀兹金精[2]；	禀受着天的精气；
虎身人面，	虎的身子人面孔，
表此桀形[3]；	显示出伟岸形貌；
瞪视昆山[4]，	怒目注视昆仑山，
威慑百灵[5]。	威风震慑众神灵。

【注释】

① 开明：兽名，郝懿行云："明下疑脱兽字。"

② 金精：西方之气。金精，当作乾精。郭璞注经云：“《铭》曰：‘开明为兽，禀资乾精，瞪视昆仑，威振百灵。’”一作“食精”。

③ 桀（jié）：高耸，突出。

④ 瞪视：怒目而视。

⑤ 百灵：各种神灵。

【说明】

开明兽是昆仑山天帝帝都的守护神。《海内西经》说：“海内昆仑之虚在西北，帝之下都。昆仑之虚方八百里，高万仞。面（上）有九井，以玉为槛（栏），面（上）有九门，门有开明兽守之，百神之所在。”又说：“昆仑南渊深三百仞。开明兽身大类虎而九首，皆人面，东向立昆仑上。”郭璞赞辞指出开明兽是天上的神兽，它禀承了天的精气。“金精”当作乾精，郭璞引《铭》曰：“开明为兽，禀资乾精。”乾精就是天的精气。开明兽和《西次三经》的神陆吾，其神职同为圣山昆仑之守，又都是昆仑之虚的山神。开明虎身九首，皆是人面，九双虎视眈眈的大眼盯着昆仑山的九门，确实起到了“威慑百灵”的作用。

文玉玗琪树

【原文】文玉玗琪[①]，
方以类丛[②]。
翠叶猗萎[③]，
丹柯玲珑[④]；
玉光争焕[⑤]，
彩艳火龙[⑥]。

【译文】文玉树和玗琪树，
同是聚生的玉树。
叶青绿随风飘拂，
红枝条玲珑剔透；
玉生光竞相辉映，
绚丽多姿如火龙。

【注释】

① 玗琪（yú qí）：郭璞注经云："于、其两音。"

② 方：副词。同、一起。 丛：聚生的花草树木。

③ 猗萎（ē wěi）：飘拂貌。《文选·郭璞〈江赋〉》："随风猗萎，与波潭淹。"李善注："猗萎，随风之貌。"

④ 玲珑：明澈貌。

⑤ 争：竞相。 焕：放射。

⑥ 彩艳：绚丽。

【说明】

文玉、玗琪都是神话中的玉树。《海内西经》说："开明北有视肉、珠树、文玉树、玗琪树、不死树。"郭璞给"文玉树"作注云："五彩玉树。"在"玗琪树"下作注云："玗琪，赤玉属也。吴天玺元年，临海郡吏伍曜在海水际得石树，高二尺余，茎叶紫色，诘曲倾靡，有光彩，即玉树之类也。"《图赞》说文玉、玗琪同是玉树类而密集丛生。"翠叶"以下四句，是郭璞对聚生的两玉树的生动描绘。五彩文玉是突出写它随风摇动的"翠叶"，赤玉玗琪是重点写它晶莹剔透的"丹柯"。两玉树放射出来的光芒争相辉映，绚丽多姿像冲天而起的火龙，仿佛焕发出了生命的活力。

不 死 树

【原文】万物暂见，
人生如寄[①]。
不死之树，
寿蔽天地[②]。
请药西姥[③]，
焉得如羿[④]？

【译文】万物和人暂相见，
人生像客居世间。
吃了不死树上果，
人如天地般长寿。
向西姥请不死药，
谁能像仁羿那样？

【注释】

① 寄：暂居，客居。

② 蔽：遮蔽。

③ 西姥（mǔ）：西王母，古代神话中的女仙人，旧时以为长生不老的象征。郭璞注经云："羿常请药西王母，亦言其得道也。"事见《淮南子·览冥训》："羿请不死之药于西王母，姮娥窃以奔月，怅然有丧，无以续之。"

④ 焉：谁。一作"乌"。

【说明】

不死树，就是昆仑山上的寿木。《海内西经》说："开明北有不死树。"郭璞注云："言长生也。"《图赞》开篇两句说人生像暂时客居世间，和万物只是短期相见而已。作者叹惋人的一生十分短促，有如朝露。"人生忽如寄，寿无金石固。"于是人们产生了长生不老、成为"不死民"的强烈愿望。郭璞在《海外南经》"不死民"下作注曰："有员丘山，上有不死树，食之乃寿。"赞辞中间两句写的是吃了不死树，寿命将遮蔽天和地，真可谓是"与天地兮同寿，与日月兮齐光"。不死树上的果叶，是使人获得生命力量的源泉。但是，不死树在"高万仞"的昆仑之虚西北，又有凶悍的开明兽守护，不是凡人可以上去得到的。郭璞曾说过"非仁人及有才艺如羿者，不能得登此山之冈岭巉岩也"这样的话，他又想起了"羿请不死之药于西王母"的传说，于是在《图赞》末发出了谁能像仁羿的浩叹。

甘水圣木

【原文】醴泉睿木①，
养龄尽性②；
增气之和，
祛神之冥③；
何必生知④，
然后为圣。

【译文】醴泉水边有睿木，
养身益寿穷本性；
增加灵气的和顺，
消除精神的冥昧；
何必天生有睿智，
饮泉食木为智圣。

【注释】

① 醴泉：甜美的泉水。指传说中的甘水。《史记·大宛传》：“《禹本纪》言昆仑上有醴泉。” 睿（ruì）木：指传说中的神木，即圣木曼兑。睿，通达，明智。

② 养龄：保养躯体使延年益寿。 尽性：穷尽所禀之性。汉荀悦《申鉴·俗嫌》：“学必至圣，可以尽性。”

③ 祛（qū）：消除。 冥：糊涂，愚昧。

④ 知：通“智”。

【说明】

甘水、圣木是昆仑之虚上的甘泉、玉树。《海内西经》说：“开明北又有离朱、木禾、柏树、甘水、圣木曼兑，一曰挺木牙交。”郭璞给“甘水”作注云：“即醴泉也。”醴泉之水清凉甘甜。圣木之名为“曼兑”。袁珂先生指出：“圣木与曼兑连文，曼兑当即圣木之名。”圣木曼兑又叫“挺木牙交”。郭璞在“挺木牙交”下作注曰：“《淮南》作‘璇树’。璇，玉类也。”圣木曼兑和文玉树、玗琪树同属玉树类。圣木之“圣”有聪明睿智的意思，故郭璞在《图赞》里称圣木为“睿木”。睿木促人保养身体，使其延年益寿，更重要的是郭璞所说的“食之令人智圣也”。赞辞说圣木曼兑能增加人悟性的和畅，消除精神上的愚昧；人没有必要生下来就很聪明，饮醴泉、食睿木之后，即可成为智圣之人。

窫　窳

【原文】窫窳无罪[①]，
见害贰负[②]；
帝命群巫，
操药夹守[③]；
遂沦溺渊[④]，
变为龙首。

【译文】天神窫窳本无罪，
被贰负之神杀害；
天帝命令群神医，
拿药在左右守护；
于是沉没于深渊，
变为龙首食人怪。

【注释】

① 窫窳（yà yǔ）：古代传说中的一种吃人怪兽。袁珂《中国神话大词典》云："窫窳本'人面蛇身'，盖古天神之貌。然而或又谓其'如牛而赤身，人面马足'（《北山经》）；'龙首'（《海内南经》，《海内经》）；'类貙，虎爪'（《尔雅·释兽》）。意当为贰负臣所杀，经诸巫救治复活后，化而为此等怪物者。"

② 贰负：神名。见《贰负臣危》注释①。

③ 夹：在两边，分列左右。

④ 沦溺：沉没，淹没。　渊：深潭。

【说明】

窫窳，是人首蛇身的古天神。《海内西经》说："开明东有巫彭、巫抵、巫阳、巫履、巫凡、巫相，夹窫窳之尸，皆操不死之药以距之。窫窳者，蛇身人面，贰负臣所杀也。"郭璞给巫彭等群巫作注云："皆神医也。《世本》曰：'巫彭作医。'"又在"皆操不死之药以距之"下注曰："为距却死气，求更生。"窫窳被天神贰负和他的臣子危杀死，天帝十分动怒，命人把危反缚在疏属之山的大树下，然后又命巫彭等神医用不死之药将窫窳救活。《海内南经》说："窫窳龙首，居弱水中。"《海内经》云："有窫窳，龙首，是食人。"所以《图赞》就有了"遂沦溺渊，变为龙首"的说法。复活了的窫窳变成一个龙首食人怪兽。

服常琅玕树

【原文】服常琅玕[①]，
昆山奇树；
丹实珠离[②]，
绿叶碧布；
三头是伺[③]，
递望递顾[④]。

【译文】服常树旁琅玕树，
昆仑山上一奇树；
红果珠玉般排列，
绿叶如碧玉密布。
三头人树上伺察，
三双眼交替瞻顾。

【注释】

① 服常：树名。吴任臣云："《淮南子·地形训》：'沙棠琅玕在昆仑东。'服常疑是沙棠。" 琅玕（láng gān）：传说中的珠树。
② 离：陈列，布列。郭璞《江赋》："星离沙镜。"
③ 伺（sì）：窥察。
④ 递：顺次；交替。 望：向远处看。 顾：回头看。

【说明】

服常树附近的琅玕树是一种神木。《海内西经》说："开明东有服常树，其上有三头人，伺琅玕树。”郭璞在“有三头人，伺琅玕树”下作注云：“琅玕子似珠。《尔雅》曰：‘西北之美者，有昆仑之琅玕焉。’庄周曰：‘有人三头，递卧递起，以伺琅玕与琅玕子。’谓此人也。”三头人名叫离朱，据说离朱的目力足以“察针末于百步之外”。他在服常树上是为了看护好琅玕树。琅玕树是玉树琼枝，枝头结着类似珠玉的红色果实，名叫琅玕子，是专门为神鸟凤凰提供的食物。天帝派三头人离朱日夜守护琅玕树，他头上的三双眼睛轮流前看后顾，一点也不敢松懈。本则《图赞》咏赞的就是这个神话故事。

海内北经图赞

吉 量

【原文】金精朱鬣①，
龙行骏跱②；
拾节鸿鹜③，
尘不及起④。
是谓吉黄，
释圣牖里⑤。

【译文】白色身子红鬣毛，
立如骏马行若龙；
挥鞭如鸿鹜疾飞，
尘土来不及扬起。
这是献纣的吉黄，
为释放羑里文王。

【注释】

① 金精：即金。在古代五行学说中金属西方，其色白。 鬣（liè）：马

颈上的长毛。

② 跱（zhì）：立。

③ 拾节：聂恩彦《郭弘农集校注》云："节，竹节，此指马鞭，言挥鞭上马。"　鸿：大雁。　鹜：鸭子。

④ 尘不：一作"尘下"，据《郭弘农集》改。

⑤ 圣：这里指周文王伯昌。　牖（yǒu）里：羑里。牖，通"羑"。《绎史》卷十九引《六韬》云："商王拘伯昌于羑里，太公与散宜生以金千镒求天下珍物以免君之罪。于是得犬戎氏文马，驳身朱鬣，目若黄金，名鸡斯之乘，以献商王。"吉量一名"鸡斯之乘"。《六韬》："项若鸡尾，名曰鸡斯之乘。"

【说明】

吉量，是一种身上长有斑纹的神马，亦称为文马。《海内北经》说："犬戎国有文马，缟身朱鬣，目若黄金，名曰吉量，乘之寿千岁。"郭璞给"缟身"作注云："色白如缟。"缟是纯白精纺的缯帛。《图赞》开篇说："金精朱鬣。"金精，即金。古人认为西方属金，主白色，吉量"缟身"，所以称"金精"。郭璞在"吉量"下作注曰："一作'良'。"吉量一名"吉良"，因为"目若黄金"，又称"吉黄"。吉量是一种行若游龙的骏马。赞辞说挥鞭上马，吉量像大雁和野鸭一样疾飞，快得尘土还没扬起，它就不见踪影了，更何况骑上它还能使人长寿千岁。吉量被古人视为"天下珍物"。传说周文王伯昌被商纣王拘囚在羑里，姜太公与散宜生用千镒金求得一匹吉量，把它献给纣王，文王终于获释。赞辞末两句写的就是这个故事。

蛇巫山鬼神蜪犬群帝台大蜂朱蛾

【原文】蛇巫之山，
有人操杯[①]。
鬼神蜪犬[②]，
主为妖灾[③]。
大蜂朱蛾[④]，
群帝之台。

【译文】在蛇巫之山上，
有人握持大棒。
鬼国凶兽蜪犬，
专干妖灾之事。
大蜂朱蛾盘绕，
四方群帝之台。

【注释】

① 柸：郭璞注经云："柸或作'棓'，字同。"棓（bàng），棍、杖，后作"棒"。《淮南子·诠言训》高诱注"羿死于桃棓"云："棓，大杖，以桃木为之，以击杀羿，由是以来鬼畏桃也。"

② 蜪（táo）犬：传说中的兽名。郭璞注经云："音陶。或作'蚼'，音钩。"

③ 主：专，专行。《韩非子·内储说》："贵而主断。" 妖灾：古时指天时、物类的反常现象。《左传·宣公十五年》："天反时为灾，地反物为妖，民反德为乱，乱则妖灾生。"

④ 大蜂："大蜂其状如螽。"螽（zhōng），旧说为蝗类的总名。郝懿行云："疑螽即蜂字之讹。" 朱蛾（yǐ）：蛾，蚂蚁，后作"蚁"。《尔雅·释虫》："蚍蜉，大蚁。"

【说明】

蛇巫山，因"山形似龟"，又称龟山。《海内北经》说："蛇巫之山，上有人操柸而东向立。一曰龟山。"那位站立在蛇巫之山手执棍棒的人是谁？袁珂先生指出，我国古代有逄蒙杀羿、羿死于桃棓的神话，东向立于昆仑山附近蛇巫山的人有可能就是逄蒙。蜪犬是一种样子像狗的食人凶兽。《海内北经》说："鬼国在贰负之尸北，为物人面而一目。一曰贰负神在其东，为物人面蛇身。蜪犬如犬，青，食人从首始。"聂恩彦先生认为这两节文字衔接紧密，赞辞"鬼神"应是"鬼国"之误。鬼国有凶兽蜪犬，吃人从脑袋开始。正因为蜪犬十分凶残，郭璞《图赞》说它专干违反天时、物类的坏事。群帝台是为尧、喾、丹朱、舜等古帝建筑的四方之台。《海内北经》说："帝尧台、帝喾台、帝丹朱台、帝舜台，各二台，台四方，在昆仑东北。大蜂其状如螽。朱蛾其状如蛾。"袁珂先生指出，这古帝方台"乃禹杀相柳所筑台以厌妖邪者也"。也就是《海外北经》所说的为了湮塞"九首人面，蛇身而青"共工之臣相柳腥臭之血所筑的方台（参见《海外北经图赞·共工臣相柳》说明）。郭璞注云："蛾，蚍蜉也。《楚词》云：'玄蜂如壶，赤蛾如象。'谓此也。"在八座古帝方台的周围，飞绕着壶一样大小的大蜂，盘踞着像象的赤红蚂蚁。

阘非据比尸袜戎

【原文】人面兽身，
是谓阘非①。
被发折颈，
据比之尸②。
戎其三角，
袜竖其眉③。

【译文】人的面孔兽的身，
这个怪物叫阘非。
披散头发折断颈，
据比之尸是他名。
戎的头上三只角，
鬼魅眉目竖着生。

【注释】

① 阘（tà）非：郭璞注经云："阘，音榻。"

② 据比：郭璞注经云："一云掾比。"袁珂按："《淮南子·坠形篇》云：'诸比，凉风之所生也。'高诱注：'诸比，天神也。'疑即据比、掾比（北）。诸、据、掾一声之转。"

③ 袜（mèi）：鬼魅。郭璞注经云："袜，即魅也。"经文说袜"从目"。从目，即"纵目"，直目，竖目。

【说明】

阘非，是一种人面怪兽。《海内北经》说："阘非，人面而兽身，青色。"阘非浑身青色。据比是天神，被杀后灵魂不死，成为据比之尸。经文说："据比之尸其为人折颈披发，无一手。"据比的尸体残缺不齐，脖子被折断，耷拉的脑袋披散着头发，一只手也不知去向，真是惨不忍睹。正如袁珂先生所说："盖亦神国内讧，战斗不胜，惨遭杀戮之象。"戎是一种古代族群或群种。《海内北经》说："戎其为人人首三角。"马昌仪先生指出："该族群的特点是，脑袋上长着三只角。从民族学的立场看，在头（或帽子）上装饰以动物之角，是相当普遍的一种风习，特别是何以有三角这个数字，其中必然包含着原始信仰的意义。"袜，也就是鬼魅。经文说："袜其为物，人身黑首从目。"袜的样子很可怕，人的身子，黑脑袋，眉毛和眼睛是竖着长的。日本学者伊藤清司认为："两只眼睛的直眼和横眼的差异，可以认为是象征着从非人类社会到人类社会的进化。"

驺 虞

【原文】怪兽五采[①]，
尾参于身[②]；
矫足千里，
倏忽若神[③]；
是谓驺虞[④]，
诗叹其仁[⑤]。

【译文】怪兽身五彩斑斓，
尾巴有三倍体长；
足矫健日行千里，
迅捷得有如神助；
这被人称为驺虞，
毛诗赞叹它仁德。

【注释】

① 采：色彩，光彩。
② 参（sān）：同“三”。
③ 倏（shū）忽：很快地，忽然。
④ 驺虞（zōu yú）：古代传说中不食生物的义兽。
⑤ 诗：书名，即《诗经》。我们今天所读的《诗经》，是毛亨、毛苌传下来的。毛亨作《毛诗故训传》，所以后人又称《诗经》为“毛诗”。

【说明】

驺虞，又叫驺吾，是一种祥瑞圣兽。《海内北经》说："林氏国有珍兽，大若虎，五采毕具，尾长于身，名曰驺吾，乘之日行千里。"郭璞注云："《六韬》云：'纣囚文王，闳夭之徒诣林氏国，求得此兽献之，纣大悦，乃释之。'《周书》曰：'夹林酋耳，酋耳若虎，尾参于身，食虎豹。'《大传》谓之侄（怪）兽。吾宜作虞也。"袁珂先生指出："驺吾（虞）神话，亦文王脱羑里神话之一细节也。"又说："《淮南子·道应篇》：'散宜生乃以千金求天下之珍怪，得驺虞、鸡斯之乘，玄玉百工、大贝百朋……以献于纣。'首列驺虞，其贵可知矣。"《尚书大传》云："散宜生之于陵氏取怪兽，大不辟虎狼间，尾倍其身，名曰虞。"故郭璞在本则《图赞》里称驺吾为怪兽。《诗经·召南》也有"驺虞"篇："彼茁者葭，壹发五豝。於嗟乎驺虞！"《毛诗故训传》云："驺虞，义兽也。白虎，黑文，不食生物，有至信之德而应之。"《毛诗序》也说："仁如驺虞，则王道成。"驺虞被《诗经》奉为仁德之兽。

冯　夷[①]

【原文】	【译文】
禀华之精，	禀受华山之精气，
食惟八石[②]；	服食八种炼丹石；
乘龙隐沦[③]，	驾驭两龙隐水中，
往来海若[④]；	常与海若相往来；
是实水仙，	实是得道成水仙，
号曰河伯[⑤]。	又有大号叫河伯。

【注释】

① 冯（féng）夷：水神。又作"冰夷""无夷"。聂恩彦《郭弘农集校注》作"冰夷"。

② 八石：古代道家炼丹所常用的朱砂、雄黄、雌黄、空青、云母、硫黄、戎盐、硝石八种石质原料。

③ 乘龙：郭璞注经云："画四面各乘云车，驾二龙。"　隐沦：隐居水下。

④ 海若：古代传说中的海神。《庄子》所称北海若。

⑤ 河伯：黄河水神，即“冰夷”“冯夷”“无夷”。“伯”字是对长者的尊称。

【说明】

冯夷，又称冰夷、无夷，是古黄河水神河伯。《海内北经》说：“从极之渊深三百仞，维冰夷恒都焉。冰夷人面，乘两龙。一曰忠极之渊。”郭璞注云：“冰夷，冯夷也。《淮南》云：‘冯夷得道，以潜大川。’即河伯也。《穆天子传》所谓‘河伯无夷’者，《竹书》作‘冯夷’。字或作‘冰’也。”故本则《图赞》题名为“冯夷”。袁珂先生按：“经文‘恒都’，《藏经》本作‘潜都’。郭注引《淮南子·齐俗篇》文，实出《庄子·大宗师》。《大宗师》云：‘冯夷得之，以游大川。’《释文》引司马彪云：‘《清泠传》曰：冯夷，华阴潼乡堤首人也，服八石，得水仙，是为河伯。’”冯夷，陕西华阴潼乡人，华阴南有西岳华山，所以郭璞说冯夷“禀华之精”。又说冯夷服食朱砂、雄黄、雌黄等八种炼丹用的石质原料而得道成仙。至于冯夷潜居水下，和海神海若常有往来，《楚辞·远游》有“使湘灵鼓瑟兮，令海若舞冯夷”之说，《庄子·秋水》记有河伯与北海若对话之事。本则《图赞》所咏冯夷神话，皆有所本。

王子夜尸

【原文】子夜之尸，
体分成七①。
离不为疏②，
合不为密③；
苟以神御，
形归于一④。

【译文】这王子夜的尸首，
肢体分解成八块。
支离破碎不为疏，
合成整体不算密；
若用精神来驾御，
形体仍能归为一。

【注释】

① 体分成七：七应为“八”。袁珂注经云：“王亥惨遭杀戮，系尸分为八，合于‘亥有二首六身’（首二、胸二、两手、两股）（《左传·襄公三十年》）之古代民间传说。郭璞《图赞》云：‘子夜之尸，体分成

七。’则所见本已衍齿字也。”

② 疏：疏落。

③ 密：密集。

④ 归：返回，回到。

【说明】

王子夜的尸体，身首异处，七零八落，惨不忍睹。《海内北经》说：“王子夜之尸，两手、两股、胸、首、齿，皆断异处。”郭璞注云：“此盖形解而神连，貌乖而气合，合不为密，离不为疏。”袁珂先生指出：“郭释已近玄说，殊乖神话之旨。”本则郭璞《图赞》说的就是这种玄妙深微、古奥难识的义理。有专家考证，王子夜是传说中的王亥。袁珂云：“若果如此，则此节亦王亥故事之片段，即《大荒东经》郭璞注引古本《竹书纪年》所谓‘殷王子亥宾于有易淫焉，有易之君绵臣杀而放之’，王亥惨遭杀戮以后之景象也。”王亥是殷国的国君，他在有易做客时，和有易的王妃有染，有易族君主绵臣十分生气，把王亥杀了，并将他的尸首肢解，分散到各地，这就是从经文里看到的王子夜（即王亥）惨遭杀戮之后的惨状。

宵明烛光

【原文】水有佳人①，
宵明烛光；
流耀河湄②，
禀此奇祥③；
维舜二女，
别处一方④。

【译文】黄河水泽有美女，
名叫宵明和烛光；
灵光在河边闪动，
给人们惊奇吉祥；
舜帝这两个女儿，
却与他天各一方。

【注释】

① 水：水泽，即经文“处河大泽”之“大泽”。郭璞注云：“泽，河边溢漫处。”　佳人：美女。

② 流耀：闪动的光。　湄（méi）：岸边水、草相接之处。《诗经·秦

风·蒹葭》："所谓伊人，在水之湄。"

③ 禀：赋予。 祥：吉利，吉祥。

④ 别：各，另。

【说明】

宵明烛光，是我国古代神话传说中的两位光明女神。《海内北经》说："舜妻登比氏生宵明、烛光，处河大泽，二女之灵能照此所方百里。一曰登北氏。"郭璞在"宵明烛光"下作注云："即二女字也，以能光照，因名云。"宵明、烛光住在黄河岸边的大泽中。每到夜晚，"二女神光所烛及者方百里"，给人们带来的是惊喜和祥瑞。在郭璞的赞辞里，宵明、烛光的神光是吉祥的象征。《图赞》末二句写舜帝因巡狩天下，不能和二女相聚，各处一方；后来虞舜南巡，崩于苍梧之野，葬九疑山之阳，宵明、烛光二女神仍坚守在黄河之滨水、草相接处，给黑暗中的人们送去光明。

列姑射山大蟹陵鱼

【原文】姑射之山[①]，
实西神人[②]；
大蟹千里，
亦有陵鳞[③]；
旷哉溟海[④]，
含怪藏珍。

【译文】海岛列姑射之山，
果真居住着神人；
身广千里的大蟹，
也有人面的陵鱼；
多么辽阔的深海，
蕴藏着异宝奇珍。

【注释】

① 姑射（yè）：传说中的山名。

② 西：禽鸟歇宿。后作"栖"（qī）。《说文·西部》："西，鸟在巢上，象形。日在西方而鸟栖，故因以为东西之西。"亦泛指栖息、居住。

③ 陵鳞：陵鱼，即人鱼也。

④ 旷（kuàng）：宽阔。 溟（míng）：深。

【说明】

列姑射山，又叫姑射山、藐姑射之山，是海中的神山。《海内北经》说："列姑射在海河州中。射姑国在海中，属列姑射，西南山环之。"郭璞给"列姑射在海河州中"作注云："山名也。山有神人。河州在海中，河水所经者，《庄子》所谓'藐姑射之山'也。"《庄子·逍遥游》云："藐姑射之山，有神人居焉。肌肤若冰雪，淖约（柔弱美好貌）若处子（处女），不食五谷，吸风饮露，乘云气，御飞龙，而游乎四海之外。"位于列姑射山上的姑射国，也就是神人所居之国。在列姑射山附近的大海里，有千里大蟹和人面陵鱼。《海内北经》说："大蟹在海中。陵鱼人面手足鱼身，在海中。"郭璞注云："盖千里之蟹也。"《古小说钩沉》辑《玄中记》云："天下之大物，北海之蟹，举一螯能加（超过）于山，身故在水中。"《太平御览》引《岭南异物志》云："尝有行海得洲渚，林木甚茂。乃维舟登岸，爨（cuàn 烧火煮饭）于水傍。半炊而林没于水。遽断其缆，乃得去。详视之，大蟹也。"陵鱼，也就是传说中的"人鱼""鲛人"。晋干宝《搜神记》："南海之外有鲛人，水居如鱼，不废织绩，其眼泣，则能出珠。"而《太平御览》卷八〇三引《博物志》（今本无）云："鲛人从水出，寓人家，积日卖绢。将去，从主人索一器，泣而成珠满盆，以与主人。"郭璞《图赞》末两句赞叹辽阔大海蕴藏着多么丰富的奇珍异宝，也流传关于它们十分诡奇的传说。

蓬莱山

【原文】蓬莱之山，
玉碧构林①；
金台云馆②，
皓哉兽禽③；
实维灵府④，
玉主甘心⑤。

【译文】海上仙境蓬莱山，
玉树碧绿构成林；
黄金宫殿高入云，
走兽飞禽多素白；
实是神灵的住所，
仁德君主心向慕。

【注释】

① 碧：青绿色的玉石。　构：成，造成。

② 云馆：高耸入云的馆舍。

③ 皓（hào）：白，洁白。

④ 灵府：指神灵仙道的住所。

⑤ 玉主：仁德的君主。玉，比喻美德、贤才。 甘心：羡慕，向慕。唐司马贞《史记索隐》："谓心甘羡也。"

【说明】

蓬莱、方丈、瀛洲并称为海上三座仙山。《海内北经》说："蓬莱山在海中。"郭璞注云："上有仙人宫室，皆以金玉为之，鸟兽尽白，望之如云，在渤海中也。"郭璞的这条注释和本则《图赞》都脱胎于《史记·封禅书》的一段记载："蓬莱，方丈，瀛洲，此三神山者，其传在渤海中，诸仙人及不死之药皆在焉。其物禽兽尽白，而黄金银为宫阙。未至，望之如云；及到，三神山反居水下。临之，风辄引去（吹走），终莫能至云。世主莫不甘心焉。""忽闻海上有仙山，山在虚无缥缈间。"郭璞赞辞描画的蓬莱仙境就是这样一个乌托邦化的极乐世界。仙山神话是燕、齐诸滨海民族"乐园情结"的反映。李丰楙先生指出："滨海地区常常往来海上，对于瑰丽、变化的海洋充满着冥思的诱惑；又加上自然现象中所呈现的日光折射，形成海市蜃楼的幻象，综合了对海洋神秘性的信仰，而产生乐园的神话。"

海内东经图赞

竖沙居繇埻端玺唤国

【原文】竖沙居繇①，
埻端玺唤②，
沙漠之乡③，
绝地之馆④。
或羁于秦⑤，
或宾于汉⑥。

【译文】竖沙国和居繇国，
埻端国和玺唤国，
位置在沙漠地区，
极远地方的建制。
有的被秦王羁勒，
有的宾服汉帝国。

【注释】

① 居繇（yáo）：古国名。郭璞注经云："繇音遥。"

② 埻（guó）端：古国名。　玺唤（xǐ huàn）：古国名。郭璞注经云："唤音唤，或作'茧暵'。"

③ 乡：泛指地区、区域。

④ 馆：官署名。

⑤ 羁（jī）：束缚，拘束，羁勒，羁縻。

⑥ 宾：服从，归顺。《尔雅·释诂》："宾，服也。"郭璞注："谓喜而服从。"

【说明】

竖沙、居繇、埻端、玺唤是在流沙内外游牧民族建立的国家。《海内东经》说："国在流沙外者大夏、竖沙、居繇、月支之国。"又说："国在流沙中者埻端、玺唤，在昆仑虚东南。一曰海内之郡，不为郡县，在流沙中。"这里的所谓"国"，实即或大或小的政权。这些政权，有的有城郭，有的没有城郭，有的规模较大，有的规模很小。这里的“流沙”，应指横亘在内、外蒙古之间的一片大沙漠；流沙内外，是史书上通常称的“大漠南北”。早在战国时期，燕、赵、秦三国势力已开始达到漠南的部分地区。各游牧地区虽大体上划分为行政区域进行管理，正是本则《图赞》所说的“沙漠之乡，绝地之馆”；但在各个被划分的区域内仍是按氏族部落的组织聚居，不宜用中原中央王朝行政区划的标准去理解和要求，故经文说“在海内建置的郡，不称它们为郡县，因为它们处在流沙之中”。秦汉两朝都是大一统的朝代，“或羁于秦，或宾于汉”，这两句赞辞用的是互文手法，说明秦汉统治者或兼并、控制，或怀柔、笼络，竖沙、居繇、埻端、玺唤诸国都成为了隶属于中原政权的藩国，实现了游牧民族和汉民族的融合。附带要说明的是，郝懿行云：“《海内东经》之篇而说流沙内外之国，下又杂厕东南诸州及诸水，疑皆古经之错简。”袁珂说：“郝说是也，此下三节俱当移在《海内西经》‘流沙出钟山’节后。”

郁　州

【原文】	【译文】
南极之山①，	郁州是南极之山，
越处东海②；	跨越千山留东海；
不行而至，	不是自行而到此，
不动而改；	不是搬动而更改；
维神所运③，	实是神力在运送，
物无常在④。	事物不长久存在。

【注释】

① 南极：南边的尽头。

② 越：跨过。　处：停留。

③ 运：运输，搬运。

④ 常：经常，长久。　在：存在。

【说明】

郁州，又叫都州，是大海中的山。《海内东经》说：“都州在海中。一曰郁州。”郭璞注云：“今在东海朐县界，世传此山自苍梧从南徙来，上皆有南方物也。”苍梧之丘，《海内经》说是“舜之所葬，在长沙零陵界中。”苍梧在古人心目中是南方十分遥远的地方。故郭璞《图赞》称郁州是“南极之山”。这“南极之山”是怎么从遥远的苍梧跨越千山万水而落户东海的呢？郭璞认为郁州山不是自己走到的（“不行而至”），也不是人搬迁过去的（“不动而改”），而是神的力量运输的结果（“维神所运”）。郭璞显然不具备解释地球地表在板块运动下产生搬运作用的科学知识，但他相信万事万物总是在不断发展变化的，在本则《图赞》里发出了“物无常在”的感慨。

韩雁始鸠雷泽神琅邪台

【原文】韩雁始鸠，
在海之州①。
雷泽之神②，
鼓腹优游③。
琅邪嶕峣④，
邈若云楼⑤。

【译文】韩雁国和始鸠国，
在大海的洲岛上。
雷泽之中有雷神，
凸起肚子挺悠闲。
琅邪台峻峭耸立，
高远如云中楼台。

【注释】

① 州：水中陆地。

② 雷泽：清吴承志《山海经地理今释》卷六云：“雷泽即震泽。《汉志》具区泽在会稽郡吴西扬州薮，古文以为震泽。震泽在吴西，可证。”震泽，即今太湖的沼泽地。

③ 鼓腹：凸起肚子。《庄子·马蹄》：“鼓腹而游。” 优游：悠闲自得。

④ 琅邪（láng yá）：山名，即经文的琅邪台。 嶕峣（jiāo yáo）：峻峭，高耸。

⑤ 邈（miǎo）：遥远。

【说明】

韩雁和始鸠是海中的两古国。《海内东经》说：“韩雁在海中，都州南。”又说：“始鸠在海中，辕厉南。”郭璞给“始鸠”作注云：“国名，或曰鸟名也。”袁珂先生指出：“当是国名。”始鸠国应在韩雁国的南边。郝懿行云：“辕厉疑即韩雁之讹也；辕、韩，雁、厉，并字形相近。”《图赞》称“韩雁始鸠，在海之州”，它们是大海中两个相邻的岛国。雷神是古老的司雷之神。《海内东经》说：“雷泽中有雷神，龙身而人头，鼓其腹。在吴西。”雷神打雷前有闪动的电光，类似于传说中龙的形状，于是想象雷神是“龙身而人头”，而把雷鸣声理解为“鼓腹”的结果。郭璞在对经文的注释中提到华胥踩了雷神在雷泽的足印，感动而生下伏羲的故事。雷神是创世天神伏羲的父亲。而赞辞说雷神“鼓腹优游”，应是《山海经图》中的形象。《海内东经》说：“琅邪台在渤海间，琅邪之东。”郭璞注云：“今琅邪在海边，有山嶕峣特起，状如高台，此即琅邪台也。琅邪者，越王勾践入霸中国之所都。”琅邪是当年越王勾践称霸中原时在渤海海岸间所建的一座都城，在琅邪城的海边有一座山，“状如高台”，故叫作“琅邪台”。郭璞《图赞》颂“琅邪嶕峣，邈若云楼”，琅邪台成为越国都城琅邪的重要标志。

大江北江南江浙江庐淮湘汉濛温颍汝泾渭白沅赣泗郁肄潢洛汾沁济潦虖沱漳水①

【原文】川渎交错②，
涣澜流带③；
通潜润下④，
经营华外⑤；
殊出同归⑥，
混之东会⑦。

【译文】河川沟渠纵横交错，
波涛壮阔长流如带；
地下潜流滋润万物，
江河回旋华夏大地；
发源殊异同一归向，
浩浩荡荡东海会合。

【注释】

① 肄（yì）：水名。　虖沱（hū tuó）：水名。
② 川渎（dú）：泛指河流。
③ 涣（huàn）：水势盛大貌。　澜：大波涛。
④ 通潜：普通的潜流、伏流，指地下水。　润下：谓水性就下以滋润万物。

⑤ 经营：周旋；往来。《文选·司马相如〈上林赋〉》：“终始灞浐，出入泾渭；酆镐潦潏，纡馀委蛇，经营乎其内。”郭璞注：“经营其内，周旋于苑中也。” 华：古代汉族自称华夏，简称华。

⑥ 归：趋向。

⑦ 混：合并，统一。郭璞《江赋》：“焕大块之流形，混万尽于一科。” 会：会合。

【说明】

《海内东经》“会稽山在大楚南”后出现了“岷三江：首大江，出汶山，北江出曼山，南江出高山。高山在成都西，入海在长州南”等二十八节文字。据专家考据，这些文字与经文无关，疑是《隋书·经籍志》载《水经》（三卷，郭璞注）或《旧唐书·经籍志》载《水经》（二卷，郭璞撰）羼入到经文里的。这节文字对岷三江：大江、北江、南江，还有浙江、庐江、淮水、湘水、汉水、濛水、温水、颍水、汝水、泾水、渭水、白水、沅水、赣水、泗水、郁水、肄水、潢水、洛水、汾水、沁水、济水、潦水、虖沱水、漳水等二十八条江流水道的源出、流向、汇流诸情况作简短的描述，而本则《图赞》的标题是对这节文字的概括。具有人文情怀的郭璞在赞辞里对华夏大地上的河道水系进行了诗意的描绘，展现在人们面前的是一幅江水浩荡、河网纵横、百川归海的盛大景象。

大荒东经图赞

东海外大壑

【原文】雁益洞穴[①]，
映昏龙烛[②]；
爰有大壑[③]，
号曰底谷；
流宗所灌[④]，
豁然渗漉[⑤]。

【译文】雁门之山多洞穴，
遮蔽烛龙的火精；
东海外有大沟壑，
号称是无底之谷；
流水众多注入谷，
很快地渗透漏泄。

【注释】

① 雁：山名，即雁门山。《海内西经》云："雁门山，雁出其间。在高柳北。" 益：多。

② 映昏：遮蔽，使昏暗。 龙烛：烛龙神所衔之烛。烛，火炬。《说文·火部》："烛，庭燎，火烛也。"即用柴草捆扎并濡油而成的火炬。这里指烛龙神所衔的火精，郭璞注引《诗含神雾》："天不足西北，无有阴阳消息，故有龙衔精以往照天门中。"（见《大荒北经》）

③ 壑（hè）：坑，沟。

④ 宗：通"众"，众多。

⑤ 豁然：倏忽，顿然。

【说明】

《大荒东经》说："东海之外有大壑，少昊之国。"郭璞注云："《诗含神雾》曰：'东注无底之谷。'谓此壑也。"《图赞》"号曰底谷"，也就是"无底之谷"。《列子·汤问》云："勃海之东，不知其几亿万里，有大壑焉，实惟无底之谷，其下无底，名曰归墟。八纮（极远之地）九野之水，天汉之流，莫不注之，而无增无减焉。”这就是东海外大壑“归墟”的神话。而郭璞《图赞》开首两句写的却是雁门山的洞穴遮蔽了烛龙神所衔之烛（火精）的故事。《淮南子·地形训》云：“烛龙在雁门北，蔽于委羽之山，不见日，其神人面蛇身而无足。”烛龙，又叫烛阴。“龙衔烛以照太阴，盖长千里。”他能照亮幽冥国的阴暗，却照不亮东海外“流宗所灌，豁然渗漉”的大壑无底深谷。

竫　人

【原文】僬侥极么[①]，
竫人又小[②]；
四体具足[③]，
眉目才了[④]；
大人长臂[⑤]，
与之共詨[⑥]。

【译文】焦侥国人极矮小，
竫人个头又更小；
上肢下肢都完备，
眉目如画真清晰；
大人国民张长臂，
和竫人一同呼叫。

【注释】

① 僬侥（jiāo yáo）：也写作焦侥，古代传说中的矮人。《大荒南经》：“有小人，名曰焦侥之国，幾姓，嘉谷是食。”郭璞注：“皆长三尺。”　么：同“幺”（yāo），小。

② 竫（jìng）人：传说中的小人。经文写作“靖人”。

③ 具：副词，通“俱”，都，皆。一作“取”。　足：完备。

④ 才：表示强调程度高的语气，或语气确定。　了：清楚，清晰。

⑤ 大人：古代传说中的大人国民。《大荒东经》：“东海之外，有波谷山者，有大人之国。有大人之市，名曰大人之堂。有一大人踆其上，张其两臂。”

⑥ 詨（xiào）：叫呼。

【说明】

竫人，古代传说中的小人。《大荒东经》说：“有小人国，名靖人。”郭璞注云："《诗含神雾》曰：'东北极有人长九寸。'殆谓此小人也。或作'竫'，音同。"焦侥之国也是传说中的小人国，在《山海经》里还有菌人（《大荒南经》）、周饶国（《海外南经》）均属此类。焦侥国人身长三尺，而竫人却只有九寸，故《图赞》说："僬侥极么，竫人又小。"竫人个头虽小，肢体却健全，眉目都清晰，又叫作"侏儒短人"。《大荒东经》还说，在波谷山上有大人之国；有大人做买卖的市集，是一座形状像堂室的高山，名叫大人堂；有一个数丈高的大人蹲在上面，张开他的两只臂膊。赞辞末两句写大人和不到一尺高的竫人一齐叫呼，不是更加显得竫人的短小么？

中容国木食

【原文】	【译文】
鸠民啖面①，	聚集百姓来吃面，
出于二木；	这面出自二树木；
杪则石余②，	橡子面有一石多，
桄榔百斛③。	桄榔面有一百斛。
中容所食，	中容人食木淀粉，
盖亦此属④。	大概也是这一类。

【注释】

① 鸠（jiū）民：聚集百姓。鸠，聚集，牧集，集合。《左传·昭公十七年》："五鸠，鸠民者也。"杜预注："鸠，聚也。" 啖（dàn）：食，吃。

② 杪（miǎo）：树梢。此字疑为"杼"字之误。杼（shù），木名，即栎、橡。《广雅·释木》："杼，橡也。"《列子·说符》："冬日则食橡栗。"橡栗，橡树的果实。橡栗磨成粉，即俗称"橡子面"，可以充饥，味苦。 石（dàn）：量词。容量单位，十斗为一石。

③ 桄榔（guāng láng）：亦作"桄桹"，木名，俗称砂糖椰子。常绿乔木，肉穗花序的汁可制糖，茎中的髓可制淀粉。《后汉书·西南夷传·夜郎》："句町县有桄榔木，可以为面，百姓资之。" 斛（hú）：古代量器。亦用作容量单位，十斗为一斛。

④ 盖：副词，大概。 属：类。

【说明】

《大荒东经》说："有中容之国，帝俊生中容，中容人食兽、木实，使四鸟：豹虎熊罴。"郭璞给"木实"作注云："此国中有赤木玄木，其华实美，见《吕氏春秋》。"袁珂先生指出，注中的"华"字是"叶"字之讹。《吕氏春秋·本味》："指姑之东，中容之国，有赤木玄木之叶焉。"高诱注："赤木玄木，其叶皆可食，食之而仙也。"而郭璞在本则《图赞》里又对"赤木玄木"说作了修正。《吕氏春秋》称颂赤木玄木之叶是"菜之美者"。郭璞认为中容国之民吃的树木，和杼、栊栫是属同一类能给人提供淀粉作为主食的树木。

司幽国

【原文】魧以鸣风[①]，
白鹤瞪眸[②]。
感而遂通[③]，
亦有司幽；
可以数尽[④]，
难以言求[⑤]。

【译文】魧嘴碰嘴而风化，
白鹤相视睁大眼。
精神感应便受孕，
也有司幽国之民；
全凭运数而生子，
不必用言语招引。

【注释】

① 魧（háng）：即鳡（gǎn）鱼，鳏（guān）鱼。《本草纲目·鳞四·鳡鱼》："其性独行，故曰鳏。" 鸣：疑为"呜"。呜，亲吻。《世说新语·惑溺》："充自外还，儿见充喜踊，充就乳母手中呜之。" 风：风化。这里指雌雄相诱不得交合而生子。

② 瞪眸：睁大眼睛。

③ 通：淫也。这里指气通受孕。

④ 数：运数、气数，即命运。 尽：使之达到极限。这里有尽善尽美之意，指生子。

⑤ 求：感应，招引。《易·乾》："同声相应，同气相求。"

【说明】

《大荒东经》说："有司幽之国。帝俊生晏龙，晏龙生司幽。司幽生思士，不妻；思女，不夫。食黍食兽，是使四鸟。"郭璞在"不夫"下作注云："言其人直思感而气通，无配合而生子，此《庄子》所谓'白鹄相视，眸子不运而感化'之类也。"今通行本《庄子·天运》说："夫白鶂之相视，眸子不运而风化；虫，雄鸣于上风，雌应于下风而风化，类自为雌雄，故风化。"白鶂相视，瞪眸不转；昆虫鸣叫，雌雄相诱，都能不交合而生子，这就是庄子所谓的"风化"。郭璞《图赞》说的是鲵，不是虫，虫"鸣"鲵"鸣"。鲵，即鳏鱼、鳏鱼，"其性独行"（故把成年无妻的人称为"鳏夫"），鲵偶尔嘴对嘴地碰上了就会"无配合而生子"。司幽是司幽国的祖先，他的儿子思士，不娶妻子；他的女儿思女，不嫁丈夫。从此以后，司幽国民有如鲵鱼白鹤，只要听从命运的安排，意念上有感应，不用谈情说爱，就能气通而受孕了。

应　龙

【原文】应龙禽翼，
助黄弭患①。
用济灵庆②，
南极是迁③。
象见两集④，
□气自然⑤。

【译文】应龙为有翼之龙，
助战黄帝除祸患。
因停止灵验吉祥，
迁居南方极远地。
形象出现国安定，
禀受自然之精气。

【注释】

① 弭（mǐ）：止息，消除。　患：祸患。

② 用：因为。　济：停止。　灵庆：指灵验吉祥的符谶。

③ 南极：南方极远之地。

④ 象见：形象出现。　两集：指天上人间安定。《史记·秦始皇本纪》："则上下集而国安矣。"集，安定，和睦。

⑤ □，此处应是"禀"字。

【说明】

应龙，是黄帝的神龙。《大荒东经》说："大荒东北隅中有山，名曰凶犁土丘。应龙处南极，杀蚩尤与夸父，不得复上，故下数旱，旱而为应龙之状，乃得大雨。"郭璞注云："应龙，龙有翼者也。"《图赞》开首第一句便是"应龙禽翼"。蚩尤制作兵器攻伐黄帝，黄帝派遣应龙到翼州之野去抵御他，应龙杀了蚩尤和夸父，为黄帝消除了祸患。但由于"神力用尽，上不了天"（袁珂语），不能为天帝降下灵验吉祥的符命和谶书，只得迁居南方极远的地方。应龙能兴风布雨，故南方多雨，而北方没有致雨的神，下界常闹旱灾。人们便装扮应龙的形象来求雨，果然天降甘霖，从此风调雨顺，国泰民安，真可谓"象见两集"了。"禀气自然"是郭璞常讲的一个命题。他认为应龙也和宇宙中的万物一样，都是禀受了自然之精气而生成的。

夔

【原文】剥夔□鼓[①]，
雷骨作桴[②]；
声震五百，
响骇九州[③]；

【译文】剥下夔皮来蒙鼓，
雷兽之骨作鼓槌；
鼓声震撼五百里，
雷霆万钧惊九州；

神武以济[4]，　　　　英明威武成大业，
尧炎平尤[5]。　　　　削弱炎帝平蚩尤。

【注释】

① 夔（kuí）：古代传说中一种怪兽。 □，此残缺处疑为“冒”字。冒，覆盖，笼罩。

② 桴（fú）：同“枹”，鼓槌。

③ 骇：震动，惊动。 九州：传说中的我国上古的九个行政区域。后来用作“中国”的代称。

④ 神武：原谓以吉凶祸福威服天下而不用刑杀，后多用以称颂帝王将相英明威武。 济：成，成功。《后汉书·荀彧传》：“终济大业。”

⑤ 尧：应为“挠”，削弱。 平：平定。

【说明】

夔是一种形状像牛、苍身一足的怪兽。《大荒东经》说：“东海中有流波山，入海七千里。其上有兽，状如牛，苍身而无角一足，出入水则必风雨，其光如日月，其声如雷，其名曰夔。黄帝得之，以其皮为鼓，橛以雷兽之骨，声闻五百里，以威天下。”郭璞注云：“雷兽即雷神也。人面龙身，鼓其腹者。橛犹击也。”黄帝把流波山上的夔兽的皮剥下蒙在鼓上，又把雷泽人面龙身的雷神的骨抽出做成鼓槌，用这槌去敲击夔皮制的军鼓，发出雷鸣般的声响，五百里以外都能听见，威势震动九州。黄帝凭借勇武和谋略，在与炎帝的涿

鹿之野的战争中，擂响军鼓，声威大振，打败炎帝，把他驱赶到南方，做了一个“偏处一隅的天帝”。黄帝与蚩尤的冀州之野的战争中，又擂响这面军鼓，使蚩尤族人闻风丧胆。吴任臣注引《广成子传》云：“蚩尤铜头啖石，飞空走险，以馗（夔）牛皮为鼓，九击止之，尤不能飞走，遂杀之。”在黄帝与炎帝蚩尤的战争中，夔皮鼓大显神威，故郭璞《图赞》咏赞黄帝“神武以济，尧炎平尤”。

大荒南经图赞

双 双

【原文】赤水之东[1]，
曽有双双；
厥体虽合，
心实不同；
动必方躯[2]，
走则齐踪[3]。

【译文】在那赤水的东边，
有种兽名叫双双；
它三身合并一体，
心思却实在不同；
移动时一齐行进，
快跑时步伐一致。

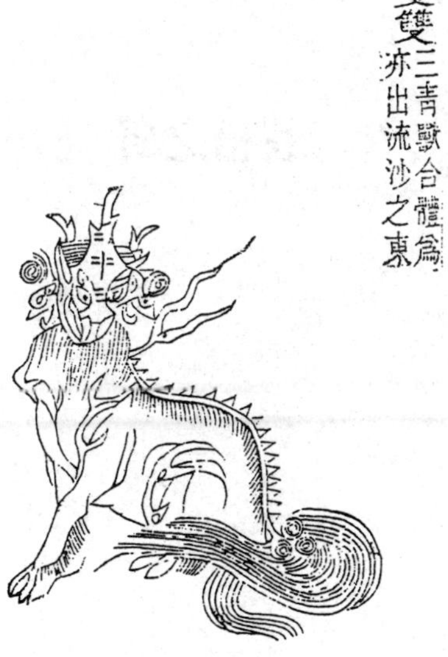

【注释】

① 赤水之东：经文为“赤水之西”。

② 方：并，并排。引申为一并，一齐。　躯：同“驱”，行进。

③ 齐：同样，一致。　踪：脚印，踪迹。这里指步伐。

【说明】

双双是三只青色兽的合体。《大荒南经》说：“南海之外，赤水之西，流沙之东，有三青兽相并，名曰双双。”郭璞注云：“言体合为一也。《公羊传》所云‘双双而俱至’者，盖谓此也。”袁珂先生《山海经校注》引郝懿行说：“郭（璞）引宣五年传文也。杨士勋疏引旧说云：‘双双之鸟，一身二首，尾有雌雄，随便而偶；常不离散，故以喻焉。’是以双双为鸟名，与郭异也。”双双是兽名，又是鸟名。袁珂指出：“双双之兽（或鸟），亦并封之类也。”并封是“其状如彘，前后皆有首”的奇兽，有“屏蓬”“并逢”等名，“并”与“逢”俱有合义，“乃兽牝牡相合之象也”。他又说：“然双双而谓‘三青兽相并’则所未详。”郭璞本则《图赞》是根据《山海经图》上双双兽的形象，加上自己的想象，对双双作了较具体的描述：三只青兽的身体合并在一起，三个头却有各自独立的心思；它移动时三个身体又能一齐行进，快跑时十二条腿能保持步调一致，真可谓是“神话化遂为异形之物也”。

苍梧之野

【原文】重华陟方[①]，
合体九疑[②]；
民用遗爱[③]，
南风是思[④]；
爰树灵坛[⑤]，
百世祀之。

【译文】虞舜到南方巡狩，
与叔均同葬九疑；
百姓因遗留仁爱，
追怀他作歌《南风》；
又为他修建灵坛，
世世代代祭舜帝。

【注释】

① 重华：即虞舜。《史记·五帝本纪》云：“虞舜者，名曰重华。”张守

节正义："（舜）目重瞳子，故曰重华。" 陟（zhì）方：巡狩，指天子外出巡视。《书·尧典》："舜生三十征，庸三十，在位五十载，陟方乃死。"孔传："方，道也。舜即位五十年，升道南方巡守，死于苍梧之野而葬焉。"

② 九疑：即九疑山，一作"九嶷山"。《海内经》："南方苍梧之丘，苍梧之渊，其中有九嶷山，舜之所葬，在长沙零陵界中。"

③ 用：介词。因，因为。 遗爱：遗留仁爱于后世，也指留于后世而被人追怀的德行。

④ 南风：古代乐曲名，相传为虞舜所作。《孔子家语·辨乐解》："昔者舜弹五弦之琴，造《南风》之诗。"

⑤ 树：设立，建立。 灵坛：祭坛。

【说明】

《大荒南经》说："赤水之东有苍梧之野，舜与叔均之所葬也。"郭璞注云："叔均，商均也。舜巡狩死于苍梧而葬之，商均因留，死亦葬焉。基（墓）今在九疑之中。"在古代神话里，叔均是农神。《大荒西经》："叔均代其父（台玺）及稷播百谷，始作耕。"《史记·五帝本纪》集解引皇甫谧曰："娥皇无子，女英生商均。"在古史传说中，叔均是舜的儿子，故舜和叔均同葬苍梧之野。舜帝驾崩后，百姓追怀他遗留后世的仁爱和德行，常想起他弹奏五弦之琴，唱起的《南风》之歌："南风之薰兮，可以解吾民之愠兮。南风之时兮，可以阜吾民之财兮。"南风清凉消除怨恨，南风适时助人财富。舜创作的《南风》被人称为"养民之诗"，是帝王体恤百姓的象征。虔诚的百姓在苍梧之野建立祭坛，世代香火不绝，虞舜的英灵歆享着人间帝王的祭祀。

氾天山巫山玄地四方渊

【原文】	【译文】
赤水所注①，	赤水流入的地方，
极乎氾天②。	终极在氾天之山。
帝药八斋③，	天帝神药八斋舍，
越在巫山④。	从天坠落在巫山。
司蛇之鸟⑤，	窥察玄蛇有黄鸟，

四达之渊。 四角通达方形渊。

【注释】

① 注：灌入，流入。

② 极：终极，最终。 氾（fán）天，一作“氾（sì）天”。

③ 八斋：谓八厨也。郝懿行注云：“后世谓精舍为斋，盖本于此。”斋，房舍，屋子。

④ 越：坠落。《左传·成公二年》：“越于车下。”

⑤ 司：同“伺”，窥察。

【说明】

《大荒南经》说：“有阿山者。南海之中有氾天之山，赤水穷焉。”这是出自昆仑之丘的赤水。袁珂先生指出：“《西次三经》云：‘昆仑之丘，赤水出焉，而东南流注于氾天之水。’即此。”经文又说：“有巫山者，西有黄鸟。帝药，八斋。黄鸟于巫山，司此玄蛇。”郭璞注云：“天帝神仙药在此也。”传说巫山上有神药，原来天帝的神仙不死之药落在了这巫山上。黄鸟也就是凤皇鸟。袁珂指出：“古黄、皇通用无别，黄鸟即皇鸟，盖凤凰属之鸟也。”黄鸟之所以在巫山上伺察玄蛇，是为了防备这大黑蛇窃食天帝的神仙药。大荒之中有不庭之山，山下“有渊四方，四隅皆达，北属黑水，南属大荒，北旁名曰少和之渊，南旁名曰从渊，舜之所浴也”。郭璞给“四隅皆达”作注云：“言渊四角皆旁通也。”这四方形的深渊，四个角落有水相连，北连黑水，南接大荒，北侧的渊叫少和渊，南侧的渊叫从渊，是舜帝沐浴的地方。本则《图赞》是一首合赞，展现在人们面前的是天帝在巫山玄地贮藏神仙药的八间精舍，上面有美丽的凤皇鸟在守护，前有赤水流入氾天之山，后有四角畅通的方形深渊，一幅多么宏丽的图景。

蜮民国

【原文】蝴惟怪□①，
短狐灾气②；
南越是珍③，

【译文】蝴虫是奇特怪异，
短狐有灾祸之气；
南越以蝴为珍馐，

蜮人斯贵④；	蜮人以蜮为佳肴；
惟性所安⑤，	只是人生性习惯，
孰知正味⑥？	谁懂得纯正滋味？

【注释】

① 蝴（péng）：虫名。《玉篇·虫部》："蝴，虫也。" □，此残缺处疑为"异"字。

② 短狐：即蜮，相传一种能含沙射人为祸害的动物。《诗·小雅·何人斯》："为鬼为蜮。"毛传："蜮，短狐也。"陆德明释文："蜮，状如鳖，三足。一名射工，俗呼之水弩。在水中含沙射人。一云射人影。"

③ 南越：亦作"南粤"。古地名，今广东广西一带。

④ 蜮（yù）人：蜮民之国人。

⑤ 惟：副词。仅，只。 性：本性，生性。 安：习惯。《吕氏春秋·乐成》："舟车之始见也，三世然后安之。"

⑥ 正味：纯正的滋味。

【说明】

蜮人，是居住在蜮山射杀蜮而为食的人。《大荒南经》说："有蜮山者，有蜮民之国，桑姓，食黍，射蜮是食。有人方扜弓射黄蛇，名曰蜮人。"郭璞注云："蜮，短狐也，似鳖，含沙射人，中之则病死。此山出之，亦以名云。"蜮，一名短狐，有人改"狐"为"弧"，故又叫射工、水弩。传说蜮的形状像鳖，仅有三足，能用气喷水射人或用气含沙射影，中人身者发疮，中人影者病死，故《图赞》说："短狐灾气。"蜮民国人却以蜮为食，使郭璞想起了庄子《齐物论》中的一段话："民食刍豢，麋鹿食荐，蝍蛆甘带，鸱鸦耆鼠，四者孰知正味?"意思是人以牲畜的肉为食，麋鹿爱吃鲜草，蜈蚣以小蛇为美食，猫头鹰则嗜食老鼠，它们谁又懂得纯正的滋味呢？南越人爱吃蝴虫，蜮人嗜食短狐，这只是由人的生性习惯决定的。郭璞发出了和庄子同样的感叹："孰知正味?"人没有统一的口味标准，人认识事物也没有绝对客观的尺度。郭璞要说明的正是庄子万物本于一体世上也就没有是非、正误区别的齐物论观点。

因乎舜坛渊枫木

【原文】人号因乎，
风气是宣①。
舜渊所在②，
重阴之间。
盗械为枫③，
香液流连④。

【译文】南方人称他因乎，
发散空气生南风。
舜渊所处的地方，
襄山重阴山之间。
蚩尤刑具为枫木，
香脂流下泪涟涟。

【注释】

① 风气：指空气和由空气流动而生的风。 宣：发散，放散。《广韵·仙韵》："宣，散也。"《左传·昭公元年》："于是乎节宣其气。"

② 舜渊：经文为"缗（mín）渊"。

③ 盗械：谓因犯罪而被戴上刑具。

④ 香液：枫树的香脂。郭璞注《尔雅·枫》："枫树似白杨，叶圆而歧，有脂而香，今之枫香是。" 流连：哭泣流泪。

【说明】

天神因因乎，在南方被人称为因乎。《大荒南经》说："南海渚中有神名曰因因乎，南方曰因乎，夸（来）风曰乎民，处南极以出入风。"因乎在南方极远的地方主管风的出入，从那里吹来的风叫“乎民”。郭璞《图赞》写因乎发散空气，空气流动而生出南风。因乎是南方之神，也是南方风神。经文说：“有襄山，又有重阴之山。有人食兽，曰季釐。帝俊生季釐，故曰季釐之国。有缗渊。少昊生倍伐，倍伐降处缗渊。有水四方，名曰俊坛。”缗渊处在襄山和重阴之山之间，但《图赞》为何称它为“舜渊”？郭璞给经文“俊坛”作注云：“水状似土坛，因名舜坛也。”水池是四方形的，形状像一座土坛，是属于天帝帝俊的，故经文称：“名曰俊坛。”而郭璞注中称它为“舜坛”，这是因为“郭复以帝俊即舜矣”（袁珂语），郭璞以为帝俊就是虞舜，故把和帝俊有关的缗渊称为了“舜渊”。枫木，是落叶乔木枫香树。经文说：“有宋山者，有木生山上，名曰枫木。枫木，蚩尤所弃其桎梏，是为枫木。”黄帝在黎山之丘处死蚩尤，把他身上戴的刑具抛弃在宋山上，后来这刑具变成了一片枫香树林。枫树上殷红的枫叶，就像是蚩尤刑具上的斑斑血迹；枫树流下的香脂，就像是眼泪涟涟，都诉说着蚩尤的冤恨。郭璞赞辞“香液流连”，对蚩尤惨死寄予了同情。

栾木白渊

【原文】云雨灵化[①]，
乃生栾木；
群帝爰游，
洪荫盖岳[②]。
昆吾之师[③]，
白渊是浴。

【译文】云雨山神灵变化，
赤石竟生出栾木；
天帝们到此闲游，
广阔树荫掩山岳。
英雄昆吾的军队，
曾到白渊来洗浴。

【注释】

① 灵化：神异变化。晋陶渊明《读〈山海经〉》诗之二：“灵化无穷已，馆宇非一山。”逯钦立校注：“灵化，神灵变化。”

② 洪：大，广大。

③ 昆吾：颛顼之后，陆终之子。《世本·帝系篇》：“陆终娶于鬼方氏之妹，谓之女嬇，是生六子……其一曰樊，是为昆吾。”

【说明】

栾木，是一种神木。《大荒南经》说："大荒之中有云雨之山，有木名曰栾，禹攻云雨，有赤石焉生栾，黄本赤枝青叶，群帝焉取药。"郭璞在"禹攻云雨"下作注云："攻谓槎伐其林木。"又在"生栾"下作注云："言山有精灵，复变生此木于赤石之上。"袁珂先生指出经文及郭注中，当隐括一段神话故事，然其详已不可知也。而赞辞"群帝爰游，洪荫盖岳"两句，应是作者在《山海经图》上看到的景象。郭璞又在"取药"下作注："言树花实皆为神药。"天帝们之所以到此游览，是为了采撷栾树上的花、叶、果实制炼仙药。白渊之水，是一种圣水。《大荒南经》说："有白水山，白水出焉，而生白渊，昆吾之师所浴也。"郭璞注："昆吾，古王者号。"袁珂指出昆吾也是一位神性英雄。昆吾的军队到白渊洗浴，除了清洗伤口和污垢外，可能还有某种巫术宗教的意义，即经过清冽的白渊之水的洗涤，使军队重新获得战斗力。

羲　和

【原文】浑沌始制①，
羲和御日②；
消息晦明③，
察其出入。
世异厥象④，
不替先术⑤。

【译文】混沌初开天地生，
羲和驾日车巡行；
观察日月的盈虚，
阴晴和出入运转。
世间惊异那天象，
不弃古天文学问。

【注释】

① 浑沌：即混沌，古代传说中指世界开辟前元气未分、模糊一团的状态。　制：造也，生也。
② 御：驾驭车马。
③ 消息：消长，盈虚，盛衰。　晦明：明暗，阴晴。也指黑夜和白昼。
④ 异：奇也。　象：形象，指有形可见之象，如天象、星象等。
⑤ 替：废，废弃。　先：前代的，古时的。　术：技艺，学问。

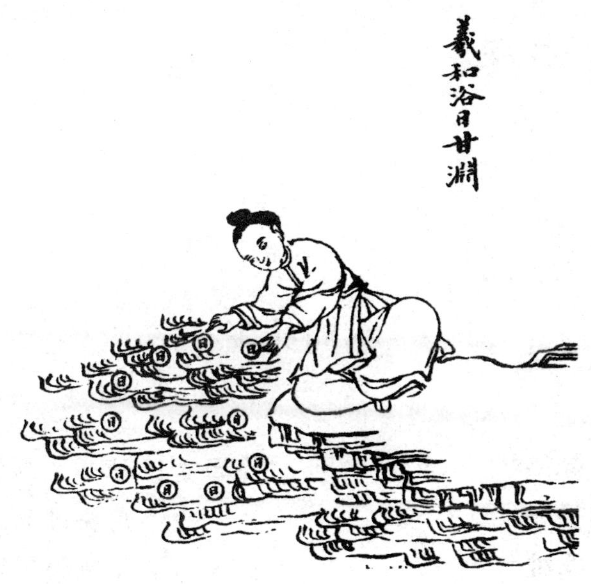

【说明】

羲和是太阳之母，主管日月出入运行的女神。《大荒南经》说：“东南海之外，甘水之间，有羲和之国。有女子，名曰羲和，方浴日于甘渊。羲和者，帝俊之妻，生十日。”郭璞注曰：“羲和，盖天地始生，主日月者也。故《启筮》曰：‘空桑之苍苍，八极之既张，乃有夫羲和，是主日月，职出入，以为晦明。’又曰：‘瞻彼上天，一明一晦，有夫羲和之子，出于旸谷。’故尧因此而立羲和之官，以主四时，其后世遂为此国。作日月之象而掌之，沐浴运转之于甘水中，以效其出入旸谷、虞渊也，所谓世不失职耳。”羲和是帝俊的妻子，她给帝俊生了十个太阳儿子。十个太阳居住在东方海外的旸谷，旸谷又名甘渊。羲和常在甘渊给她的儿子太阳洗浴。旸谷旁有一棵高数千丈的扶桑神树，十个太阳在树上轮流值日。太阳出于旸谷，入于虞渊，都是由羲和驾六龙日车接送。羲和女神还负责观察月亮的消长盈亏，太阳的明暗阴晴。人世间惊奇于羲和对日月之象的掌管，尧帝因此而设立以羲和命名的官署，来主持一年四季的变化，从此以后在甘水地区就有了羲和之国。羲和之国民在甘水中沐浴游泳，效法太阳出入于旸谷、虞渊，不敢怠忽职守，正是赞辞所咏：“世异厥象，不替先术。”郭璞的这条注释和《图赞》讲述的是中国古代天文学起源的神话。

大荒西经图赞

不周共工

【原文】共工赫怒①，
不周是触；
地亏巽维②，
天缺乾角③。
理外之言④，
难以语俗⑤。

【译文】神共工勃然大怒，
用头碰裂不周山；
大地损了东南隅，
苍天缺了西北角。
道理以外的见解，
难以使常人明白。

【注释】

① 赫怒：盛怒。

② 亏：缺损。 巽（xùn）：东南方。《易·说卦》："巽，东南也。" 维：隅，角落。又作系物的大绳讲，如"地维绝"。

③ 乾（qián）：指西北方。《易·说卦》："乾，西北之卦也。"

④ 理：指自然之理，即老子之道。 言：言论，见解，意见。

⑤ 语：通"悟"（wù），醒悟，明白。 俗：平庸。这里指平常的人。

【说明】

不周，是一座被共工用头碰裂而不周匝的山。《大荒西经》说："西北海之外，大荒之隅，有山而不合，名曰不周。"（原"不周"下有"负子"二字，系衍文，从袁珂校删。）郭璞注云："《淮南子》曰：'昔者共工与颛顼争帝，怒而触不周之山，天维绝，地柱折。'故今此山缺坏不周匝也。"共工是水神，炎帝的后代；天帝颛顼，是黄帝的后裔。共工与颛顼争夺帝位的战争，实为炎黄之战的延续。最终共工失败，怒而头触不周山，造成"天柱折，地维绝”（据今本《淮南子·天文训》改）的严重后果，即赞辞所谓“地亏巽维，天缺乾角”。郭璞没有沿用《淮南子》“天倾西北，故日月星辰移焉；地不满东南，故水潦尘埃归焉”的说法，而是以不周山“缺坏不周匝”为注作结。在郭璞看来，日月经天，江河行地，是浑沌初开、天地形成时早已出现的自然现象，有其产生和发展的内在原因和规律，应归之于自然之理、自然之道。至于自然之理以外的意见，即共工头触不周山，造成日月西移、百川东注的结果，郭璞认为就很难使一般人明白了。

有神十人

【原文】女娲灵洞①，
变化无主②；
肠为十神，
中道横处③；
寻之靡状④，
谁者能睹？

【译文】神女娲通达人情，
没夫家诞育人类；
肠子化为十位神，
横遮道路居当中；
寻找他们无踪影，
是谁亲睹神十人？

【注释】

① 灵洞：犹通达、明白（人情事理）。南朝梁武帝《梦》诗云：“色已非真实，闻见皆灵洞。”

② 变化：此即“化育”之意。《说文·女部》“女娲，古之神圣女，化万物者也。” 无主：指女尚无夫家。唐李翱《数奇篇》：“姑姊妹之无主失时者，数奇皆取而嫁之。”

③ 中道：道路的中央；路上。郭璞注经文“横道”云：“言断道也。” 处：居住。

④ 靡（mǐ）状：没有根据；没有形状。靡，无，没有。

【说明】

有神十人，名叫“女娲之肠”，或作“女娲之腹”。《大荒西经》说：“有神十人，名曰女娲之肠，化为神，处栗广之野，横道而处。”郭璞注云：“女娲，古神女而帝者，人面蛇身，一日中七十变，其腹化为此神。”女娲是孕育化生人类的大母神。她抟黄土作人，“引绳于泥中，举以为人”。《淮南子·说林训》另有一则女娲造人的故事：“黄帝生阴阳，上骈生耳目，桑林生臂手，此女娲所以七十化也。”袁珂先生指出，这里的“化”当作“化育”解，郭璞注释中“七十变”应是“七十化”。本则《图赞》说女娲通达人情，“变化无主”，这里的“变化”也应理解为“化育”，而“无主”则是“无丈夫”之意。女娲抟黄土造人，和诸神共同造人、女娲之肠化生十神，以及炼五色石补天等，都是单独一神传承的故事，稍后才有女娲神话和伏羲神话相黏合的情形出现。汉代画像石、画像砖常见两人面蛇身的交尾像，西南少数民族地区多有伏羲女娲两兄妹结婚而繁衍人类的传说。《图赞》说女娲的肠子化生为十位神人，“断道”而居，人们却始终见不到他们的踪影。我们可以根据《淮南子·说林训》的记叙加以推测，“黄帝生阴阳”，十位神人也许是男女各半；上骈、桑林两神帮助女娲造人生出耳目五官和手足四肢，“有神十人”或许是凡人的模样。

太子长琴灵山群巫

【原文】 祝融光照，
子号长琴；
騩山是处[①]，
创乐理音[②]。
群巫爰集[③]，
采药灵林。

【译文】 神祝融光芒普照，
儿子大号叫长琴；
居住多榣木騩山，
创制乐曲弹奏琴。
群巫升降作停留，
在灵山林中采药。

【注释】

① 騩（guī）山：《西次三经》：“騩山，其上多玉而无石。神耆童居之，其音常如钟磬。”一作“榣山”。

② 创乐：郭璞注经云：“创制乐风曲也。” 理音：弹奏音乐。汉枚乘《七发》：“景春佐酒，杜连理音。”

③ 集：群鸟栖止在树上。引申为停留。

【说明】

太子长琴，颛顼的曾孙，祝融的长子，远古传说中的音乐创始人。《大荒西经》说："西北海之外，赤水之西，有榣山，其上有人，号曰太子长琴。颛顼生老童，老童生祝融，祝融生太子长琴，是处榣山，始作乐风。"郭璞在"榣山"下作注云："此山多桂及榣木，因名云耳。"太子长琴的父亲祝融，是炎帝之佐神。郭璞注《海外西经》说他是火神。火神有火，故赞辞称"祝融光照"。祝融是技艺高超的演奏家，曾取榇木做了一把琴，弹奏发出奇异的音响，招来五色鸟在庭院舞蹈（见《说郛》辑宋虞汝明《古琴疏》），后来生下长子取名为"琴"，故赞辞说"子号长琴"。太子长琴的祖父老童，就是《西次三经》居住在騩山上的耆童。赞辞说太子长琴"騩山是处"，因騩山上多榣木，騩山又叫"榣山"。耆童天生一副好嗓子，唱起歌来"其音常如钟磬"。郝懿行云："此亦天授然也，其孙长琴，所以能作乐风，本此。"正因为太子长琴出身于这样一个音乐世家，他才能创作出各种风行世间的乐曲，又能像他父亲祝融用琴瑟弹奏而发出美妙的"异声"。灵山是连接天地的天梯。《大荒西经》说："有灵山，巫咸、巫即、巫朌、巫彭、巫姑、巫真、巫礼、巫抵、巫谢、巫罗十巫从此升降，百药爰在。"郭璞注云："群巫上下此山采之也。"群巫"上下此山"是为了宣神旨、达民情，而偶作停留，在林中采药是他们的余业。

沃　民

【原文】爰有大野，
厥号曰沃；
凤卵是吞，
甘露是酌[①]；
所愿自从[②]，
可谓至乐。

【译文】这儿有大片原野，
人们叫它沃之野；
沃民吞食凤鸟蛋，
天降甘露当酒饮；
想尝美味都如愿，
可说是最大快乐。

【注释】

① 酌（zhuó）：饮酒。

② 自从：跟从自己，自随。

【说明】

《大荒西经》说："西有王母之山、壑山、海山。有沃之国，沃民是处。沃之野，凤鸟之卵是食，甘露是饮。凡其所欲，其味尽存。爰有甘华、甘柤、白柳、视肉、三骓、璇瑰、瑶碧、白木、琅玕、白丹、青丹，多银铁。鸾鸟自歌，凤鸟自舞，爰有百兽，相群是处，是谓沃之野。"郭璞在"有沃之国"下作注云："言其土饶沃也。"沃民之国是一片肥沃、丰饶的土地。郭璞又在"其味尽存"下作注云："言其所愿滋味，此无所不备。"生活在沃之野的沃民，希望尝到的美味都能如愿以偿。这有沃之国，还有巫载之地、都广之野都是"鸾鸟自歌，凤鸟自舞"的"乐土""乐国"，是古中国人集体潜意识的共同梦境，也是"人类最原始最丰盈的象征"。

白丹赤丹

【原文】采虽殊号①，
丹则其质；
考之神契②，
厥色非一；
德及山陵，
于是乎出。

【译文】色彩不同名号异，
但都有丹的实质；
根据《神契》去探究，
丹的颜色非一种；
王者之德至山陵，
于是有黑丹产出。

【注释】

① 采：色彩，光彩。 殊：异，差异。
② 考：探索，研究。 神契：这里指郭璞注中的《孝经援神契》之书。

【说明】

在沃之野这块“福地”上出产众多的奇珍异物（见《沃民》所引经文）。郭璞在“白丹、青丹”下作注云：“又有黑丹也。《孝经援神契》曰‘王者德至山陵而黑丹出。’然则丹者别是彩名，亦犹黑白黄皆云丹也。”丹，原指丹砂、朱丹，化学成分是硫化汞，在自然界有黑色和红色两种晶体。“青丹”，即“玄丹”，也就是“黑丹”。自然汞常流集在丹砂晶簇的空隙处，还能从丹砂中升炼出熟水银，水银白色，这就有了“白丹”的说法。古人也注意到了丹砂和黄金的共生关系，《管子·地数篇》：“上有丹砂者，下有黄金。”或许这种丹被称为“黄丹”。郭璞本则《图赞》为了说明各种“丹”的区别只是它的“彩名”，也有可能是炼丹术盛行使他对“丹”有了格外的关注。至于“王德至，黑丹出”，和《鹖冠子·度万篇》“膏霜降，白丹发”一样，只能把它看成是古人的一种毫无科学根据的臆说。

鸣鸟神弇兹

【原文】有鸟五采，
嘘天凌风①。
弇兹之灵②，
人颊鸟躬③；
鼓翅海峙④，
翻飞云中⑤。

【译文】有五彩羽毛的鸟，
仰头嘘天驾驭风。
名叫弇兹的神灵，
人的面颊鸟的身；
海岛上扇动翅膀，
云天中上下飞舞。

【注释】

① 嘘天：仰天吐气。　凌风：驾着风。
② 弇（yān）兹：神名。　灵：神。
③ 躬：身体。
④ 峙（zhì）：水中土丘。这里指海岛。
⑤ 翻飞：飞舞。

【说明】

鸣鸟是一种五彩凤鸟。《大荒西经》说："有弇州之山。五采之鸟仰天，名曰鸣鸟。爰有百乐歌儛之风。"郝懿行云："鸣鸟盖凤属也。"《图赞》颂鸣鸟有五彩羽毛，"嘘天凌风"，具有凤鸟的美丽和气势。它飞到哪里，哪里就放歌狂舞，音乐之风盛行。弇兹是西方海神兼风神。《大荒西经》说："西海陼中，有神人面鸟身，珥两青蛇，践两赤蛇，名曰弇兹。"袁珂先生指出："此神与北方神禺彊，东方神禺䝞（hào）似均同属海神而兼风神。"赞辞写弇兹在海岛上鼓翅，在云天中翻飞，是鸟人神的活动特征。禺彊和禺䝞也都是"人面鸟身"，只是耳上挂的、脚上踩的两条蛇颜色各有不同罢了。南方海神不廷胡余，《大荒南经》只说他"人面"，也应该是"鸟身"神。

神 嘘

【原文】脚属于头[①]，
人面无手；
厥号曰嘘，
重黎其后；
处运三光[②]，
以袭气母[③]。

【译文】两只脚架头顶上，
人的面孔没手臂；
他的大号叫作嘘，
是重或黎的后裔；
安排日月星运行，
因承袭元气之母。

【注释】

① 属（zhǔ）：附着，触到。

② 处：处理，安排。 运：运行。 三光：日、月、星辰。

③ 袭：承受，承袭。 气母：元气之母，元气的本原，即古人心目中宇宙万物初始的物质。

【说明】

嘘，是在日月山上专司日月星辰出入和运行的怪神。《大荒西经》说："大荒之中有山，名曰日月山，天枢也。吴姖天门，日月所入。有神，人面无臂，两足反属于头上，名曰嘘。颛顼生老童，老童生重及黎，帝令重献上天，令黎邛下地，下地是生噎，处于西极，以行日月星辰之行次。"大荒之中，有座山名叫日月山，是天的枢纽，按西方的说法也就是"宇宙轴"。日月山的主峰是吴姖天门，是太阳和月亮进入的地方。守护吴姖天门的神，人的脸，没有手臂，两只脚反转过来架在头顶上，可用来走路，又可当手用，它的大名叫作嘘。天帝颛顼生老童，老童生下重和黎，重和黎也都是天神。远古之时，天地未分，民神杂糅，颛顼命令重往上托举天，黎向下抑压地，这样天地分开，民神各安其位。重和黎中有一位降到地上，生了一个畸形的儿子噎，也就是嘘。嘘虽身体残缺，但能尽忠职守。赞辞说他"处运三光，以袭气母"。嘘因承袭了宇宙万物之本的"气母"，而具有掌管太阳、月亮和星辰运行次序的神力。

天 犬

【原文】阚阚天犬[1]，
光为飞星；
所经邑灭[2]，
所下城倾；
七国作变[3]，
吠过梁城[4]。

【译文】凶猛犷悍的天犬，
余光照天为流星；
行经国家国灭亡，
降下城池城倾覆；
七国曾发动兵变，
天犬狂吠过梁城。

【注释】

① 阚阚（hǎn hǎn）：勇猛貌。这里指天犬凶悍的样子。
② 邑（yì）：国，国家。
③ 七国：指汉初吴、楚、赵、胶西、济南、菑川、胶东等七个诸侯国。
④ 梁城：战国魏迁都大梁（今河南开封），梁城为魏大梁的别称。这里指汉初梁孝王都睢阳。

【说明】

天犬是一种兆兵的赤犬。《大荒西经》说："有巫山者。有赤犬，名曰天犬，其所下者有兵。"郭璞注云："《周书》云：'天狗所止，地尽倾。余光烛天，为流星，长数十丈，其疾如风，其声如雷，其光如电。'吴楚七国反时吠过梁国者是也。"赞辞开首用"阚阚"两字形容天犬凶悍貌。"余光"是写天犬身上发出强烈的亮光，从天上疾驰而过更像是流星飞逝。天犬经过或降落的地方，将发生兵乱，国家败亡。汉景帝时，吴王刘濞、楚王刘戊、赵王刘遂、胶西王刘卬、济南王刘辟光、菑川王刘贤、胶东王刘雄渠联兵反叛，包围了梁孝王的都城睢阳（今河南商丘）。汉太尉周亚夫大破七国兵，斩首十余万，杀吴王濞，余六国王皆自杀。赞辞结尾称天犬飞过这座"梁都"，如雷的吠声是一种不祥的征兆，预示着这场战争的悲剧结局。

弱 水

【原文】弱出昆山，
鸿毛是沉[①]；
北沦流沙[②]，
南映火林[③]；
惟水之奇，
莫测其深。

【译文】弱水出自昆仑丘，
其水浮不起鸿毛；
北面被流沙湮没，
南面被火林照射；
渊水是这么诡奇，
难测出它的深度。

【注释】

① 鸿毛：鸿雁之毛。 沉：沉没。

② 沦：湮沦，埋没。　流沙：《海内西经》云："流沙出钟山，西行又南行昆仑之虚，西南入海，黑水之山。"王逸注《楚辞·招魂》云："流沙，沙流而行也。"

③ 映：映照，照射。

【说明】

弱水是传说中不会产生浮力的水，弱水的深渊环绕着昆仑之丘。《大荒西经》说："西海之南，流沙之滨，赤水之后，黑水之前，有大山，名曰昆仑之丘。其下有弱水之渊环之，其外有炎火之山，投物辄然。有人，戴胜，虎齿，有豹尾，穴处，名曰西王母。此山万物尽有。"郭璞在"其下有弱水之渊环之"下作注云："其水不胜鸿毛。"人们常用鸿毛来形容极轻微的事物。但把一片鸿毛放在弱水上面，也会很快地沉落。袁珂先生指出："弱水之名'弱'者以此。"木舟载人更是无法渡过弱水之渊，正如古人所传说的："昆仑弱水，非乘龙不至。"弱水之渊的北面，处在流沙的包围中，它的南面，被"火林"照耀着。袁珂云："火林，即下文炎火之山也。"传说炎火之山生长着不尽之木，不论白天黑夜，不尽之木熊熊燃烧着，狂风暴雨不能把它吹熄浇灭，任何东西一碰到它都会烧成灰烬。弱水之渊深不可测，若不慎失足，有如跌进了万劫不复的深谷。昆仑之山是神人西王母的居住地，在郭璞赞辞的渲染下，弱水之渊、流动之沙、炎火之山都成为这座圣山无法突破的重围。

炎 火 山

【原文】木含阳气①，
精构则燃②；
焚之无尽③，
是生火山。
理见乎微④，
其妙在传⑤。

【译文】不尽之木含阳气，
精心架起能自燃；
焚烧永远不熄灭，
此木生在炎火山。
道理显得很深奥，
其中玄妙在书传。

【注释】

① 阳气：暖气，热气。《淮南子·天文训》云："阳气胜则散而为雨露，

阴气胜则凝而为霜雪。”

② 精：精密，严密。此处有精心的意思。

③ 尽：竭，完。

④ 见：通“现”，显现。 微：精妙，深奥。

⑤ 妙：微妙，玄妙。 传（zhuàn）：书传；流传下来的著作。《孟子·梁惠王下》：“于传有之。”晋张华《博物志》：“贤者著述曰传曰记。”

【说明】

炎火之山是昆仑之丘外围的一座活火山。《大荒西经》说：“昆仑之丘，其下有弱水之渊环之，其外有炎火之山，投物辄然。”袁珂注引《神异经·南荒经》云：“南荒外有火山，其中生不尽之木，昼夜火然，得暴风不猛，猛雨不灭。”这些都是远古之人关于火山的神话传说。郭璞赞辞说“木含阳气，精构则燃”，这“木”应是“炎火山木”，译文借《神异经》的说法为“不尽之木”；“精构”拟作“精密构架”讲，而“构”也可通“篝”，有“架柴生火”之意。“焚之无尽，是生火山”，郭璞认为生长在炎火山的不尽之木蕴含“阳气”，精心架起后能自燃，而且这火还永远不会熄灭。郭璞试图用阳气说来解释火山这一自然现象，似乎很难把原理说清楚了。故赞辞最后说：“理见乎微，其妙在传。”道理很深奥，其中难以捉摸的奥妙，就在前人流传下来的著作里。至于是哪位贤人的著述，也没有讲明，应该是道家之说吧。在《淮南子·天文训》里，不是有一句“积阳之热气生火”的话么？说的就是阳气聚集，它的热气能生成火。

寿麻国

【原文】寿靡之人，
靡景靡响[①]；
受气自然，
禀之无象[②]。
玄俗是微[③]，
验之于往[④]。

【译文】寿麻国人为神人，
日下无影无回声；
禀受自然之形气，
失去常态异于人。
观看玄俗形无影，
往古寿麻来验证。

【注释】

① 靡（mǐ）：无，没有。 景："影"的本字，影子。 响：回声。

② 无象：失去常态，失去常道。

③ 玄俗：《列仙传》中的仙人。 微：伺察，观察。

④ 验：验证。 往：往日。

【说明】

寿麻，麻或作靡，神话传说中的神人。《大荒西经》说："有寿麻之国。南岳娶州山女，名曰女虔。女虔生季格，季格生寿麻。寿麻正立无景，疾呼无响。爰有大暑，不可以往。"郭璞注云："言其禀形气有异于人也。《列仙传》曰：'玄俗无景。'"寿麻国人正立在太阳底下不见影子，大声疾呼四面没有回声，《玉函山房辑佚书·地镜图》云："人行日月中无影者，神仙人也。"郭璞《图赞》说寿麻禀受了自然之气、自然之形，虽有正常人的形体，但站在太阳底下没有影子，这就是失去了常态而有异于人的地方。玄俗也是一位无影仙人。今本《列仙传》说："玄俗者，自言河间人也。铒（通"饵"，吃）巴豆，卖药都市，七丸一钱，治百病。河间王病瘕（腹中结块的病），买药服之，下蛇十余头。王家老舍人自言：'父世见俗，俗形无影。'王乃召俗日中看，实无影。"赞辞云："玄俗是微，验之于往。"寿麻和玄俗都是太阳底下无影的神人、仙人，他们倒是可以相互验证的。

三 面 人

【原文】禀形一躯[①]，
气有存变[②]；
长体有益，
无若三面；
不劳倾睇[③]，
可以并见[④]。

【译文】天赋形貌于一身，
气色表情多有变；
身子修长有好处，
不如生有三张脸；
不劳神左右流盼，
三方面都能看见。

【注释】

① 禀形：谓天赋的形貌。 躯：身体。

② 气：气色，表情。 有：多。《诗经·大雅·公刘》："爰众爰有。" 存：有。《玉篇·子部》："存，有也。"

③ 劳：耗费。 倾睇（dì）：斜视，流盼。

④ 并：副词，都。

【说明】

三面人，是古代传说中的异形神人。《大荒西经》说："大荒之中有山，名曰大荒之山，日月所入。有人焉，三面，是颛顼之子，三面一臂。三面之人不死，是谓大荒之野。"三面人是北方天帝颛顼之子，生活在大荒之野而长生不死。郭璞指出三面人"三面一臂"，是"人头三边各有面"，只有右臂而无左臂，认为这都是天赋予的奇异形貌。在他的想象中，三面人的三张面孔，气色各不相同，表情丰富多变。他还认为个头高的人虽看得远些，但不如三面人看得全面。三面人的脑袋前边和左右两边各有一张脸，三双眼睛可同时看到三方面的景象，用不着耗费精神左顾右盼，真可谓是视野开阔，神通广大。

大荒北经图赞

肃 慎 国

【原文】武王克商[①]，
肃慎纳贡[②]。
在晋中兴[③]，
越海自送。
人事款塞[④]，
天应旁洞[⑤]。

【译文】周武王伐纣灭商，
肃慎国纳贡于周。
东晋偏安江南时，
跨越大海送贡品。
尽其所能来通好，
上天感应穴居人。

【注释】

① 武王：周开国君。周文王子，姬姓，名发。武王伐纣，牧野之战取大胜，遂灭商，建立西周王朝。

② 纳贡：古代诸侯或属国向天子贡献财物土产。

③ 中兴：偏安的讳称。《宋书·谢灵运传论》：“在晋中兴，玄风独善。”

④ 人事：人力所能为的事。　款塞（kuǎn sài）：叩塞门。谓外族前来通好。

⑤ 天应：上天的感应。　旁洞：靠穴而处。这里指穴居人，即肃慎国人。旁，同“傍”，凭依，依靠。

【说明】

《大荒北经》说：“大荒之中有山，名曰不咸。有肃慎氏之国。”郭璞注云：“今肃慎国去辽东三千余里，穴居无衣，衣猪皮，冬以膏涂体，厚数分，用却风寒。其人皆工射，弓长四尺，劲彊。箭以楛（hù 木名，茎似荆，可做箭杆——译注者注）为之，长尺五寸，青石为镝，此春秋时隼（sǔn 一种鸷鸟）集陈侯之庭所得矢也。晋太兴三年，平州刺史崔毖遣别驾高会使来，献肃慎氏之弓矢，箭簇有似铜骨作者。今名之为挹娄国，出好貂、赤玉。《后汉书》所谓‘挹娄’者是也。”肃慎氏，北方夷族国。《后汉书·东夷传》曰：“挹娄，古肃慎之国也。在夫馀东北千余里，东滨之海，南与北沃沮接，不知其北所极。”“隼集陈侯之庭所得矢”，事可见《国语·鲁语下》“仲尼论楛矢”节。在东晋时，人们见过肃慎氏的贡箭，肃慎国的贡品还有“好貂”“赤玉”。肃慎国民突出的特点是“穴居”。吕思勉《中国民族史》引《满洲源流考》云：“挹娄二字，即今满语之懿路，乃穴居之义。”史称挹娄“好寇盗，邻国畏患”。郭璞赞辞称颂“穴居”的肃慎国人不远万里前来款塞通好，是得到了上天的感应。

附禺丘舜竹林琴虫

【原文】群珍所集①，
附禺之丘。
舜林之竹，
一节中舟②。
爰有琴虫，
蛇身兽头。

【译文】众多珍奇荟萃地，
大荒之中附禺丘。
舜林之中出大竹，
一节恰好做叶舟。
不咸之山有琴虫，
蛇的身子兽的头。

【注释】

① 集：聚集。《尔雅·释言》：“集，会也。”

② 中（zhòng）：恰好。

【说明】

《大荒北经》说：“东北海之外，大荒之中，河水之间，附禺之山，帝颛顼与九嫔葬焉。爰有鸱久、文贝、离俞、鸾鸟、皇鸟、大物、小物。有青鸟、琅鸟、玄鸟、黄鸟、虎、豹、熊、罴、黄蛇、视肉、璿瑰、瑶碧，皆出于山。”郭璞在“大物、小物”下作注云：“言备有也。”这附禺山是帝颛顼和他的九个妃嫔的葬地，大小珍奇物产应有尽有，鸾鸟自歌，凤鸟自舞，一派升平景象，是一座人间乐园。经文又说：“卫丘方员三百里，丘南帝俊竹林在焉，大可为舟。”郭璞注云：“言舜林中竹一节则可以为船也。”帝俊原是天国上帝，后逐渐衍化为人间帝王。郭璞认为“俊亦舜字”，故称“帝俊竹林”为“舜林”，而舜林竹一节可以为舟，是不是传说中的“涕竹”？《神异经》说：“南方荒中有涕竹，长数百丈，围三丈五六尺，厚八九寸，可以为船。”《大荒北经》说：“大荒之中有山，名曰不咸。有虫，兽首蛇身，名曰琴虫。”郭璞注云：“亦蛇类也。”郝懿行云：“南山人以虫为蛇，见《海外西经》。”琴虫是一种长着兽头的怪蛇。

青蛇槃木猎猎丹山神九凤

【原文】有蛇食麈[①]，
槃木千里[②]；
猎猎如熊[③]，
丹山霞起[④]。
九凤轩翼[⑤]，
北极是跱[⑥]。

【译文】大青蛇吞食驼鹿，
盘曲槃木广千里。
猎猎黑兽状如熊，
丹山石赤红霞起。
神九凤展翅高飞，
北极天柜山顶立。

【注释】

① 麈（zhǔ）：驼鹿。徐珂《清稗类钞·动物类》："麈，亦称驼鹿。……其头类鹿，脚类牛，尾类驴，颈背类骆驼，而观其全体，皆不完全相似，故俗称四不像。"

② 槃（pán）：郭璞注经云："音盘。"

③ 猎猎（xī xī）：古代传说中一种像熊的兽。《广韵·昔韵》："猎，兽名，似熊，出《山海经》。"

④ 起：升起。

⑤ 轩（xuān）：车子前轻而高仰貌。引申指高飞，向上扬。

⑥ 跱（zhì）：立。

【说明】

《大荒北经》说："有大青蛇，黄头，食麈。"《说文·鹿部》云："麈，麋属。"即俗称四不像的驼鹿。大青蛇能吞食一头麋鹿大小的动物，可见这蛇的体型是多么巨大。经文说："大荒之中……有槃木千里。"槃木枝干盘曲广达千里，槃木之名由此而起。它和传说中东海度朔山"蟠屈三千里"的大桃木是属同一类神树。"有黑虫如熊状，名曰猎猎。""虫"为动物的通称。《说文·虫部》云："有足谓之虫，无足谓之豸。"猎猎是一种形状像熊的黑兽。经文又说："有始州之国，有丹山。"郭璞注云："此山纯出丹朱也。"丹朱，即朱砂，古代用作染色的赤色颜料。赞辞云"丹山霞起"，意思是丹山顶上赤石像升起的红霞，绚丽的丹霞标示此山出产丹砂。九凤是九首人面的鸟神。《大荒北经》说："大荒之中有山，名曰北极天柜，海水北注焉。有神，九首人面鸟身，名曰九凤。"郭璞赞辞摹写九凤神鸟展翅高飞的冲天气势和昂九首站立天柜山顶的雄姿。

强　梁

【原文】仡仡强梁[1]，
虎头四蹄；
妖厉是御[2]，

【译文】勇武壮健的强梁，
虎头人身四蹄足；
抵御妖邪和瘟疫，

唯鬼咀魑[3]；	只咀嚼魑魅魍魉；
衔蛇奋猛[4]，	口御蛇愤激雄猛，
畏兽之奇[5]。	畏兽画中之奇兽。

【注释】

① 仡仡（yì yì）：勇武壮健貌。

② 妖：怪诞的。　厉：通“疠”，瘟疫。　御：抵御。

③ 咀（jǔ）：咬嚼，咀嚼。　魑（chī）：传说中的山神，又泛指鬼怪。《玉篇·鬼部》：“魑，鬼也。”

④ 奋：愤激。　猛：勇猛。

⑤ 畏兽：传说可以避凶邪的猛兽。这里是指畏兽图（画）。唐裴孝源《贞观公私画史》：“《畏兽图》，王廙画。”

【说明】

强梁又作强良、彊良，是北极天柜山的山神。《大荒北经》说：“大荒之中有山，名曰北极天柜，海水北注焉。又有神，衔蛇操蛇，其状虎首人身，四蹄长肘，名曰彊良。”郭璞在“彊良”下作注云：“亦在畏兽画中。”强梁口中衔蛇，手上握蛇，老虎的头，人的身子，四足兽蹄，前肘很长，是人虎共体的奇兽。强梁又是古时候大傩逐疫的十二神之一。“卒岁大傩，驱除群厉。”《后汉书·礼仪志》云：“强梁、祖明共食磔死寄生。”强梁是驱邪避凶、咀嚼鬼怪的猛兽。赞辞称颂强梁壮勇威猛，是畏兽画中的佼佼者。

黄帝女魃[①]

【原文】蚩尤作兵，
从御风雨[②]；
帝命应龙[③]，
爰下天女；
厥谋无方[④]，
所谓神武[⑤]。

【译文】蚩尤造兵器作乱，
纵放大风滥用雨；
黄帝命应龙征伐，
又降下天女旱魃；
他计谋无与伦比，
人称颂英明威武。

【注释】

① 魃（bá）：传说中造成旱灾的鬼怪。《说文·鬼部》：“魃，旱鬼也。”《诗经·大雅·云汉》：“旱魃为虐，如惔如焚。”

② 从：通“纵”；纵放，放任，不加制止。 御：使用。《字汇·彳

部》："御，用也。"

③ 应龙：黄帝神龙；龙之有翼者。

④ 无方：无与伦比。

⑤ 神武：原谓以吉凶祸福威服天下而不用刑杀，后沿用为英明威武之意，用以称颂帝王将相。

【说明】

黄帝女魃，又叫天女魃、旱魃，是古代传说中的旱神。《大荒北经》说："大荒之中，有係昆之山者，有共工之台，射者不敢北乡。有人衣青衣，名曰黄帝女魃。蚩尤作兵伐黄帝，黄帝乃令应龙攻之冀州之野。应龙畜水，蚩尤请风伯雨师，纵大风雨。黄帝乃下天女曰魃，雨止，遂杀蚩尤。魃不得复上，所居不雨。叔均言之帝，后置之赤水之北。叔均乃为田祖。魃时亡之。所欲逐之者，令曰：'神北行！'先除水道，决通沟渎。"在蚩黄之战中，黄帝令应龙征伐蚩尤。应龙蓄起大水，试图水淹蚩尤部众。蚩尤也请来风伯雨师，掀起一场大风雨，使应龙的水攻失去效力。黄帝就降下他的女儿天女魃。女魃体内蕴藏旱气，很快止住了暴风雨，于是黄帝杀了蚩尤。郭璞《图赞》赞扬的是黄帝空前绝后的计谋，称颂他为"神武"。女魃虽立下战功，但能量耗尽，不能回到天上，后被黄帝安置在赤水之北。但她仍四处游荡，走到哪里，哪里就禾枯土焦，赤地千里，人们诅咒她为"旱鬼"。百姓千方百计驱逐她，在逐魃活动之前，先清除水道，疏通沟渠，然后祷告说："旱神，请回到赤水之北去吧！"

赤水女子献

【原文】江有窈窕[①]，
水生艳滨[②]；
彼美灵献[③]，
可以寤神[④]；
交甫丧佩[⑤]，
无思远人[⑥]。

【译文】江上有娴静美女，
水边生娇艳丽人；
那美丽的神女献，
可以精神上相会；
郑交甫不见玉佩，
难追求远游女神。

【注释】

① 窈窕（yǎo tiǎo）：娴静貌，美好貌。

② 艳：容貌美丽。　滨：水边。

③ 灵：神。

④ 寤：通“晤”，相会，见面。汉刘向《列女传·鲁黔娄妻》：“诗曰：‘彼美淑姬，可以寤言。’”　神：精神，神情。陆机《演连珠》：“形逸神劳。”

⑤ 交甫：即郑交甫。汉刘向《列仙传》：“江妃二女者，不知何所人也。出游于江汉之湄，逢郑交甫。见而悦之，不知其神人也。谓其仆曰：‘我欲下，请其佩。’……遂手解佩与交甫。交甫悦，受而怀之，中当心，趋去数十步，视佩，空怀无佩。顾二女，忽然不见。”　佩：系在衣带上的佩物。

⑥ 思：想念，怀念，这里作追求讲。　远人：远行的人，远游的人。这里指远游的女神，即江妃二女。《诗经·齐风·甫田》：“无思远人，劳心怛怛。”

【说明】

《大荒北经》说：“有钟山者。有女子，衣青衣，名曰赤水女子献。”郭璞注云：“神女也。”这位“衣青衣”的赤水女子献，很容易使人想起在人间游荡而被安置在赤水北的黄帝女魃，她亦身穿青衣，却头秃无发，十分丑陋。在郭璞《图赞》里，赤水女子献是一位娇艳娴静的神女。赞辞说“彼美灵献，可以寤神”，若有凡夫俗子对这美丽女神产生了倾慕、情恋，也只能是一种可望而不可即的“神会”与“意接”。赞辞末二句是“郑交甫遇江妃二女”的故事：江妃二女不知是何方神仙，漫游于汉水之滨，邂逅大夫郑交甫。交甫悦其貌美，求乞玉佩以作信物。二女欣然解佩，赠与交甫。交甫大喜过望，将玉佩藏于怀中。离开二女数十步，再看怀中不见了玉佩，回顾二女，已杳无踪影。“汉有游女，不可求思。”郭璞取《诗经·周南·汉广》诗意，为的是说明若有凡夫真能在赤水巧遇神女献，也同样会求而不得，最终只能是望水兴叹了。

犬　戎

【原文】犬戎之先，
出自白狗；
厥育有二[①]，
自相配偶[②]；
实犬豕心[③]，
禀气所受[④]。

【译文】犬戎国人先祖，
出自两只白狗；
生来雌雄有别，
自相婚配为偶；
果真犬戎贪食，
禀受天赋气性。

【注释】

① 育：生育。《玉篇·公部》："育，生也。"　二：两样，有区别。
② 配偶：婚配，夫妻。
③ 实：实在是，果真。　豕心：豕贪食，比喻贪婪之心。《左传·昭公二十八年》："实有豕心，贪婪无餍。"
④ 禀气：天赋的气性。

【说明】

犬戎，是黄帝的苗裔，人首而犬身。《大荒北经》说："大荒之中有山，名曰融父山，顺水入焉。有人，名曰犬戎。黄帝生苗龙，苗龙生融吾，融吾生弄明，弄明生白犬，白犬有牝牡，是为犬戎，肉食。"又说："有犬戎国。有人，人面兽身，名曰犬戎。"袁珂先生认为这里的犬戎神话应是盘瓠神话的异闻。三国鱼豢《魏略》云："高辛氏有老妇，居王室，得耳疾，挑之，得物大如茧。妇人盛瓠（是葫芦的一种）中，覆之以槃（盘子），俄顷化为犬，其文五色，因名槃瓠。"这是五色犬盘瓠的来历。又有《汉魏丛书》八卷本《搜神记》云：高辛氏为帝时，房王作乱，众将不敌，高辛帝有五色犬盘瓠，潜入敌营，咬房王首级而还，高辛帝妻以三公主，后生三男六女，男初生时虽似人形，尚有犬尾，其后子孙昌盛，遂为犬戎国。郭璞《图赞》说："犬戎之先，出自白狗。"开宗明义地指出白狗是犬戎民族的始祖神。赞辞又说"厥育有二，自相配偶"，黄帝的玄孙弄明生下的白犬有牝有牡，自相交配，它们的后代繁衍为犬戎国。袁珂指出《魏略》所谓的"高辛氏有老妇"，在民间口头传说是“高辛王元后”，皇后耳内挑出物化为“盘瓠”和“公主”的婚姻关系同样是血亲婚配，而传述于西南地区少数民族伏羲兄妹（即女娲兄妹）结婚创造人类的神话，“盘古氏夫妻”成为“阴阳之始”的传说，也都是白犬传说以及盘瓠公主婚姻传说的演变。赞辞最后说“实犬豕心”，这是回应了经文里的“肉食”说，郭璞还认为犬戎国人禀受了狗的天赋气性。

无骨子

【原文】无骨之人，
以肉构体。
吸气如鲜①，
民食不粒②。
偃王是裔③，
仁而有礼。

【译文】有一种无骨之人，
身体由筋肉构成。
吸食空气兼食鱼，
无继民不吃谷米。
徐偃王是他后裔，
仁爱正义而有礼。

【注释】

① 如：连词，表示连接，相当于“与”“和”。 鲜：活鱼，鲜鱼。
② 粒：米谷的颗粒。
③ 偃王：即徐偃王，古代传说中周穆王时徐国国君。

【说明】

《大荒北经》说：“有继无民，继无民任姓，无骨子，食气、鱼。”经文“继无民”郝懿行校作“无继民”。郭璞在“无骨子”下作注云：“言有无骨人也。《尸子》曰：‘徐偃王有筋无骨。’”无骨人也就是《海外北经》的柔利国民。“无骨子”言无骨国人之裔也。本则《图赞》的标题“无骨子”即“无骨人的子孙后代”。无继民是“无骨子”，他们“食气、鱼”，不以谷米为主食。食气，也就是“养气”，相当于今天的气功健身运动。古人云：“食气者神明而寿。”“有筋无骨”的徐偃王是无骨人的后裔，又是一个讲求仁爱的人。传说他是徐国国君和某宫女卵生的儿子，长大后因“仁智”而继承了徐国的王位，以“仁义著闻”，江淮诸侯都服从他。周穆王听说此事，要楚王去讨伐他。偃王不忍心他的百姓因国家间争斗而受到残害，带着百姓逃到了彭城武原县东山下。故事见《博物志·异闻》所引的《徐州地理志》。郭璞赞辞称颂偃王“仁义”又多了“有礼”一层意思，这是因为《礼记·曲礼》说：“道德仁义，非礼不成。”

若 木

【原文】	【译文】
若木之生，	若木生长的地方，
昆山之滨①；	在昆仑山的边缘；
朱华电照②，	红花像电光闪耀，
碧叶玉津③；	碧叶如玉石润泽；
食之灵智，	吃若木聪明智慧，
为力为仁④。	尽力做仁爱之事。

【注释】

① 滨：边，边缘。《诗经·小雅·北山》：“率土之滨。”

② 华：同“花”。 电照：像闪电之光照耀、闪耀。

③ 碧：青绿色。 玉津：像玉石润泽。

④ 为力：出力，尽力。 仁：对人亲善，仁爱。

【说明】

若木是古代神话中的太阳神树。《大荒北经》说：“大荒之中，有衡石山、九阴山、洞野之山，上有赤树，青叶赤华，名曰若木。”郭璞注：“生昆仑西，附西极，其华光赤下照地。”太阳初出东方旸谷所生的扶桑树为东极若木，此处是生长在昆仑山西日入之处的西极若木。赞辞“若木之生，昆山之滨”，说的是若木生长在昆仑山西面极远的地方。若木上盛开着奇妙的太阳神花，“朱华电照”，红色的太阳神花放射出像闪电般的耀眼光芒，普照着大地。《淮南子·地形训》：“若木在建木西，末有十日，其华照下地。”高注说：“若木端有十日，状如莲花。”萧兵把西边的若木之花想象成“在西太阳神树上歇息的十个太阳”。太阳神树是支柱天地的世界树，也是象征复活的生命树。而在郭璞《图赞》里，若木还是智慧树，人若吃了若木，就会聪明灵慧，倾尽全力做出对人亲善友爱的事情来。

海内经图赞

朝　鲜

【原文】箕子避商①，
自窜朝鲜；
□潜倭秽②，
靡化不善③；
贤者所在④，
岂有隐显⑤？

【译文】箕子为避商颓运，
自行逃跑到朝鲜；
潜藏边远倭秽国，
教民礼义人善美；
贤者所在的地方，
难道有隐显之别？

【注释】

① 箕子：名胥余，商代贵族，纣之叔父。在朝内任太师，辅纣朝政。曾封于箕（今山西太谷东北），故称“箕子”。

② □，此阙漏疑为“渊”字。渊潜：潜藏至深。《后汉书·崔骃传》：“故士或掩目而渊潜，或盥耳而山栖。” 倭（wō）：我国古代称日本为倭。 秽（huì）：东夷国名。《三国志·魏志·东夷传》云：“秽，南与辰韩，北与高句骊、沃沮接，东穷大海，今朝鲜之东皆其地也。”

③ 化：教化。这里指教民以礼仪。

④ 所在：存在的地方。

⑤ 隐显：隐逸与显达。

【说明】

《海内经》说：“东海之内，北海之隅，有国名曰朝鲜。”郭璞注云：“朝鲜，今乐浪郡也。”而本则《图赞》赞颂箕子在朝鲜施行教化。郭璞认为箕子是避衰殷之运而逃到朝鲜去的。《汉书·地理志》云："殷道衰，箕子去之朝鲜。"和《史记》"武王伐纣，封箕子于朝鲜"的说法有不同。箕子隐居朝鲜后，"教其民以礼义，田蚕织作"，实施"犯禁八条"，民不为盗，夜不闭户，箕子教化下的朝鲜，竟成了孔子向往的东方君子之国，真可谓"可贵哉，仁贤之化也！"箕子是殷末贤臣，被孔子誉为殷之"三仁"之一（见《中山经图赞·崃山》"殷有三仁"注释）。在殷朝内，官居太师，辅佐朝政，劝谏纣王，"纣为象箸而箕子唏"；箕子去无道之国，避乱朝鲜，但仍不忘传去先进文化，教民礼义，正如赞辞所说，贤者的可贵随处都在，没有隐逸和显达的区别。

有鸟山三水

【原文】三山之渊[①]，
珍物惟错[②]；
爰有璇瑰[③]，
金沙丹砾[④]；
流光映焕，
星布磊落[⑤]。

【译文】鸟山的三水源头，
间杂着珍贵矿物；
三条水流出璇瑰，
还有金沙和丹砾；
像流动光彩闪耀，
像明亮星星错落。

【注释】

① 渊：本源，渊源。
② 错：间杂。
③ 璇瑰（xuán guī）：美玉名。
④ 丹砾（lì）：丹砂。
⑤ 磊落：明亮貌；错落分明貌。杜甫《发秦州》诗："磊落星月高，苍茫云雾浮。"

【说明】

《海内经》说："流沙之西有鸟山者，三水出焉。爰有黄金、璇瑰、丹货、银铁，皆流于此中。"郭璞注云："言其中有杂珍奇货也。"从经文看，这"杂珍奇货”是指珍贵的矿产。鸟山蕴藏着天然的黄金、美玉、丹砂之属和银矿铁矿。在流水的冲蚀下，三水中流淌着晶莹的璇瑰、闪光的黄金、璀璨的丹砾。在郭璞的想象中，从鸟山流出的三条水就像流动闪烁的光彩、灵光耀眼的星河，而鸟山是一座矿藏丰富的神奇宝山。

柏　高

【原文】子高恍惚①，
乘云升霞②；
翱翔天际，
下集嵩华③；
眇焉难希④，
求之谁家？

【译文】柏子高隐约迷离，
驾乘云霞升重霄；
在天边自由翱翔，
降落栖息嵩华山；
高远得难以望见，
在谁家能找到他？

【注释】

① 恍惚（huǎng hū）：隐约不清，迷离，难以捉摸。

② 乘（chéng）：乘坐，驾驭。　升：登上。

③ 下：降落。　集：停留，引申为鸟栖息在树上。　嵩华（sōng huà）：嵩山和华山的并称。嵩，特指中岳“嵩山”，在今河南省登

封市北。华，古称西岳“华山”，在陕西省华阴市南。

④ 眇（miǎo）：通“渺”，高远。 希：通“睎”，望，窥测。

【说明】

柏高，又称伯高、柏子高，远古巫师、仙人。《海内经》说：“华山青水之东，有山名曰肇山，有人名曰柏高，柏高上下于此，至于天。”郭璞注：“柏子高，仙者也。”又在“至于天”下作注云：“言翱翔云天，往来此山也。”郝懿行《山海经笺疏》说伯高是黄帝之臣，《管子·地数篇》记有黄帝与伯高关于采矿与祭祀山神的问答，可知伯高是掌握了矿产与祭祀知识的巫师；伯高随黄帝乘龙鼎湖，故伯高也是仙者。郭璞《图赞》里柏子高有如羽人，在虚空无涯的天宇自由飞行，尽性遨游，他若隐若现，惝恍迷离，往来嵩华之间，使人难以寻觅。而经文里的柏高却以华山青水之东的肇山为天梯神山，上下升降，直到天庭。袁珂先生指出：“古人质朴，设想神人、仙人、巫师登天，亦必循阶而登，则所谓‘天梯’者存焉，非如后世之设想，可以‘翱翔云天’任意也。”《山海经》中山之为天梯者，除昆仑、肇山外，还有巫咸国境内的登葆山（《海外西经》），“十巫从此升降”的灵山（《大荒西经》）。柏高通过“天梯”肇山做“下宣神旨，上达民意”的工作，为人神之间的中介，而郭璞赞辞里的柏子高却是一位悠闲隐逸的仙者。

都广之野

【原文】都广之野，
珍怪所聚[①]；
爰有羔谷[②]，
鸾歌凤舞；
后稷托终[③]，
乐哉斯土。

【译文】称为都广的沃野，
聚生着天下珍奇；
谷味美滑如脂膏，
鸾鸟唱歌凤舞蹈；
后稷曾在此终老，
啊，这是一片乐土！

【注释】

① 珍怪：珍贵奇异之物。

② 羔谷：应为膏谷。郭璞注经云：“言味好皆滑如膏。”

③ 后稷（jì）：稷神，古代周族的始祖。后稷乃其母姜嫄履巨人脚迹而生，因一度被弃，名弃。《大荒西经》："稷降以百谷。"后稷发明农艺，曾在尧舜时代做农官，教民稼穑，树艺五谷。 托终：依靠以终老。

【说明】

都广之野，又称广都之野，古代传说中的地上乐园。《海内经》说："西南黑水之间，有都广之野，后稷葬焉。爰有膏菽、膏稻、膏黍、膏稷，百谷自生，冬夏播琴。鸾鸟自歌，凤鸟自舞，灵寿实华，草木所聚。爰有百兽，相群爰处。此草也，冬夏不死。"郭璞注中说都广之野"盖天下之中"。在中外神话里"乐园"多是"世界中心"。"都广野，盖亦沃野"（袁珂语），这里土地肥沃，作物丰饶，汇聚了天下珍贵奇异之物，生长出来的稻、黍、豆、麦，味道甘美而白滑如膏。百谷自然生长，夏天冬天都适时播种，人们"不耕而食，不织而衣"，过着无忧无虑的生活。鸾鸟凤凰飞来自由地唱歌舞蹈。"鸾凤的和鸣与共舞是幸福快乐的象征"（萧兵语）。这里草木丰茂，四季常青，寻寿树应时开花结果，它是人们传颂的"寿木"，"食其实者不死"，是乐园神话中的生命树。百兽群聚，和谐相处，真是一派升平景象。播殖百谷的后稷在这里安度晚年，直到去世。乐园往往是英雄和善人的葬地。在这神奇的土地上，寒冬炎夏小草也是一片葱茏，埋葬在这里的后稷将会"死即复苏"。都广之野是古代人民心目中的地上天堂，是他们苦苦追寻的福地乐土。郭璞在赞辞中情不自禁地发出"乐哉斯土"的感叹，表现了对自由幸福生活的热切向往。

蝡蛇①鸟氏九丘

【原文】赤蛇食木，
有夷鸟首。
因川婴带②，
厥土惟九③；
圣贤所游，
群宝之薮④。

【译文】红色蛇只吃树木，
鸟夷人鸟首人身。
河流如彩带环绕，
那九座土质山丘；
是圣贤游览之地，
各种宝藏的渊薮。

【注释】

① 蝡（ruǎn）蛇：蛇名。郭璞注经云：“音如耎弱之耎。”

② 因：沿袭，承接，引申为连接。经文为“以水络之”，郭璞注：“络犹绕也。”故意译为环绕。 婴带：彩带。婴，同“缨”。

③ 惟：有。《玉篇·心部》：“惟，有也。”

④ 薮（sǒu）：人或物聚集处。

【说明】

《海内经》说：“有灵山，有赤蛇在木上，名曰蝡蛇，木食。”郭璞注云：“言不食禽兽也。”灵山是“十巫从此升降”的天梯神山（《大荒西经》），此山上的蝡蛇是以食树木为生的赤色神蛇。经文说：“有盐长之国。有人焉，鸟首，名曰鸟氏。”郭璞注云：“今佛书中有此人，即鸟夷也。”赞辞称为“有夷”的，也就是“鸟夷”，即经文的“鸟氏”，是一个东方的原始部落。传说中的鸟夷人是人的身子上长着鸟头。《海内经》说：“有九丘，以水络之：名曰陶唐之丘、有叔得之丘、孟盈之丘、昆吾之丘、黑白之丘、赤望之丘、参卫之丘、武夫之丘、神民之丘。”郭璞给“陶唐之丘”作注云：“陶唐，尧号。”陶唐之丘是用尧号命名的山丘。“有叔得之丘”，袁珂指出：“有字疑衍。”郝懿行云：“叔得、孟盈盖皆人名号也。孟盈或作盖盈，古天子号。”叔得之丘、孟盈之丘也是用人名号命名的山丘。昆吾之丘，郭璞注云："此山出名金也。《尸子》曰：'昆吾之金'。" 武夫之丘，"此山出美石"。这种美石似玉，叫砆石，亦叫武夫石。郭璞还给"神民之丘"作注云："言上有神人。""圣贤所游，群宝之薮"，这九座被彩带般河水环绕的山丘，不是普通的土丘，它们或以到此游览的圣贤命名，或以居住山上的神人命名，或以出产的矿物美石命名，这九座山丘是具有丰富文化内涵的名山。

猩 猩

【原文】能言之兽，
是谓猩猩；
厥状似猴，
号音若嘤[①]；
自然知往[②]，
颇测物情[③]。

【译文】能说人话的野兽，
被人称呼为猩猩；
它的状貌似猴子，
号叫声音像鸟鸣；
天生知道人以往，
略微通物理人情。

【注释】

① 号（háo）：动物鸣叫。 嘤（yīng）：鸟鸣声。《诗经·小雅·伐木》："鸟鸣嘤嘤。"

② 自然：天然，非人为的。 知往：《淮南子·泛论训》："猩猩知往而不知来。" 高诱注云："猩猩，北方兽名，人面，兽身，黄色。见人狂走，则知人姓字，此知往也。又嗜酒，人以酒搏之，饮而不耐息，不知当醉，以禽其身，故曰不知来也。"

③ 颇：略，略微。 测：揣度，知道。 物情：物理人情，世情。

【说明】

《海内经》说："有青兽（袁珂按："青字实衍。"），人面，名曰猩猩。" 郭璞注："能言。" 猩猩能说人话，《礼记·曲礼上》有"猩猩能言，不离禽兽"的记载。猩猩说话的声音，郝懿行云："声如小儿啼也。" 郭璞则说它的叫声像鸟鸣，这和《水经注·叶榆河》写猩猩"善与人言，声音丽妙"最相吻合。《淮南子·泛论训》云："猩猩知往而不知来。" 所谓"知往"，是指猩猩知人“姓字”，甚至能喊出“先祖名字”。郭璞赞辞“自然知往”，也就是说猩猩天生知道人的姓名。郭璞在《山海经图赞》中有三处写到猩猩。在《南山经图赞》中有“狌狌”一则，说的是人吃了猩猩肉“善走”的异闻；在《海内南经图赞》中“狌狌”一则，说的是“猩猩好酒与屐”的故事。而本则《图赞》说猩猩是高智能的动物，不仅“能言”“知往”，而且还略知物理、人情。

封　豕

【原文】有物贪婪，
号曰封豕；
荐食无厌[①]，
肆其残毁[②]；
羿乃饮羽[③]，
献帝效伎[④]。

【译文】有动物十分贪婪，
它的大号叫封豕；
不断吞食不满足，
还肆意摧残毁害；
羿用箭射中大猪，
向尧帝奉献技艺。

【注释】

① 荐食：不断吞食；不断吞并。荐，屡次、一再。 厌：通“餍”，满足、吃饱。

② 肆：放纵，放肆。 残毁：摧残破坏。

③ 羿：尧时射日除害的天神，降至人间不得复上，曾请不死之药于西王母。 饮（yǐn）羽：箭深入所射物体，中箭。饮，陷没。羽，箭尾的羽毛。

④ 效伎：也作“效技”，犹献技。

【说明】

封豕，又叫封豨，是一种贪婪凶猛的大野猪。《海内经》说：“南方……有嬴民，鸟足。有封豕。”郭璞注云：“大猪也，羿射杀之。”《左传·昭公二十八年》：“伯封实有豕心，贪婪无餍，忿纇无期，谓之封豕。”伯封贪婪无法满足，暴戾没有限度，被人称为“封豕”，可见封豕在人们心目中是怎样一种害兽。羿射杀封豕的故事见于《淮南子·本经训》：“尧之时，封豨修蛇皆为民害，尧乃使羿擒封豨于桑林。”高诱注：“封豨，大豕也；楚人谓豕为豨也。”羿奉尧之命，用天帝赐与他的“彤弓素矰”（红色的弓，系上白色带绳的箭），向封豨射击，饮矢至羽，才把它牢牢擒获。羿为民除害，“万民皆喜，置尧以为天子”，故郭璞赞颂羿把自己的成功技艺奉献给了尧帝。

延　维

【原文】 委蛇霸祥①，
桓见致病②。
管子雅晓③，
穷理折命④。
吉凶由人，
安有咎庆⑤？

【译文】 委蛇是霸主预兆，
桓公看见得了病。
管仲素来智商高，
穷究事理折寿命。
吉凶和人事有关，
哪会有殃咎庆瑞？

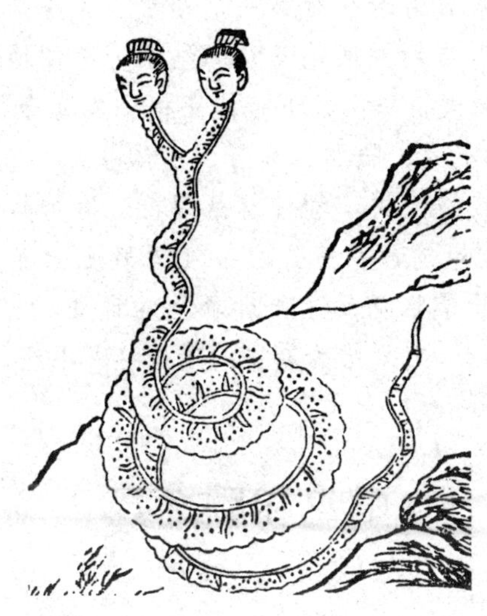

【注释】

① 霸祥：霸主的预兆。

② 桓（huán）：指春秋时齐国国君齐桓公。羌姓，名小白，公元前

685—前643年在位。齐桓公见委蛇致病见《庄子·达生》:“桓公田于泽，管仲御，见鬼焉。公抚管仲之手曰:‘仲父何见?’对曰:‘臣无所见。’公反，诶诒为病，数日不出。” 致:获得，招致。

③ 管子:即“管仲”。春秋初期政治家。名夷吾，字仲，颍上(颍水之滨)人。由鲍叔牙推荐，被齐桓公任命为上卿(丞相)，尊称“仲父”。 雅:副词。素来，往常。 晓:智，慧。《方言》卷一:“晓，知也。楚谓之党，或曰晓。”

④ 穷理:穷究事物之理。 折命:折损生命。

⑤ 咎(jiù):灾祸。《说文·人部》:“咎，灾也。” 庆:福泽。《广韵·映韵》:“庆，福也。”引申为祥瑞。

【说明】

延维，又叫委蛇、委维，是人首蛇身大泽神。《海内经》说:“有神焉，人首蛇身，长如辕，左右有首，衣紫衣，冠旃冠，名曰延维，人主得而飨食(奉飨祭祀)之，伯(通“霸”)天下。”郭璞注云:“齐桓公出田于大泽，见之，遂霸诸侯。”齐桓公在大泽狩猎时看见两头委蛇，以为是鬼，回去后得了一场大病。齐桓公后来成为春秋时第一个霸主，完全是在鲍叔牙力荐下，不计前嫌，重用管仲(夷吾)并实施变法的结果。管仲辅佐桓公，通过通货积财，尊王攘夷，九合诸侯，一匡天下，使齐桓公成为春秋五霸之首。《国语》说:“唯能用管夷吾、宁戚、隰朋、宾胥无、鲍叔牙之属伯功立。”齐桓公建立霸业和他早年见过委蛇无关。管仲智慧超群，穷神知化，治国的真知灼识见于《国语·齐语》，却先于齐桓公两年(周襄王七年，公元前645年)病逝，也就有了郭璞“管子雅晓，穷理折命”的说法。郭璞《图赞》最后说:“吉凶由人，安有咎庆?”对延维为霸主的瑞应这一不经之谈提出了质疑。

翳鸟相顾之尸

【原文】五采之鸟，
飞蔽一邑[①];
翳惟凤属[②]，
有道翔集[③]。

【译文】有种五彩羽毛鸟，
飞起遮蔽整座城;
名叫翳鸟属凤类，
圣明有道来群集。

盗械之尸[4]，	因罪受刑相顾尸，
谁者所执[5]？	捕捉他的人是谁？

【注释】

① 邑（yì）：泛指一般城镇。大曰都，小曰邑。

② 翳（yì）：凤凰一类的鸟。《玉篇·羽部》："翳，鸟名也，凤属也。" 惟：为，是。 属：类。

③ 有道：谓政治清明。 翔集：众鸟飞翔而群集一处。集，鸟栖息在树上，引申为停留。

④ 盗械：因罪戴着刑具的人。吴任臣注《山海经》云："《汉纪》云：'当盗械者皆颂系。'注云：'凡以罪着械皆得称盗械。'"

⑤ 执：捉，逮捕。

【说明】

翳鸟，是生有五彩羽毛的神鸟。《海内经》说："北海之内，有蛇山者，有五采之鸟，飞蔽一乡，名曰翳鸟。"郭璞注云："汉宣帝元康元年，五色鸟以万数，过蜀都，即此鸟也。"并指出翳鸟"凤属也"。翳鸟属凤凰一类吉祥鸟。鸾翔凤集，是世有圣哲的祥瑞，天下太平的象征。赞辞称颂圣明之世，政治清明，国泰民安，这才出现成群的五彩翳鸟飞来，遮蔽整座都城天空的壮观景象。相顾之尸，是"肉体已死，但灵魂不死，以尸的形态继续活动"的"尸神"（马昌仪语）。《海内经》说："北海之内，有反缚盗械、带戈常倍之佐，名曰相顾之尸。"郭璞注云："亦贰负、臣危之类。"传说贰负是人面蛇身的天神，因与臣子危杀死了另一位天神窫窳，被天帝桎其右足，反绑两手，拴在疏属之山的大树下。（见《海内西经》）郭璞对被缚的天神贰负与臣子危的形象持“尸象”说：“论者多以为是其尸象，非真体也。”相顾之尸，反绑双手，因罪戴着刑具，却仍身佩兵器，心存叛逆。被缚的相顾之尸也是一种“尸象”，即仍然以尸的形态继续活动的“尸神”。然而相顾是何许人（或神）、犯了何罪、受谁惩罚，因《海内经》的记载过于简略，郭璞一时也弄不明白，只好发出“谁者所执”的疑问。

幽都玄丘

【原文】幽都玄丘，
其上有国；
儵虎蓬狐[1]，
群物尽黑。
是赞委羽[2]，
穷海之北。

【译文】幽都山有玄丘民，
上边还有大幽国；
儵虎生风狐蓬尾，
众多生物尽黑色。
这里介绍委羽山，
边远大海的北极。

【注释】

① 儵（shū）虎：黑虎。也作“虪虎”。《尔雅·释兽》：“虪，黑虎。”义与儵同。儵，黑色。 蓬狐：大尾狐。郝懿行云：“言狐尾蓬蓬然大。”

② 赞：介绍。 委羽：山名，在北极之阴。《淮南子·地形训》：“烛龙在雁门北，蔽于委羽之山，不见日。”此山常年积冰，似白羽堆积，故名“委羽”。

【说明】

《海内经》说：“北海之内有山，名曰幽都之山，黑水出焉。其上有玄鸟、玄蛇、玄豹、玄虎，玄狐蓬尾。有大玄之山。有玄丘之民。有大幽之国。”郭璞给“玄丘之民”作注：“言丘上人物尽黑也。”给“大幽之国”作注：“即幽民也，穴居无衣。”袁珂注引王逸说：“幽都，地下后土所治也；地下幽冥，故称幽都。”古人想象中的幽冥世界，或在大海之内，或在极北地底，或在太阳沉落处，都充满了荒凉、阴森和黑暗。经文的幽都之国“群物尽黑”，黑山黑水，黑鸟黑蛇，黑虎黑豹黑狐，“丘上人物尽黑”，大幽之国也是黑色幽民。这是极北太阴之地终年不见日光而产生的幽都为黑的神话。郭璞在赞辞中特别提到了“委羽”。《淮南子·地形训》说：“北方曰积冰，曰委羽。”高诱注：“北方寒冰所积，因以为名；委羽，山名，在北极之阴，不见日也。”委羽山也就是鲧窃息壤而惨遭刑戮的羽山。郭璞笔下，幽都之国和委羽之山相互衬托，相互印证，使人们对中国古代冥界神话有了更深入的了解和认识。

赤胫民

【原文】或黑其股①，
或赤其胫②。
形不虚授③，
皆循厥性④。
智周万类⑤，
通之惟圣⑥。

【译文】有人大腿是黑色，
有人小腿是红色。
形貌不凭空授予，
都要依循人禀性。
万事万物全知道，
事无不通就是圣。

【注释】

① 股：大腿。

② 胫：小腿。股和胫，也泛指腿或脚。

③ 形：外形，容貌。《广雅·释诂四》：“形，容也。” 虚：副词。凭空，毫无根据。 授：给予，付与。《说文·手部》：“授，予也。”

④ 循：依循，依照。 性：人的本性，生性。

⑤ 智周万类：见《易·系辞上》：“知周万物，而道济天下。”智，通“知”，知道。周，遍、普遍。万类，犹万物。

⑥ 圣：无所不通。《说文·耳部》：“圣，通也。”《书·大禹训》：“乃圣乃神，乃武乃文。”孔传：“圣，无所不通。”

【说明】

《海内经》说：“北海之内，有山，名曰幽都之山，黑水出焉。有大玄之山。有玄丘之民。有大幽之国。有赤胫之民。”郭璞在“玄丘之民”下作注云：“言丘上人物尽黑也。”给“赤胫之民”作注云：“膝已下正赤色。”本则《图赞》说“或黑其股”，疑指“玄丘之民”；“或赤其胫”，即指“赤胫之民”。人类分成黑人、白人、黄种人或棕色人种。大幽国的赤胫民可能是有关棕色人种传说中的一个异闻。郭璞在赞辞中指出，形貌不是毫无根据的授给，都要依循着人的本性，也就是说，一个人的外形、容貌是和他与生俱来的禀性匹配的。人类种性的差异，也就决定了外观的多样性。郭璞博学而有高才，词赋为东晋之冠。他为深奥难懂的《山海经》作注释，为《山海经图》写赞诗，赞辞曰“智周万类，通之惟圣”，这是不是郭璞的夫子自道呢？

钉灵国

【原文】马蹄之羌[①]，
挥鞭自策[②]；
厥步如驰[③]，
难与等迹[④]。
体无常形[⑤]，
惟理所适[⑥]。

【译文】生有马蹄的鬼方，
挥动鞭自策其蹄；
他健步如马奔跑，
难有马同样足迹。
人体无固定形态，
只要和本性相合。

【注释】

① 羌：我国古代西部民族名。
② 策：鞭打。
③ 步：步行，行走。 驰：奔跑。
④ 等：等同，同样。 迹：足迹。
⑤ 常：永久的，固定不变的。《玉篇·巾部》：“常，恒也。”
⑥ 理：本性。郑玄注《礼记·乐记》“天理灭矣”云：“理，犹性也。”适：符合，适合。

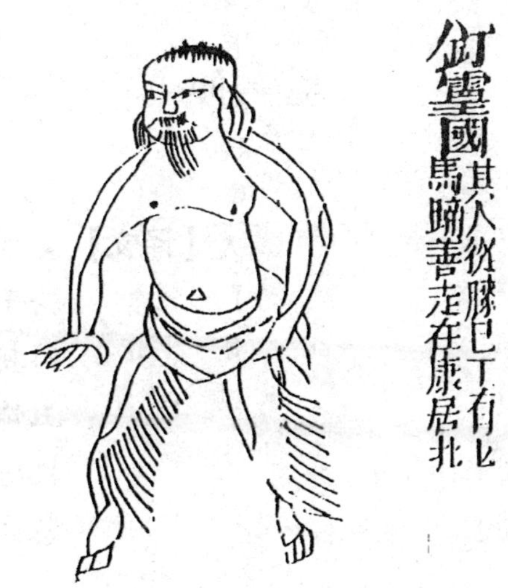

【说明】

钉灵国又叫丁零、丁令，在神话传说里，钉灵国之民生有一对马腿马蹄，是人和马的结合体。《海内经》说：“有钉灵之国，其民从膝已下有毛，马蹄，善走。”郭璞注云：“《诗含神雾》曰：‘马蹄自鞭其蹄，日行三百里。’”在我国史籍的记载中，丁零是活跃在北方蒙古草原上的游牧民族，在不同历史时期或被叫作“高车”“铁勒”，是今日维吾尔族的先民。丁零的族源又可追溯到商周时期的“鬼方”，也就是《海内北经》传说的“鬼国”，鬼国人的特征是“人面而一目”。郭璞赞辞说“马蹄之羌”，应为“马蹄鬼方”。羌是起源于西方的古老民族，在漫长的历史发展过程中，逐渐被汉化或藏化，融合到汉族的羌人从事的是种植五谷、饲养家畜的农业生产。钉灵国民生性“善走”，他们“自鞭其蹄”，或曰“挥鞭自策”，就能像马一样疾驰，但只有一双“马蹄”，所以说难以与马有同样的足迹。丁零是马背上的民族，千百年来驰骋在大草原上，几乎和马融为了一体。郭璞的赞辞“体无常形，惟理所适”告诉我们，神话化的丁零人和马紧密结合在一起，这种人体的变形却更真实地揭示了丁零人善于骑射的天性。

奚 仲

【原文】奚仲作车[①]，
厥轮连推[②]。
周人与□[③]，
玉辂乘飞[④]。
巧心兹生[⑤]，
焉得无机[⑥]！

【译文】奚仲父子同造车，
轮子带来车移动。
周朝人继承功业，
玉饰车子快如飞。
机巧之心由此生，
怎么能听任自然！

【注释】

① 奚仲，张宗祥校辑《足本三海经图赞》作“爰仲”。经文为“奚仲”。字形相近而误。

② 轮：车轮。 连：辇也。古时用人力挽或推的车。《说文·辵部》：“连，负车也。”段玉裁注：“连即古文辇也。” 推：用力使物体移动。

③ □，此阙漏疑为“同”字。与同，与之相同。这里有承袭奚仲功业的意思。《诗经·邶风·旄丘》：“叔兮伯兮，靡所与同。”

④ 玉辂（lù）：古代帝王所乘之车，以玉为饰。高诱注《淮南子》曰：“玉辂王者所乘，有琬琰象牙之饰。”

⑤ 巧心：机巧之心。

⑥ 无机：任其自然，没有心机。

【说明】

《海内经》说：“番禺生奚仲，奚仲生吉光，吉光是始以木为车。”郭璞注云：“《世本》云：‘奚仲作车。’此言吉光，明其父子共创作意，是以互称之。”汉代陆贾的《新语》说奚仲“挠曲为轮，因直为辕”。最原始的车轮是没有轮辐的一块圆木，由滚木发展到轮辐，使车辆的行走部件发生了一次大飞跃。奚仲在古代传说中是车的发明者，帝俊的后裔，夏代的车正（管车的官）。郭璞赞辞说到周朝人造出的车更快捷、舒适，而且还用美玉和象牙加以修饰，天子乘坐的豪车代表了当时造车技术的最高水平。从而郭璞总结说，人们造车的灵活巧妙的心思都是从奚仲那里产生的，怎么能听凭事物的自然发展，而没有了发明创造的心机呢？

般为弓矢

【原文】饰角炼金，
以精弧矢[①]。
锋加銖文[②]，
札亦犀兕[③]。
巧不可长，
倕衔其指[④]。

【译文】修饰兽角冶炼金，
用来精装弓和矢。
妄加文饰锋变钝，
甲叶也用犀兕皮。
奇巧之心不可长，
鼎上倕像自咬指。

【注释】

① 精：使精致、精美。 弧：木弓。《说文·弓部》："弧，木弓也。"段玉裁注："木弓，谓弓之不傅以角者也。"

② 銖：钝，不锋利。 文：文饰。

③ 札：铠甲上用皮革或金属制成的叶片。《集韵·栉韵》："札，甲叶也。"

④ 倕（chuí）：即巧倕，又名义均。传说中尧时（一说黄帝时）的能工巧匠。 衔其指：见《淮南子·本经训》："能愈多而德愈薄矣。故周鼎著倕，使衔其指，以明大巧之不可为也。"

【说明】

《海内经》说："少皞生般，般是始为弓矢。"郭璞注云："《世本》云：'牟夷作矢，挥作弓。'弓矢一器，作者两人，于义有疑，此言般之作是。"郭璞对般始造弓矢的传说作了简要的考证，赞辞却转换了话题。后人对般发明的狩猎工具"饰角描金"，几乎成了奇巧而无益的摆设，而对刀剑、铠甲作过于精巧、奢华的装饰，也是一种弃本求末的做法。管子曰："凡为国之急者，必先禁末作文巧。"赞辞借用周朝鼎上刻绘的巧倕衔手指的形象，以告诫人们奇器淫巧之事不可做。

帝舜赐羿彤弓素矰[①]

【原文】羿受弓矢，
仰熸九日[②]；
冯夷殒明[③]，
风伯摧膝[④]；
岂伊控弦[⑤]，
其中有术[⑥]。

【译文】羿接受舜赐弓箭，
仰射十日九熄灭；
射瞎冯夷的左眼，
射残风伯的膝盖；
难道只是神箭手，
心中有助国谋略。

【注释】

① 矰（zēng）：短箭。
② 仰熸（jiān）九日：《海外东经》郭璞注引《淮南子》："羿射十日，中其九日。"仰，对上。熸，熄灭。
③ 冯（féng）夷：黄河水神，即河伯。又称"冰夷""无夷"。《楚辞·天问》王逸注："河伯化为白龙，游于水旁，羿见，射之，眇其左目。"　殒（yǔn）：损毁。　明：眼睛；视力。
④ 风伯：风师，风神。风伯是由箕星演化而来。《淮南子·本经训》："（羿）缴大风于青丘之泽。"高诱注："大风，风伯也。"　摧：毁坏，摧残。
⑤ 伊：助词。用于句中，无义。　控弦：拉弓，持弓。也可作射手、箭手讲。
⑥ 术：治国的方法和谋略。

【说明】

《海内经》说："帝俊赐羿彤弓素矰，以扶下国，羿是始去恤下地之百艰。"郭璞注云："彤弓，朱弓。矰，矢名，以白羽羽之。《外传》：'白羽之矰，望之如荼'也。"袁珂先生指出："此羿神话之大要也。一曰'下国'，再曰'下地'，明羿初本天神。"帝俊赐给羿神弓神箭，是为了扶助下方的国家人民，拯救世间的艰难困苦。《淮南子·本经训》云："尧之时十日并出，焦禾稼，杀草木，而民无所食。猰貐、凿齿、九婴、大风、封豨、修蛇，皆为民害。”羿去“下地”所“恤”之“百艰”即此。这时的羿已非天神而为尧臣，由天神变为神性英雄。至于河伯、风伯为害天下，高诱在《淮南子·泛论训》注中说：“河伯溺杀人，羿射其左目，风伯坏人屋室，羿射中其膝，又诛九婴、窫窳之属，有功天下。”羿虽然是百发百中的神箭手，但决不逞匹夫之勇，射十日留下一日普照大地，射瞎冯夷左眼是考虑他有“御阴阳”的能力，只射风伯膝盖是想到他配合雷神、雨神“养成万物”的神功，这正如赞辞所赞颂的羿扶助下国心中是有谋略的啊。

鮌窃帝息壤

【原文】鮌切息土[①]，
以堙洪水；
傲佷违命[②]，
卒以殛死[③]；
化为黄熊[④]，
作晋厉鬼[⑤]。

【译文】鲧盗窃天帝息壤，
用它来堙塞洪水；
倨傲狠戾违帝命，
终于因诛杀死去；
精魂化为三足鳖，
被晋侯咒为厉鬼。

【注释】

① 鮌（gǔn）：同“鲧”。帝尧时大臣，夏禹的父亲。 切：同“窃”，盗用。

② 傲佷（hěn）：傲狠，亦作“傲很”。傲，傲慢。佷，凶狠。

③ 卒：终。 殛（jí）：诛杀；惩罚。

④ 黄熊：三足鳖。《史记·夏本纪》张守节正义云：“鲧之羽山，化为黄熊，入于羽渊。熊，音乃来反，下三点为三足也。束皙《发蒙记》云：‘鳖三足曰熊。’”袁珂指出：黄熊不可以入羽渊，熊者熋（nái）字之讹。

⑤ 作晋厉鬼：事见《左传·昭公七年》：“郑子产聘于晋。晋侯（平公）有疾，韩宣子逆客。私焉曰：‘寡君寝疾，于今三月矣。并走群望，有加而无瘳。今梦黄熊入于寝门，其何厉鬼也？’对曰：‘以君之明，子为大政，其何厉之有？昔尧殛鲧于羽山，其神化为黄熊，以入于

羽渊，实为夏郊，三代祀之。晋为盟主，其或者未之祀也乎？’韩子祀夏郊。晋侯有间，赐子产莒之二方鼎。”作，通“诅”（zǔ），诅咒。厉鬼，恶鬼。

【说明】

《海内经》说：“洪水滔天。鲧窃帝之息壤以堙洪水，不待帝命。帝令祝融杀鲧于羽郊（羽山之郊）。鲧复（腹）生禹，帝乃命禹卒布土，以定九州。”郭璞注云：“息壤者，言土自长息无限，故可以塞洪水也。”在鲧禹治水的神话中，鲧窃息壤，触怒天帝，被殛羽山，死三年不腐，其腹生禹，禹秉承遗志，终于治好洪水，平定九州。鲧好比是希腊神话取火者普罗米修斯。在欧洲各国文学艺术的表现中，普罗米修斯是一个多么光辉灿烂的名字。而在中国被历史化的神话里，鲧竟被涂抹成乱臣的形象。《尚书·尧典》：“帝（尧）曰：‘吁！咈哉，方命圮族。’”在尧的心目中鲧就是这样一个违背人意，不服从命令，危害族人的坏臣。郭璞也受到影响，在《图赞》里说鲧“傲佷”“违命”“卒以殛死”，还被晋侯咒为“厉鬼”。殊不知，就在《左传》的那段记载中，子产对韩宣子说：“鲧变成三足鳖潜入羽渊后，成了夏朝郊祭的神灵，三代都祭祀他。晋国作为盟主，或者没有祭祀他吧！”韩宣子就去祭祀鲧，不久晋平公的病好了，晋平公赏赐子产两个莒国的方鼎。鲧这位治水的神性英雄还是应该受到人们的祭祀和敬重。

后　记

我们为郭璞《山海经图赞》所作的译注、说明，是在许多先贤学者努力不懈、潜心研究的基础上进行的。袁珂（1916—2001）先生亲笔题字的《山海经校注》是我们研读山海经的入门书；译注时经常使用的工具书，也是袁先生惠赠的《中国神话大词典》。我们永志不忘恩师的教诲、提携和期许，谨以此书纪念袁珂先生百龄诞辰。本书的说明部分还借鉴采用了萧兵先生《山海经的文化寻踪》(考释部分)、台湾学者李丰楙《神话的故乡——山海经》、日本学者伊藤清司《〈山海经〉中的鬼神世界》等著述里的研究成果。马昌仪先生两个版本的《古本山海经图说》都大量引用了郭璞的赞体诗。随着《图说》的热销，郭璞《山海经图赞》第一次进入广大读者的视野。这也是我们不揣冒昧，尝试为《图赞》作注译说明的起因。《郭弘农集校注》一书是友人从北京寄来的复印本，聂恩彦先生首次给《图赞》作的注释，是我们的重要参考（《大荒经》以下《图赞》的注译是在没有聂注的情况下完成的)。连镇标先生的博士论著《郭璞研究》，使我们对郭璞的生平和思想有了深入的认识；从《辑佚大家——严可均传》（李士彪、吴雨晴著）里，我们了解了严氏的学术品格和成就……我们是站在前人的肩上从事《山海经图赞》的普及工作，在此向他们致以深深的敬意。

本书的编写还得到了著名文化学家钟叔河先生的热心指导，他不仅提出了多用刻有郭璞《图赞》古图的宝贵建议，还提醒译注者留意山海经古神话和外域文化的关系。马昌仪先生是中国山海经图像学的奠基人，始终关注本书的编撰和出版。她在给出版社的推荐意见中写道：“《图赞》是一部有独立品格的学术著作，反映了汉魏六朝以郭璞为代表的学者对《山海经》的理解，反映了他们的世界观、博物观、祥瑞观和异域观。《图赞》又是一部专题性颂赞体的文学作品，其艺术价值不可低估。出版《山海经图赞译注》这样一部书，在当前便显得非常必要，有意义。”在本书的编辑出版过程中，得到了吴智勇先生的关心支持；曾德明先生担任本书的责任编辑，细心审阅全部书稿并提出了中肯意见，金针之度，使我们受益匪浅；廖铁先生在百忙中抽出时间，为本书作了简洁、精美的封面设计；友人匡太平先生从打印书稿、编排到最后校对，付出的辛劳令人感动。我们还从杜高、唐树芝、丁仕原、周斌、李湘武、杨琼、杨纲等亲友那里获得了热情鼓励和襄助，在此一并表示诚挚的谢意！

译注者

2015 年 11 月 12 日于长沙